HENNER
KOTTE

AUGEN
FÜR DEN
FUCHS

ZU DIESEM BUCH

Nach dem tödlichen Ende eines Geiseldramas ist der Druck auf die Leipziger Polizei groß, und der verantwortliche Kriminaldirektor Miersch wird vorsorglich aus der Schusslinie gezogen. Ruhe und Erholung glaubt der gebürtige Bayer in der sächsischen Provinz zu finden.

Doch daraus wird nichts, als er sich ausgerechnet in dem Gasthof ein Zimmer nimmt, in dem vor über fünfundzwanzig Jahren ein grausamer Sexualmord verübt wurde. Das Verbrechen scheint aufgeklärt. Aber warum hat der Täter damals dem Mädchen die Augen ausgestochen? Und warum mussten auch der Gastwirt und sein Sohn sterben?

Die Akten haben längst Staub angesetzt, doch Konstantin Mierschs Instinkt lässt ihn den Fall neu aufrollen, und schnell ist klar: Nichts war so, wie es in den Protokollen steht. Der Mörder ist vielleicht immer noch auf freiem Fuß …

ZUM AUTOR

Henner Kotte, geboren 1963 in Wolgast, studierte Germanistik in Leipzig, Moskau und Dresden und arbeitet heute als Schriftsteller, Redakteur und Theaterkritiker. Zuletzt erschienen bei Rotbuch *Der Tote im Baum* (2007) und *Abriss Leipzig* (2008).

HENNER KOTTE

Kriminalroman

AUGEN FÜR DEN FUCHS

Rotbuch Verlag

Von Henner Kotte liegen bei Rotbuch außerdem vor:

Titelhelden (2006)
Der Tote im Baum (2007)
Abriss Leipzig (2008)

ISBN 978-3-86789-105-9

1. Auflage

Umschlaggestaltung: Buchgut, Berlin
Umschlagabbildung: Fotolia, PiusK
Druck und Bindung: CPI Moravia Books GmbH

Ein Verlagsverzeichnis schicken wir Ihnen gern:
Rotbuch Verlag GmbH
Neue Grünstraße 18
10179 Berlin
Tel. 01805/30 99 99
(0,14 Euro/Min., Mobil abweichend)

www.rotbuch.de

Ich rieche meinen Schweiß. Er läuft mir den Rücken hinunter, er kitzelt die Achseln. Mein Atem ist hörbar, er rauscht mir in den Ohren. Das Herz klopft. Ich sehe sie vor mir, die Zarten, die Eleganten, die Unvergleichlichen. Grazil. Makellos. Weiß. Genauso sehen die Traumfrauen im Fernsehen aus. *Das schönste Gesicht des Sozialismus!* Emöke und Susan. Die Girls vom Fernsehballett. Vom Friedrichstadtpalast. Und die Kati, die Witt. Sie tanzt so bezaubernd. Kati war die liebende Maria der *West Side Story.* Sie hat uns alle bezaubert. Mich ganz besonders. Sie hat gesiegt, *unser Goldmädel!,* und hat es allen gezeigt. *Maria! Maria! Maria!* Reporterlegende Heinz Florian Oertel kriegte sich kaum ein vor Stolz auf diese Frau: *Unsere Goldmaria!*

Genau wie Kati sieht sie aus, die da oben im Zimmer. Genauso sieht sie aus, dieses Mädchen. Die Hure. *Maria!* Ich kann tun, was ich will, sie bleibt in meinen Gedanken. Sie verschwindet nicht, geht nicht raus. Sie bleibt mir im Kopf, ist da, bleibt da. Ah! Ich habe sie immer in mir. Immer. Sie tanzt. Sie lächelt. Sie zieht sich aus. Sie stöhnt. Ah! Ja, ich höre sie stöhnen. Überlaut. Sie schreit, in meinem Kopf schreit sie wieder und wieder. Oh! *Maria! Maria! Maria!*

Ich steige Stufe um Stufe, die Treppe ist steil. Das Knarren verschluckt der Teppich. Neu gekauft, kein Jahr alt. Ornamente wie beim Kalifen. Und oben dieses Weib, sie ruft, sie brüllt nach mir. *Maria!* Ich komme, ich komme, schreie ich ihr lautlos entgegen. Keine Angst, wir werden unseren Spaß haben. Jetzt! Sofort! Sie lächelt nicht mehr. Sie ahnt wohl das Ende. *The most beautiful sound I ever heard …* Die Nadel hängt. *Maria! Maria! Maria!* Endlos. *All the beautiful sounds of the world in a single word …* Als wäre in meinem Kopf dieser Sprung. *Maria! Maria!*

Maria! Ich halte dagegen. Ich gehe nicht unter. Keiner kriegt mich klein. Sie erst recht nicht. Ich habe meinen Auftritt noch einmal geprobt. *I never stop saying …* Sie soll ihren Spaß haben. Sie soll nicht leiden. *Maria!* Aber sie hat es so gewollt. Ich kann nichts dafür. Ihr Huren! Ihr Fotzen! Warum tut ihr mir das an? Mir! Oh! *Maria! Maria! Maria!*

Ich werde meiner Erregung nicht Herr. Mein Schritt reibt. Ich muss mir in den Hosenschlitz fassen. Kolbendick pulsiert dieser Knorpel, mein Fleisch. Ich stelle sie mir vor. Schlafend. Frisch gewaschen. Duftend. *Florena!* Ich weiß, dass es schnell gehen wird. Viel zu schnell wird es vorbei sein. Viel zu schnell kommt der *point of no return*. Stunden müsste er dauern. Tage. Nie aufhören dürfte er. Nie. Aber auch jetzt, hier drinnen bei ihr, wird alles wie nie gewesen sein. Ich könnte weinen. Dieses Weib ist dann tot. Ah! *Maria! Maria! Maria!* Sie darf nicht schreien. Sie darf mich nicht erkennen. Sie muss tot sein und schweigen. Für immer tot, oh, *Maria*, ganz tot. Ich kann es nicht ändern. Sie hat es so gewollt. Genau so. Sie hat gesungen, sie hat getanzt, und sie hat gelacht wie die Kati. *Maria!* Immer wieder hat sie nach mir geschrien. Warum hat sie sich in meine Gedanken gestohlen? Warum muss sie hier bei mir schlafen, wo ich ihr nicht aus dem Weg gehen kann? Warum? *I've just met a girl named Maria …* Doch warum sonst ist sie hierhergekommen? Meinetwegen! Sie will zu mir! Nur deshalb ist sie hier. Sie will, und ich will. Ein bisschen wird ihr Tod auch mein Tod sein. *The most beautiful sound I ever heard …* So schön wird es nie wieder. Es ist das Ende. Der Anfang.

Meine Hände sind feucht. Ich muss mich konzentrieren. Ich rieche den Angstschweiß durch ihre Tür. Ich schmecke ihre Haut. Sie duftet. *Florena* und *Spee* vom Bezug. Friedlich sieht sie aus, wie sie daliegt. Ich muss es tun. Es gibt keinen anderen Ausweg. Sie tut mir wirklich sehr leid. Doch das wird sie mir nicht glauben.

Das Blut färbt das Laken, läuft in den Teppich, versickert. Aber wozu ist sie mir hier erschienen? Warum sonst schläft sie hier in unserem Haus? *Maria! Maria! Maria!* Meine Erregung lässt mir keine Wahl. Der Atem sticht durch meine Lunge. Meine Hose pocht, platzt. Ich schließe die Augen, ich öffne die Tür. Sie knarrt nicht mehr. Ich habe sie gestern geölt.

Das Messer reibt an meinem Schenkel. Es gibt mir Sicherheit. Mein Puls rast. Schweiß brennt mir in den Augen. Töpfeklappern und Lachen – Geräusche dringen aus Küche und Gastraum. *Drei Pils! Wodka Cola!* Jeden Moment kann mich einer vor ihrer Tür entdecken. Ah! *Maria! Maria! Maria!* Jeden Moment kann jemand die Treppe heraufkommen. Ihr Zimmer ist dunkel. Ich drücke den Schalter. Das Licht taucht alles in Weiß. So muss das Jenseits aussehen. Weißer als weiß, heller als die Sonne.

Ihr Bett steht im Eck. Am Fenster bewegt der Wind sacht die Gardine. Sie schläft. Sie vertraut mir. Sie will nicht schreien. Sie muss es nicht. Die Klinge blitzt, als sie in den Hals schneidet. Blut läuft mir über die Finger. Rot, röter, braun, schwarz. Das Mädchen öffnet die Augen. *Maria!* Die *Kati* in Todesangst. *Das schönste Gesicht des Sozialismus!* Sie reißt den Mund auf. Greift mir in den Arm. Auf ihren Lippen zerplatzen Blasen. Sie gurgelt. Ein Laut, als wäre ein Hirsch in der Brunft. Scheiße! Verdammte Scheiße! Meine Traumfrau entschwindet mir, schreit, stürzt zur Tür. *Maria! Maria! Maria!* Sie will mich verraten! Warum nur? Dieses Biest! Diese Hexe! Sie hat mich doch selbst eingeladen. Sie wollte es. Ich will es. Jetzt!

Meine Hand liegt auf ihrem Mund. Sie beißt, fuchtelt mit den Armen. Es ist kein Spiel mehr. Sie hat alles verdorben. Schlampe! Das Messer liegt irgendwo. Ich reiße ihr das schöne Köpfchen nach hinten. Es knackt. Und das Blut läuft und läuft. Meine Hände sind nass, glitschig. *Maria!* Du, meine *Kati!* Sie rutscht in sich zusammen. Ein Gliederpüppchen, das ich zum Bett schleifen muss. Sie liegt da, als würde sie schlafen. Aber die Augen. Ihre Augen! Sie gaffen. Sie haben alles gesehen. Sie sehen mich. Sie erkennen mich wieder. Irgendwann werden sie mich auch verraten.

Ich hebe das Messer neben dem Bett auf. *Kati* röchelt. *Marias* Blut spritzt auf das Laken, die Steppdecke, die schöne Tapete. Ich drücke meine Hand auf die Wunde. *Kati* soll nicht auslaufen, wenn ich mit ihr schlafe. Ich will die ganze Frau, keinen Hautsack. Warum tut sie mir das an? Liebe ist rein. *Kati* macht alles dreckig. Ich schiebe ihr das Nachthemd über den Kopf. Sie lässt es geschehen. Sie schreit nicht. Kein Laut. Nichts. Es ist so weit. Lass es doch niemals vorbei sein!

Aber ihre Augen. Sie sehen alles. Wir sind nicht allein. *Maria! Maria! Maria!*

Ich greife zur Klinge und fahre dem Gliederpüppchen unter das Lid. Als würde man den Griebsch aus einem halben Apfel entfernen. Spitz zu und dann drehen. Ganz einfach. Ganz leicht. Ich werfe ihre Augen aus dem Fenster in den Garten. Die Hunde werden sie fressen. Oder der Fuchs. Jetzt ist *Kati* blind. Dunkle Höhlen. Ein Schlund.

Jetzt wartet die *Kati*. Endlich. Ich habe ihre Liebe verdient. Sie öffnet die Beine, *Katharina*. Ich bin daheim, in ihr drin, sie wehrt sich nicht mehr. Oh! *Maria! Maria! Maria!* Ich liebe dich!

1

Mörder! Monster! Menschenschlächter! Er hörte die Sprechchöre und blickte in die vorwurfsvollen Gesichter. Er hörte sich stammeln. Er sagte kein verständliches Wort. *Zum Abschuss freigegeben! Sie waren kaum zwanzig! Es waren noch Kinder!* Die Zeitungen hatten ihr Urteil gesprochen. Die Meute hatte sich auf ihn eingeschossen. Er war das gefundene Fressen. Kriminaldirektor Konstantin Miersch stand am Pranger und konnte der öffentlichen Wut nichts entgegenhalten. Die Fakten lagen klar: Er trug die Verantwortung für den Einsatz. Es war sein Job. Er gab die Befehle. Jetzt hatte es Tote gegeben, Verletzte.

Zwei junge Männer, Philip Thede und Robert Zehmisch, hatten die Gäste eines Restaurants gekidnappt und waren mit Geiseln und erpresstem Lösegeld über die Grenze geflohen. Ja, es stimmte: Er, Konstantin Miersch, hatte den tödlichen Fangschuss befohlen. Zumindest hatte er ihm als letztes Mittel, Gefahr abzuwenden und Leben zu retten, zugestimmt. In den Bergen Serbiens waren die Flüchtenden mit Gewalt gestoppt worden. Das Auto hatte gebrannt. Alle Insassen konnten lebend geborgen werden. Die letzte Geisel überlebte schwer verletzt. Robert Zehmisch verstarb im Armeekrankenhaus Prizren. Philip Thede vegetierte im Wachkoma. Miersch konnte das Leid und die Wut der Familien der Geiselnehmer verstehen. Die Hetzjagd auf ihn, den Kriminaldirektor, verstand er nicht.

Mörder Miersch! Täter vor Gericht! Die Mutter des hirntoten Philip Thede hatte zum Krieg gerüstet. Journalisten berichteten gierig vom Kampf der Frau um die Rehabilitation ihres Kindes. Den komatösen Sohn hatte sie publikumswirksam ins Pflegeheim einweisen lassen. Die Mutter barmte öffentlich: *Allein ist's nicht zu schaffen!* Robert Zehmisch war unter großer medialer Anteilnahme bestattet worden. Mutti Thede weinte wie ums eigene Kind. *Woher nimmt diese Frau ihre Kraft?,* fragte Kriminalreporter Joseph Hönig auf Seite eins. Fast in Vergessenheit geriet die Schuld dieser Jungen. Dabei waren sie Mörder.

Konstantin Miersch stellte sich den Fragen der Journalisten. Er leugnete seine Verantwortung nicht. Ja, er hatte die Leitung der Aktion innegehabt. Doch Miersch saß in Leipzig, war nicht vor Ort gewesen. Bei einer Verfolgung über die Landesgrenzen hinaus konnte die hiesige Kriminalpolizei die Entscheidungen nur in die Hände der dortigen Kräfte legen. Das hatte Miersch getan. Die Kollegen vor Ort hatten gehandelt. In Prag, Budapest, Belgrad. Europaweite Zusammenarbeit. Nach Mierschs Eindruck hatten alle besonnen und befehlsgetreu reagiert. Dann hatte das Fluchtauto in den serbischen Bergen einen auf der Straße befindlichen Traktor gerammt, war ins Schleudern geraten, explodiert und ausgebrannt. Unter Lebensgefahr waren die Insassen gerettet worden. Die Verantwortlichen beteuerten, dass sie das Hindernis den Flüchtenden nicht absichtlich in den Weg geschoben hätten. Ein tragischer Unfall. Miersch zweifelte nicht an dieser Wahrheit. Aber die Presse hatte jeden seiner Befehle bis ins kleinste Detail recherchiert. *Als letztes Einsatzmittel ist von der Schusswaffe Gebrauch zu machen.* Ja, er hatte diesen Befehl gegeben. *Die Schusswaffe als letztes Mittel!* Von ihr war nicht Gebrauch gemacht worden. Der tragische Ausgang war eine Verkettung unglücklicher Umstände. Aber damit wäre es keine Schlagzeile für Joseph Hönig und Seite eins gewesen.

Mörder! Monster! Menschenschlächter! Seit Wochen verfolgten Miersch diese Rufe. Er schlief unruhig. Alpträume quälten ihn. Er lag schweißgebadet im Bett. Am Morgen war das Laken verrutscht und feucht wie ein Handtuch nach der Dusche. Er gestand sich ein, dass er fertig war, am Ende, Burn-out. Mehrmals hatte er ans Aufgeben gedacht, alles hinschmeißen wollen. Er wäre längst weg, wenn ihm Abhauen nicht als Schwäche ausgelegt worden wäre, als Flucht vor der Verantwortung.

Sonntagmorgen. Die Uhr zeigte 7.30 Uhr. Miersch hatte bis zehn schlafen wollen. Die Woche war anstrengend und nervenaufreibend gewesen. Und Margo tat ein Übriges. Er glaubte, sie bereits in der Küche zu hören. Miersch schloss die Augen wieder. Es machte nichts besser. Regentropfen knallten ans Fenster.

Joseph Hönig war bei seiner Suche nach Sensationen auf Simona Thede gestoßen. Der Journalist witterte sofort die Chance auf eine gute Story. Tagelang hatte Simona auf den Zeitungsseiten gestanden. *Glaube, Liebe, Hoffnung – Kampf einer Mutter um Gerechtigkeit.* Hönigs Artikel hatte weitere nach sich gezogen. Neben Simona beherrschte Miersch nun die Schlagzeilen. Auch überregional und im TV. *Kein Mitleid. Keine Regung. Der Mann ist eiskalt.* Dass die Täter mehrere Tote auf ihrem Weg hinterlassen hatten, war weniger spektakulär als ein toter junger Mann, ein Verbrecher im Koma und eine Mutter, die kämpfte, um was auch immer. Miersch fühlte sich zum Freiwild erklärt. Er hatte nach den Gesetzen gehandelt. Robert Zehmisch und Philip Thede waren Mörder, und doch genossen sie momentan Heldenstatus und Sympathie. Es war zum Kotzen. Miersch stand allein. Die Unterstützung in Präsidium und Stadtparlament hielt sich in Grenzen. Eindeutig wollten sich weder Dezernent noch OBM zur Sache äußern. *Bitte verstehen Sie, dass wir zu laufenden Untersuchungen gar nichts sagen.* Und die ihm unterstellten Kollegen lernte er jetzt erst richtig kennen. Hengstmann und Schmitt, Bröer und Kohlund – Miersch sah, wie sie sich auf den Gängen das Lachen verbissen. Sie hatten ihn als Westimport in Leipzig niemals gewollt, jetzt sahen sie die Chance, ihn endlich loszuwerden. Selbst seiner Sekretärin misstraute Miersch.

7.40 Uhr. Er hatte es immer als Luxus empfunden, früh im Bett zu lesen. Es erinnerte ihn an die Ferienwochen im Dorf bei der Oma. Kühe auf Feldern. Hühnerkacke am Hacken. Der Wind rauschte in Bäumen. Kein Straßenlärm. Nichts. In der Bibliothek seines Großvaters hatte er Hans Dominik, Felix Dahn und Hans Fallada entdeckt. Morgens, wenn Oma frische Bäckersemmeln holte, las er. Manchmal bis Mittag. Doch heute lag neben seinem Bett kein Roman. Miersch konnte sich nicht erinnern, ob er in der Leipziger Wohnung jemals einfach nur zur Entspannung zu einem Buch gegriffen hatte. Fremde Welten, absurde Geschichten, er hätte schon lesen wollen … Aber die Arbeit. Der Stress. Gründe fanden sich immer. Auf dem Nachtschrank lagen die Zeitung von gestern und zwei Bücher, *Kriminalistik* und *Die Geschichte der Deutschen Volkspolizei.* Ein Gelegenheitskauf im Antiquariat und vielleicht ein Weg, die Kollegen besser kennenzulernen. Aber trotz der Lektüre waren ihm weder die DDR noch ihre altgedienten Mitarbeiter nähergekommen. Sosehr er sich mühte, er würde sie nie verstehen. Miersch blätterte.

Die Geschichte der Deutschen Volkspolizei versteht sich als Teil der Geschichte des Entstehens und der Entwicklung der Deutschen Demokratischen Republik, des zuverlässigen Schutzes der revolutionären Errungenschaften des werktätigen Volkes und des Kampfes zur Sicherung des Friedens.

Es war eine Fremdsprache, die sich schwerer las als die Direktiven der Polizeidirektion.

Mit den vorliegenden Bänden werden all jene gewürdigt, die mit ganzer Leidenschaft und Hingabe erstmalig in der deutschen Geschichte eine wahrhafte Polizei des Volkes geschaffen haben. Damit wird zugleich allen Volkspolizisten ein Denkmal gesetzt, die in Erfüllung ihres Klassenauftrages ihr Leben für den Schutz der Arbeiter-und-Bauern-Macht, für die Sicherheit der Bürger der DDR gaben.

Miersch zwang sich zur Aufarbeitung ostdeutscher Geschichte.

Es klopfte. Die Tür gab eigenartige Laute, dumpf, wie erstickt. Holz oder Kunststoff klangen anders. Presspappe, wahrscheinlich. Klopfte Margo? Sie hatte ihm sicher nicht den Frühstückstisch gedeckt.

»Es ist Sonntag!«, rief er.

»Eben.« Auch Margo schien schon am Morgen gereizt, und wahrscheinlich lag es an ihm. »Für dich! Telefon!«

»Komme!« Ihre Schritte entfernten sich. Schwerfällig quälte sich Miersch aus seinem Bett. Er hatte es neu gekauft, denn Margo nutzte das Schlafzimmer und beide Ehebetten. Manchmal begegnete er in der Wohnung ihren Liebhabern und fragte sich, ob sie von ihm einen Gruß erwarteten. Miersch drehte den Schlüssel im Zimmerschloss. Einer von Margos Besuchern hatte einmal die Türen verwechselt und war zu ihm unter die Decke gekrochen. Er hatte gebrüllt. Margo hatte gelacht und den Jungen mit in ihr Zimmer genommen.

Der Telefonhörer lag auf dem Bord unter der Garderobe. Fremde Mäntel am Haken entdeckte Miersch nicht. Die Klospülung rauschte.

In diesem Moment kam Margo aus der Küche. »Kaffee?« Sie lächelte und nippte an einer Tasse. Im Flur klappte die Badtür. Miersch sah einen Schatten verschwinden. Offensichtlich lag dem Gast nichts an Konversation. Überhaupt wunderte Miersch sich, dass sie die Nacht so früh beendet hatten. In den Ehejahren war er wochenends stets zuerst aus den Federn gewesen. Vielleicht wollte Margo ihm ihren neuen Lover vorstellen. Er hatte nach ihrer Trennung einige ihm völlig neue Seiten an ihr entdeckt.

Miersch griff zum Hörer. »Ja, bitte!« Er benutzte diese Floskel absichtlich. Seine Sekretärin hatte einmal erklärt, dass sich die Stasi mit diesen Worten am Telefon gemeldet habe. Andrea Dressel mochte den Spruch nicht mehr hören. Miersch hatte *Ja, bitte!* kultiviert.

Die Bereitschaft informierte den Kriminaldirektor. Unnatürlicher Todesfall. *Neurophysiologisches Rehabilitationszentrum Leipzig, Bennewitz.* Sein Kommen sei nicht erforderlich.

»Danke«, sagte Miersch. Hinter ihm stand Margo in der Tür und hielt ihm eine dampfende Tasse Kaffee entgegen. Er fühlte sich bedrängt. »In einer halben Stunde bin ich da.«

Margo zuckte die Schultern, raffte ihren Bademantel über dem Dekolleté. In der Wohnung schlug eine Tür. Beide nahmen keine Notiz davon.

Miersch ging in sein Zimmer. Sie hatten die Zimmer im Einvernehmen geteilt. Er schlief im Zimmer für Gäste mit separatem Klo und Bad. Der Kleiderschrank war geräumig. Miersch wühlte, er suchte nach der passenden Krawatte. Er wählte blau mit einem abstrakten Muster. Irgendjemand drehte an der Lautstärke einer Wunschsendung im Radio. Die Wohnung hallte wider von *Und nun grüßen wir herzlich Opa Albrecht aus …*

Miersch war auf der Flucht. Er wollte den Sonntagmorgen weder mit Margo noch ihrem Gast verbringen. Ohne den Anruf hätte er sich den Vormittag lang im Zimmer vergraben und sich über *Die Geschichte der Deutschen Volkspolizei* informiert. Jetzt fuhr er nach Bennewitz. Er kannte den Ort nicht, aber zum Regierungsbezirk musste er gehören. *Neurophysiologisches Rehabilitationszentrum Leipzig* klang nach Peripherie der Großstadt. Er hatte nicht gefragt, was diesen Tod unnatürlich erscheinen ließ. Dass man im Krankenhaus starb, war ja nicht ungewöhnlich. *Neurophysiologisches Rehabilitationszentrum* ... Selbstmord? Wahnsinn? Unfalltod?

Als Miersch die Wohnung verließ, saß Margo allein am Tisch in der Küche und rauchte. Vielleicht hatte der Durchzug mit den Türen geschlagen.

»Viel Erfolg«, sagte sie leise.

Miersch nickte und ging wortlos aus dem Haus.

2

»Kohlund. Kriminalpolizei.«

»Ich habe Sie verständigt. Sehen Sie diese Spuren?« Ein junger Herr Doktor, das Stethoskop um den Hals, in der Brusttasche Kuli und Spatel, wies mit dem Finger auf den Kopf einer Leiche. *Dr. Barthelmes* las der Kommissar am Revers des offenen Kittels. »Ich habe dafür keine Erklärung.«

Kohlund nickte. Krankenhaus, typisch. Die Atmosphäre war aseptisch, kaum menschlich. Ärzte und Schwestern wirkten gestresst. Dr. Barthelmes sprach wie vom Tonband. Kohlund roch Kampfer. Die Wände waren weiß gekachelt, auf einzelnen Kacheln Abziehbilder mit Fischen. Auf dem rollbaren Esstischchen vorm Bett des Toten befanden sich abgezählte Tabletten in Plasteschalen und eine Kaffeetasse mit braunem Rand. Auf der Platte stand ein Foto mit einem lachenden Kind. Fingerabdrücke waren darauf zu erkennen, vielleicht auch Lippen vom Kuss.

Daneben hing regungslos der Beutel am Tropf. Er schlug keine Blasen und heilte nichts mehr. Sein Schlauch aber führte noch immer in eine knorpelige Vene, fingerdick, blau. Der Patient lag friedlich im klinischen Bett unterm weißen Bezug. Abgezehrt, eingefallene Wangen, Leichenblässe. Die Haut Pergament, leicht zerreißbar. Nur der tiefrote Kreis um den Hals, der sich ins Violette zu verfärben begann, ließ auf einen unnatürlichen Tod schließen.

»Die Morgenschwester hat es entdeckt. Natürlich sind diese Symptome nicht.« Der Doktor atmete hektisch. Mit der Hand fuhr er sich durch die Haare.

»Wenn Sie es sagen.«

Jetzt drehte sich Dr. Barthelmes dem Kommissar zu, schluckte und suchte offensichtlich nach Worten für seine Empörung. Dann fuhr er sich resigniert nochmals durch die Haare.

Kohlund heftete seinen Blick auf die Augen des Toten. »Woran litt der Kranke?«

»Krebs. Endstadium. Das kann Tage, aber auch Monate dauern.«

Eine korpulente Schwester schob sich mit ihrem Gesäß ins Gespräch. Ihr Lächeln war professionell, wie gemeißelt. Die Augen blickten mitleidlos, kalt. Sie fragte den Kommissar: »Kann ich die Pietät jetzt bestellen, oder hat die Polizei eigene Wagen?«

»Zur Gerichtsmedizin.«

Die Schwester nickte und verschwand mit einem Handy am Ohr.

Dr. Barthelmes sagte leise: »Monique. Eine unserer Besten.«

Kohlund erschien Schwester Monique wie ein Automat, der emotionslos funktionierte. Sie hämmerte auf die Tasten eines Handys ein. Dann war Stille, und nur ihr Atem war zu hören.

Der Doktor blickte zum Toten. Dann schloss er die Augen. »Ich kann es mir nicht erklären. Stranguliert, aber kein Strick.«

Schwester Monique sprach leise und bestellte einen Krankenträger. Kohlund überlegte, ob der Diensthabende am Notruftelefon der Polizei die Gerichtsmedizin auch in ein Krankenhaus bestellte. Ein Leichenwagen war kaum nötig. Das Institut für Gerichtsmedizin lag keine hundert Meter entfernt. Und der behandelnde Arzt hegte dem Anschein nach dieselben Zweifel wie Kohlund. »Haben Sie eine Erklärung für diese Symptome?«

»Nein. Keine.« Dr. Barthelmes hustete leicht und öffnete die Augen wieder. »Zumindest deuten sie auf keine natürliche Todesursache.«

Schwester Monique gesellte sich wieder zu ihnen und hob bedauernd ihre Schultern. »Ich habe nur den Anrufbeantworter erreicht. Es ist Sonntagmorgen.«

»Ja«, sagte der Arzt abwesend.

Der Schwester schien die Situation peinlich. »Eigentlich sind Bestatter Tag und Nacht dienstbereit.«

»Die nicht. Wir schon.« Kohlund und seine Kollegen von der Mord zwo arbeiteten am Sonntag. Es war immer Sonntag, wenn Kommissare zum Tatort gerufen wurden. Jedenfalls kam es Lars Kohlund so vor. Er hatte Bereitschaft. Das Telefon hatte ihn nicht aus dem Schlaf, sondern aus trauter Gemeinsamkeit mit Alexia gerissen. Endlich ein Wochenende ohne Stress und ohne Kinder. Die hatten ihr eigenes Leben und am Sonntag was anderes vor, als mit Mutti und Vati am Frühstückstisch zu hocken. Gisbert paukte fürs Abitur und radelte sich schon am Morgen den Kopf frei. Charlotte war im Konzert gewesen und hatte bei einer Freundin übernachtet, die wahrscheinlich ein Freund war, vermutete der Vater.

Kohlund und Alexia wollten ihre freien Stunden genießen. Alexia war in seinen Augen noch immer schön und begehrenswert. Besonders in den Morgenstunden. Für ihn selbst war das unerklärlich, aber vielleicht erschien sie ihm nur im milden Licht des Morgens so attraktiv. Kohlund spürte noch immer Alexias Ohrläppchen auf seiner Zunge. Sie hatte wie eine Katze geschnurrt. Das Telefon hatte ihn aus allen Fantasien gerissen und Alexia endgültig geweckt. *Scheiße!* Er hatte seinen Hintergrunddienst völlig vergessen. *Sonntag. Natürlich!*

»Dass keiner abnimmt …« Schwester Monique schüttelte den Kopf. Der Anrufbeantworter brachte sie aus ihrer Routine. »Ich probiere eine andere Nummer.«

Wahrscheinlich hatte das Krankenhaus einen Exklusivvertrag mit dem Bestattungsinstitut, und die Stationsschwester rechnete mit einer Strafe, weil sie einen anderen Bestatter bestellte. Die Zunge zwischen den Zähnen, hämmerte sie verbissen eine neue Melodie ins Handy. Kohlund sah aus dem Fenster. Tropfen schlierten die Scheibe hinunter. Sauwetter. Und Sonntag.

Das *Neurophysiologische Rehabilitationszentrum* lag trutzig auf einer Wiese neben dem Wald. Obwohl er auf der angegebenen Strecke gefahren war, hatte Kohlund diese Einrichtung zuerst verfehlt. Er hatte ungewollte Umwege durch geputzte Wohnanlagen und Einfamiliensiedlungen genommen. Niemals würde er seine Platte gegen einen solchen Besitz tauschen. Hier saß man ja dem Nachbarn fast auf dem Tisch, da war daheim der Weg von der Couch bis zum Bierkasten weiter. Und dann grüßten vielleicht noch Kriminaldirektor Miersch oder Kollegin Schabowski hinter dem Zaun. Schreckliche Vorstellung. Der Lagevorteil solcher Buden war auf den ersten Blick Ruhe, Natur und raus aus der City. Aber auch Grünau mit seinen Neubauten lag außerhalb des Zentrums an Badesee und Wald. Nein, er und seine Familie würden nicht umziehen, egal wie oft ihnen die Schwiegereltern, gute Freunde oder Kollegen die Nachteile der Banlieue aufzählten. Die Kohlunds blieben aus Prinzip und dem schlechten Ruf zum Trotz im Beton wohnen. Viele der angeblichen Katastrophen und Horrorszenarien in den Betonburgen waren sowieso nur Gerede. Kohlund konnte sich beim besten Willen nicht erinnern, jemals bei einem Mord in Grünau ermittelt zu haben.

Jetzt stand er in einem Haus aus Glas und Beton vor einem Toten, der die letzten Monate seinem Ende entgegengelitten hatte. Noch nach seinem Tod schien der Patient zu leiden. Die Augen waren fast in ihren Höhlen verschwunden. Sie blickten starr an die Decke, bisher hatte sie keiner geschlossen. Graugrün. Das Neonlicht spiegelte sich darin. Es war seltsam, einen so nah vor dem Tod gewaltsam aus dem Leben zu holen.

»Wie alt?«, fragte Kohlund.

»Keine vierzig.«

Er war dankbar, dass er bereits jetzt länger gelebt hatte als der Tote. Kohlund suchte am Bett nach einem Namen. Wahrscheinlich hing das Schild vor der Tür.

»Er war Kulturwissenschaftler. Promoviert.« Dr. Barthelmes klang bedauernd. Akademische Qualifikationen waren kein Garant für ein längeres Leben. Niemand konnte einem das garantieren, auch wenn Lebensmittel- und Sportindustrie oder der Gesundheitsminister es ständig versprachen. *Rauchen schadet Ihrer Gesundheit und kann zu einem schnelleren Tod führen.* Wahrscheinlich hatte dieser Tote nicht mal geraucht. Frühstückszerealien oder Vitaminbomben hätten ihm nicht mehr geholfen. Geräte hatten sein Leben verlängert. Jetzt waren sie abgestellt. Aus. Auch in den Monitoren spiegelte sich das kalte Neonlicht.

»Gerettet hat ihn Ihre Maschinerie nicht.«

»Aber auch nicht getötet. Er hat länger gelebt.«

»Länger gelitten.« Kohlund beugte sich über das Opfer. Die Spuren äußerer Gewaltanwendung waren eindeutig. Der Tote war nicht mit der Hand gewürgt worden. Aber für einen Strick waren die Drosslungsmerkmale zu schmal. Sie ließen auf Draht oder ein Plasteseil schließen. Wäscheleine oder Elektrokabel.

»Wie heißt der Verstorbene?«

»Frank Stuchlik. Sieben Monate lag er hier auf der Onkologie.«

Der Arzt wischte sich über die Augen und schien noch im Nachhinein mit dem Patienten zu leiden. Er bemerkte Kohlunds Blick, straffte sich und fiel in die berufliche Abgebrühtheit der Mediziner. »Wir konnten nichts mehr für ihn tun.«

Kohlund fragte sich, warum der schwer krebskranke Frank Stuchlik dann auf einer Intensivstation lag. Intensiv bedeutete, hier wurden Leben gerettet. Doch Stuchlik hatten die Ärzte, selbst Dr. Barthelmes, längst aufgegeben. Es hätte keinen vom Personal gewundert, wenn Frank Stuchlik bald seinem Leiden erlegen wäre. Kohlund sah sie vor sich, die Krankensäle und Palliativstationen. Er hätte Gottfried Benn rezitieren können, Gisbert hatte das Gedicht für den Unterricht tagelang geübt und die

Familie in Depressionen getrieben. *Hier diese Reihe sind zerfallene Schöße / und diese Reihe ist zerfallene Brust. / Bett stinkt bei Bett. Die Schwestern wechseln stündlich.* Alexia spendete dem Förderverein für die Hospizbewegung. Kohlund fand keine Erklärung, warum jemand einen Sterbenden tötete. Und Mord war es. Eindeutig. Die Gerichtsmedizin würde den Fakt nur bestätigen. So war Stuchliks Tod doch noch eine Überraschung.

»Verwandte?«, fragte Kohlund.

»Sie haben regelmäßig an seinem Bett gestanden. Viele Freunde. Kein Tag ist vergangen, ohne dass ihn jemand besucht hätte.«

Dr. Barthelmes sprach routiniert, als ob er eine Diagnose diktierte. Jetzt sah und hörte Kohlund dem Arzt keine Emotion mehr an, falls er die Geste vorhin überhaupt richtig gedeutet hatte. Er wandte seinen Blick ab, niemals würde er sich an den Anblick von Leichen gewöhnen. Doch Dr. Barthelmes arbeitete, wo gestorben wurde und Rettung kaum möglich war. Auf einer solchen Station könnte Kohlund nicht den Dienst versehen, zu groß erschienen ihm die Belastung und der Stress. Und sein Mitleid konnte er nicht verstecken. Selbst jetzt nicht. Er überwand sich und schloss dem Toten die Augen. Es ging weniger leicht, als er es sich vorgestellt hatte. In Filmen fuhren die Hinterbliebenen den Toten immer nur leicht über die Lider. Kohlund musste die Prozedur mehrmals wiederholen, bis die Augen geschlossen blieben.

»Wir haben hier nichts verändert.« Schwester Monique rechtfertigte sich, ohne dass Kohlund ihr einen Vorwurf gemacht hätte. Augenscheinlich hatte sie ihr Gespräch mit dem zweiten Bestatter beendet und den Abtransport der Leiche geregelt. »Soll doch alles so bleiben, wie's war, sagen sie immer, die Polizisten.«

Die Polizisten aus dem Film, dachte Kohlund, die sagen das immer. Vielleicht war der schnippische Tonfall Moniques Ausdruck ihrer Anteilnahme. Kohlund war selbst unsicher, aber er gönnte Frank Stuchlik seine letzte Ruhe. Jetzt sah er aus, als ob er schliefe. Entspannt. Ruhig. Die Falten geglättet, von Schmerzen befreit. Sie würden eine Erklärung für seinen Tod finden. Kohlund musste es dem Toten nicht versprechen.

»Hatte er auch gestern Besuch?«, fragte er.

»Sicher.« Schwester Monique wich seinem Blick aus. »Frank Stuchlik ist nicht unser einziger Patient. Wenn auch ein sehr netter … Aber wir haben nicht drauf geachtet.« Sie schien sich aufzublasen, die Hände in die Hüften gebohrt, suchte sie jetzt Kohlunds Blick. Er schaute zu Dr. Barthelmes.

Der nickte. »Vor lauter Arbeit sehen wir nicht alles.«

Die Vorstellung, in einer solch klinischen Atmosphäre sterben zu müssen, empfand Kohlund als immer größer werdenden Horror. Für sich wollte er den Tod möglichst ganz schnell, möglichst bei bester Gesundheit, möglichst geistig aktiv und ohne Leiden. Aber das wünschte sich jeder. Sicherlich hatte auch Frank Stuchlik sich diesen Tod nicht ersehnt. Aber Kohlunds sämtliche Klienten starben auf unnatürliche Weise. Gewaltsam ums Leben kommen, das wollte keiner … Mein Gott, für diese Gedanken hatte er einfach den falschen Beruf.

»Seine Frau und die Kinder sind fast täglich gekommen. Sie waren auch gestern bei ihm. Sicher noch andere. Als hätten sie es geahnt …« Schwester Monique überlegte. »Aber beim besten Willen … Sie müssen die Spätschicht fragen.«

»Glauben Sie, dass seine Verwandten …« Dr. Barthelmes führte sich die Hand um den Hals und blickte Kohlund offen ins Gesicht, sprach den Satz aber nicht zu Ende.

Dieser Gedanke war Kohlund bislang noch gar nicht gekommen. Aber der Arzt wollte eine Antwort, so wie er Kohlund jetzt ansah.

»Ausschließen kann ich nichts.« Eine Floskel, die jeder Kommissar gern von sich gab.

»Ein paar Dinge können Sie schon ausschließen.« Dr. Barthelmes referierte wie Miersch über die Statistik der Straftaten. »Herr Stuchlik ist erst in den Morgenstunden gestorben. Frühestens Mitternacht. Da konnte ohne Anmeldung kein Besuch an seinem Bett wachen. Wir kontrollieren und schließen dann ab.« Er sprach sicher und autoritär. »Körpertemperatur und vegetative Funktionen habe ich sofort gemessen. Keinesfalls vor Mitternacht, eher später.«

»Das haben Sie ja schon gesagt.« Kohlund klang aggressiver, als er wollte. Wenn er das Personal gegen sich aufbrachte, würden die Ermittlungen nur schwieriger. Er versuchte zu lächeln. »Aber jemand muss im Zimmer gewesen sein. Vielleicht …«

Die beiden begriffen sofort. Schwester Monique wollte mit aufgeblasenen Wangen zur Argumentation ausholen. Dr. Barthelmes stellte sich vor sie.

»Sie sprechen von … *Sterbehilfe*?« Er überdehnte die Pause. Das Wort hallte im Raum nach. »Das ist eine Straftat.«

Kohlund wies dezent auf die Leiche. Frank Stuchlik lag da wie ein Vorwurf.

»Ausgeschlossen.« Dr. Barthelmes wurde lauter. »In unserer Einrichtung ist so etwas noch nie vorgekommen. Auf dieser Station sind nur Mitarbeiter beschäftigt, die ich seit langem kenne. Wir wechseln das Personal nicht wie Kittel. Für alle lege ich meine Hand ins Feuer.«

Verbrennen Sie sich nicht die Finger, war Kohlund versucht zu sagen. Die *Schwestern Mord* waren nicht selten. Oder auch mordende Krankenpfleger. Todesspritzen und Kopfkissen hatten serienweise Patienten ins Jenseits befördert. Diese Todesengel mordeten immer aus Mitleid. Sie mochten das Elend nicht mehr sehen, sie erlösten die Sterbenden. Das sagten sie alle vorm Staatsanwalt aus. Die Kriminalgeschichte kannte solche Fälle en masse. Immer wieder machten sie Schlagzeilen. In Berlin. In Wien. In Dresden-Neustadt.

Kohlund sprach bedächtig, voller Verständnis. »Einer muss es getan haben. Ich unterstelle Ihnen nichts, aber in Betracht ziehen müssen wir auch diese These und das Personal des Zentrums.«

»Dann stellen Sie Ihre Fragen.« Schwester Monique schob Dr. Barthelmes beiseite und baute sich vor Kohlund auf. Kurz sah es so aus, als wollte sie ihm eine Ohrfeige geben. Dann stemmte sie die Arme in ihre kräftigen Hüften. »Täglich stehe ich hier an den Betten und kann diesen Kranken nicht helfen. Trotzdem pflege ich sie mit meinem ganzen Herzen. Ich kann nicht anders. Auch Sie könnten es nicht!« Ihre Augen hielten ihn fest und schienen abgrundtief wie ein Gebirgssee. Eisig und blau.

Kohlund hatte den Eindruck, dass er in ihr Innerstes blicken konnte, aber nichts genau erkannte. In ihrer Tiefe schien diese Frau empfindsam und sehr verletzlich. Am Grunde des Sees spiegelte sich wärmende Sonne. Ihn durchfuhr so etwas wie ein elektrischer Schlag. Als hätte er Schwester Monique bei etwas Intimem ertappt und nun schämte er sich, dass er es gesehen hatte. Sein Lächeln missglückte. Regentropfen prasselten gegen die Scheibe.

»Guten Morgen!«

Wie ein Messer zerschnitt der Gruß das Gespräch. Franziska Beetz stand in der Tür und strahlte fröhlich.

»'tschuldigung Chef, aber haben Sie Bennewitz hinter Machern vermutet? Ich habe mich dreimal verfahren, und hätte ich nicht gefragt, würde ich immer noch rumkurven.«

Obwohl die Kollegin fast eine Stunde nach ihm ankam, blieb Kohlund gelassen. Auch der Beetz hatte man den Sonntag zerstört. Doch sie schien diese Störung weitaus leichter zu nehmen als er. »Ich hab's auch nicht sofort gefunden«, sagte er.

»So ein Klotz auf der Wiese und nichts ausgeschildert.«

»Seien Sie froh, dass Sie nicht öfter hierher müssen«, sagte Dr. Barthelmes. »Das Leiden unserer Patienten ist meist irreparabel. Wenn sie einmal hierhergefunden haben, dann kommen sie für Monate, wenn nicht Jahre, jede Woche. Immer wieder.«

Die Kommissare schwiegen betreten. Die Beetz wischte mit ihrem Fuß unsichtbare Spuren auf das Linoleum.

»Frank Stuchlik, schwer krebskrank, augenscheinlich erwürgt«, erklärte Kohlund und versuchte, die peinliche Stille zu überspielen. Franziska Beetz hängte ihre Handtasche über einen Stuhl und betrachtete den Toten.

»Eigentlich kein Alter, um zu sterben«, sagte sie.

»Gibt es eines, das passt?« Schwester Monique bildete mit dem Arzt eine Einheit, sie ließen sich ihre Arbeit nicht leicht reden. Nicht nur Krankenhauspersonal war täglich mit Elend und Leid konfrontiert. Sozialarbeiter, Bestatter, Friedhofsgärtner … Auch er oder die Beetz standen machtlos neben dem Schicksal. Sie kamen immer erst, wenn es zu spät war. Dr. Barthelmes und Schwester Monique konnten wenigstens manchmal noch Hoffnung auf Heilung haben. Die Mordkommission hatte keine Hoffnung. Wenn sie gerufen wurden, war das Schlimmste schon passiert. Kohlund fragte sich, was der tote Frank Stuchlik zu ihren Gesprächen vor seinem Bett sagen würde.

»Wie lange hätte er noch zu leben gehabt?« Die Beetz blickte zur Schwester.

Die zwang sich zu einem Lächeln. »Lange hätt's nicht mehr gedauert. Wir haben täglich mit seinem Ableben gerechnet.«

»Eigenartig, vorm Tod zu sterben.«

Der Satz der Beetz klang wie eine Zeile aus Benns Gedicht oder einer aus Joseph Hönigs Skandalreportagen. Wahrscheinlich war dies das Resultat ihrer Beziehung zu dem Boulevardjournalisten. Kohlund betrachtete diese Liaison skeptisch. Aber er konnte nur zusehen und hoffen, dass die Kollegin keine dienstlichen Belange ausplauderte.

»Wo darf ich Ihnen ein paar Fragen stellen?«, fragte die Beetz, und Schwester Monique wies ihr den Weg aus dem Zimmer. Es war als würden zwei Freundinnen sich zum Kaffee treffen.

»Ich würde gerne kurz mit Ihnen sprechen«, sagte Kohlund.

Dr. Barthelmes verließ wortlos das Krankenzimmer. Kohlund sollte wohl folgen. Auf dem Flur trafen sie Berger von der Technik und seine Mannschaft. Kohlund erklärte kurz die Fakten. Die Kriminaltechniker verschwanden mit Koffern und allem möglichen Gerät im Zimmer des Toten. Der Kommissar war im Zweifel, ob sie überhaupt etwas entdeckten, das die Ermittlungen voranbrachte. Dann klingelte Kohlunds Handy. Es war noch mal die Bereitschaft.

»Ich bin allhier.« Er versuchte einen Scherz. »Wahrscheinlich Mord. Lasst die Maschinerie anlaufen. Wie immer.« Dann verging ihm der bemühte Humor. Die Kollegen teilten ihm mit, dass sich Kriminaldirektor Miersch höchstpersönlich für diesen Fall interessierte und auf dem Weg ins *Neurophysiologische Zentrum* war. »Scheiße!«

Das war eine eindeutige Warnung. Der Chef mischte sich gern in ihre Arbeit ein, um öffentliches Lob abzufassen. Bei weniger spektakulären Fällen hielt sich Miersch zurück. Und der Tod von Frank Stuchlik war bestimmt kein Fall, der Schlagzeilen machen würde. Miersch konnte nur nerven, einen wirksamen Beitrag hatte er noch bei keiner Ermittlung geleistet. Kohlund kannte niemanden, der den Kriminaldirektor aus Bayern sympathisch fand. Die Schabowski war vielleicht anderer Meinung, aber auch sie kam aus dem Westen. Andrea Dressel vielleicht, die saß beim Direktor im Vorzimmer. Aber der Böer? Hengstmann? Schmitt sowieso. Da waren sie fast alle einer Meinung: *Arschloch!* Jetzt hatte er den Direktor am Hacken. Prost Mahlzeit! Und das zum Sonntag.

»Verdammte Scheiße!«

»Kann ich helfen?«

Kohlund wandte sich dem Arzt zu. »Entschuldigung. Nein.«

Dr. Barthelmes nahm es ohne Regung zur Kenntnis und setzte seinen Weg fort, sein Kittel wehte ihm hinterher. Kohlund hatte Mühe zu folgen.

»Verdammte Scheiße!«, schrie er noch einmal, um seinen Frust abzureagieren.

Dr. Barthelmes drehte sich zu ihm um. »Scheiße ist der Tod nur für uns, die wir leben. Den anderen ist er egal.«

3

Die Scheibenwischer rotierten. Es regnete stärker. Miersch kannte die Ortsnamen nicht. *Wöllmen. Gostemitz. Groitzsch.* Keine Ahnung, wo er sich befand. Das Navigationssystem hatte er seiner Tochter Bernadette überlassen, die es sich vor einem halben Jahr geliehen hatten, um zum Studium nach Eichstätt zu finden. Bernadette hatte ihn sehr lieb darum gebeten, er hatte nicht widerstehen können. Seitdem hatte Miersch keinen automatischen Wegweiser mehr im Auto. Die Karte verzeichnete Bennewitz nahe Wurzen. Passanten nach dem Weg zu fragen, wäre Miersch als Eingeständnis seiner Unfähigkeit erschienen.

Außerdem waren am frühen Sonntagmorgen hier im Regen keine Menschen unterwegs. Nur einen Radfahrer in hautengem Dress und mit nackten und kräftigen Waden hatte er überholt. Doch der sah aus, als würde er unter Wasser trainieren: schwarz vermummt und gesichtslos.

Mörder! Monster! Menschenschlächter! Konstantin Miersch hatte sich nicht vorstellen können, dass solche Schlagzeilen möglich waren. Er fühlte sich einsam und alleingelassen, ungeliebt sowieso und jetzt zum Abschuss freigegeben. Die Kollegen schnitten ihn. Die Dressel kochte zu dünnen Kaffee und vergaß, den Zucker auf die Untertasse zu legen. Die Reporter grinsten hämisch, wenn er ihnen Rede und Antwort stand. Und genau das bezweckte Joseph Hönig wohl auch. Die Beetz hatte sicher ihren Anteil an seiner Kampagne, und der Böer und der Kohlund, die alten Seilschaften eben. Miersch fühlte sich ihren Intrigen und dem darauf folgenden Parteiengezänk im Stadtrat ausgeliefert, ohne dass er genau hätte sagen können, aus welcher Richtung man ihn beschoss. Hönig war der einzig sichtbare Gegner, alle anderen kämpften im Verborgenen. Seine Suspendierung war nur eine Frage der Zeit. Denn dass Leute seinen Rauswurf betrieben, dessen war sich Miersch sicher. Sie wollten ihn los sein. Zu viele waren begierig auf seine Stelle. Kein Problem, er würde den Posten auch freiwillig aufgeben, angenehm und reputationsträchtig war der nämlich keinesfalls. Aber er würde seinen Sessel nicht unehrenhaft, gezwungenermaßen räumen. *So nicht!*

Machern. Jetzt war er in Machern! Nicht Wurzen und nicht Bennewitz. *Machern!* Aber noch immer diesseits der Mulde. Das durfte er keinem erzählen, dass er seit über einem Jahrzehnt in Leipzig Dienst tat und wohnte, aber die Umgegend nicht kannte. Margo war mit ihren Freundinnen sämtliche Strecken mit Fahrrad oder Auto abgefahren von Tagebausee bis Dahlener Heide, von Heuersdorf bis Petersberg/Halle, von Altenburg bis hin nach Wittenberg. Die Damen besuchten Sonderausstellungen in Dresden, Wörlitz und Oberwiesenthal und erschienen bei jedem Volksfest im Rudel. Miersch hatte sich diesen Aktivitäten immer verweigert. Jetzt musste es ihn nicht wundern, dass er sich im Umkreis von zwanzig Kilometern von Leipzig verfuhr. *Machern.*

Eine von diesen gesellschaftsrelevanten Freundinnen seiner Gattin hatte vornehm und luxuriös in Machern geheiratet. Margo hatte sich ein Kleid schneidern lassen, dem Anlass gemäß und dem Ambiente. Miersch glaubte sich zu erinnern, in Reiseführern gelesen zu haben, ein Fürst habe ums Schloss einen Park anlegen lassen, der für die Landschaftsgärtnerei bedeutsam wurde. Nun also Machern. Er versuchte, die Hauptstraße zu finden.

Vor einer Ampel stand ein Schild. Die Schrift war im Regen und aus der Ferne kaum zu entziffern: *Neurophysiologisches Rehabilitationszentrum Leipzig.* Von wegen Leipzig! Machern, und es sollte in Bennewitz liegen. Miersch fuhr geradeaus. Nächstes Schild links. Einfamilienhäuser säumten die Straße. Margo wäre gern in solch eine Siedlung auf dem Lande gezogen. Die Großstadt blieb ihr immer verhasst. Er hätte Leipzig lieben können, selbst den Dialekt. Aber zu viele hatten etwas dagegen. *Menschenschlächter! Monster! Mörder!*

Der Glas-Beton-Bau, zweiflüglig mit großen Fenstern, hätte ebenso eine Konzernzentrale, ein Bürohaus oder ein Einkaufszentrum sein können. Das Zentrum war auf die Wiese gerotzt. Angesicht der Masse an Autostellplätzen hätte man meinen können, das Gebäude sei ein Besuchermagnet. Ein paar kleine Wege erweckten die Illusion eines Krankenhausparks. Die wenigen Besucher liefen mit gesenkten Gesichtern zum Einlass. Hinter den Scheiben sah Miersch Menschen warten. Er hatte eine solche *Zauberberg*-Atmosphäre nie gemocht. Sie machte selbst Gesunde zu Patienten. Aber Nächstenliebe und Familienpflicht verboten Wegsehen und Fernbleiben, die Leugnung von Sterben und Tod. Und so fuhren die Freunde und Angehörigen hinaus zu den Kranken, um denen ein bisschen von der Welt zu erzählen, an der sie nicht mehr teilhaben konnten. Der Kriminaldirektor dachte mit Schaudern an seine Eltern und Tante Gertrud.

Miersch erkannte auf dem Parkplatz den Kleinbus der Kriminaltechnik, die anderen Einsatzwagen standen wahrscheinlich daneben. Hier war er richtig. Er stellte sein Auto in die letzte Bucht, weit von den Kollegen entfernt, als ob er nicht dazugehören wollte.

Aus der Nähe wirkte das Gebäude des Rehabilitationszentrums fremdartig wie ein gelandetes Ufo. Wolken spiegelten sich in der Glasfront. Makellose Wege und Straßen betonten die Fremdartigkeit, es wirkte losgelöst von Landschaft und Bevölkerung. Der Wald hinter der Straße schien abweisend wie eine schwarze Wand. Kein Patient würde sich dahin zu Specht oder Eichkatz, geschweige denn Kobolden und Hexen verirren. Es wirkte wie der Knast in Wachau. Nur die Mauer fehlte. Der Regen machte das Gebäude noch lebloser und einsamer. Es erschien kalt. Noch im Foyer war die Kälte zu spüren.

Miersch wusste nicht, warum, aber dieses Krankenhaus enttäuschte alle seine Erwartungen. Nur konnte er auch nicht erklären, was er erwartet hätte. Sterilität und Sauberkeit waren Voraussetzungen einer Genesung. Durch die großen Fenster konnte man zumindest ein bisschen Natur und Himmel sehen. Stühle gaben den Blick auch im Sitzen frei. Ein junger Mann schob dem Kriminaldirektor eine Oma im Rollstuhl entgegen. Die lächelte freundlich. Miersch bemühte sich zurückzulächeln.

»So ein Wetter! Da fällt es nicht schwer, hier drinnen zu sitzen«, sagte die alte Frau und schien ihm die Hand reichen zu wollen.

»Ja. Ja.« Miersch ignorierte den Gruß und wusste nicht, was er noch sagen sollte. Betreten ging er weiter.

»Noch zwei Wochen, haben die Ärzte gesagt«, rief ihm die Alte hinterher. »Nur noch zwei Wochen!«

Wahrscheinlich meinte sie ihren eigenen Tod.

Die Rezeption war eloquent besetzt und dienstleistungsbereit wie im Interhotel. Der Wachhabende hinter der Theke telefonierte und bat ihn stumm um Geduld. *Bin gleich so weit!* Miersch nickte und stützte den Ellenbogen auf das Paneel. Zeitschriften im Ständer verkündeten kostenlos beste Gesundheit von Fitness bis Tabletten und Blutspritzen. Nicht nur Demente fielen auf diese Angebote herein. Miersch hatte es bei seiner Mutter erlebt. *Mein Arzt ist so was von nett und verzichtet gar auf die Praxisgebühr, aber die Medikamente, mein Junge, die Medikamente, die er verschreibt, sind sehr teuer.* Ausgenommen hatte der Mediziner die alte Frau wie eine Gans zur Weihnacht. Miersch war sich sicher, der nette Arzt teilte sich den Profit mit dem Apotheker. Da fielen die zehn Euro Praxisgebühr nicht ins Gewicht. Nur hatte Miersch keine Beweise für dieses unlautere Geschäft. Und seine Mutter war schon lange tot.

»'tschuldigung. Sie wünschen?« Der Mann vom Empfang stand ihm jetzt mit ganzer Person zur Verfügung. Miersch suchte nach Worten. Doch noch bevor er seine Frage stellen konnte, schrie es durch die Halle.

»Station IIIb, Zimmer 12!«

Eine robuste Frau kutschierte ihren Reinigungswagen direkt neben ihn und blickte ihn feindselig an. Lippen zu dick geschminkt, ihr Mund sah aus wie ein Kussmaul. Grobporige Haut erinnerte an die Krater des Mondes. Die Haare waren strähnig und lange nicht gefärbt. Drei Zentimeter, mindestens drei Zentimeter des grauen Ansatzes waren zu sehen. Die Frau war in Rage, sog die Luft ein, gleich würde sie brüllen.

»Ich glaub's ja wohl nicht! Schlägt Ihnen endlich das Herz?«

Miersch hatte den Eindruck, dass von der Lautstärke die Scheiben klirrten. Selbst der Rezeptionist schaute erschrocken.

»Bitte?«

»Sie sind doch der Miersch? Kriminaldirektor Konstantin Miersch?«

»Ja.«

»Sie kommen zu spät! Viel zu spät!«

Miersch blickte zum Mann hinter der Theke, aber der drückte auf Tasten. Der Computer schien plötzlich seine gesamte Aufmerksamkeit zu fordern. So schrill war Miersch in seiner langjährigen Ermittlungsarbeit noch nie an einem Tatort begrüßt worden. *Sie kommen zu spät!* Die Kriminalpolizei kam immer zu spät. Das war ihr Job. Und angesichts des Todes sprach man leise, gedämpft. »Verzeihen Sie, kennen wir uns?«, fragte Miersch in verhaltenem Ton.

»Ich kenne Sie! Das genügt!«

Miersch fand keine Worte, die passten, fühlte sich überfordert und fehl am Platz. Der Rezeptionist tippte jetzt Nummern, jedenfalls sah es so aus. Die Reinigungskraft griff zum Lappen. Miersch war bewusst, dass er sich in einem *Neurophysiologischen Rehabilitationszentrum* befand. Vielleicht war dies eine Patientin und handelte nicht nachvollziehbar. Er hob seine Hand, um sie zu beruhigen. »Kann ich Ihnen helfen?«

»Mir?! Sie sind noch bescheuerter, als es in der Zeitung steht. Und so was wie Sie leitet die Kriminalpolizei! Einfach unglaublich! *Monster!* Sie Mörder!«

Das war Volkes Zorn, der ihm hier entgegenschlug. Die Journaille hatte wahrhaft Bestes geleistet. Die Frau schob ihm ihren Wagen fast über den Fuß. Ihr Busen bebte. Das Wischwasser schwappte. Aus dem Besen schwebten Staubflusen auf seine Schuhe.

Die Reinigungskraft wickelte den feuchten Lappen um ihre Hand, hob ihren Arm und gestikulierte wie ein Politiker ohne Wahlvolk. »Drei Monate liegt der Junge schon hier. Drei Monate, und nicht ein Mal haben Sie den Mut gehabt, sich Ihrer Verantwortung zu stellen. Seine Mutter kommt täglich. Aber der Schuldige lässt sich nicht blicken! *Monster!*«

»Von wem sprechen Sie bitte?«

»Sie wissen genau, von wem ich spreche! Er liegt im Koma. Der wacht nicht mehr auf!«

Miersch dämmerte es. »Philip Thede?«

»Was glauben denn Sie, von wem ich rede?! Sie haben sein Leben auf dem Gewissen!«

»Ich bin eigentlich auf dem Wege zu …«

Doch in dieser Situation musste jedes seiner Worte falsch sein. Die Reinigungskraft streckte ihm ihre Hand wie ein Boxer entgegen, mit der anderen griff sie drohend zum Besen. Der Rezeptionist telefonierte noch immer und tippte hektisch auf der Tastatur seines Computers.

»Wo sagten Sie, finde ich Philip Thede?«, fragte Miersch.

»Station IIIb, Zimmer 12!«

»Danke.«

Er widerstand dem Impuls, ihr Besen und Lappen abzunehmen.

4

»Kaffee?«

»Wenn Sie fragen, ja.«

»Steht bei uns immer auf der Platte. Ohne Kaffee, wissen Sie …«

Schwester Monique versuchte zu lächeln und ließ Franziska Beetz den Vortritt. Nach dem Weiß der Flure herrschte im kleinen Raum eine fast heimelige Atmosphäre. An den Wänden hingen keine normierten Kunstdrucke, sondern Kinderzeichnungen. Eine Pinnwand steckte voller Ansichtskarten. *Costa del Sol. Jerusalem. Sveti Stefan.* Beetz las die Namen der Urlaubsorte, scheute sich aber, auf einem der Stühle Platz zu nehmen. Auf dem Tisch standen die Teller geordnet, in der Mitte ein Blumenstrauß und Kuchen wie zum Geburtstag. Die Maschine brodelte, Kaffeeduft füllte den Raum.

»Wissen Sie, sonntags machen wir's uns gemütlicher. Wenigstens das Gefühl von Wochenende. Verbringen ja fast jedes zweite hier in der Klinik.«

Beetz tat es nicht ungern, hatte sie doch wochentags frei und Zeit zum Shoppen, auch waren Fitnessstudios und Hallenbäder weniger frequentiert. Sie hatte nichts gegen Sonntagsarbeit. Selbst der Chef und gläubige Katholik Konstantin Miersch war bereit, seinen Gottesdienst und den freien Tag für Ermittlungen und bei großen Fällen sogar für Pressekonferenzen zu opfern. Beetz wunderte sich, dass der Chef noch nicht da war. Die Bereitschaft hatte ihn angekündigt, aber eingetroffen war er auf Station noch nicht. Vielleicht war ja auch alles eine Finte, um sie zu effizienterer Arbeit zu bewegen. Miersch verstand sich auf solche

Spielchen. Dabei tat sie ihren Job jeden Tag mit gleichem Engagement und hatte nicht den Eindruck, dass Schabowski oder Kohlund oder der Schmitt nur Dienst nach Vorschrift taten. Das war als Kriminalpolizist auch kaum möglich.

»Wenn Sie sich setzen wollen …«

Die professionelle Abgeklärtheit war der Schwester im Dienstzimmer abhanden gekommen. Auch charakterlich schien sie gewandelt, sie gab sich nicht mehr selbstbewusst, eher devot. Hatte Schwester Monique neben dem Toten noch widersprochen, schob sie ihr jetzt den Stuhl unter den Hintern. Beetz räusperte sich und suchte nach den passenden Worten, um ein Gespräch zu beginnen. Die Zeugin sollte erzählen, nicht nur kurze Antworten geben. Monique nahm auf der vordersten Kante des Stuhles neben ihr Platz und knetete ihre Hände auf dem Tisch. Am Fenster zeichneten die Tropfen das Kanalnetz des Leipziger Neuseenlandes.

»War es wirklich Mord?«, fragte Monique.

Die Krankenschwester war naiv oder eine sehr gute Schauspielerin. Sie hatte den Toten entdeckt, die Spuren der Gewalt gesehen, den Arzt und später die Polizei gerufen.

»Ja«, sagte Beetz.

»Kann ich kaum glauben.«

»Wie lange lag denn Frank Stuchlik auf Ihrer Station?«

Monique sprang abrupt auf, als hätte sie etwas vergessen. Den umkippenden Stuhl fing sie, bevor er auf den Boden knallte. Dann setzte sie sich nachdenklich wieder. »Kann ich Ihnen genau sagen.« Sie strich nicht vorhandene Falten aus ihrem Schwesternkittel.

Beetz war sich nicht sicher, wie sie die heftige Reaktion Moniques deuten sollte und schaute sich hilfesuchend nach der Kaffeemaschine um. Die lief mit gurgelndem Geräusch.

»Ich hole sein Krankenblatt.« Damit war die Schwester verschwunden.

Beetz lehnte sich im Stuhl zurück und kippelte. Auf dem Gang schlich ein spindeldürrer Mann im Bademantel vorbei. Er sah interessiert zu ihr hin. Sie fühlte sich ertappt wie in der

Grundschule. *Wir kippeln nicht! Die Stühle gehen kaputt. Volkseigentum!* Als sie freundlich grüßte, schlich der Mann ohne eine Regung weiter. In der linken unteren Ecke des Fensters fluteten Regentropfen den Zwenkauer See, den größten im Tagebaugebiet des Leipziger Südraums.

Monique stürmte wieder herein und schwenkte die Akte wie eine Trophäe. Sie blätterte eifrig und fuhr mit dem Finger über die betreffende Zeile. »Hier, sehen Sie, Stuchlik, Februar, der Neunzehnte. Sein Hausarzt hat ihn überwiesen. Krankenwagen. Wir dachten, er stirbt.«

»Diagnose?«

»Magenkrebs. Metastasen im ganzen Körper. Da gibt's keine Hoffnung.«

»Wusste Frank Stuchlik, wie's um ihn stand?«

Monique atmete tief. Der See an der Scheibe wurde größer. »Ich denke, dass es ihm die Ärzte gesagt haben.«

»Sie haben es nicht getan?«

Monique straffte ihren Rücken. »Wir sind Pflegepersonal und übermitteln weder Diagnosen noch Todesurteile.« Ein wenig ihres vorherigen Selbstbewusstseins war wieder erkennbar. »Aber ich denke, er hat es gewusst. Glauben Sie mir, jeder ahnt, wenn es zu Ende geht. Fast zwanzig Jahre tue ich Dienst hier. Ich habe oft Sterbenden die Hand gehalten. Jeder weiß, wenn es kein Zurück mehr gibt.«

Diese Erkenntnis blieb keinem erspart. Beetz musste schlucken. Bislang verdrängte sie solche Gedanken. Als Opa gestorben war, hatte sie es hingenommen, er war eben alt gewesen. *Werft eine Blume von mir mit ins Grab!*, hatte sie ihren Eltern hinterhergerufen, als die zum Begräbnis gefahren waren. Ansonsten besuchte Beetz oft dienstlich Trauerfeiern und Urnenbeisetzungen. Das gehörte zum Job. Aber mit den Toten verband die Kommissarin nichts außer der Arbeit. *Unnatürliche Todesursache* stand auf deren Totenschein. In der Mord zwo versuchten sie, die Ursache dieser Tode zu finden, so wie andere sich mit Fotovoltaik, Siliziumeigenschaften oder Kantinensuppe beschäftigten: rational, routiniert, emotionslos und für Monatslohn. Hier auf

Station war das anders. Hier kämpfte man um Lebenserhaltung, hier stand man beim Sterben am Bett, hier wischte man über schwitzende Stirnen. Diese Belastungen konnte auch das Personal nicht einfach beiseite schieben.

»Die meisten sterben mit einem Lächeln. Schauen sie in die Gesichter der Toten. Sie sind ruhig, entspannt, als wären sie angekommen. Monique blickte aus dem Fenster. Der Zwenkauer See trat über die Ufer. Ein Sturzbach ergoss sich. Dann schaute sie Beetz ins Gesicht. »Ich würde Sterbebegleitung als Schulfach einführen. Wie viele sich in ihren letzten Stunden hier quälen. Das zehrt, sage ich Ihnen, das zehrt. Man sitzt daneben und kann nichts mehr tun.«

Beetz wusste nicht, wer sie begleiten würde, wenn es bei ihr so weit war. Joseph Hönig? Der hechelte immer nur der knallharten Story hinterher. Das einfache Sterben war keine Schlagzeile wert. Nur Mord, Totschlag und Unfall mit möglichst viel Blut. Bei all ihrer Liebe glaubte sie kaum, dass Joseph nächtelang händchenhaltend Zeit an ihrem Bett verbringen würde. Wenn Beetz im Sterben lag, würden die Omi, Mutti und Vati nach den Regeln des Lebens schon lange verstorben sein und konnten ihr keine beruhigenden Worte mehr zuflüstern, sie konnten ihr nicht mehr über Wange oder das Händchen streicheln. Und Kinder? Darüber hatte sich die Kommissarin keine Gedanken gemacht. Sie war noch keine dreißig. Und es herrschte nicht mehr der Sozialismus, wo die Mütter bei der Erstgeburt kaum zwanzig Jahre zählten. Sie hatte noch Zeit, redete sich Franziska Beetz ein und wusste doch, dass sie irgendwann Entscheidungen treffen musste. War Joseph Hönig ein guter Vater? Ein guter Journalist war er und ein perfekter Liebhaber ohnehin. Aber würde er seine Zeit einer Familie opfern?

Der Zwenkauer See in der linken Ecke der Scheibe füllte sich erneut, jetzt hatte er die Form einer Nierenschale. Wahrscheinlich war auch das Fensterbrett ein Teich. Regen und Regen und Regen und Tod. Beetz musste sich zwingen, weitere Fragen zu stellen.

»Aber die Familie war über seinen Zustand informiert?«

»Ja, sicher. Jeden Tag kam irgendjemand. Die Frau, die Söhne, die Eltern, Schwester, Freunde, Kollegen, Bekannte. Bei Frank Stuchlik saß meist einer am Bett.«

»Nur heute Nacht nicht.«

»Ja, nachts … wissen Sie, nachts ist der Besuch nur in Ausnahmefällen gestattet.«

Die Kaffeemaschine röchelte stärker.

»Bei Frank Stuchlik sah es nicht so aus, als ob er bald sterben würde?«

»Wie sieht es denn aus, wenn einer bald stirbt?«

Je länger sie sprach, desto mehr stahl sich ein Lächeln in Moniques Gesicht. Beetz konnte sich vorstellen, dass diese Schwester an ihrem Sterbebett saß. Sie fühlte sich plötzlich in der Defensive, wusste aber nicht, warum.

»Wer hat denn den Toten entdeckt?«

»Ich.« Monique sprach kaum hörbar. »Der Routinerundgang bevor den Patienten das Frühstück serviert wird. Fieber, Puls, et cetera. Ich dachte, der Stuchlik schläft endlich mal durch, wecken wollte ich ihn nicht, ich habe ihn nur sanft an der Schulter gefasst …«, Monique schluckte, »… und gleich gemerkt, dass es vorbei war. Er hatte seine Ruhe gefunden.«

Sie atmete heftig. Dieser Tod ging ihr sichtlich nah. Monique lehnte sich auf ihrem Stuhl zurück. Die Schwesterntracht gab den Blick auf Moniques Knie frei.

»Nur, dass dabei einer nachgeholfen hat.«

Beetz musste sich konzentrieren. Der Zwenkauer See im Fenster setzte erneut zum Überlauf an.

Monique sprach leise, kaum dass Beetz sie verstand. »Frank Stuchlik hat drum gebeten. Aber wir dürfen's nicht tun.«

»Frank Stuchlik hat von Ihnen aktive Sterbehilfe verlangt?«

»Na ja, ja. Und er war nicht der Einzige. Oft wäre es besser … wenn Sie dieses Leid sehen … manchmal könnte ich …« Monique verstummte.

»Und dass einer Ihrer Kollegen …?«

Monique sprang vom Stuhl auf, der fiel mit einem Knall auf den Boden. Die Kaffeemaschine sprudelte lauter und brach dann abrupt ab. Monique strich sich über den Kittel und suchte offensichtlich nach Worten. Als sie endlich sprach, bebte ihre Stimme vor ehrlicher Entrüstung. »Was unterstellen Sie uns! Dieselbe Frage hat uns Ihr Kollege schon gestellt.«

Fehlte nur noch, dass sie mit der Faust auf den Tisch schlug.

»Nein! Wir verstoßen nicht gegen das Gesetz, auch wenn es uns schwerfällt. Der hippokratische Eid zwingt uns, Leben zu erhalten, nicht, Menschen zu töten. Wissen Sie, was für Strafen drauf stehen?« Monique verschränkte die Arme über dem Busen. »Jahre Gefängnis! Ich bin verheiratet, habe Kinder. Allein der Gedanke ist völlig absurd.«

»So absurd ist er wiederum nicht, wenn Sie die Medien verfolgen. Immer wieder töten Schwestern und Pfleger Patienten mit der Begründung, sie vom Leid erlösen zu wollen.«

Der Zwenkauer See im Fenster war noch nicht wieder neu erstanden, oder Beetz hatte die letzte Flutung verpasst.

»Hallo?« Der Kopf einer Frau erschien neben dem Türrahmen. Ihr Gesicht war faltig und grau. Das Gebiss schien zu fehlen. »Die Frau Pommerenke benötigt den Schieber.«

»Ja, Frau Melhorn, komme gleich.«

»Sie sagt, es sei dringend.«

»Ja.«

»Frau Pommerenke verlangt täglich zehnmal den Schieber. Meistens umsonst. Ich habe den Eindruck, die Melhorn will uns nur schikanieren.« Ein wenig genervt klang Monique. Sie nahm wieder Platz, sittsam wie eine Erstklässlerin. Den Kopf hielt sie gesenkt. Die Hände waren gefaltet. Dann schaute sie Beetz direkt ins Gesicht.

»Sicher lässt es manchen verzweifeln, diese furchtbaren Schicksale täglich. Der Tod jeden Tag, und wir können nicht helfen. Sehen die Patienten leiden.« Monique holte tief Luft und schüttelte leicht ihren Kopf. »Sie haben recht, man steckt nicht drin in den Menschen. Aber wir arbeiten hier seit Jahren zusammen, da hätte es doch irgendwann auffallen müssen, wenn einer …« Sie fuhr sich mit der Hand über den Hals und stand dann langsam auf. Wahrscheinlich war die Kaffeemaschine in ihren Blick geraten. Sie schenkte Beetz ein. Dann nahm sie wieder Platz. Wie ein Gummiball.

»Zucker und Milch stehen auf dem Tisch.«

»Danke.« Beetz griff einen Löffel und rührte den Kaffee so lange, bis er eine trinkbare Temperatur hatte. »Ich muss Sie bitten, uns sämtliche Unterlagen der Station zu übergeben.« Fast tat es ihr leid. »Sie verstehen, dass wir nichts außer Acht lassen dürfen. Und irgendjemand muss Frank Stuchlik den Hals zugeschnürt haben.«

»Verstehe«, sagte Monique spitz und blickte, als hätte Beetz sie gerade unter Anklage gestellt.

Der Zwenkauer See im Fenster kam nicht mehr zustande. Vielleicht hatte der Regen nachgelassen.

»Sie haben keinen Draht oder ein Kabel, ein dünnes Seil gefunden oder gesehen? Haben Sie überhaupt so etwas auf der Station?«

Monique schüttelte heftig den Kopf, dann hielt sie inne und schenkte sich Kaffee in ihre Tasse. »Nein, nicht, dass ich wüsste … Und im Zimmer lag Frank Stuchlik tot in seinem Bett mit diesem Striemen um den Hals. Ich habe zwar nicht gesucht, aber ein Draht oder so wäre doch aufgefallen. Hier liegt ja nichts rum, auf Station ist es sauber.« Sie trank einen Schluck.

»Allein kann er es nicht getan haben?«, fragte Beetz.

Monique stellte ihre Tasse mit zu viel Schwung auf den Tisch. Der Kaffee schwappte über. »Niemals! Dazu war Frank Stuchlik auch viel zu kraftlos. Er konnte ja kaum die Tasse halten, wir mussten ihn stützen. Haben Sie seine Ärmchen gesehen? Nur Haut und Knochen. Bei einem Mann in den besten Jahren. Das Leben ist nicht gerecht.«

Beetz wollte sich auf keine philosophische Diskussion einlassen. Der See im Fenster blieb trocken. Die Tropfen suchten sich andere Wege. »Selbstmord schließen Sie also aus?«

Monique war sich sicher. »Sie etwa nicht? Warum stellen Sie denn sonst diese Fragen?« Sie schien zu dem Selbstbewusstsein zurückzufinden, das Beetz im Krankenzimmer wahrgenommen hatte. »Der Stuchlik hatte kaum Kraft, die Bettdecke hochzuziehen. So einer kann sich niemals selbst zu Tode würgen. Wer kann denn das überhaupt?«

Beetz war versucht, die absurdesten Beispiele dafür zu geben, die sie bei ihrem Job schon gesehen hatte.

»Selbst erwürgen, so ein Quatsch.« Monique fuhr mit dem Finger über den Rand ihrer Tasse. »Überhaupt, was ist danach mit dem Draht passiert, wenn er es selbst getan haben soll? Ihn verschwinden lassen, das konnte der Stuchlik tot ja wohl kaum mehr.«

Beetz blickte zum Fenster. Noch immer knallten Tropfen aufs Glas. »Und die Nachtschwester hat nichts bemerkt?«, fragte sie.

»Da müssen Sie die Nachtschwester fragen. Bei der Übergabe hat sie mir gegenüber keine außergewöhnlichen Vorkommnisse erwähnt. Alles ruhig. Routine. Ein paar zusätzliche Schmerzmittel. Aber sonst …«

Beetz trank einen kräftigeren Schluck. Der Kaffee war stark, weckte ihre Geister. »Gut.« Sie behielt die Tasse in ihrer Hand. »Wie heißt denn die Nachtschwester, die Sie abgelöst haben?«

»Anni … Anita Demand … Brauchen Sie ihre Adresse?«

Beetz nickte. Die Flutung begann jetzt in der anderen Ecke der Fensterscheibe. Sie nannte die Pfütze Markkleeberger See. »Wenn Sie so nett wären.«

Monique notierte die Adresse aus dem Gedächtnis in Beetz' Notizbuch.

»Und es ist ausgeschlossen, dass Fremde nachts die Station besuchen?«

Monique wandte Beetz das Gesicht zu, ohne den Stift vom Papier zu nehmen. »Ausgeschlossen. Wir verschließen die Tür. Nachts sind wir nur einfach besetzt, wir können unsere Augen nicht überall haben. Und auch in Krankenhäusern wird aus den Zimmern gestohlen. Erst vorigen Monat waren Ihre Kollegen beim Röntgen. Fünfhundert Euro waren verschwunden.«

»Wenn Sie abschließen, kann niemand auf diese Station?«

»Doch. Er muss klingeln.«

In dem Moment klopfte es wieder an die offene Tür.

»Hallo?«

Kein Patient diesmal, in der Tür stand Hauptkommissar Kohlund.

Beetz hob kurz ihre Schultern, so dass er es sah. »Nichts, was unsre Ermittlungen weiterbringt«, sagte sie.

Kohlund betrat den Raum. Beetz hatte den Eindruck, dass er aus ihrer Tasse trinken wollte.

»Hat sich Kriminaldirektor Miersch bei Ihnen blicken lassen?« Kohlund ging zum Fenster und sah in den Regen.

»Nein.«

»Wahrscheinlich liegt der bei seiner Frau in der Koje und wollte uns mit seiner Drohung nur Beine machen.«

Selbst der Chef hatte vorm Direktor Respekt. »Könnte sein«, sagte sie.

Kohlund deutete mit dem Kinn aus dem Fenster. »Aber sein BMW steht, glaub ich, da unten.«

Beetz stellte sich zu ihm. Das Fenster hatte jetzt zwei Seen in beiden unteren Ecken. »Nicht nur Herr Miersch fährt in der Stadt diese Marke, Chef.«

»Ich traue dem Frieden nicht, werte Kollegin. Der ist irgendwo, wir sehen ihn nur nicht.«

Beetz ließ es dabei bewenden. Kohlund trommelte mit den Fingern gegen die Scheibe. Weder der Markkleeberger noch der Zwenkauer See leerten sich.

Monique klapperte mit dem Kaffeegeschirr. »Herr Hauptkommissar, auch ein Tässchen?« Sie winkte mit der Kaffeekanne.

Kohlund reagierte nicht. »Einer von uns wird mit der Familie reden müssen«, sagte er stattdessen.

Beetz ahnte, er würde ihr diesen Job überlassen.

»Frau Stuchlik müsste eigentlich schon hier sein. Ich habe sie sofort vom Tod ihres Mannes informiert. Sie hatte damit gerechnet. Seit Wochen bereits. Es war für sie eine Erleichterung, für die ganze Familie.« Die Schwester goss sich Kaffee nach. »Zumindest kam es mir so vor.«

Monique hielt Kohlund noch einmal die Kanne entgegen.

»Wenn das so ist.« Kohlund nahm am Tisch Platz, und Monique schenkte ein.

Auch Beetz setzte sich wieder und trank.

Da erschien Frau Melhorn aufgeregt in der Tür. »Jetzt ist es in die Laken gegangen.«

»Scheiße!«

Schwester Monique rannte los.

5

Sie tragen die Schuld an seinem Tod! Alle drehten sich nach ihm um. Alle schlugen auf ihn drauf. Alle. Auch hier die Besucher, Pfleger und Ärzte. Er spürte die Blicke in seinem Nacken. *Der! Genau der ist es, der Mann! Genau der! Der Mörder! Der Mörder!* Miersch musste an keiner Tür seinen Namen sagen. Sie öffneten sich vor ihm, alle Personen traten freiwillig beiseite, bildeten ein Spalier. Hinter seinem Rücken aber hörte er ihr Tuscheln, ihr Getratsche. *Unglaublich! Dass der sich das noch traut! Nach all den Monaten!* Uninformierte klärte man auf. *Was, das ist der Mörder? Das ist der Miersch?* Er konnte nicht einfach so wieder gehen, das Krankenhaus vor aller Augen klammheimlich verlassen, kneifen. Er saß hier fest. Da musste er jetzt durch. Konstantin Miersch musste sich stellen. Visier offen. Zum Kampfe bereit. Dem Gegner ins Auge geschaut. Viel zu lange hatte er gezögert. *Sie kommen zu spät! Viel zu spät!* In diesem Moment, angesichts dieser schmuddeligen Frau mit Feudel und Schrubber war es vorbei, konnte er nicht einfach so wieder gehen. *Station IIIb, Zimmer 12!* Er musste an diesem Bett stehen. Er musste. Ihm schien, als verfolge ihn diese Putzfrau mit drohend erhobenem Besen. Ihre andere Hand im Lappen zur Faust geballt. Mit überschnappender Stimme schrie sie und schrie sie: *Der wacht nicht mehr auf! Sie sind schuld an seinem Tod! Mörder!*

Miersch wusste selbst nicht, warum er nicht schon vor langem an Philip Thedes Bett gestanden hatte. Warum hatte er ihn nie besucht? Als Kripochef hatte ihn das Schicksal der Geiselnehmer interessiert, aber nur solange sie auf der Flucht gewesen waren. Mit der Meldung *Täter gestellt! Geiseln gerettet!* war der

Fall für ihn abgeschlossen. Darauf folgten nur noch Berichte, Stellungnahmen, Protokolle. Er hatte allen Kommissionen Rede und Antwort gestanden. Sie hatten an seinen Anweisungen und Handlungsvorgaben nichts auszusetzen. Über Details konnte man diskutieren, sie diskutierten darüber. Miersch hatte alle internen Untersuchungen ohne Kritik, ohne Makel, ohne Verfehlung überstanden. Miersch hatte die Sache im Griff. Er hatte gelächelt, bis Simona Thede öffentlich um das Leben und den Ruf ihres Sohnes kämpfte und Joseph Hönig sich ihre Story zu eigen machte. Die Leiden der Mütter, unangemessene Brutalität der Polizei.

Gesenkten Kopfes durchschritt Miersch Hallen und Gänge, stieg Treppen hoch, las die Hinweisschilder. *Blumen bitte abgeben. Sekretariat. Durchgang verboten.* Er wusste nicht, wo er war. Plötzlich stand er an der Rückfront des Hauses und blickte auf eine Wiese. Regen prasselte gegen die Fenster. Am Horizont grasten Kühe. Die hielten es aus. Das Wetter. Das Melken. Dass sie zur Schlachtbank geführt wurden.

Es knisterte, knackte. »*Doktor Appelt bitte die Zwölf. Doktor Appelt bitte die Zwölf*«, tönte es aus einem unsichtbaren Lautsprecher. Es war wie in einer Krankenhausserie, gleich würden *Professor Simoni* und *Oberschwester Ingrid* um die Ecke biegen und ihn in den Schockraum transportieren. Weißkittel rannten umher. Betten fuhren ihm vor die Füße. Miersch musste sich abstützen, um nicht zu fallen.

»Kann ich Ihnen helfen?«

Miersch erschrak. Hinter ihm stand nicht Oberschwester Ingrid, sondern eine Schwester Marie, las er am Brustschild.

»Station IIIb, Zimmer 12?«

»Treppe nach oben, dann links. Sie müssen klingeln.«

Er lief wie in Trance.

Die Geschichte der Deutschen Volkspolizei versteht sich als Teil der Geschichte des Entstehens und der Entwicklung der Deutschen Demokratischen Republik.

Jemand rief: »Und so was wie Sie leitet die Kriminalpolizei! Einfach unglaublich!«

Miersch versuchte seinen Verfolgern zu entkommen und jagte durch Gänge. Er las *Durchgang verboten!* Die Tür ließ sich wirklich nicht öffnen. Joseph Hönig krakelte Schlagzeilen. *Kein Mitleid. Keine Regung. Der Mann ist eiskalt.* Miersch bog um Ecken und sah in endlose Flure. Schwester Marie wiederholte in einer endlosen Schleife: *Treppe nach oben, dann links. Treppe nach oben. Sie müssen klingeln. Treppe nach oben. Klingeln!* Margo sagte *Liebling* und sprach nicht mit ihm. Eine Klospülung rauschte. Die schlampige Reinigungskraft schrie noch immer. *Sie tragen die Schuld an seinem Tod!* Miersch durchquerte einen Wartebereich. *Bitte auf Diskretionsabstand achten!* Er stand in einer Toilette und spritzte sich Wasser übers Gesicht. Er atmete schwer.

Besucher bitte anmelden. Dann ein Pfeil zum Klingelknopf. Miersch drückte darauf. Weit hinter der Glastür klang es wie Kuhglocken in den Schweizer Alpen. Schritte näherten sich.

»Sie wünschen?« Der Kittel stand der Schwester gut. Die Haare trug sie im Pferdeschwanz. Ihre muskulösen Beine steckten in alten Gummischlappen. Ihre Stimme war unterkühlt.

»Ich bin Konstantin Miersch.«

»Besucher?«

»Sehe ich wie ein Patient aus?« Miersch war versucht, alle Verantwortung abzugeben und sich sofort einweisen zu lassen. Freundliche Menschen wie diese Schwester würden ihn pflegen. Ihm jeden Wunsch von den Augen ablesen. Nicht mal auf Toilette müsste er gehen. Es wäre wie im Paradies. *Sie wünschen?* Daunendecke und ein Schokoeis.

Unter Aufbietung aller Konzentration sagte er: »Ich möchte zu Philip Thede.«

Die Schwester nickte freundlich und gab ihm den Weg frei. »Dritte Tür rechts.«

Miersch fragte sich, was er hier wollte. Er handelte unter Zwang, ferngesteuert. Er hatte die Konfrontation nicht gewollt. Er wusste nicht, wie er reagieren sollte. Er fühlte sich ungerecht behandelt. Von allen. Robert Zehmisch und Philip Thede waren Mörder. Aber die öffentliche Ruhe und Ordnung musste gewährleistet werden. Dafür zu sorgen, war sein Job. Jetzt stand

Miersch vor einem Krankenzimmer und traute sich nicht, die Tür zu öffnen. Er drückte langsam die Klinke und hatte das Gefühl, gleich eine Explosion auszulösen.

Im Zimmer war es sehr still. Das Bett stand in der Mitte des Raumes. Miersch trat näher. Unter der Decke verschwunden lag Philip Thede. Die Hände auf dem Überbett. Die kraftlosen Muskeln zogen seine Finger in eine unnatürliche Stellung. Sein Atem ging röchelnd. Er war fast noch ein Knabe. Die Gesichtszüge kindlich. Kaum Bartwuchs. Am rechten Auge ein Muttermal. Rot, fast violett. Der junge Mann hatte den Mund leicht geöffnet. Speichel tropfte seine Wange hinunter. Die Augen blickten Miersch an und durch ihn hindurch. Die Lider flatterten. Philip Thede schien sprechen zu wollen.

»Miersch. Konstantin Miersch. Ich war der Einsatzleiter, der eure Flucht beenden musste.«

Der Patient gurgelte. Miersch interpretierte das als Gesprächsangebot. Philip verstand ihn. Und wenn Philip ihn verstehen konnte, dann lag er mitnichten im Koma. Der Kriminaldirektor war sich sicher, der vor ihm liegende Kerl war putzmunter. Philips Mutter, der Hönig, die Kollegen – sie hatten ihn alle belogen! Es war eine unglaubliche Intrige. Die kämpften mit allen Mitteln. Sie wollten ihn zur Abdankung zwingen. So nicht! Aber klar, er hätte viel eher mit dem Jungen reden müssen. Philip hätte ihn verstanden. Das unwürdige Nachspiel wäre nicht eingetreten. Verdammt! Nach fast vierzig Jahren im Beruf hatte er sich gehörig verladen lassen. Doch jetzt hatte er begriffen. Jetzt würde er kämpfen.

Unser herzlicher Dank gilt den Genossen des Institutes für Marxismus-Leninismus und jener Reinigungskraft aus dem Foyer, sie haben wertvolle Hinweise gegeben. Sie leben hoch, hoch, hoch!

Miersch sprach zum Jungen im Bett vor ihm: »Philip, ich habe den Einsatz geleitet, die Kräfte koordiniert. Warum haben Sie unsere Gesprächsangebote nicht wahrgenommen? Warum musste die Lage eskalieren? Sie hätten doch nur mit uns reden müssen! Verdammt! Reden!«

Mierschs Hände umklammerten das Bettgestell. Er rüttelte dran. Es bewegte sich keinen Millimeter. Philip wackelte mit dem Kopf, krächzte, schien die Hände zu heben. Unglaublich! Der wies alle Schuld von sich.

Das kann doch nicht wahr sein! Miersch kochte vor Wut und war so weit, dem Simulanten endlich die Meinung zu sagen. Er schrie: »Ich trage keine Schuld! Du bist der Mörder! Du und dein Freund!«

Eine Klingel schrillte. Die adrette Schwester kam ins Zimmer, setzte sich auf die Bettkante und versuchte, den Patienten zu beruhigen. Sie streichelte ihm Stirn und Hände. »*Sch, sch, sch.*« Sie pustete Philip Thede ins Ohr. »*Sch, sch, sch. Alles wird gut. Keine Angst.*«

»Der hat mich verstanden. Alles versteht der. Jetzt muss er reden!« Miersch stürzte auf die Krankenschwester zu, versuchte, sich zwischen sie und Philip Thede zu drängen.

Sie hinderte ihn, schüttelte den Kopf. »Machen Sie sich keine Hoffnung. Manchmal sieht es so aus, aber er lebt nicht in unserer Welt.«

»Der spielt Ihnen was vor! Keine Ahnung, wie er das macht.«

Die Schwester lächelte milde. »So kann keiner lügen.«

Der Patient atmete wieder stiller, scheinbar beruhigt. Die Schwester sah Miersch ins Gesicht. »Zum ersten Mal hier?«

Miersch nickte mehrmals, als wäre er ein Kleinkind. »Alle geben mir die Schuld an seinem Zustand.«

»Die Mutter kämpft, möchte dass es ihm besser geht, dass er alle Hilfe bekommt. Würden Sie nicht auch alles für Ihr krankes Kind tun? Selbst wenn es straffällig wurde. Er ist doch ein Mensch.«

Alles fürs Kind? Elisabeth und Bernadette hießen seine Töchter. Namen, die Margo ausgesucht hatte. Sie studierten, besuchten ihre Eltern selten. Bernadette hatte seinen Navigator noch immer in Eichstädt. Gerade heute hätte Miersch ihn gebraucht. *Neurophysiologisches Rehabilitationszentrum Leipzig.* Er hätte das Zentrum schneller gefunden. Doch jetzt war er da. Jetzt musste er sich mit Philip Thede nur noch aussprechen, dann hatte diese Hetzjagd endlich ein Ende. Er war wieder ein freier Mann und konnte freie Entscheidungen treffen, ohne dass ihm die Presse Vorwürfe machte. *Der Entwicklungsweg der Deutschen Volkspolizei ist begleitet von erbitterten Klassenauseinandersetzungen …*

»Haben Sie Kinder?«

Für Momente wusste Miersch nicht, wo er sich befand. Er hatte nur eines begriffen: Simona Thede und Joseph Hönig hatten ihn nach Strich und Faden belogen. Und alle spielten da mit. *Unverschämtheit!* Dass er das nicht eher durchschaut hatte, er musste sich wundern. Vielleicht war er doch im Job überfordert. »Kann ich jetzt bitte mit Philip Thede reden?«

»Natürlich.« Die Schwester trat beiseite. »Nur wird er kein Wort verstehen.«

»Was wissen Sie denn!« Miersch trat an das Bett, versuchte in Philips Augen zu schauen und blieb an einem Muttermal hängen. Das schien sich immer mehr ins Schwarz zu verfärben. Wurde es größer?

»Sag deiner Mutter, dass ich unschuldig bin. Die Katastrophe habt ihr zu verantworten. Du und dein Freund. Der ist tot. Und einen Freispruch wird es für dich nicht geben. Wage nicht, allen etwas vorzuspielen! Du verdammter Rotzlöffel! Mörder! Du Schwein!«

Miersch hätte den Patienten geschlagen, wäre ihm nicht die Schwester in den Arm gefallen. Ihm standen Tränen in den Augen. Philips Muttermal hatte die Seiten gewechselt und glänzte jetzt links überm Auge.

»Beruhigen Sie sich!«

»Der spielt Ihnen doch was vor. Sind Sie so blöd, dass Sie das nicht merken?«

Miersch kämpfte. Es kam zum Gerangel. Ein Gerät gab wieder Alarm und leuchtete rot, rot, rot. Eilige Schritte kamen den Gang entlang. Dann flog die Tür auf.

»Raus! Aber sofort raus hier!«

Ein kräftiger Arzt schrie ihn an. Sein Bauch hing über dem Gürtel. Das Doppelkinn war sein Hals. Er drehte Miersch den

Arm auf den Rücken. Polizeigriff. Miersch hatte ihn selbst jahrelang trainiert.

»Wie ist dieser Mann in das Zimmer gekommen?«

»Wir sind doch immer froh, wenn Bekannte zu Besuch kommen und mit ihnen sprechen. Ich dachte, das tut dem Patienten gut. Kann ich ahnen …«

Jetzt beschuldigte ihn auch noch die Schwester. Miersch versuchte, sich aus dem stahlharten Griff zu befreien. »Ich bin unschuldig! Ich kann nichts dafür, dass der hier liegt!«

Die Schwester kam nah an sein Gesicht, gleich würde sie *Sch, sch, sch* machen und ihm ins Ohr blasen. Er war kein Kleinkind!

»Ich kann nichts dafür!«, brüllte Miersch.

»Das hat auch keiner behauptet.«

Der Arzt lockerte seinen Griff nur leicht und schob Miersch vor sich her aus dem Zimmer, wobei ihn die Schwester nicht aus den Augen ließ. Als bräuchte Miersch selbst eine Behandlung, so wurde er von ihr gemustert.

»Sie habe ich noch nie bei dem Patienten gesehen.«

»Mein Name ist Miersch. Kriminaldirektor Konstantin Miersch.«

»Freut mich, Sie kennenzulernen.« Der Arzt reichte ihm tatsächlich die Hand.

»Seine Mutter gibt mir die Schuld. Aber Philip Thede ist ein Mörder und Erpresser. Geiselnahme. Sie erinnern sich sicherlich …

»Ja. Aber der Junge liegt seit Wochen im Koma. Wir wissen nicht, ob er jemals aufwachen wird.«

»Spielt er Ihnen nichts vor? Mich hat er gerade sehr gut verstanden.«

»Nein, Herr Miersch, das sieht nur manchmal so aus, als würden diese Patienten begreifen. Nichts, da ist nichts. Aber wir geben die Hoffnung nicht auf, dass der Junge die Welt irgendwann wieder wahrnimmt. Manche haben das nach Jahren wieder geschafft.«

»Ich bin nicht schuld!«

»Natürlich nicht.« Der Arzt hörte sich an, als würde er durch ein Ofenrohr sprechen. »Aber eine Mutter wird kämpfen, mit welchen Mitteln auch immer.«

Miersch glaubte, nicht recht verstanden zu haben. Stand der Arzt auf seiner Seite? Er lächelte freundlich, wie ein Psychiater.

»Aber warum tut sie mir das dann alles an? Warum mir?« Miersch fasste den Arzt an seinem Kragen. Der wehrte sich nicht. *Zureden. In Ausnahmesituationen gut zureden.* Also gehörte auch er zur Verschwörung dazu, und beinah hätte Miersch ihm vertraut.

»Weil es das Ganze erträglicher macht.«

Was wusste der denn vom erträglicher Machen? So ein Schwachsinn! War Miersch denn nur von Irren umgeben? »Warum tun Sie mir das an?«, fragte er leise.

»Ich will Ihnen helfen. Verstehen Sie? Helfen!«

»Lassen Sie mich mit diesem Schwein reden. Mich wird er verstehen.«

Miersch hörte Schritte. Wie Kanonenschüsse hallten sie durch den Flur. Dann war es endgültig vorbei. Der Supergau. Miersch sah ihr Gesicht. Simona Thede kam auf ihn zu. Sie war riesengroß, wurde noch größer, sprengte den Raum. Und sie war verbissen wie Lara Croft. Massig wie Hella von Sinnen. Laut wie die Merkel beim Wahlkampf. Aber Simona Thede sagte kein Wort. Sie schlug zu. Immer wieder schlug sie auf ihn ein. Er spürte ihre Nägel, die Knöchel, ihre Faust. Er hörte es klatschen. Er hörte sie schreien. Geschah das alles ihm oder war es ein Film?

»Hören Sie damit auf. Verdammt!« Wahrscheinlich brüllte der Arzt inzwischen und lächelte nicht mehr. »Hören Sie auf! Es wird nur alles noch schlimmer!«

Kein Film! Es passierte tatsächlich. Nur mit Mühe konnten die Schwester und der Arzt Simona Thede von ihm trennen. Miersch lag am Boden. Sein Blut tropfte auf die Kacheln des Flurs.

»Schauen Sie mich einmal an?«

Miersch blickte auf und sah in die Linse eines Fotoapparates. Wie kam denn dieser Paparazzo hierher? Wo war er? *Mörder. Monster.* Es klickte und klickte und klickte und klickte.

»Vielen Dank«, sagte der Fotoreporter.

Miersch hechelte. »Sie können doch nicht … Die Fotos«, rief er ihm hinterher, »bitte, die Fotos!«

Sie alle lachten. Das Komplott war perfekt. Alle steckten sie unter einer Decke. Alle! Die im Präsidium gehörten dazu. Die im Krankenhaus auch. Von wegen Verständnis! *Mörder! Monster! Menschenschlächter!* Sein Kampf war aussichtslos. Er würde sich nicht mehr wehren. Er sah Philips Leberfleck schwarz und immer größer werden. Er lag am Boden. Dann kam die Nacht.

6

»Tatzeit zwischen zwölf und zwei Uhr nachts.«

»Schwester Monique behauptet, während der Nachtschicht könnte keiner hier auf die Station.«

»Doktor Barthelmes sagt das auch.«

Kohlund drehte seine leere Kaffeetasse auf dem Sprelakart des Tisches und überlegte, ob er sich ein Stück des Kuchens nehmen sollte, der noch immer unberührt da stand. Das Personal hatte auf Pausen verzichtet, zu groß war die Hektik an diesem Sonntag. Kohlund hatte das Gefühl, dass ständig irgendwo eine Lampe rot aufleuchtete oder eine Sirene losging. Ärzte und Pfleger hasteten vorbei und schoben Betten über die Gänge. Kranke wuselten dazwischen herum. Besucher standen an den Wänden wie Schwemmholz und fragten mit ernsten Gesichtern nach ihren Angehörigen. Wenn sie sich im Schwesternzimmer erkundigten, konnten ihnen weder Kohlund noch die Beetz Auskunft geben. Kopfschüttelnd verschwanden sie wieder. Berger von der Technik und seine Kollegen sicherten Spuren. Nicht nur im Zimmer des Toten.

»Wie auf dem Bahnhof.« Die Beetz sah in den Regen.

Kohlund nickte. Tatzeit zwischen zwölf und zwei Uhr nachts. Bei einem Raubüberfall würde diese Zeit nicht verwundern, aber bei einem Mord im Krankenhaus? In einem Krankenhaus herrschten strenge Regeln. Die Kranken schliefen. Nur bei den Notfällen sah die Schwester ins Zimmer. Kohlund blätterte im Bericht der vergangenen Nacht. Das Protokoll vermerkte jeden Schritt. Die Nachtschwester hatte es penibel geführt. Besondere Vorkommnisse: keine.

Schwester Monique hatte der Beetz dasselbe gesagt wie Dr. Barthelmes ihm: Nachts wurde die Station verschlossen, die Türe verriegelt. Wer dennoch herein musste, klingelte. In der Nacht war der Bereitschaftsarzt nicht nur für diese eine Station verantwortlich. Er sicherte die Betreuung für drei Stationen. Dr. Barthelmes hatte sich in seinem Oberarztzimmer aufgehalten und nichts Ungewöhnliches bemerkt. Er hatte sogar vier Stunden durchschlafen können. *So ein ruhiger Dienst ist selten.* Nicht ein einziges Mal hatten die Nachtschwestern ihn gerufen.

»Wir müssen die Nachtschwester … wie hieß die noch mal? …«, Kohlund sah in sein Notizheft, »… Anita Demand befragen.«

Seltener Name, und anscheinend war sie nur für die Nachtdienste zuständig, sie stand immer von 22 bis 6 Uhr im Dienstplan. Wahrscheinlich wurden die unattraktiven Schichten ausgelagert und für diese Stunden billigere Arbeitskräfte engagiert.

»Konkret heißt das: ich.«

»Was ich?«

»Ich soll Anita Demand befragen.«

Kohlund war sich nicht sicher, ob die Beetz scherzte oder auf Gleichberechtigung drang. Er sah zu ihr und zuckte die Schultern. »Das ist kein Befehl. Ich kann das Gespräch auch übernehmen.«

»Geht schon.«

Die Beetz schlürfte ihren letzten Schluck Kaffee und schwang sich ihr Täschchen über die Schulter.

»Haben Sie die Adresse?«

»Schwester Monique hat sie mir gegeben. Ich habe mich auch schon bei Frau Demand gemeldet.«

Die Beetz verschwand süffisant lächelnd, wahrscheinlich sollte ihn ihre Aktivität beeindrucken. Tat sie auch, aber Kohlund ließ es sie nicht merken.

»Ah, ja.«

Die Kollegin war verschwunden. Kohlund schenkte sich aus der Kanne nach, aber es reichte nur für eine halbe Tasse. Er blickte zur Maschine und hoffte, dass die Schwestern nicht von ihm erwarteten, neuen Kaffee zu kochen.

Neben dem Kühlschrank über einem Schreibtisch hing an der Wand der Dienstplan. Kohlund las Namen und Wochentage. Die Kästchen waren mit bunten Stiften ausgemalt. Rot und grün und rabenschwarz. Er konnte das System nicht durchschauen. Aber Schwester Monique stand an erster Stelle bei den Namen vom Personal. Wahrscheinlich war sie die Stationsschwester hier, trug die Verantwortung. Kohlund stellte sich vor, was passieren würde, wenn er ein paar zusätzliche Kästchen ausmalen würde. Doppelschichten, Leerlauf und Geschrei. *Welcher Idiot!?* Er lächelte für sich und fand Anita Demand auch dort ausschließlich für die Nachtschichten eingetragen. Himmelblau war ihre Farbe. Immer nur Nachtdienst. Jeden Tag. Jede Woche. Wahrscheinlich ein unterbezahlter Pflegeengel aus Osteuropa oder der Türkei.

Es klopfte. In der Tür stand Schwester Monique und zog ihre Plastehandschuhe vom Arm. Hinter ihr schaute eine zierliche Frau, ein Kleinkind auf dem Arm, mit großen Augen und sehr streng zurückgebundenen Haaren ins Zimmer. Kohlund hatte den Eindruck, sie riss sich mit dieser Frisur die Kopfhaut vom Schädel. Die Frau kämpfte mit ihren Gefühlen und war doch erstaunlich gefasst. Schwarz gekleidet. Jeans, eine Bluse. Um den Hals ein goldenes Medaillon. Neben ihr stand ein vielleicht Vierzehnjähriger, der einen Zehnjährigen an seiner Hand hielt. Der Kleinere schaute aus ebenso großen Augen wie die Mutter, auch er weinte nicht, kein Lächeln. Der Ältere schaute konsequent an ihm vorbei. Nur das Kleinkind plapperte fröhlich und lutschte am Schnuller.

»Bettine Stuchlik«, sagte Monique knapp und verschwand, wobei sie die Handschuhe schwang.

»Polizei?«, fragte Frau Stuchlik.

Kohlund wusste nicht, wie er beginnen sollte. »Mein Beileid.«

»Wir warten seit Monaten auf diese Nachricht. Es war für Frank eine Erlösung. Glauben Sie mir. Er hat genug gelitten. Es ist gut, dass es endlich vorbei ist.« Mit der freien Hand machte sie eine kurze Bewegung unter die Augen, als würde sie Tränen verwischen.

»Ihr Mann ist keines natürlichen Todes gestorben.«

»Darf ich ihn noch einmal sehen?«

Bettine Stuchlik schien seine Worte nicht zu begreifen und rückte dem Kleinen seinen Schnuller zurecht. Der Gacksch an ihrem Hinterkopf ähnelte einer Wollkugel, die Kohlunds Oma zum Stricken verwendete.

»Liegt er in seinem Zimmer?«

Dort sicherten Berger und seine Kollegen von der Technik noch immer die Spuren. Kohlund wusste die nächste Frage, bevor sie sie aussprach.

»Darf ich?«

Kohlund nickte, er konnte der Frau diesen Wunsch nicht verwehren. Er stand auf und bat sie höflich, ihm zu folgen. Wie eine Prozession schritten sie über den Gang. Entgegenkommende grüßten verhalten. Eine ältere Dame reichte Frau Stuchlik die Hand.

»Er wird froh sein. Ich bin es für ihn«, sagte Bettine Stuchlik kaum verständlich.

Die Alte kniff sich zwischen die Augen. Wahrscheinlich auch eine Langzeitpatientin. Die Sehnen am Hals ließen ihre dünne Haut wie Fahnen im Wind flattern. Der Bademantel schlotterte um ihre knochigen Beine. Gesicht und Hände waren mit dunklen Flecken übersät. In der Vene steckte eine Kanüle. Die Alte nickte betroffen, dann schob sie ihren Tropf weiter.

»Gute Besserung kann man hier keinem wünschen, nur einen schmerzfreien Tod.«

Bettine Stuchlik lief voran. Die Kinder folgten. Das Kleinkind hustete. Frau Stuchlik nahm ihm den Schnuller aus dem Mund und beklopfte seinen Rücken. Unverdaute Nahrung lief auf ihre Bluse. Der große Bruder wischte sie der Mutter mit seinem Taschentuch weg.

Die Tür stand offen. Bergers Anweisungen waren zu hören. *Auch unter dem Fenster und davor!* Ein dünnes Motorengeräusch erklang. Ein Mann fotografierte. Einer kniete vorm Schrank. Ein anderer bestäubte Tischchen und Bettgestell und legte die Folie für die Fingerabdrücke darüber. Der Tote lag auf dem Bett, als würde er schlafen.

Kohlund ließ Frau Stuchlik den Vortritt. Die Techniker glotzten sie an, als wäre sie eine extraterrestrische Erscheinung. Kohlund hielt Bergers vorwurfsvollem Blick stand. Der Cheftechniker gestattete die Pause: *Auf eine Zigarettenlänge!* Die Polizisten verließen einzeln den Raum. Ihre Koffer und Geräte bildeten ein Motiv für moderne Kunst. Eine Installation, die en vogue war.

Bettine Stuchlik schob die Decke zur Seite und setzte sich auf das Bett. Die zwei Jungen standen daneben. Sie betrachtete ihren Mann.

»Ich warte draußen«, sagte Kohlund in die Stille.

Sie nickte. Ob auf seine Ankündigung, konnte er nicht entscheiden. Bettine Stuchlik nahm Kohlund überhaupt nicht zur Kenntnis. Den Kindern glitzerten die Tränen nun doch in den Augenwinkeln. Der Kleine krähte und erzählte sich eine Geschichte, den Schnuller in der Hand. Wahrscheinlich wollte er Mutti und seine Geschwister zum Spielen animieren. Seine Finger rupften Bettine Stuchlik in den Haaren. Der gebundene Knoten saß fest wie eine Eisenkugel. Unverrückbar. Ewig. Frau Stuchlik wehrte sich nicht gegen die kleinen Hände in ihrem Gesicht. Kohlund ging und stellte sich an die Tür. Er kam sich vor wie der Personenschutz vor der Hotelsuite eines Stars.

Kohlund wartete. Die Minuten schlichen endlos dahin. Er sagte sich, jetzt könne er die Familie stören, und wartete doch weiter.

Dr. Barthelmes kam und fragte: »Fertig?«

Kohlund schüttelte den Kopf. »Die Witwe.«

Dr. Barthelmes nickte und ging seinen Aufgaben nach. Die Alte am Tropf näherte sich wieder und blickte Kohlund durchdringend an, so, als könne sie durch ihn ins Jenseits sehen. Er blickte verkrampft in die andere Richtung. Es widerstrebte ihm, mit ihr über den Tod zu reden. Und worüber sonst konnte er mit der alten Frau sprechen? Sie stellte keine Fragen, schlurfte vorbei und verschwand im nächsten Zimmer. Es war trostlos. Kohlund beschloss, eher aus dem Fenster zu springen, als hier sterben zu müssen.

Er wollte nicht, aber er musste jetzt den Abschied der Familie beenden. Als er die Tür öffnete, prallte er gegen den großen der Söhne. Bettine Stuchlik atmete schwer und hielt Kohlund ihren Kleinen entgegen. Das Baby fasste dem Kommissar sofort an die Nase.

»So kann ich keinem unter die Augen treten.« Bettine Stuchlik trat ans Waschbecken. Mit feuchten Händen tupfte sie sich ins Gesicht und lösten den Knoten. Ihre Haare fielen locker über den Rücken. Kohlund erstaunte die Länge. Dann brachte sie sie mit einem Kamm in Fasson und band erneut den Knoten. Schwer, straff und streng. Bettine Stuchlik wandte sich ihm wieder zu. Der Kleine brabbelte spuckend, als sie ihn zurück auf ihren Arm nahm.

»Stellen Sie Ihre Fragen.«

»Nicht hier. Wollen wir gehen?«

»Wohin? Bei diesem Regen.«

Sie nahmen im Schwesternzimmer Platz. Neuer Kaffee brodelte in der Maschine. Schwester Monique schaute herein. »Kinder, greift zu«, sagte sie.

Die Söhne langten nach Eierschecke und Pflaumenkuchen. Sie aßen ohne Teller und Gabel gleich aus der Hand. Ihre Mutter lächelte, als könnte sie in die andere Welt sehen, in die ihres Mannes. Es wirkte selig, als wäre eine Last von ihr genommen.

»Das ist kein Fall für Sie, Inspektor, legen Sie ihn zu den Akten.«

»Das können wir nicht. Wollen Sie nicht wissen, wer Ihren Mann umgebracht hat?«

»Der Krebs, Herr Inspektor, der Krebs.«

Nein, dachte Kohlund und sagte: »Ja.«

Die Maschine war durchgelaufen. Kohlund schenkte sich Kaffee ein. Frau Stuchlik lehnte dankend ab und holte sich Mineralwasser aus dem Kühlschrank des Personals. Sie bat niemanden darum, hatte es wahrscheinlich schon öfter getan.

»Ihr Mann wurde erdrosselt. Heute Nacht zwischen zwölf und zwei, sagt der Arzt.«

Sie atmete schwer, seufzte. »Da hat mich Pascal dreimal geweckt. Wollte Breichen. Das dauert. Aber Zeugen dafür habe ich keine. Der Kleine wird keine Aussage machen.«

Bettine Stuchlik wandte sich zu ihrem Sohn. Kohlund hatte sie nach keinem Alibi gefragt. Sie erzählte alles freiwillig. Er nahm es zur Kenntnis.

Die großen Geschwister kicherten leise und erzählten sich flüsternd etwas, das sicher nichts mit dem Vater und dessen Tod zu tun hatte. Wahrscheinlich lachten sie über Kohlund. Und erneut nahmen sie Kuchen vom Teller. Die Stuchlik holte noch Cola aus dem Kühlschrank und goss es in Gläser.

»Können Sie sich ein Motiv für diese Tat vorstellen?«

»Frank wollte sterben.«

»Aber er kann es allein nicht getan haben. Dazu war er zu schwach. Wissen Sie, wie viel Kraft man braucht, um sich die Kehle zuzuschnüren?«

»So viel nun auch wieder nicht.« Sie sagte es, als hätte sie es probiert. »Endlich. Es hat ein Ende.«

Bettine Stuchlik schluchzte, jetzt liefen ihr doch die Tränen. Ihre Söhne schauten erschrocken hoch. Der Große stand auf und streichelte seiner Mutter über ihren Haarknoten. Eine Strähne fiel aus dem frisch gebundenen Gacksch.

»Hatte Ihr Mann Feinde?« Kohlund stellte seine Frage kaum hörbar.

»Was denn für Feinde? Frank kämpfte seit Jahren gegen die Krankheit. Irgendwann hatte es keinen Sinn mehr. Der Krebs hatte gesiegt. Wir mussten es akzeptieren, eine Wahl hatten wir nicht. Endlich ist es vorbei.«

Das war Kohlund in seiner langjährigen Dienstzeit noch nie vorgekommen: Die Hinterbliebenen waren froh, dass der Tod endlich eingetreten war. Vielleicht waren sie damit einverstanden, dass jemand nachgeholfen hatte. Dabei war das Opfer weder ein Ekel noch ein Schläger, er war auch kein Perverser gewesen. Was Kohlund bislang über Frank Stuchlik wusste, gab keinen Anlass, solche Mordmotive in Betracht zu ziehen. Ehestreit oder Differenzen mit den Kindern waren nicht offensichtlich, die Familie belastete nur die schwere Erkrankung des Vaters. Aber die Mordkommission stand erst am Beginn ihrer Ermittlungen. Einen Grund musste es geben, warum Frank Stuchlik umgebracht worden war. Über seinen Tod waren alle Betroffenen erleichtert, als sei ihnen eine Last von den Schultern genommen. Aktive Sterbehilfe kam in Betracht, aber nachts um eins auf einer geschlossenen Station? Bettine Stuchlik traute Kohlund die Tat nicht zu. Sie hatte ihm soeben gesagt, was sie in der Todesnacht getan hatte: Breichen gekocht. Dass die Kinder den Vater ermordet haben könnten, war völlig absurd, ausgeschlossen. Er musste die weiteren Mitglieder der Familie befragen.

»Wissen die Eltern Ihres Mannes von seinem Tod? Leben sie noch?«

»Ja. Sie kommen heute aus Wolgast.« Bettine Stuchlik blickte zur Uhr. »Müssten bald da sein. Sonntagvormittag sind die Autobahnen noch frei.«

Die Eltern reisten von der Küste an. Auch ihre Beteiligung am Verbrechen konnte sich Kohlund nicht vorstellen. Blieben die Freunde, Kollegen, die Ärzte und Schwestern. Vielleicht war es ein Komplott.

»Wann kann ich die Beerdigung organisieren?«

Bettine Stuchliks Kälte überraschte Kohlund nicht wirklich, er hatte oft erlebt, dass Hinterbliebene rein geschäftsmäßig reagierten. Ihr Leben geht weiter.

»Ein paar Tage wird's dauern. Ihr Mann muss obduziert werden.«

»Grüßen Sie mir den Krebs!« Sie verkrampfte sich kurz, als hätte sie ein stechender Schmerz überfallen, und Tränen liefen ihr über die Wangen, tropften auf das Hemdchen des Kleinen. Die beiden Größeren schauten Kohlund vorwurfsvoll an, als trage er die Schuld an den Tränen. Er hielt ihrer gnadenlosen Musterung und dem stillen Vorwurf nicht stand, entschuldigte sich und wusste nicht, wofür.

Am Fenster des Flures troff der Regen noch immer in Bächen hinunter. Tränen, überall Tränen, mein Gott. Kohlund erkannte Kriminaldirektor Miersch auf dem Parkplatz. Ein Arzt begleitete ihn zu seinem Auto. Miersch war also doch vor Ort, wollte wohl ihn und die Arbeit der Mord zwo kontrollieren. Der Arsch hatte wahrscheinlich hinter seinem Rücken mit den Ärzten und Schwestern gesprochen. Jetzt fuhr der Chef wieder nach Hause. Vielleicht war dieser ganze Fall eine Finte. Ein Mord, der keiner war. Ein natürlicher Tod, mit falschen Indizien. Aber der Bluterguss am Hals wies eindeutig auf einen gewaltsamen und vorsätzlichen Tod hin. Kohlund fühlte sich hintergangen. Hier sagte keiner die Wahrheit. Keiner. Und die Tropfen prasselten gegen das Fenster. Im Schwesternzimmer hörte Kohlund Bettine Stuchlik laut schreien.

7

»Wir behalten ihn hier!«

Die dunkle Stimme war es gewohnt, Befehle zu geben. Er hörte Schritte. Dann wurde ein Rollo heraufgezogen, das Fenster geöffnet. Es wurde kalt. Ein Wasserhahn lief, jemand wusch sich die Hände.

»Machen Sie ein Bett fertig.«

Die Stimme schwebte bedrohlich nah über ihm. Er glaubte, einen Atem zu spüren. Aber vielleicht war es auch nur ein Lufthauch vom Fenster. Er wusste nicht, wer sprach und ob mit ihm, doch andere Menschen mussten noch im Zimmer sein. Die Stimme erinnerte ihn an jemanden, er hatte sie schon einmal gehört. Margo konnte im gleichen autoritären Tonfall sprechen, hatte jedoch eine weit höhere Stimmlage. Sie war es nicht, und er lag nicht zu Hause. Und so nah war Margo seinem Gesicht seit Jahren nicht mehr gekommen. Dann erneut der Befehlston. Eine

Hand klatschte ihn sanft auf die Wangen. Links, rechts, links. Es war ihm nicht unangenehm.

»Hallo! Hallo, Herr Miersch, hören Sie mich?« Jetzt sprach eine Frau. Ihre Stimme hatte ein angenehmes Timbre. Wie die Moderatorin vom Fernsehen. Wie hieß die bloß? Er sah sie vor sich, sah sie lächeln. *Guten Abend, meine Damen und Herren.* Und diese Frau schlug ihm jetzt ins Gesicht? Miersch war überrascht und genoss die Illusion, ohne seine Augen zu öffnen.

Dann gab der General weitere Befehle. »Noch etwas gegen hohen Blutdruck. Sonst nur Schmerzmittel, und nur, wenn er fragt.«

»Ja.«

»Typisch diese Symptome. Zusammenbruch. Wahrscheinlich zu viel Arbeit und nie Nein sagen können.«

»Ja.«

»Ich denke ein, zwei Wochen. Wir werden sehen.«

Ein, zwei Wochen? Was? Hier? Er begann zu zittern und versuchte, seine Augen zu öffnen. Die Lider waren verklebt. Er fuhr sich mit dem Finger darüber. Kleine Körnchen blieben haften. Jemand schob seine Hände beiseite und benutzte ein feuchtes Tuch. Sein Blick wurde klar.

»Gut geschlafen?«

Die Frau, die ihm ins Gesicht lächelte, war natürlich nicht die nette Moderatorin. Ihr Name fiel Miersch immer noch nicht ein. Aber die Frau hatte Ähnlichkeit mit der Schauspielerin aus *Drei Engel für Charly.* Sie war weiß gekleidet und roch aseptisch.

»Wie geht es Ihnen?«

»Wer sind denn Sie?«

Der Engel lächelte professionell. »Ich bin die Veronika. Schwester Vroni.«

»Ah.« Schwester Veronika. So hieß die Moderatorin im Fernsehen nicht. Babette? Birgit? Anna-Maria? Der Name fiel ihm nicht ein. Er war zum Verzweifeln. Dann eben nicht! Sybille? Nadjeschda? Er lag also im Krankenhaus. Doch er wusste nicht, wie er hierhergekommen war. Veronika? Eigentlich würde der Name auch zu der Moderatorin passen. Die Schwester schien immer zu lächeln. Miersch bemühte sich, zurückzulächeln. Kurz trafen sich ihre Blicke. Er sah sich um, so weit er in seinem Bett konnte. Neben Schwester Vroni stand ein Herr im weißen Kittel, der aussah wie Cary Grant. Auch er lächelte milde. Also war er doch nicht im Krankenhaus. Das war hier ein Film, und Miersch nur in die falsche Kulisse geraten.

»Sie heißen Konstantin Miersch?«

Gleich würde Cary Grant ihn zwingen, sein eigenes Todesurteil zu unterschreiben. »Und wie heißen Sie?«, fragte er.

»Das ist Herr Doktor Fränkel.«

»Muss ich den kennen?«

»Nein.« Jetzt strich ihm Schwester Vroni mit dem feuchten Tuch über die Stirn. »Sie machen ja Sachen.«

Schwester Vroni behandelte ihn, als wäre er gerade eingeschult worden.

»Sie sind auf Station IIIb zusammengebrochen. Erinnern Sie sich?«

Moderierte Veronika eine Quizsendung mit Tieren? Wäre möglich. Sie tätschelte wieder seine Wangen. Oder war es die Show mit dem Eine-Million-Jackpot?

»Erinnern Sie sich? Herr Miersch, nicht einschlafen. Hören Sie?«

Ja, er hörte sie. Zusammengebrochen? Hier auf Station? Bei den Komatösen? Du lieber Himmel! Deshalb redeten die, als wäre er behindert oder im Vollrausch.

Er erinnerte sich. Miersch sah Philip Thede in seinem Bett strampeln. Der hatte gegrunzt und ihn augenscheinlich verstanden. Philip Thede, dieser Verbrecher, lag überhaupt nicht im Koma! Nur gaben das die Ärzte nicht zu. Warum nicht? Warum nur nicht?

Ja, er erinnerte sich. Miersch sah Simona Thede auf sich zurennen. Er konnte ihre Schläge noch spüren, fuhr sich über die Wangen und fühlte den Grind. Die Hände der Vroni tätschelten ihn nicht mehr.

Er sah sie vor sich, Simona Thede. Sie hatte auf ihn eingeschlagen und geschlagen und geschlagen. Immer wieder. Miersch hörte sie schreien. Er hörte sich schreien. Er lag am Boden. Und dann kam dieses Kameraauge auf ihn zu. Ganz nah, und drohte, ihn zu verschlucken. War doch alles ein Film? Eine Fernsehaufzeichnung mit der adretten Moderatorin. Isabell? Kati?

»Bin ich verletzt?«, fragte er.

»Ein paar Kratzer. Nichts Ernstes.«

Miersch schob seine Beine unter der Bettdecke hervor. Sie hatten ihn entkleidet. Er genierte sich plötzlich, vielleicht war er ja gänzlich nackt. Und das alles im Fernsehen!

»Sie können sich erinnern?«

Jetzt sprach der Arzt. Er kam mit einer kleinen Lampe auf ihn zu, als wollte er ihn damit erstechen. Aber Dr. Fränkel schaute ihm nur interessiert in die Augen. Es war Miersch ein Rätsel, nach welchen Symptomen Ärzte ihre Diagnosen stellten. Aber der Doktor las in seinen Augen, als könnten die Romane erzählen. Peinlich.

»Mir fehlt nichts«, sagte er.

»Sie waren bewusstlos, sind einfach zusammengerutscht. Das sind ernste Zeichen, damit soll man nicht spaßen.« Dr. Fränkel sprach wie sein Lehrer in Altgriechisch oder Latein.

»Eine Geistesgestörte hat mich geschlagen. Ich bin wohl ungünstig gefallen.«

»Möglich. Aber Ihre Bewusstlosigkeit war sehr tief. Das ist mit den Schlägen der Frau allein nicht zu erklären. Ihre Ohnmacht muss andere Ursachen haben. Wir würden Sie gern zum Durchchecken hierbehalten. Nichts Besonderes. Zu Ihrem Besten.«

Herr Kriminaldirektor, gönnen Sie sich doch mal eine Pause. Urlaub. Sie fallen mir um. Damit ist keinem geholfen. Cholerisch hatte sich Miersch die guten Ratschläge seiner Sekretärin verbeten. Doch Andrea Dressel brachte sie bei jeder Gelegenheit wieder an. Er hatte ihr mit einer Zwangsversetzung drohen müssen. Seither schwieg sie, aber er konnte ihre vorwurfsvollen Blicke kaum ertragen. Die Dressel behandelte ihn, als hätte sie seine Vormundschaft übernommen. Jetzt redete dieser Dr. Fränkel die gleiche Grütze. Nein! So alt war er nicht. Er war seinen

Aufgaben gewachsen. Na aber! Ein Kriminaldirektor ist immer bereit und kann seine Verantwortung auch tragen.

Ja, er machte sich Sorgen um seine Gesundheit. Ja, in schwachen Momenten fühlte Miersch sich alt. Manchmal sehr alt. Jeden Morgen verkürzte der Wecker seinen notwendigen Schlaf. Miersch hatte oft nächtelang kein Auge zugetan. Das Herz stach. Die Gelenke knackten. Seine Zuckerwerte erklommen neue Höhen. Er wusste, dass er Medikamente brauchte, um den täglichen Herausforderungen gewachsen zu sein. Aber als Kriminaldirektor hatte er einfach keine Zeit für den Arzt und für Urlaub schon gar nicht. Er kämpfte um seinen Job und sein Ansehen. *Mörder. Monster.* Margo und die Kollegen schienen an ihm nichts Auffälliges zu bemerken, bis auf die Dressel, die sie seine gute Seele nannten. Im Prinzip war alles normal. Und jetzt quatschte ein Dr. Fränkel von tiefer Bewusstlosigkeit und mal durchchecken lassen. Er lebte seit Monaten am Limit. Das war sein Leben. *Nichts Besonderes!*

»Nein!«, sagte er.

»Wäre aber besser.«

»Sonne wäre besser. Bei diesem Regen.«

Dr. Fränkel und Schwester Vroni starrten ihn an, als hätte er ihnen ein unmoralisches Angebot unterbreitet.

»Danke für Ihre Bemühungen. Aber ich möchte jetzt wirklich gehen.«

»Bei diesem Regen?« Schwester Vroni lächelte wie die Diven in Hollywoodfilmen. Liz Taylor. Kim Novak. Und wie hatten die Engel von Charly geheißen? Da wartete doch die eine von denen, die Blonde, gerade auf den Krebstod wie Patrick Swayze. Lag die im selben Krankenhaus hier? Diese Sarah? Oder war die schon gestorben? Klara hieß die. Oder? Nein, Farrah! Endlich ein Name, der ihm wieder einfiel. Farrah Fawcett, genau. Was wollte er hier im Bett bei den Kranken und Toten?

Dr. Fränkel sprach wie ein Lehrer mit Rohrstock, und er hob auch die Hand, als ob er zuschlagen würde. »Ihr Arbeitgeber kann ein paar Tage auf Sie verzichten. Ich unterzeichne Ihnen die Krankschreibung. Wir geben sie in die Post.«

»Nein! Verstehen Sie, ich kann meinen Posten nicht einfach verlassen. Und aus so nichtigen Gründen schon gar nicht. Zusammengerutscht. Vielleicht war schlecht gebohnert!«

Miersch schob seine Beine neben das Bett, Nacktheit hin oder her. Dr. Fränkel und Schwester Vroni traten zur Seite und blickten erst ihn und dann sich mitleidig an. Miersch erschrak. Gott, wie sah er denn aus? Er hatte ein gestärktes OP-Hemd am Leib, das kaum seine Blöße bedeckte. Schwester Vroni blickte dezent zur Seite, als er an ihr vorbei zum Schrank lief. Dort hing sein Anzug ordentlich auf dem Bügel. Die Schuhe standen exakt nebeneinander. Die Socken darin kräuselten sich.

»Ich danke für Medikamente und Bett.«

»Herr Miersch, bitte bleiben Sie, wir haben Sie doch als Patient bereits aufgenommen.« Schwester Vroni fing fast an zu weinen. Aber er konnte sich auch in ihrem Tonfall getäuscht haben.

»Ich entlasse mich selbst.«

Dr. Fränkel herrschte ihn an: »Nur auf eigene Verantwortung. Und das müssen Sie uns schriftlich bestätigen! Nicht dass wir für die Konsequenzen gradestehen müssen, bei so viel Unvernunft.«

»Ja. Gern. Wo muss ich unterschreiben?« Er fühlte im Jackett seinen Kuli. Diese Mediziner meinten, sie könnten sich alles erlauben. Da war Herr Doktor Fränkel bei ihm an den Falschen geraten.

»Ich warte im Schwesternzimmer auf Sie.« Schwester Vroni verschwand kopfschüttelnd.

Dr. Fränkel folgte ihr forschen Schrittes. Es war wirklich wie in einer billigen Arztserie. Jetzt musste der Patient nur noch einmal zusammenbrechen. Todesnähe. Herzstillstand. Der Doktor griff zum Elektroschocker. *Weg vom Bett!* Einmal. Zweimal. Natürlich würden sie ihn wiederbeleben. *Weg vom Bett!* Und am Ende stand Margo mit Blumen in seinem Zimmer und erneuerte ihr Eheversprechen. Welche Vorstellung!

Was bilden diese Mediziner sich ein! *Auf eigene Verantwortung!* Auf wessen denn sonst? *Das müssen Sie uns schriftlich bestätigen!* Ja, bitte! Gern.

Miersch fuhr in die Hosen. Er schnürte die Schuhe. Er band sich den Schlips. Eigentlich war ihm zum Lachen. Mein Gott, wenn jemand von diesem Vorfall erfuhr … Arztserie. Typisch.

Schwester Vroni reichte ihm wortlos die Papiere, er unterschrieb. Dr. Fränkel versuchte es nochmals auf die sanftere Tour. Vielleicht marterten ihn sein Ärzteethos und der Hippokratische Eid, den er geschworen hatte. Er verfolgte den Kriminaldirektor bis auf den Parkplatz.

»Herr Miersch, Frau Thede lässt Ihnen ausrichten, dass es ihr leidtut. Sie hat das so nicht gewollt.«

»Nicht mich, diese Frau hätten Sie in Behandlung nehmen sollen. Ich bin sehr wohl Herr meiner Sinne.«

»Sicher.«

Sie blieben an Mierschs BMW stehen. »Auf Wiedersehen, Herr Doktor!« Es klang aggressiver, als er beabsichtigt hatte.

Dr. Fränkel blickte etwas pikiert, dann sprach er sehr eindringlich. »Bleiben Sie. Es wäre besser für Sie. Das nächste Mal kann es zu spät sein.«

»Ich bin sowieso zu spät dran.«

»Na, dann gute Besserung.«

»Die werde ich haben.«

Damit stieg Miersch ins Auto und startete mit kreischenden Reifen. Er winkte Dr. Fränkel über den Rücksitz zu. Aber der Arzt war nicht mehr zu sehen.

Die Welt war verrückt. Er schien als Einziger den Verstand behalten zu haben. *Wir würden Sie gern einmal durchchecken. Nichts Besonderes.* Die konnten sich doch nicht alles erlauben! Er war Kriminaldirektor. Er hatte Pflichten. Er trug Verantwortung. *Na, dann gute Besserung.*

Miersch fuhr eindeutig zu schnell um die Kurven. Fast wäre er einem stehenden Bus in die Flanke gefahren. Mein Gott, das war doch nicht möglich! Der Schweiß begann ihm zu laufen. Die Augen brannten ihm. Sein Herz schien Foxtrott zu tanzen.

Er stoppte auf dem nächstgelegenen Parkplatz und versuchte, tief durchzuatmen. Es stach in der Lunge. Sein Puls wollte die Adern sprengen. Mein Gott, bitte nicht wie in diesen billigen

Serien! Der BMW verursachte ihm Platzangst. Miersch stand neben der Straße und im Regen. Er stieg aus, lief durch Pfützen und Matsch. Keine Ahnung wohin.

Autos hupten, als er ihnen in den Weg lief. Er stolperte und rang an einer Hauswand um Atem. Bitte, nicht hier und nicht bei diesem Wetter!

Mierschs verschleierter Blick fiel auf eine Reklame. *Wir fahren. Sie sparen!* Trotz Regen und Sonntag herrschte auf der Straße Verkehr. Ein Hinweisschild gab die Richtung des Macherner Parks an. Ein kleines Gasthaus am Straßenrand lag ihm gegenüber. *Zu den alten Eichen.* Platanen standen neben den Stufen zum Eingang. Fünf Stufen führten unter ein Vordach. Das Haus war weiß verputzt. Rote Kacheln bis unter die Fenster. *Hausgemachte Speisen aus eigener Küche,* las Miersch, und *Zimmer frei.* Er brauchte Ruhe, Erholung. Die Dressel hatte ganz recht: Er musste abschalten. An nichts denken. Nicht an die Arbeit. Nicht an den Rufmord. Vor allem nicht an Philip Thede und seine Mutter. Sein Herz raste noch immer. Er fühlte sich unwohl. Er sollte sich gleich hier in ein Bett legen. Besser als im Krankenhaus war das allemal.

»Einen schönen guten Tag wünsche ich.«

Hinter der Rezeption war kein Mensch zu sehen. Miersch drückte die Schelle. Sie verursachte einen sehr hellen Ton. Er wartete. Seine Finger trommelten einen Rhythmus auf den Tresen. Er läutete noch einmal, haute dreimal auf die Schelle.

»Gomm glei«, schrie's aus den hinteren Zimmern. Wahrscheinlich der Gastraum. Dann öffnete die Wirtin die Tür, wischte die Hände an ihrer Schürze und reichte Miersch die Hand.

»Womit kann ich dienen?«

Sicher, sie war keine Fernsehmoderatorin und Anfang fünfzig. Aber wie sie lächelte, würde sie ihm all seine Sünden verzeihen. Krause Locken rahmten das ungeschminkte Gesicht. Blaue Augen. Zwei Knöpfe ihrer Bluse waren geöffnet. Ein Kettchen lag auf ihrem Dekolleté. Am Finger kein Ring.

»Wollen Sie speisen oder hier übernachten?«

»Beides.«

8

»Das Arschloch tickt doch voll schwul! Vulkane im Garten!«

Franziska Beetz war kurz davor, gegen den Gebrauch solch böser Worte einzuschreiten. Die drei Jungen waren kaum schulreif und sehr beschäftigt. Sie buddelten nach dem Regen friedlich und selbstvergessen im Modder eines Sandkastens, den wohl ein Vater in den kleinen Hausgarten gesetzt hatte. Mit Hingabe gruben sie ein Loch, trotz der kleinen Schaufeln geriet es tiefer und tiefer. Mehr als ein Unterarm reichte bereits hinein.

»Wann soll denn das Feuer kommen? Ich sehe kein Fünkchen.«

»Papa hat gesagt, dass die Welt im Inneren aus Hitze besteht. Manchmal kommt's raus. Das sind dann Vulkane.«

»Und du meinst, so einen Vulkan haben wir dann in unserem Garten?«

»Wäre doch schön. Wir müssen nur tief genug graben.«

Einer der Naturforscher hatte Zweifel, stemmte die Hände in die Hüfte und schüttelte den Kopf.

»Ganz unten ist Feuer, hat mein Vater gesagt.« Der kleine hub mit seinem Schäufelchen in das Loch.

»So tief? Wenn da was passiert? Meine Eltern haben bestimmt was dagegen. Haben die immer.«

Auch der mit dem Schäufelchen erhob sich. Ungläubig starrten die Knaben hinein in ihre Grube und spürten weder Hitze noch Feuer. Beetz lief lächelnd vorbei. Auch sie hatte als Kind gern im Schlamm Burgen und Kanäle gegraben.

»Noch ein bisschen.« Der, der es wusste, gab das Kommando. »Los. Irgendwann wird das Feuer schon kommen. Ganz sicher. Kann nicht mehr weit sein. Paar Meter, und dann haben wir unseren eignen Vulkan. Überlegt mal …«

Die Freunde überlegten und beschlossen, noch einen Meter zu graben.

»Das ist doch voll Fantasie, einen Vulkan im eigenen Garten. Der nimmt uns hopp, aber gewaltig.«

Beetz schmunzelte. Die Erkenntnis der Weltzusammenhänge stand diesen Kids noch bevor. Auch wenn sie sich ihre Kindergartenzeit nicht zurückwünschte, schön war es doch gewesen. *Bummi, Bummi, Bummi, Bummi, brumm, brumm, brumm.* Sie sah sich mit Caroline Frederetzki *Faules Ei* spielen. Tibor Grundmann war beim Spaziergang in das Elsterflutbecken gefallen. Und mit der Parkeisenbahn fuhren sie nur einmal im Jahr. Fräulein Raulien war die beste Kindergartentante der Welt und hatte Franziskas Hamster Fressbacke getauft. Mutti sagte Mulchen zu ihm. *Bummi, Bummi.* Sie würde das Lied jetzt bis zum Abend durchsingen, wenn sie ihre Gedanken nicht ablenken konnte, sie musste sich konzentrieren.

Anita Demand wohnte in einer Wohnsiedlung der zwanziger Jahre. Damals hatten Architekten noch nicht in zehn Etagen und ganzen Stadtvierteln gedacht. Die dreigeschossigen Häuser standen durch Hausgärten und die Bleiche getrennt. Keiner blickte den Nachbarn aufdringlich ins Zimmer oder auf den Balkon. Blumen blühten und Obstbäume. Eine ältere Frau häckelte und zupfte Unkraut. Eine Mutter rief nach ihrem Kind. Eine Idylle, die Franziska Beetz mit ihrer derzeitigen Wohnlage nicht vergleichen wollte. *Bummi, Bummi.* Die Knaben rätselten noch, wann das Feuer wohl käme und griffen wieder nach ihren Schaufeln. Ihr Entdeckerdrang war größer als alle Zweifel.

Hausnummer 11 stand an einem Durchgang zur Straße. Franziska Beetz suchte am Klingelschild nach dem Namen und entschied sich, erst an der Wohnungstür zu läuten. Der Ton hallte zweimal. Hinter der Tür hörte sie Kindergeschrei. Als sie geöffnet wurde, drängelten sich ein Junge und ein Mädchen um den ersten Blick auf den neuen Besuch. Erstaunt blickten sie zu ihr auf. Acht Jahre die beiden, maximal zehn.

»Ich habe gewonnen«, stellte der Knabe sachlich fest.

»Und wer hat die Klinke gedrückt?«, sagte das Mädchen und schob sich vor ihren Freund oder Bruder.

Die beiden waren festlich gekleidet. Der Junge trug Fliege. Der Kleinen hatte man Blüten ins goldlockige Haar gebunden.

»Frag Mutti, ich war der Erste!«

»Nein. Ich!«

Sie gingen mit den Fäusten aufeinander los. Er griff ihr in die Haare, sie ließ seine Fliege schnipsen. Gleich würde einer anfangen zu weinen.

»Ist eure Mutti zu Hause?« Beetz' Frage beendete den Kampf.

Die Kinder ließen von einander ab. Der Junge sagte abschätzig, wie es eigentlich nur Erwachsene konnten: »Die sitzen alle drin beim Kaffee. Hat Oma dich auch eingeladen?«

»Nein.«

Die beiden rissen die Tür noch weiter auf und zeigten mit ihren Händen ins Innere. Ein Flur mit weinrotem Teppich, Schuhschrank und rundem Spiegel war zu sehen. Beetz erkannte mehrere Zimmertüren und vermutete mindestens vier Wohnräume dahinter. Lachen war zu hören und Geschirrklappern. Eine Frau Mitte dreißig kam zu den Kindern in den Flur.

»Wie kann ich helfen?«, fragte sie.

»Anita Demand?«

»Ja.«

Auch ihre Kleidung ließ nicht auf einen normalen Sonntag schließen. Feine Bluse, halblanger Rock. Um den Hals eine Kette mit einem großen Bernsteintropfen, wahrscheinlich ein Erbstück. Die Haare waren sehr akkurat in Frisur gesprayt. Beetz roch Parfüm, Fresienduft.

»Franziska Beetz. Ich komme von der Kriminalpolizei und müsste mit Ihnen sprechen.«

»Echt? Kriminalpolizei?«

Der Junge schien sich jetzt wirklich über ihren Besuch zu freuen. Eine Abwechselung zur tristen Familienfeier.

Er rannte ins Wohnzimmer zurück und rief: »Oma, die Bullen wollen dir gratulieren!«

Beetz konnte in die gute Stube auf eine Festtagstafel blicken. Um den großen Tisch saß die Familie. Sie sah Torten und Kaffeetassen. Eine Siebzig prangte golden inmitten von Blumen. Eine

Frau stand, die Kaffeekanne in der Hand. Sie alle blickten zu ihr, als erwarteten sie von Beetz eine Erklärung für das Ende der Gemütlichkeit. Sie hoffte, dass sie nicht aussah, als käme sie gerade vom Mars. Natürlich kam sie ungelegen, das war Beetz klar. Es war Sonntagnachmittag.

»Kommen Sie doch bitte herein.« Anita Demand trat zur Seite. Und mit einem dezenten Blick auf die Gesellschaft an der gedeckten Tafel sagte sie leise: »Wir feiern den Geburtstag meiner Mutter.«

»Tut mir leid«, sagte Beetz. »Ich muss kurz diese Feier hier stören.« Anita Demand war die Nachtschwester auf der Station. In ihrer Dienstzeit war Frank Stuchlik erwürgt worden. Beetz konnte ihre Fragen nicht verschieben. War ein Mordfall nicht innerhalb dreier Tage gelöst, konnte es dauern und die Erfolgschance wurde immer geringer. Das besagten alle Statistiken. Ungeklärt wollte kein Polizist Fälle zu den Akten legen. Die ersten Stunden nach der Entdeckung des Verbrechens waren wichtig, wichtiger als alles, was danach kommen konnte.

Die Festgesellschaft im Wohnzimmer schwieg. Beetz stand unter genauer Beobachtung. Sie fühlte sich als Eindringling in eine Sphäre, zu der sie nicht gehörte. Zum siebzigsten Geburtstag lud man Kinder, Verwandte und engste Freunde. Die stehende Frau vergaß, weiter die Kaffeetassen zu füllen. Niemand sprach mehr ein Wort. Das Schweigen lastete auf der Runde. Kein Lachen. Kein Wort fiel mehr. Die Dame mit der Kanne löste sich schließlich aus ihrer Erstarrung und setzte sich. Ein Herr mit spiegelnder Brille nahm einen Schluck Bier. Der Junge kam wieder zu ihr zurück in den Flur. Als Einziger musterte er Beetz mit unverhohlenem Interesse.

Anita Demands Lächeln dagegen misslang. »Vielleicht was zu trinken?«

Beetz musste schlucken. Sie hatte den Geschmack des Kaffees aus dem Schwesternzimmer noch auf der Zunge. »Danke, nein.«

Aber da schob sich eine ältere Dame in Kostüm und Hausschlappen aus dem Wohnzimmer zu ihnen in den Flur, das Glas Likör in der Hand, die Lippen feucht, der Blick leicht verhangen.

Sie streckte den Arm aus, als wolle sie Franziska Beetz gleich umarmen. Die trat einen Schritt zurück in das Treppenhaus, konnte jedoch der gutgelaunten Frau nicht entgehen.

»Sie bleiben!« Das feine Kostüm kam mit perfekter Frisur und gespitzten Lippen noch näher. Beetz roch Kräuterlikör und alten Zigarettenrauch. »Wenn Sie schon einmal da sind, können Sie auch einen Kaffee trinken und vom Kuchen probieren. Selbst gebacken. Und Sie können's vertragen.«

Sie legte Franziska Beetz ihre faltige Hand auf den Arm. Ein Armband klapperte, sicher aus Gold. Am Finger ein Ring mit Saphir, vermutete Beetz.

»Ich lasse Sie ohne nicht weg.« Sie tätschelte Beetz kurz die Hand, knuffte sie dann in die Seite. Offensichtlich war es die Jubilarin, die ihre Befehlsgewalt ausübte. »Ich habe Geburtstag und darf mir was wünschen.«

»Omi, lass, die Frau ist von der Kriminalpolizei und muss mich was fragen.«

»Bist du straffällig geworden?« Omi kicherte albern, ihr Busen wogte. Das Armband schlug an den Ring. So wie es klang, war es wohl doch eine Imitation und kein edles Metall. Omi trank ihr Glas aus und versuchte, ihren Blick auf Beetz zu richten, dann wieder auf ihr Getränk.

»Was ist denn passiert, Kind?« Die Alte stieß leicht mit der Zunge an und stellte fest, dass in ihrem Glas kein Kräuterschnaps mehr war.

»Keine Ahnung. Die Kommissarin wird's mir gleich sagen.«

»Ich will es auch hören. An meinem Geburtstag.«

Aus dem Wohnzimmer schrie es: »Mensch, wo bleibst du, Louise? Bernd will doch das Video zeigen. Vom Fuffzichsten, weeßte.«

»Hat meine Emmi was angestellt?« Es fiel Louise schwer, den Augenkontakt mit Beetz zu halten. Der Geburtstag hatte ihr augenscheinlich bereits zugesetzt. Sie hielt sich am Schuhschränkchen fest. Der Brieföffner fiel zu Boden. Anita Demand bückte sich wortlos und legte ihn neben alte Zeitungen, Werbeprospekte und das Telefon.

»Geht ins Wohnzimmer«, sagte sie zu den Kindern, die fasziniert ihrem Gespräch lauschten.

Nur widerwillig traten die den Rückzug an. Louise blieb stehen. Anita Demand wartete, bis die Kinder die Wohnzimmertür geschlossen hatten, dann wandte sie sich wieder Beetz zu. »Weswegen möchten Sie mich sprechen?«

»Einer Ihrer Patienten auf Station ist auf unnatürliche Weise gestorben. Er muss in Ihrer Dienstzeit ermordet worden sein.«

»Mord! An meinem Geburtstag!«, schrie die Jubilarin und musste sich auf das Schuhschränkchen setzen. »Kind, wovon spricht diese Frau?«

»Keine Ahnung.« Anita Demand blickte der Kommissarin ratlos ins Gesicht, als hätte sie Beetz' Worte tatsächlich nicht verstanden. »Mord an einem meiner Patienten?«

»Frank Stuchlik.«

»Ich kenne keinen Frank Stuchlik. Und ich habe auch keine Patienten.«

»Sie kennen ihn nicht? Und Sie haben auch keine Patienten?«

Jetzt war es an Beetz, sich zu wundern. »Aber Sie sind doch Anita Demand und arbeiten im *Neurophysiologischen Rehabilitationszentrum Leipzig* in Machern?«

»Nein.«

»Nein?« Beetz war ehrlich erstaunt. Dass eine Zeugin schon bei den Personalien widersprach, war ihr noch nie vorgekommen. Sie lächelte, wahrscheinlich sehr dümmlich, denn die beiden Frauen schauten erstaunt. Dann begann Beetz in ihrer Tasche zu kramen. Sie fand ihr Notizbuch und blätterte hastig. Da stand es! Eindeutig: Nachtschwester, Anita Demand, Leipzig Paunsdorf, Geutebrückstraße. Diese Adresse hatte ihr Schwester Monique aufgeschrieben. Sie konnte nicht vor der falschen Person stehen.

»Sie heißen Anita Demand?«

»Ja.«

»Aber Sie arbeiten nicht im *Neurophysiologischen Rehabilitationszentrum?*«

»Meine Tochter arbeitet bei der Sparkasse hinter dem Schalter. Aber krisensicher ist der Beruf auch nicht.«

»Ist gut, Mutti, ist gut.« Anita Demands Blick bat um Entschuldigung »Die anderen warten auf dich. Deinetwegen sind sie gekommen. Die Frau Kommissarin wollte mit mir reden. Geh wieder rein.«

Damit schob sie Louise sanft ins Wohnzimmer zurück. In der Tür drehte sich die Jubilarin noch einmal um. »Aber ein Stück Kuchen mir zu Ehren müssen Sie essen, Frau Kommissarin! Wann hat man so eine schon einmal im Haus?«, lächelte sie, dann war sie endlich verschwunden.

Sofort begannen lautstark die Diskussionen. Anita Demand wandte sich wieder Beetz zu. »Vielleicht setzen wir uns in die Küche.«

Sie ging voran. Im Waschbecken stapelte sich benutztes Mittagsgeschirr, wahrscheinlich war keine Zeit zum Abwaschen gewesen. Auf dem Fensterbrett blühten Blumen in Vasen und Töpfen. Die Tür zum Balkon war geöffnet. Franziska Beetz blieb in der Tür stehen und hörte draußen die Jungen, die sich noch immer um das Loch für einen Vulkan stritten. Sie widerstand dem Reflex nachzusehen, wie tief das Loch jetzt war.

Anita Demand nahm am Küchentisch Platz und blickte sie von unten her an. »Was, bitte, wollen Sie von mir?«

»Auf Station ist heute in der Nacht Frank Stuchlik erwürgt worden.«

»Auf welcher Station?«

»Onkologie.«

»Aber ich arbeite in keinem Krankenhaus. Meine Mutter hat es ja schon gesagt, ich stehe am Schalter. Sparkasse Filiale Liebknecht-, Ecke Hohe Straße.«

Auf dem Flur herrschte Kommen und Gehen, alle Gäste schienen gleichzeitig auf Toilette zu müssen und wollten dabei einen Blick auf die Kommissarin erhaschen.

»Und gestern habe ich genauso wie heute den ganzen Tag hier in der Küche gestanden«, fuhr sie fort. »So ein Fest ist nicht einfach zu organisieren, und einen gemieteten Saal mit Menü wollte meine Mutter auf gar keinen Fall.« Anita Demand lächelte Beetz traurig an.

»Aber man hat mir Ihre Adresse gegeben.«

»Ja. Aber ich bin nicht die, die Sie suchen.«

»Verstehe ich nicht. Sie sind Anita Demand?«

»Soll ich meinen Personalausweis holen?«

Beetz nickte. Sie konnte sich keinen Grund vorstellen, warum ihr Monique eine falsche Adresse gegeben haben sollte. Solch ein Betrug würde sofort auffallen. Und jetzt war er aufgeflogen, nur konnte sie ihn sich nicht erklären. Anita Demand verschwand im Flur. Im Hof schrien die Kinder.

»So ein Blödmann!«

Der Junge kam aus dem Wohnzimmer zurück und blieb im Türrahmen stehen. Er schaute mit großen Augen, nestelte an Hosenbund und Hemdknopf. Er getraute sich nicht, Beetz seine Fragen zu stellen. Dann atmete er kurz durch. So eine Chance kommt nie wieder, dachte er wohl.

Beetz lächelte ihm aufmunternd zu. »Langweilig drinnen?«

»Bist du wirklich eine Kriminalkommissarin oder ein Privatdetektiv?«

»Kriminalkommissarin.«

»Hast du schon viele Mörder geschnappt?«

»Nein«, sagte eine tiefe Stimme, die Befehle geben gewohnt war. Ein Mann zerrte den Jungen am Arm von der Tür weg, lächelte Beetz entschuldigend an und sprach auf den Kleinen ein. »Fabian, die Frau Kommissarin muss arbeiten. Wir feiern Geburtstag. Los komm!«

»Ich will aber mit ihr reden.«

Fabian quengelte. In ihrer frühen Jugend hatte Beetz auch gebockt und sich bei solchen Gelegenheiten einfach auf den Boden geschmissen. Ihre Familie war damals sorgfältig über sie hinweggestiegen, bis sich *Bockfränzi* wieder ausgebockt hatte.

»Kann ich dich mal besuchen?«

Damit wurde der interessierte Knabe ins Wohnzimmer abgeschoben.

»Später vielleicht.«

Der Mann kam noch einmal zurück und hob bedauernd seine Schultern. »'tschuldigung, Fabian liest gern Sherlock Holmes und *Detektiv Pinky.*«

Beetz tat der so brüsk abgeschobene Junge leid. Jungs waren oft fasziniert von ihrem Beruf, alles, was mit Polizei zu tun hatte, fand ihr Interesse. Warum sollte sie ihm nicht seine Fragen beantworten? Sie zog eine Visitenkarte aus ihrer Brieftasche. »Sagen Sie ihm, er kann mich gern einmal anrufen.«

Der Mann nahm die Karte. »Sie wissen nicht, was Sie sich damit aufladen.«

»Schon gut.« Doch Beetz bedauerte schon jetzt ihre spontane Zusage.

Der Mann verschwand. Anita Demand kam aus dem Flur und hielt Beetz ihren Personalausweis wie eine Monstranz entgegen. Die Kommissarin las die Personalien mehr als ein Mal. *Anita Demand. Geutebrückstraße.* Moniques Angaben stimmten. Aber offensichtlich kannte Anita Demand Schwester Monique nicht.

»Sie arbeiten wirklich nicht im Krankenhaus Machern?«

»Nein.« Anita Demand klang inzwischen zunehmend gereizt, dann rief sie laut. »Tobias! Tobias, kannst du noch einmal kommen?«

Aus dem Wohnzimmer trat noch einmal der Mann mit der tiefen Stimme, der Fabian keine Fragen gestattet und einfach abgeschoben hatte. Anita Demand stellte sich vor ihn hin und fragte zu betont und zu laut. »Wo arbeite ich?«

»Sparkasse Karl-Liebknecht-, Ecke Hohe Straße, seit fünfzehn Jahren.«

»Wie heiße ich?«

»Anita Demand. Du bist seit zwölf Jahren mit mir verheiratet.« Tobias grinste und empfand diese Befragung offensichtlich als Scherz.

»Ich soll gestern Nacht einen gewissen Frank Stuchlik erwürgt haben.«

Tobias' Grinsen war weggeblasen. »Ich hör wohl nicht recht. Gestern Nacht?«

»Ja.«

»Ausgeschlossen. Wir haben Boxen geguckt und danach gevögelt. Zeugen haben wir nicht für das Alibi.« Die beiden blickten Beetz herausfordernd an.

»Kennen Sie jemand, der im *Neurophysiologischen Rehabilitationszentrum* in Machern arbeitet?«

Anita und Tobias Demand schauten sich an. Das »Nein« kam wie aus einem Munde.

»Arbeitet dort auch eine Anita Demand?«, fragte der Gatte.

»Ja. Zumindest hat man mir das erzählt.«

»Mich kann es aber nicht zweimal geben.«

»Und schon gar nicht unter dieser Adresse«, sagte Tobias. »Wir können nicht helfen, meine Frau war zu Hause. Wir haben nicht Boxen geschaut und nicht gevögelt. Wir haben in der Küche gebacken, gekocht und gebrutzelt. Oma sollte sich freuen, und ihre Gäste. Und nun kommen Sie …«

»Entschuldigung.« Im Moment konnte sie hier nicht weiterkommen. Vielleicht sollte sie Fabian, den kleinen Detektiv, aufs Alibi der Eltern ansetzen. Beetz reichte den Demands die Hand zum Abschied. »Ich werde Sie noch einmal befragen müssen.«

»Wir werden nichts anderes sagen.«

»Grüßen Sie Ihre Mutter und wünschen Sie ihr alles Gute.«

Beetz ging. Im Hof vorm Balkon der Demands schrien die Jungen, dass ein Loch bis zum Feuer im Mittelpunkt der Erde zu graben einfach unmöglich sei. Sie gaben auf.

»Hab's gleich gesagt.«

»Arschloch. Dein Vater erzählt so einen Quatsch.«

Eine Schaufel flog über den Sandkasten.

»Vulkane im Garten!«

9

Als Konstantin Miersch die Tür öffnete, umfing ihn eine für einen Gastraum unangemessene Dunkelheit und eine bäuerlich-rustikale Atmosphäre. Balken waren sichtbar wie in einer Scheune.

Gestühl und Theke erinnerten an die Stuben der Landbevölkerung vor hundertachtzig Jahren. Das Holz der Wände war dunkel gebeizt. Die wenigen Lampen verbreiteten schummriges Licht. An den Wänden hingen Bilder mit einschlägigen Motiven. Heuernte. Frühstück im Felde. Eine sozialistische Traktorenparade. Miersch sah Dreschflegel, Trockenblumen, Strohhüte und -puppen. In Regalen Butterdosen, Eierbecher und Bierhumpen aus Porzellan. Im Raum herrschte eine fast unnatürliche Stille, nur ein defekter Kühlautomat summte leise. Er war nicht sicher, dass er die richtige Klinke gedrückt hatte. Obwohl eingedeckt war, aß niemand hier Schnitzel oder schlürfte Bouillon. Nur ein Biertrinker saß an der Theke und grüßte ihn mit seinem Glas. Hinter dem Tresen stand die Frau Wirtin, die an der Hotelrezeption seine Personalien aufgenommen hatte. Sie lächelte so freundlich wie bei seinem Empfang.

»Tach«, sagte der Mann an der Theke. »Ännchen, lass aus'm Glas mal die Luft.« Und er schob sein Glas über den Tresen. Miersch fragte er: »Auch eins?«

Miersch nickte, obwohl er lieber einen Wein getrunken hätte. Der Mann wies auf den Platz neben sich. Miersch nahm zögernd Platz. Der Biertrinker sah nicht aus, als ob er die Vierzig überschritten hätte, nur sein Haar wurde licht. Über einem stattlichen Bauch spannte sich ein ausgewaschenes T-Shirt, das einen Totenkopf unterm Stahlhelm zeigte: *Feuerwehr – Ehre, Mut, Opfer*. In Mierschs Heimat hätte solch Bursch Lederhosen, Kniestrümpfe und kariertes Hemd getragen.

»Ännchen, zwee Biere. Große.«

»Drei!«, krähte eine brüchige Stimme.

Miersch sah sich um. Am Stammtisch in der Ecke saß eine Alte, die er bei seinem Eintritt nicht bemerkt hatte. Klein, grau und verhutzelt war sie vor dem schwarzbraunen Holzpaneel und unter den Nippes kaum zu erkennen. Auch trug sie eine dunkel geblümte Schürze. Ihre Lippen bewegten sich tonlos. Ihre Hände zitterten. Dauerwellen trug sie unterm Haarnetz.

»Ja, Mutsch«, sagte die Wirtin und zapfte. Schräg hielt sie Gläser unter den Hahn, mit einem Spatel schob sie den Schaum ab.

Dann nahm sie einen Bierdeckel aus der Halterung und setzte das Glas vor Miersch ab. Er griff danach. Der Henkel war feucht.

Der Feuerwehrkamerad neben ihm sagte: »Prosit!« Dann ächzte er, als sei Biertrinken eine Qual oder Hochleistungssport. Mit leichtem Knall stellte er sein Glas auf die Theke und reichte Miersch seine Pranke: »Ich bin der Matze.«

Miersch nahm den Namen zur Kenntnis, ohne sich zu erinnern, dass er schon jemals einem Matze begegnet wäre. Matze hatte einen sehr festen Händedruck und schwimmende Augen. Miersch war sein Opfer, der Kamerad bestand auf Konversation, das war ihm deutlich anzusehen. Die Wirtin war sicher bereits über die Details in Matzes Leben gut informiert, und der war froh, einem anderen davon erzählen zu können.

»Kommste von weit her?«

Nein, konnte Miersch nicht sagen. Er hätte diesem leutseligen Feuerwehrmann zu viel von sich und überhaupt etwas erzählen müssen. Leipzig war keine zwanzig Kilometer entfernt. Miersch entsann sich seiner alten Heimat, als wäre er von dort vertrieben worden und lebte heute im ostdeutschen Exil. »Oberbayern.«

»Oberbayern. Und was machste nu hier?« Matze zeigte ins Rund. »Geschäfte?«

Miersch schwieg. Die Wirtin blickte zur Mutsch hinter ihnen. Die trank ihr Bier, kleine Tropfen liefen ihr am Mundwinkel nach unten.

»Wer aus Bayern kommt, macht hier Geschäfte.« Matze überlegte und strich sich dabei übers T-Shirt. »Oder biste bei ’ner Behörde?«

»Nein.«

Seinen Beruf wollte Miersch hier nicht nennen. Er fürchtete die sensationslüsternen Fragen zur momentanen Leipziger Kriminalität, zu Michelle und Mitja und Nadine, zu Discokrieg und Geiselnahme. Dazu wollte und durfte er weder Auskunft geben noch Stellung beziehen. Er hatte die Diskussionen satt, einfach satt. *Mörder, Monster, Menschenschlächter.* Überhaupt fragte er sich, was ihn hierher geführt hatte. Er hatte Philip Thede im Krankenhaus besucht, aber das war nicht seine Absicht gewesen.

Das war ein Zufall. Die Bereitschaft hatte ihn aus dem Bett geholt und einen Mordfall im *Neurophysiologischen Rehabilitationszentrum Leipzig* gemeldet. Miersch war vor Margo und ihrem Liebhaber geflüchtet. Er befand sich noch immer auf der Flucht, sonst säße er nicht hier neben Matze von der *Feuerwehr – Ehre, Mut, Opfer.*

»Urlaub?«

»Nein.«

Sie fielen ins Schweigen. Die Wirtin wischte über den Tresen. Auf der Straße fuhren Laster. Vorm Haus *Zu den alten Eichen* mussten sie bremsen. Die Motoren pfiffen und stöhnten und schienen im Gastraum zu bremsen. Die Scheinwerfer erhellten die Theke und verschoben Schatten zu sich verändernden Mustern. Die Gardinen vor den Fenstern zeichneten Spinnennetze, die stets wieder rissen. Mutsch nuckelte an ihrem Bier.

»Nicht viel los hier«, stellte Matze fest und nahm einen Schluck.

»Haste recht.«

Miersch bedauerte es längst, in dieser Tristesse übernachten zu wollen. Flucht, eindeutig, er war auf der Flucht, wovor auch immer. Dieses Gasthaus war kein Ort prallen Lebens. Er fragte sich, ob das Restaurant überhaupt über eine Speisekarte verfügte. Es machte einen einsamen und traurigen Eindruck. Das Interieur war grob gezimmert und zu dunkel, die Regale mit Ramsch überfüllt. Fotos. Kleine Flaschen. Ein Buch. *Sturmnacht im Felde.* Miersch blickte auf Fußballwimpel *SG Gerichshain,* auf osteuropäische Trachtenpuppen und eine Wasserpfeife. Wahrscheinlich hatte die Wirtin seit der Wende nicht investiert. *Zu den alten Eichen* roch nach dem Charme einer vergangenen Zeit. Und offensichtlich gab es zu wenige Nostalgiker vor Ort, anders konnte Miersch sich den menschenleeren Raum nicht erklären.

»Früher konnten wir uns vor Gästen nicht retten.« Die Alte vom Stammtisch hatte wohl seine Blicke beobachtet. »Wenn ich an die Tanzveranstaltungen denke. Combos hatten wir hier – Theo Schumann und Achim Menzel, Helga Brauer und Inka Bause.«

Sie stimmte eine Melodie an, die Miersch nicht erkannte. Die Wirtin versuchte, Mutschs Gesang zu beenden.

»Rosel, willste nicht schlafen?«, fragte Matze.

Rosel wollte nicht.

»Ich werde bald für immer die Augen zutun. Da kann ich doch heute noch singen.« Sie stand vom Tisch auf und warf sich in Positur, als würden ihr Zehntausende zuhören.

»*Ganz Paris träumt von der Liebe, denn dort ist sie ja zu Haus. Ganz Paris träumt dieses Märchen, wenn es wahr wird ...*«

Plötzlich verstummte die Alte, sank auf ihre Sitzbank zurück und hätte beinah den Rest ihres Bieres verschüttet, dann trank sie gierig.

»Tut mir leid, aber ich kann sie nicht in ihrem Zimmer einschließen«, entschuldigte sich die Wirtin.

Ihre Erklärung war unnötig. Mierschs Nachbar schien an die Alte gewöhnt, und er selbst hatte nichts gegen ihre Anwesenheit. Man konnte Pensionären nicht das Haus verbieten. Zumal man nie wusste, wie es einem selbst in diesem Alter ergehen würde. Miersch erinnerte sich an seine demente Tante Alma, die Blumen aus den Tischdecken schnitt und in Poesiealben klebte. Ein entfernter Vetter hatte sich mit einem Schnürsenkel an der Türklinke zu seinem Einundachtzigsten erhängt. Die Gäste waren erschüttert, als sie zur Feier erschienen. Die Polizei musste immer wieder in solchen Fällen ermitteln, und auch die landeten alle auf seinem Tisch. Alte verschwanden, wanderten auf den Pfaden ihrer Jugend, sprachen mit längst Verstorbenen und hatten an der Gegenwart wenig Spaß. Miersch konnte sie verstehen.

»Passt scho«, sagte er.

»Schenkste nach, Anne?« Matze deutete auf beide Gläser, dann wandte er sich zu Miersch: »Sie hat es nicht einfach gehabt hier.«

»Ja.« Miersch wusste nicht, ob sein Tresennachbar über die Wirtin oder über ihre Mutter philosophierte.

Die Mutsch am Stammtisch schätzte er auf Mitte siebzig, die Frau hinterm Tresen auf Ende dreißig. Aber er konnte sich täuschen. Margo verwendete viel Zeit und Geld, um nicht wie Ende fünfzig zu wirken. Augenscheinlich hatte sie damit auch Erfolg. Konstantin Miersch war in seiner Wohnung Männern begegnet, die hatten die dreißig kaum überschritten. Wenn überhaupt.

»DFD und Feuerwehr und Sportverein haben hier ihre Versammlungen abgehalten. Hajo hat ja auch selbst Fußball gespielt.«

Miersch sah auf den Wimpel *SG Gerichshain*. Vielleicht hatten Hajo und seine Mannschaft den Pokal im Fach daneben errungen.

»Und heute?«

Die Alte kämpfte mit Tränen. »Ach Gott, Kindchen, das ist hier kein Leben. Ich hätte damals dem Manfred folgen sollen. Neunzehnhundertachtundfünfzig waren die Grenzen noch offen.«

Kurzzeitig schien Rosel über der Erinnerung eingeschlafen zu sein. Dann sprang sie auf. »*Wir werden die Errungenschaften des Sozialismus auch mit der Waffe in der Hand zu verteidigen wissen!*«

»Mutsch, komm schlafen.« Die Wirtin kam hinterm Tresen hervor und griff der Alten unter den Arm. »Der Sandmann ist lange vorbei, und du störst die Gäste.«

Miersch fühlte sich angesprochen. Der Biertrinker Matze schien zum Inventar zu gehören. »Mich stört Ihre Mutter nicht.«

Kaum hatte er den Satz gesagt, sprang Rosel vom Stuhl und begann vor ihm, ihre Hüfte zu schwenken.

»Ja, dann können wir tanzen. Hajo hat das sehr gut gekonnt.« Die Alte kicherte. »Rock 'n' Roll. Ich hatte mir extra ein Kleid aus Westberlin mitbringen lassen. Meinst du, dass Hajo heut noch vorbeikommt?«

»Hajo ist seit fünfundzwanzig Jahren tot, Mutter!«

Die Alte schwieg. Der Biertrinker schwieg. Miersch trank. Und die Wirtin ging hinter ihren Tresen zurück und wischte sinnlos über den Zapfhahn.

Matze nahm Rosel in seine Arme, drehte eine Runde mit ihr und setzte sie zurück auf ihren Stuhl. »Ihre Gedanken spielen verrückt. Anne, sie weiß es nicht mehr.«

Die Wirtin hinterm Tresen fuhr sich mit den Fingern unter die Augen, vielleicht verwischte sie Tränen. Matze streckte seine Hand aus, als wollte er ihr über den Arm streichen. Sie trat erschrocken zurück. »Lass das!«

Matze legte seine Hand auf den Tresen. Miersch trank das Bier aus und überlegte, ob er noch ein neues bestellen oder sich im Zimmer schlafen legen sollte. Aber Anne lächelte ihn an und nahm sein Glas entgegen.

»Nor eens?«

»Na ja. Wenn Sie noch nicht schließen.«

»Escha! Nor lang ni.«

Anne ließ das Bier laufen und sah ihn dabei an. Matze wandte sich Miersch zu, als würde ihn Eifersucht quälen. Seine strengen grauen Augen schwammen wie Fische und bemühten sich, Miersch zu fixieren.

»Was machste denn nu hier, Bayer? Kommt ja freiwillig keener gern her.«

»Ich komme aus der Klinik.« Miersch deutete in die Richtung, in der er das Krankenhaus vermutete. »Hatte zu tun da.«

Matze fühlte sich bestätigt. »Siehste. Klinik. Also nicht freiwillig.«

Die Wirtin fragte kaum hörbar: »Verwandte?«

Mierschs Schweigen interpretierte Matze als Zustimmung. Die Wirtin blickte an ihm vorbei.

»Für Krankheiten kann keiner was. Außer für Aids.« Matze spielte den Verständigen. »Ja, es ist schon ni leecht, wemmer's schwernimmt.«

Der Scherz war keiner und konnte sich auf alles und auf nichts beziehen. Aber wahrscheinlich galt sein Trost auf diesem Umweg Anne, der Wirtin. Aber die nahm von Matze keine Kenntnis und zapfte, für wen auch immer.

»Ja. Krankenhaus. Schrecklich«, sagte Matze und nahm einen Schluck. »Ich mechte da ni rein.«

Der Grund seiner Anwesenheit in der Klinik war ja nicht wirklich gelogen. Miersch beließ es dabei, sollten sie von ihm halten, was sie mochten. Er wollte nur seine Ruhe und nicht mehr an Philip Thede im Koma denken müssen. Die Begegnung hatte ihm mehr zugesetzt, als er sich eingestehen wollte.

Hinter ihnen fiel plötzlich ein Stuhl um. Miersch hörte schlurfende Schritte. Rosel zupfte ihn am Ärmel, wahrscheinlich bestand sie auf ihren Tanz. Damenwahl. Aber ihr Gesicht war zu ernst. Wie zur Warnung hob sie den Finger. »Junger Mann, ich rate Ihnen, von hier zu verschwinden. Das Haus ist verflucht. Seit fünfzig Jahren ist es verflucht.«

Ein Laster dröhnte, als würde er durch den Gastraum fahren.

»Mutsch! Schluss jetzt!« Anne rannte hinterm Tresen hervor. »Du vergraulst mir doch alle Gäste!«

Die Alte fixierte ihn klaren Auges und kam auf Miersch zu. »Ich sage es Ihnen: Verflucht!«

»Mutsch! Aber ab jetzt ins Bett!«

Rosel hatte sich Mierschs Arm gekrallt. »Glauben Sie mir, hier wird nur gestorben. Haus der toten Augen nennen sie es …«

»Mutsch! Komm!« Anne zog an ihrer Mutter, aber die Alte hielt sich so an ihm fest, dass es Miersch wehtat. Matze verließ seinen angestammten Barhocker, um Anne zu helfen und die Mutter aus dem Gastraum zu bringen. Miersch versuchte, die in seinen Oberarm verkrampften Finger Rosels zu lösen. Erstaunlich viel Kraft besaß die Alte, sie ließ nicht locker.

»Hajo hat dem Mädchen nicht die Augen ausgestochen«, schrie sie. »Das hätte er niemals tun können. Mein Hajo hat sie nicht getötet! Er nicht!«

»Mutsch! Hör jetzt auf!«, schrie Matze.

Miersch wunderte sich über diesen familiären Ton. Doch die Alte sah Matze an, als trage er die Schuld. Der Feuerwehrmann verdrehte Rosel den Arm auf den Rücken. Sie weinte.

»Hajo ist kein Mörder!« Sie schrie es, dann wurde sie verschwörerisch leise. »Sie haben ihn auch umgebracht, meinen Hajo!« Und wie bei einem Ballon entwich der Alten die Luft. Sie sackte zu Boden. Matze fing sie gerade noch auf.

»Hajo hat nicht getötet«, stammelte Rosel und schluchzte. Es klang wie ein Rülpsen. »Hajo ist kein Mörder. Sie lügen! Alle hier lügen sie!«

»Verzeihen Sie bitte.«

Anne kam hinter ihrer Theke hervor und strich ihm abbittend über die Hand. Dann griff sie ihrer Mutter unter den einen Arm, den anderen hielt Matze jetzt beinahe zärtlich. Sie führten Rosel hinaus.

Aber Mutsch war wieder bei Atem. »Hauen Sie ab, Mann! Rennen Se nich in Ihr Unglick! Sie sinn dor nor immer im Haus.«

Die Tür schlug. Dann Stille. Nicht mal die Laster waren zu hören.

10

»Hallo?«

Niemand nahm das Gespräch an. Franziska Beetz hatte das nervende Freizeichen im Ohr. *Tuuut. Tuuut. Tuuut.* Und dabei hatte sie gehofft, dass sie mit diesem Telefonat im Fall Stuchlik ein entscheidendes Stück weiterkommen würden, ihn vielleicht sogar zu den Akten legen könnten. Aber sie hörte nur: *Tuuut. Tuuut. Tuuut.*

Beetz war auf dem Weg nach Hause gewesen, als ihr die Telefonnummer eingefallen war; sie hatte sie in ihrem Notizbuch gefunden. Monique hatte sie unter Anita Demands Adresse geschrieben. *Sie hat nur Handy, der Festnetzanschluss wird ihr zu teuer.* Beetz war schnellstmöglich zum Präsidium gefahren und ins Labor gegangen. Cheftechniker Berger von der Technik und seine Kollegen experimentierten, analysierten und dokumentierten und waren wenig begeistert, als Beetz bei ihnen auftauchte. Berger wischte seine Hände an einem dreckigen Lappen ab und kam auf sie zu. Sie gab ihm trotzdem die Hand, auch wenn sie sie gleich an ihren Jeans abschmierte.

»Sie können's nicht lassen … Ergebnisse morgen, Frau Kollegin, und frühestens Mittag. Wir hatten doch noch gar nicht die

Zeit.« Er schluckte wohl seinen Groll hinunter. Es klang trotzdem nicht freundlich. »Heute ist Sonntag, wir wollen auch einmal Feierabend haben.«

Dass auch sie sonntags arbeitete, schien Berger nicht zu bemerken. Trotzdem setzte Beetz nicht auf Konfrontation, sondern bat Berger, mit einem, wie sie hoffte, entwaffnenden Lächeln, ihre Arbeit zu unterstützen.

»Es ist wichtig, Kollege Berger. Sehr wichtig!«

»Immer ist alles wichtig! Dass ich auch mal mit meinen Kindern zum Fußball möchte, interessiert keinen. Außer meine Jungs.«

Sämtliche Kriminaltechniker im Labor hatten ihre Untersuchungen bei diesem Disput unterbrochen, aber mit Charme und sanftem Druck konnte Beetz sie von der Dringlichkeit ihrer Bitte überzeugen.

»Ich komme mit einem anderen Anliegen zu Ihnen, als Untersuchungsprotokolle zu lesen oder neueste Ergebnisse zu erfahren, Kollege Berger, zumindest in diesem Moment. »Könnten Sie diese Handynummer im Stadtgebiet finden?« Beetz deutete auf ihr Handy. »Dann telefoniere ich, und Sie sagen mir, wo sich der andere Teilnehmer befindet?«

Beetz zeigte Berger die Nummer auf einem Zettel. Der Techniker nahm den Zettel, studierte ihn gewissenhaft und ohne Regung. »Den könnten wir aber auch in Honolulu oder der Antarktis orten.«

Beetz schluckte und verbiss sich einen kurzen Anflug von Wut. »Dort wird sie hoffentlich nicht sein, die Person, die ich suche.«

»Wen suchen Sie denn?«

»Eine Zeugin im Fall Frank Stuchlik. Ich habe die Telefonnummer der Nachtschwester. Unter der angegebenen Adresse ist sie nicht zu finden. Das Handy ist unsere einzige Chance.« Die Männer blickten missmutig. »Bitte.« Beetz versuchte den Schmollmund und die großen Augen der Leipziger Tatortkommissarin und stellte sich auf längere Diskussionen ein. Berger befahl zwei Kollegen, sich mit ihm der Lösung ihres Problems anzunehmen.

»Ungern, Frau Kollegin, aber wenn's hilft.«

Der Chef der Technik leitete sofort alles in die Wege, installierte die Fangschaltung, machte die Aufnahmegeräte einsatzbereit.

»Bislang ist das die einzige Chance, um in dem Fall weiterzukommen.«

»Ah ja«, sagte Berger und steckte den Zettel mit Nummer in die Brusttasche seines Hemdes. »Versuchen wir's mal.«

»Ich bitte darum.«

»Wissen Sie, was der Staatsanwalt dazu sagt?«

»Nein.« Beetz war sich der rechtlichen Konsequenzen bewusst. »Gefahr im Verzug.«

»Wenn Sie meinen.«

Mit einem Kollegen verschanzte sich Berger hinter Apparaturen, die aussahen, als wären sie die Bodenstation der *International Space Station*. Monitore blinkten. Beetz sah erleuchtete Skalen und bunte Lichter. Sie war abgestoßen und zugleich fasziniert. Bei der Verbrechensaufklärung setzte sie auf psychologisches Geschick, aber ohne die technischen Mittel wäre erfolgreiche Ermittlungsarbeit schwer möglich. Sie mochte nicht überlegen, wie viel Zeit die jetzige Recherche früher in Anspruch genommen hätte. Heute genügten Minuten. Sie sah auf die Uhr. Na gut, vielleicht Stunden. Sie wählte und hielt das Handy ans Ohr. *Tuuut.* Am anderen Ende nahm niemand ab. *Tuuut.* Verdammt! *Tuuut.*

»Hallo? Hallo?«

Tuuut. Beetz saß wie auf Kohlen. Die Kollegen grinsten. Nichts. Das Handy, wem immer es gehörte, war angestellt und funktionierte, aber niemand schien das Läuten zu hören. Auch sie vergaß ihr Handy zu Hause, fand es nicht in der Tasche oder hatte es einfach nicht bei sich. *Tuuut. Tuuut. Tuuut.* Der Fall nahm wohl doch kein schnelles Ende. Die Krankenschwester Anita Demand nahm nicht ab.

Berger saß mit seinen Kollegen hinter den Pulten. Er schaute ihr auffordernd ins Gesicht. Beetz kannte seine Marotten und die seiner Kollegen. Sie interpretierte die Sticheleien als Vertrauensbeweis für gute Arbeit, denn wütend oder in Rage wollte sie diesen Trupp von Technikern nicht erleben. Die ehemalige Hauptkommissarin der Mord zwo, Agnes Schabowski, hatte das Arbeitskollektiv Kriminaltechnik Berger einmal zusammengeschissen. Beetz hatte nicht an ihrer Stelle sein wollen, als Berger samt Kollegen zur Gegenoffensive blies. Es stand außer Zweifel, Berger und seine Mannen kannten sich in ihrem Job aus und leisteten hervorragende, vor allem schnelle Arbeit. Aber sie wussten um die eigenen Qualitäten, und das ließen sie die Kommissare spüren. Beetz lächelte und hoffte, die Techniker durchschauten nicht, dass sie alles nur eines Ermittlungserfolgs und nicht ihretwegen tat. Sympathie hegte sie nicht für diese Mannen. Die waren zu tumb und zu sexistisch. Aber sie war auf die Zusammenarbeit angewiesen. *Tuuut. Tuuut. Tuuut.* Verdammt! Es war ihre einzige Spur, und nun ging diese Anita Demand nicht an ihr Handy. Beetz lief der Schweiß den Rücken hinunter. Die Techniker lachten.

»Hallo?«

Tuuut. Tuuut. Vielleicht hatte ihr Schwester Monique doch eine falsche Telefonnummer gegeben. Vielleicht gab es diese Nachtschwester gar nicht. Vielleicht hatte Anita Demand sie in der Geutebrückstraße belogen. *Tuuut. Tuuut. Tuuut.*

»Welche Zeugin ist denn nicht zu erreichen?«

Beetz überhörte den eindeutig süffisanten Unterton in Bergers Stimme. Sie kam mit der Art dieses Mannes einfach nicht klar. Entweder behandelte er alle Untergebenen auf solch ironische Art, oder sie war seinem Humor nicht gewachsen.

»Ich suche die Nachtschwester von der Station, auf der man heute Morgen Frank Stuchlik gefunden hat. Das Personal hat mir ihre Adresse gegeben, aber die ist offensichtlich falsch. Die Frau, zu der man mich geschickt hat, weiß von nichts. Und ich bin unpassenderweise in eine Geburtstagsfeier geplatzt.«

»Hoffentlich gab's ein Stück Kuchen. Wir haben den ganzen Tag noch nichts gegessen.«

Berger war dermaßen ich-zentriert, Beetz konnte es kaum fassen. Außer ihm galt nichts hier in seinem Labor. Auch sie hatte sich heute nur schnell an einem Bratwurststand eine Thüringer in den Magen geschoben. Die rumorte in Beetz' Eingeweiden, und der Geschmack lag ihr noch immer auf der Zunge. Entweder hatte sie die Wurst zu hastig gegessen, oder die Gewürze hatten ihre Schleimhaut gereizt. Doch das interessierte Berger sicher nicht. Denn der saß hier bei seiner Arbeit und konzentrierte sich mit zwei Kollegen ganz auf die Apparaturen. Sie drehten an Rädchen und drückten auf Schalter. Kleine Lämpchen blinkten wie auf dem Jahrmarkt. Sie lächelte, als sie zu ihr aufschauten. Sie fühlte sich unwohl.

»Hallo?«, sagte Beetz ins Handy.

Tuuut. Tuuut. Tuuut. Noch immer meldete sich niemand am anderen Ende. Wer auch immer an den Apparat gehen würde, er musste Beetz zu der Frau hinter dem Namen Anita Demand führen. Monique hatte ihre Kollegin unter dieser Nummer erreicht. Sie musste die Richtige sein, ohne Zweifel. Und wie oft hatte Beetz selbst ihr Handy überhört oder irgendwo liegen lassen. Monique hatte bestimmt oft mit Anita Demand telefonieren müssen, wenn sich Dienstpläne geändert hatten oder eine Krankheit ihren sofortigen Einsatz forderte. Aber niemand drückte die Gesprächstaste. *Tuuut. Tuuut. Tuuut.* Anita Demand aus der Geutebrückstraße war nicht die Richtige, vielleicht war auch diese Handynummer einfach nur falsch. Aber ihr Gefühl sagte ihr, dass Anita Demand aus der Geutebrückstraße nicht gelogen hatte. Aus welchem Grund auch immer schienen zwei Anita Demands zu existieren, eine, die unter diesem Namen im Rehabilitationszentrum Nachtwachen schob, und eine, die mit ihrer Mutter den Siebzigsten feierte. Und wer immer den Anruf jetzt annahm, er würde sie zur unbekannten Anita Demand führen.

»Hallo?«

Tuuut. Tuuut. Tuuut. Beetz hatte trotzdem Zweifel und rechnete damit, dass bei dem geringsten Verdacht das Gespräch unterbrochen werden würde. Auch deshalb ließ sie die Verbindung von vornherein von Berger überwachen. So konnten sie schon selbst bei schnellem Auflegen vielleicht den Standort lokalisieren, von wo aus man mit ihr telefonierte. *Tuuut. Tuuut. Tuuut.* Allerdings würde der Staatsanwalt, wenn sie keine Nachtschwester am anderen Ende erwischte, Widerspruch einlegen, und sie hätte sich für den Einsatz unlauterer Mittel zu verantworten.

»Hallo?«

Immer noch keine Antwort.

»Grünau! Das Handy liegt in Grünau!«

Berger und seine Kollegen hatten die Signale tatsächlich geortet. Grünau, Neubauviertel, im Westen der Stadt. Im Film würden die Kommissare jetzt die Nummer wählen und in der Flughafenhalle ginge der Gangster ans Handy. Die Polizisten erkannten ihn augenblicklich. Der Verbrecher erkannte sie. Es gab eine Verfolgungsjagd durch lange Flure, dunkle Gänge, über Treppen und Straßen. Autos bremsten mit quietschenden Reifen. Müllcontainer fielen. Pfiffe. Hupen. Das reinste Chaos.

Aber Beetz stand in Bergers Labor. Und Anita Demand in Grünau über ein Handy zu finden, das sie nicht abnahm, war unmöglich. Bergers Computer konnten das Gebiet zwar eingrenzen, aber es war zu groß, um eine genaue Adresse zu ermitteln. Den Gesprächsteilnehmer von hier aus genau zu lokalisieren, wäre ein Zufall wie der Sechser im Lotto. Und Beetz spielte nicht, weder Lotto noch Skat.

»Hallo?«

Tuuut. Tuuut. Tuuut. Die Technik hatte soeben bewiesen, dass das Handy überhaupt existierte und in Bereitschaft war. Es klingelte. Das Freizeichen ertönte. Doch wem gehörte dieses Handy, wer war die Frau, die Schwester Monique als Anita Demand kannte. Die Polizisten hinter den Monitoren und Steuerpulten schauten gebannt auf flackernde Lichter. Die Aufnahmetechnik war allseits bereit. Doch niemand nahm ab. *Tuuut. Tuuut. Tuuut.* Wider Vernunft und besseren Wissens, vielleicht um den Technikern ihre Dankbarkeit zu demonstrieren, rief Beetz immer wieder übers Freizeichen hinweg: »Hallo? Hallo?«

Beetz stand unter Druck, den sie sich selbst machte. Diese Nummer war ihre Chance, jene Anita Demand finden, die zur Tatzeit im Krankenhaus gewesen war. Und dass in der Nacht jemand auf Station Dienst getan hatte, war so gut wie sicher. Die Aussagen der Demands, die sie besucht hatte, waren sehr schnell als Lügen überführbar. Aber die Schwester war gewiss nicht Anita aus der Geutebrückstraße gewesen. Die hatte den Geburtstag der Mutter vorbereitet und sich die Nacht nicht bei den Krebskranken um die Ohren geschlagen. So viel Menschenkenntnis traute sich Beetz zu: Diese Anita war nicht die von ihnen Gesuchte. Diese Anita Demand war bei der Sparkasse beschäftigt. Die Demands kannten keinen Frank Stuchlik, wussten nichts von dessen Leiden und dessen Tod. Beetz war davon überzeugt, auch wenn sie es noch nachprüfen musste.

»Hallo?«

Wenn Anita Demand aus der Geutebrückstraße abnahm, würde Beetz das Handy an die Wand klatschen. Doch genau unter dieser Nummer hatte Monique die Nachtschwester erreicht, die es jetzt nicht mehr zu geben schien. *Tuuut. Tuuut. Tuuut.* Im Ohr hatte Beetz nur immer das Freizeichen, aber noch gab sie nicht auf. Wie oft hatte sie schon ihr Handy verlegt. Manchmal rief sie von ihrem Festnetzanschluss ihr eigenes Handy an, um das Ding in der Wohnung zu finden. *Tuuut. Tuuut. Tuuut.* Eine Mailbox gab es anscheinend nicht. Auch das wäre eine Spur gewesen. Was hatten sie? Ein Handy in Leipzig-Grünau und keine Adresse. Zehntausende lebten da.

»Challoh?«

Sie glaubte es nicht, nach Minuten hatte einer die Annahmetaste gedrückt.

»Challoh?«

Die Stimme der Frau war kratzig, tief und sprach mit einem starken Akzent. Beetz hatte kaum noch mit diesem Erfolg gerechnet. Ihr fehlten die Worte.

»Hallo?«

Das hatte sie schon hundertmal in den Hörer gerufen. Sie wischte sich den Schweiß aus der Stirn. Sie musste sprechen. Vielleicht sprach sie mit der Mörderin.

»Anita Demand?«

»Yo.«

Hier spricht die Polizei verbot sich zu sagen. Allein das Wort *Polizei* ließ Zeugen verstummen. Wahrscheinlich hätte Beetz damit das Gespräch abgebrochen, bevor es begann. Denn irgendetwas stimmte nicht. Irgendetwas verbarg diese Anita Demand, oder wer immer sie war, am anderen Ende der Leitung. Vielleicht sprach Beetz jetzt mit der Mörderin von Frank Stuchlik. Sie hörte die Frau atmen.

»Können Sie ins Krankenhaus kommen? Das Kind der Kollegin hatte einen Unfall, sie muss sofort zu ihm. Und sonst ist keiner da, der diesen Dienst übernimmt. Allein ist's nicht zu schaffen. Frau Demand, könnten Sie?« Die Idee war ihr plötzlich gekommen. Selbst Berger und Kohlund würden stolz auf sie sein.

»Yo.«

»Sie können kommen? Sofort?«

»Yo.«

Mit diesem schnellen Erfolg hatte Beetz nicht gerechnet. »Wann können Sie da sein?«

»Dreivürtel, chalbe Stund.«

»Machen Sie so schnell, wie Sie können. Hier steht alles Kopf.«

»Nu, ich werd fersuchen.«

Damit war das Gespräch beendet. Mehr war auch nicht zu sagen gewesen. Beetz hielt das Handy in ihrer Hand und schaute ungläubig darauf, als hätte sie eben ein falsches Geständnis gehört. Berger und seine Techniker saßen hinter ihren Computern und blickten zu ihr her.

»War das okay?«, fragte sie, und die Kollegen von der Technik hoben die Daumen.

»Alles auf Band«, sagte Berger, »falls wir's zur Stimmenanalyse noch brauchen.«

»Danke und schönen Sonntag auch noch.«

Beetz ließ die verblüfften Techniker hinter ihren Apparaten sitzen. Sie hatte Anita Demand gefunden. Sie verließ schnellen Schrittes Bergers Labor. Sofort musste sie nach Machern zurück ins *Neurophysiologische Rehabilitationszentrum*. Anita Demand war auf dem Wege dorthin. Vielleicht fand der Fall jetzt seine Lösung. Sie sang, als sie fuhr: *Bummi, Bummi, Bummi, Bummi, brumbrumbrum …* Sie würde Kohlund die Exklusivrechte an dieser Story für Joseph Hönig abtrotzen. Er würde daraus die Schlagzeilen machen. Und sie war die Heldin der Geschichte.

11

Die Uhr drehte sich sinnlos im Kreis. Konstantin Miersch saß allein an der Theke und beobachtete die Fliegen, die den Zapfhahn umschwirrten. Sein Bier war bis zur Neige geleert. Die Wirtin hatte den Tresen verlassen. Sie brachte ihre Mutsch zu Bett. Rosel hatte etwas dagegen. Vom Flur her hörte er sie schreien. Anweisungen wurden gebrüllt. Die Alte weigerte sich mit Vehemenz, sie wollte nicht schlafen. Eine Uhr schlug viermal.

Miersch trank aus und hatte Hemmungen, am Altentransport vorbei in sein Zimmer zu schleichen. Er langte über den Tresen und griff nach dem Glas für die Tropfen. Es war halbgefüllt. Das Bier schmeckte schal. Miersch fand noch immer keine gute Begründung, warum er im Gasthaus *Zu den alten Eichen* nächtigte. Weder Zimmer noch Service waren einladend, und die Frage blieb, wie die Wirtin Anne mit dieser Pension überhaupt etwas verdiente. Aber vielleicht stürmten wochenends Touristen und Ausflügler diesen Gasthof. Familien feierten hier vielleicht ihre Feste, Einschulung, Konfirmation, Hochzeit. Klinikbesucher nahmen hier vielleicht Quartier. Das Haus lag am Weg, darum hatte es Miersch auch gefunden.

Er griff nach dem Glas und schritt die Wand vor den Regalen ab. Es sah aus, als hätten Generationen ihren Ramsch aus Hunderten Jahren auf den Brettern gelagert. Er fand alte Skatkarten, Minibücher mit Rezepten, Figürchen, die offensichtlich von Reisen mitgebracht worden waren. Bruxelles. Eibenstock. *Die Saalfelder Grottenfee*. Staub war von den Nippes gewischt worden. Miersch machte sich die Finger nicht schmutzig. Er entdeckte ein Messer im goldgeprägten Etui und packte es aus. Das Gewicht war angenehm schwer, die Klinge scharf, spitz und silbern graviert: *Schützenkönig 1963*.

Der Hajo hat dem Mädchen nicht die Augen ausgestochen. Miersch sah auf das Messer. *Hauen Sie ab, Mann! Rennen Sie nicht in Ihr Unglück!* Rosel hatte ihn gewarnt, und sie hatte recht, es war kein gastliches Haus. Er hätte vorbeifahren sollen. Aber Klinik, Regen und Margo … Miersch legte das Messer zurück und stellte sein Glas auf die Theke. Weder Matze noch die Wirtin Anne waren zu hören. Auch die Alte war verstummt. Nur der Kühlschrank kühlte und schien den Raum kälter zu machen. Obwohl das Zimmer dunkel gehalten und anheimelnd warm beleuchtet war, fröstelte Miersch. Er legte einen Schein auf den Tresen und hoffte, der Betrag würde auch für Trinkgeld reichen.

Das Hotelzimmer war spartanisch eingerichtet. Ein blumenbemalter Bauernschrank mit zwei Bügeln. Ein Stuhl an einem Tisch, dessen Platte kaum DIN-A4-Größe besaß. Das Deckchen darauf war gehäkelt. Miersch hing sein Jackett über die Lehne. Die Schuhe schob er ordentlich unter das Bett, die Socken zum Lüften darüber gelegt. Er glaubte, leichten Schweißgeruch in der Nase zu haben und öffnete das Fenster. Zwei Pkw schienen sich ein Rennen auf der Straße zu liefern. Das waren keine Geräusche zum Schlafen. Er würde auch hier nicht zur Ruhe kommen. Er holte Socken samt Schuhen wieder hervor und stellte sie aufs Fensterbrett. Trotz des geöffneten Fensters wehte kein Lufthauch, und er fühlte sich wie in einer Gruft. *Glauben Sie mir, hier wird nur gestorben. Haus der toten Augen nennen sie es …* Die Federn unter der Matratze schrien wie Frauen, als er sich auf sie legte.

Rosel konnte nicht wissen, dass er Chef der Kriminalpolizei war. *Die Mörder sind unter uns!* Ob sie jedem Gast solche Geschichten erzählte? *Sie sind noch immer im Haus!* Wahrscheinlich dachte die Alte, dieser Horror wäre tatsächlich passiert. *Hajo ist kein Mörder!* Darüber wollte Miersch nicht nachdenken und zog sich die warme Daunendecke bis zum Hals. Die Bettfedern quietschten bei der kleinsten Bewegung. Ein Laster donnerte vorbei, und ein Besoffener grölte *Es gibt kein Bier auf Hawaii.* Vielleicht war das Matze.

Das gesamte Gasthaus schien stetig zu sprechen. Es knackte. Es pfiff. Die Autos fuhren hindurch. Miersch dachte an Fledermäuse, den Hühnerstall der Oma und Nachtschwärmer. Der Besoffene vorm Fenster hatte seinen Gesang eingestellt. Miersch hörte, wie Anne sich von Matze im Erdgeschoss verabschiedete, doch offenbar wollte der noch nicht gehen.

»Ich bezahle!«, schrie er. »Ich bezahle!«

Vielleicht ließ Matze anschreiben oder bedauerte, dass ihm kein Bett im Haus geboten wurde. Matze wurde wütend.

»Und warum der Affe aus Bayern?«

Was Anne entgegnete, verstand Miersch nicht. Eine Tür knallte. Auf der Straße schimpfte Matze noch weiter.

»Da kann man tun, was man will …«

Langsam verhallte seine Wut.

Miersch hätte noch lesen können. *Die Geschichte der Deutschen Volkpolizei …* Das Buch lag daheim auf dem Nachttisch. Wahrscheinlich zeigte es Margo ihren Gästen, und die lachten sich tot über ihn. Sein Zusammenleben mit Margo hatte keine Perspektive mehr. Nur widersetzte sie sich bislang jedem Gespräch über eine Scheidung. Weil Kirche und Glauben ihr eine Scheidung verboten. Weil sie sich eingerichtet hatten. Weil die Töchter geschockt wären. Miersch hatte alle notwendigen Papiere im Safe seines Büros gelagert. Und jedesmal, wenn er sich vornahm, mit dem Rechtsanwalt darüber zu sprechen, war es ihm peinlich, sein Intimleben vor fremden Menschen ausbreiten zu müssen. Miersch kannte die Fragen. *Wann haben Sie zuletzt miteinander geschlafen?* Er wusste es selbst nicht zu sagen. *Verlangte der Partner Handlungen, die Sie nicht erregten?* Nein. Wenn er recht überlegte, hatten Margo und er stets Freude und Spaß gehabt, bis sich Leidenschaft zwischen ihnen nicht mehr einstellen wollte und Sex zum dazugehörigen Übel verkam. *Haben Sie einen anderen Partner?* Nein. Wann sollte Miersch anderen Frauen begegnen? Die Arbeit fraß seine sämtliche Zeit. Und dann fuhr er heim in die zu große Wohnung und zu Margo.

Kultur und Kneipen nahm er nur bei gesellschaftlichen Anlässen wahr. Die Stadt Leipzig war ihm Ausland und fremd geblieben. Dann besser mit Margo und nicht allein in einer Wohnung, hatte er mit ihr doch immerhin jemanden, mit dem er sprechen konnte. Jetzt lag er einsam in einem fremden Bett und konnte nicht sagen, warum.

Ein Schrei durchbrach die Stille. Eine Frau wand sich in Angst. Die Stimme schien sich immer höher zu schrauben, gleich vor seiner Tür. Miersch sprang aus den Federn und horchte im Flur. Plötzlich war es ganz still. Kein Laut, kein Geräusch. Eine Lampe spendete trübes Licht und warf lange Schatten. Er fühlte sich beobachtet. *Haus der toten Augen nennen sie es.* Miersch musste lächeln. Es war, als spielte er in einem Film mit. Gleich würde der blinde Jack die funzlige Glühbirne zerdrücken. Elisabeth Flickenschild winkte mit der Galgenhand. Und Joachim Fuchsbergers Part würde er übernehmen. *Nachts im Nebel an der Themse …*

Der Schrei hallte markerschütternd. Diesmal von draußen. Aber er konnte sich täuschen. Dann war es still. Totenstill. Es bellte ein Hund.

12

»Sie kommen hier nicht rein!«

Erst nach mehrmaligem Läuten war der Vertreter des Sicherheitsdiensts hinter seinem Pult hervor in die Nähe der Tür getreten und sprach mit ihr durch eine Luke. Anzug. Glatze. In seinem Ohr leuchtete ein grüner Stein. Sie setzte ihr bezauberndstes Lächeln auf und hoffte, dass er sie einlassen würde. Aber der grüne Ohrring verzog keine Miene. Er war sich offensichtlich seiner Verantwortung bewusst, er hatte das Krankenhaus vor jedem unbefugten Zutritt zu schützen. Sein Atem beschlug die Scheibe. Die gläserne Schwingtür war seit Stunden verriegelt. Die Besuchszeit war lange vorbei. Hier kam keiner mehr rein, dafür würde er kraft seines Amtes sorgen. Und für das Drehkreuz am Personaleingang hatte Beetz keinen Betriebsausweis. Schwerverletzt war sie auch nicht. Aber wahrscheinlich saß auch in der Notaufnahme eine Bulldogge hinterm Glas und verbot jedem Unbefugten den Einlass.

»Entschuldigen Sie, ich muss auf Station.«

»Mir liegen keine Sondergenehmigungen vor.«

»Hauptkommissarin Beetz. Ich untersuche einen Mordfall. Onkologie.«

»Oberleutnant Fuchs. Betreten verboten.«

Der grüne Ohrring fand sich witzig, der Specknacken von Oberleutnant Fuchs glänzte. Beetz suchte ihre Polizeimarke in den Manteltaschen. Sie förderte Fahrschnipsel, Lippenstift, das Notizbuch und einen Kamm zutage, doch ihre Legitimation blieb verschwunden.

»Kommissar ist ja mal ein ganz neuer Trick.«

»Kommissar*in*.« Beetz betonte das -in.

Fuchs lächelte anzüglich. »Ah ja, Frau Kommissar*in*. Und wo möchten wir denn so eilig hin?« Er schnalzte mit der Zunge.

Sie hätte ihm in die Eier getreten, wäre das möglich gewesen. Das war wieder genau einer der Typen, die Beetz mit ihrem Machogehabe zur Wut reizten. Selbst das Kollektiv der Mord zwo hatte solche Vertreter. Allein wenn Beetz an Thorst Schmitt dachte, schmeckte sie Galle. Und dieser glatzköpfige Arsch kam sich wohl wichtiger vor als jeder General und attraktiver als Johnny Depp und Brad Pitt zusammen.

Grüner Ohrring war beauftragt, das Gebäude vor Pennern, Dieben oder Terroristen zu schützen. Und Beetz gehörte nicht zu dieser Klientel, davon hatte er sich schnell überzeugt. So wie sie sahen für gewöhnlich keine Verbrecher aus. Allerdings hatte ihr Job sie da auch schon eines Besseren belehrt. Manch einer maß keinen Meter fuffzich und schlug ganze Kompanien zusammen. Junge Mädchen, kaum zwölf, erpressten Schulkameradinnen mit Gewalt, zogen selbst Jungs ab. Der Ohrring konnte ihr nicht trauen. Er durfte es nicht. Beetz spielte alle Szenarien durch. Sie könnte in Ohnmacht fallen. Sie könnte ein offenes Fenster suchen. Und sie könnte ihm ihre Pistole vor die Nase halten. Aber wahrscheinlich hätte das den Ausbruch eines Krieges zur Folge gehabt.

»Ah, ja.« Er dehnte die Silben und spuckte sie zerkaut wieder aus. »Onkologie.«

Grüner Ohrring verlagerte das Gewicht von Zehe zu Ferse und wieder zurück. Wahrscheinlich hatte der Arsch das mal in einem Kriegsfilm gesehen, wo der Offizier Rekruten drillte. *Full Metal Jacket.* Der Ohrring pendelte, das Grün reflektierte blitzend das Licht. Der Kerl musterte sie von oben bis unten. Sie spürte seinen Blick von ihrem Mund auf ihre Brust wandern. Wahrscheinlich überlegte der Typ, wie er sie ins Bett kriegen könnte. Jedenfalls blickte er genauso wie die Aufreißer, die in jeder Disco rumstanden und mit schmierigem Lächeln *Willste?* grinsten.

»Onkologie.« Er zermalmte die Buchstaben.

Beetz war sich nicht sicher, ob er überhaupt wusste, wie man dieses Wort schrieb, geschweige denn, was Onkologie bedeutete. »Verwandte?«

»Frank Stuchlik.«

»Freund?«

»Nein. Der Mann ist eines gewaltsamen Todes gestorben. Ich ermittle, das ist mein Job.«

»Ah, ja. Frau Kommissar*in*.« Grüner Ohrring nickte. »Aber ohne Genehmigung kann ich keinen hier reinlassen. Verstehst du?«

Er lächelte, und jetzt blitzten auch seine Zähne im Licht der Neonröhren.

»Kranke, irre Menschen, Alte sind die Klientel hier. So siehst du nicht aus.« Er holte viel Luft und lächelte. Beetz ballte die Faust. »Und wer sagt mir denn, dass du nicht nur ein flottes Nümmerchen mit dem Chefarzt schieben willst?«

Beetz zuckte das Bein, sie hätte es ihm mit Freude zwischen seine muskulösen Schenkel getrieben. Wahrscheinlich stemmte der Hanteln und joggte sich seinen Puls täglich mehrmals über hundertneunzig. Ihr Blutdruck stieg, aber sie durfte nicht provozieren.

»Rufen Sie im Präsidium an und lassen Sie sich meine Identität bestätigen.« Obwohl Beetz sich zusammenriss, war ihrer Stimme der Unmut anzuhören.

»Ich kann's auch beim Papst versuchen. Aber ob der Sie kennt?« Der Typ zerlief fast vor Häme. Über seine Glatze rollten die Schweißperlen. Sein Nacken ähnelte einem Schinken in der *Gourmetetage*. In den winzigen Haarstoppeln setzten sich die Tropfen fest. Er wischte darüber und schmierte die Hände am Hosenbein ab.

Beetz blätterte in ihrem Notizbuch nach der Nummer der Station. Vielleicht tat Monique Dienst und konnte sie einlassen. Oder Dr. Barthelmes würde diesen Wachmann in seine Schranken weisen. Der Macho hatte seine Befugnisse eindeutig überschritten. So unverschämt war Beetz selten einer gekommen. Sie würde beim Direktor des *Neurophysiologischen Rehabilitationszentrums* Beschwerde einlegen.

»Versuchen Sie's mal auf der Station?« Beetz hörte sich an, als wolle sie ihn tatsächlich zu einem Rendezvous einladen. Sie hoffte, ihr Lächeln passte.

»Ach, hinter meinem Pult ist ein Zimmer, wir beide können's auch da mal versuchen.«

»Würde mich freuen.«

Der Stiernacken lächelte und schien mit Fett eingeschmiert. Das durfte nicht wahr sein! Unter seinen Blicken fühlte Beetz sich nackt. Aber eine solche anzügliche Einladung schien momentan der kürzeste Weg, der ihr den Zutritt ins Haus gewährte. Aber die Zeit drängte, es musste schnell gehen. Die Krankenschwester, die sich Anita Demand nannte, war auf dem Weg hierher. Sie kam über den Diensteingang in das Gebäude. Zehn Uhr war üblicherweise der Wechsel im Dreischichtsystem. Keine halbe Stunde mehr. Der Typ schien Spaß an dem Spiel zu haben.

Natürlich könnte Beetz auch die Einsatzleitung und Kohlund informieren. Sie könnte einen Streifenwagen zum *Neurophysiologischen Rehabilitationszentrum* bestellen. Möglichkeiten hatte sie viele, doch ihr widerstrebte solch ein Auflauf, nur um auf die Station zu kommen. Anita Demand könnte aufmerksam werden. Das konnte sie warnen. Sie könnte verschwinden. Wahrscheinlich hatte sie ihren Dienst längst angetreten und bewachte den schweren Schlaf der Patienten. So unauffällig wie möglich musste Beetz ins Haus kommen. Aber dieser Typ verweigerte ihr den Zutritt. Und er war auch noch im Recht.

Sie suchte noch immer ihre Legitimation. Das Portemonnaie fiel ihr dabei in den Dreck. Als sie es aufhob, rutschte der Dienstausweis aus dem Nebenfach.

Unglaublich! Beetz atmete durch und heftete ihn zum Lesen an die Scheibe der Glastür. Ihre Finger hinterließen Spuren. Grüner Ohrring bewegte die Lippen, als wäre er Analphabet. Dann stand er stramm und öffnete wortlos die Tür und hätte beinah salutiert.

»Kleiner Scherz. Nehmen Sie's mir nicht übel.« Er lächelte wie ein Kind, das man bei einer Untat erwischt hatte und das nun glaubte, große Augen und ein naives Gesicht ließen alles vergessen.

Beetz ignorierte das geläuterte Arschloch und eilte zum Fahrstuhl. In den Krankenhausgängen begegnete ihr kein Mensch. Auch erkannte sie den Weg nicht wieder, ohne Menschen und Tageslicht schien alles verändert. Das Haus wirkte wie das verlassene Raumschiff Enterprise: hell erleuchtet, klinisch sauber, große Fenster, Apparaturen und summende Geräusche. Beetz wäre nicht überrascht gewesen, wenn Mr. Spock oder Captain Kirk aus einer der Türen treten würde. Hinweisschilder wiesen zum Röntgen, zur urologischen Ambulanz, zur Notfallversorgung oder zum OP-Bereich. Beetz hetzte die Gänge entlang, als wäre der Typ mit dem grünen Ohrring hinter ihr her.

Und plötzlich stand sie vor der Onkologie. Die Tür war abgeschlossen, genau wie Dr. Barthelmes und Schwester Monique ausgesagt hatten. Beetz klingelte. Die Schwester, die ihr öffnete, trug ein Schild mit dem Namen Solveig.

»Wer sind denn Sie?«, fragte sie.

»Kriminalpolizei, Kommissarin Beetz.«

»Was wollen Sie?« Der Ton ihrer Stimme ließ die Luft gefrieren. Auch hier war Beetz nicht willkommen. Schwester Solveig hatte offensichtlich schlechte Laune. Beetz taten die Patienten leid, die solchem Personal ausgeliefert waren. Die Schwester schien ihr keiner mitleidigen Regung fähig, kalt und erbarmungslos. Schwester Ratched, und nicht nur im Film *Einer flog über das Kuckucksnest.*

»'tschuldigung. Kriminalpolizei, Kommissarin Beetz …«

»Sagten Sie schon.«

Die Frau war ein Bulldozer. Sie war größer als Beetz und doppelt so schwer. Trotzdem umspielte sie ihr Kittel locker, warf Falten. Sie wirkte wie ein Eisberg und war wahrscheinlich auch gefährlich wie einer. Die Schwester schien im Stress. Die Mordermittlungen am Vormittag ließen die ausgeklügelte Behandlungsmaschinerie noch immer nicht reibungslos laufen. Routine würde sich erst in Stunden wieder einstellen. Polizisten waren lange auf der Station zugegen gewesen und hatten das System aus dem Gleichgewicht gebracht. Das wäre in jedem funktionierenden Betrieb so gewesen. Beetz erinnerte sich, wie ihre Mutti von Staatsbesuchen in der Produktion berichtet hatte. Ganze Wochen war man nicht zum Arbeiten gekommen, stattdessen malte man Potemkinsche Dörfer. Und, sagte sie immer, verblüffenderweise ist das im Kapitalismus nicht anders.

»Kriminalpolizei. Ich möchte mit Anita Demand sprechen.«

»Das möchte ich auch.«

Beetz blickte auf ihre Uhr. Noch nicht zehn. Die Demand musste noch kommen.

»Seit einer Stunde warte ich auf sie.«

»Aber die Nachtschicht hat doch noch gar nicht begonnen!«

»Wir wechseln um neun, und die Frühschicht löst uns um fünf Uhr am Morgen ab. Gewöhnt man sich dran.«

»Anita Demand hätte um neun hier sein sollen?«

»Ja. Sie hat diese Woche die Nachtschicht.« Schwester Solveig hielt kurz inne. »Sie hat alle vierzehn Tage die Nachtschicht. Aber heute ist sie einfach nicht erschienen.«

Beetz hatte die schlimmsten Befürchtungen. Was, wenn Anita Demand die Mörderin Stuchliks war, und Beetz durch ihren unbedachten Anruf die Verhaftung verhindert hatte? Warum musste sie diese Verdächtige auch anrufen und damit warnen? Anita Demand wäre bestimmt zum Dienst erschienen, wenn Beetz nicht so übereilt gehandelt hätte. Kohlund würde sie ob ihrer Inkompetenz in den Boden rammen. Sie sah schon seinen zornroten Kopf und seine erhobene Faust. Und erst Miersch! Der würde toben. Sie hatte ihn nur hysterisch, anbiedernd oder albern erlebt.

»Ich müsste trotzdem dringend mit ihr sprechen«, sagte Beetz.

»Ich denke nicht, dass sie heute noch erscheint. Sie war sonst immer zuverlässig.« Schwester Solveig trat beiseite und bat die Kommissarin mit einer Geste auf die Station.

Sie kannte den Weg zum Personalraum. Er war leer. Auf der Maschine stand frisch gebrühter Kaffee. Der Duft durchzog den Raum. Die Kuchenteller waren abgewaschen und ins Regal sortiert.

»Haben Sie ein Glas Wasser?«

Schwester Solveig nickte und wies zum Kühlschrank. Beetz bediente sich. Das eisige Wasser schien in ihren Händen zu verdampfen. Dann setzte sie sich an den Tisch und drehte am Schraubverschluss.

»Anita Demand hat also ihren Dienst nicht angetreten?«

»Sehen Sie sie? Seit mehr als vierzig Minuten ist sie überfällig. Soweit ich mich erinnere, ist sie noch nie zu spät gekommen. Wissen Sie, nach acht Stunden Dienst will man nach Hause. Und nun sitze ich hier wahrscheinlich noch länger.«

Beetz wurde immer deutlicher bewusst, dass sie wahrscheinlich die Schuld an diesen Überstunden von Schwester Solveig trug. An drei Fingern hatte die Krankenschwester sich ausrechnen können, dass etwas nicht stimmte, dass Beetz' Anruf eine Täuschung gewesen war. Dass man sie, Anita Demand, suchte. Beetz hatte alles versaut! Warum hatte sie nicht Rücksprache mit Stationsschwester Monique gehalten? Warum hatte sie nicht auf die Dienstpläne geschaut, bevor sie gegangen war? Dann hätte dieser vermaledeite Anruf nie stattgefunden. Jetzt war es zu spät. Heute früh noch hatte sie die Planungen hier in diesem Zimmer betrachtet. Ein Blick hätte genügt, um festzustellen, dass Anita Demand am Abend wieder zum Dienst erscheinen würde. Beetz hatte all das nicht getan. Weil sie an krankhaftem Ehrgeiz litt. Weil sie es Kohlund, Miersch, Schmitt und allen anderen beweisen wollte. Sie war eine gute Kommissarin. Sie hatte Bestnoten im Zeugnis stehen. Aber in der Mordkommission zwo empfand sie sich als fünftes Rad am Wagen und fühlte sich von den Männern gemobbt. Agnes Schabowski war mittlerweile Chefin einer eigenen Mordkommission. Beetz würde es niemals so weit bringen, wenn sie weiter so fulminant versagte wie hier. Wie konnte sie nur die Verdächtige warnen?! Und dabei war sie von ihrer eigenen Gerissenheit noch begeistert gewesen. Jetzt diese Blamage! Berger von der Technik würde sie sagen müssen, dass die einzige Spur, die sie von der vermeintlichen Anita Demand hatten, die Aufzeichnung ihres kurzen Gesprächs aus Leipzig-Grünau war. Eine Stimme, die zweimal *Yo* und *Ich werde fersuchen* sagte, mehr nicht. Berger wäre sicher begeistert, wenn ihre Spur im Sande verlief. Scheißjob, sagte sie sich.

»Vielleicht kommt die Demand ja noch.« Beetz glaubte selbst nicht daran und wusste, dass ihr Trost Schwester Solveig nicht half. Versagt auf ganzer Linie. Welch schrecklicher Tag!

Solveig schimpfte. »Eine, maximal zwei Stunden hänge ich dran. Mein Sohn ist keine zwei, ich kann ihn nicht jeden Tag zur Großmutter bringen.«

Beetz schlug das schlechte Gewissen. Sogar die Schwester musste unter ihrer Inkompetenz leiden. Und sie war sich so überaus clever vorgekommen. Beetz schenkte sich endlich Wasser ein. Aber es verwunderte sie doch, dass Schwester Solveig um diese Zeit allein hier Dienst tat.

»Wie viele Kollegen tun hier denn Dienst?«, fragte sie.

»Siebenundzwanzig.«

Beetz stellte überrascht ihr Glas ab. »Jetzt?«

»Nein. Sonntags spät zwei.« Schwester Solveig bemerkte Beetz' Unverständnis. »Ich habe Beatrice schon nach Hause geschickt. Wir waren durch mit der letzten Runde.« Sie lächelte schuldbewusst. »Nachtwache ist nur einfach besetzt. Reicht aus, sagt die Verwaltung, auch wenn manchmal sechs in einer Nacht sterben.«

Beetz überlegte, ob sie sich nachschenken sollte. Aber das Glas war noch halb gefüllt. »Ist Anita Demand eine gute Kollegin?«

»Sie ist ja Leiharbeiterin, wie man neudeutsch so sagt. Viel geredet habe ich mit ihr nicht. Übergabe, Medikamente, Tropf, Sterbende, bei denen man öfter reinschauen sollte. Alltag eben. Das ist alles Routine hier auf Station. Zu Brigadefeiern und Geburtstagen hat keiner sie eingeladen, oder sie ist nicht erschienen. Ich bin für die Brigadefeiern nicht verantwortlich, müssen Sie wissen. Ich kümmere mich um die Kasse für die Geschenke unter Kollegen und ums Wichteln zur Weihnacht.«

»Am Wichteln hat Anita Demand nicht teilgenommen?«

Schwester Solveig überlegte. »Weihnachten? ... Da war sie noch gar nicht bei uns auf Station. Oder erst kurz. Nein, bei der Weihnachtsfeier ist sie auch nicht gewesen, oder ich habe sie nicht gesehen.« Sie schüttelte den Kopf. »Aber wie wäre das möglich gewesen? Wir haben im Weinkeller St. Benno nur einen Raum gehabt. Der war nicht sehr groß. Übersehen? Unmöglich.«

»Und was wissen Sie sonst über sie? Ist sie verheiratet? Hat sie einen Freund?«

Schwester Solveig blickte, als hätte sie Beetz beim Klauen erwischt. »Nicht jeder Kollege wird einem zum Freund«, sagte sie dann.

Solche Rechtfertigung war Beetz nicht unbekannt. Joseph hatte sie mehrmals damit aufgezogen, und sie war in Wut geraten. Sie konnte die Beispiele aus der Mord zwo nennen. Kohlund. Schmitt. Selbst mit Agnes Schabowski war sie nie wirklich warm geworden. Grischa Merghentin war der Einzige, dem sie vertraute. Doch seit der im Rollstuhl saß, war er nicht mehr Mitglied des Teams, sosehr Merghentin dafür kämpfte. Kohlund schickte ihn von einer Rehabilitationsmaßnahme zur nächsten und gab Merghentin nur alte Akten zur Aufklärung. Merghentin hatte in einer schwachen Stunde Beetz sein Leid geklagt. Sie hatte zu viel getrunken und hoffte, dass sie ihm damals nicht zu viel von den eigenen Problemen aufgetischt hatte. Zum Schluss hatte Grischa sie auf den Mund geküsst, oder sie ihn, oder … Ach Scheiße!

»Sie wissen gar nichts?«

Solveig winkte ab. »Nicht wirklich. Von Kindern hat sie gesprochen. Eins oder zwei. Der Junge heißt Boris, soweit ich mich erinnern kann. Aber sonst?«

Die Schwester drehte sich um und nahm aus dem Schränkchen Medikamente, begann, sie nach einem Plan in kleine Schalen zu portionieren.

»Die Demand spricht mit Akzent. Ich dachte, vielleicht ist die Polin und hat einen Deutschen geheiratet. Aber gefragt habe ich sie nicht. Wir sahen sie selten und …« Sie verstummte und widmete sich ihrer Arbeit, griff nach der nächsten Packung Tabletten und drückte sie aus der Aluminiumhülle.

»Und Frank Stuchlik?«

Solveig hielt inne. »Es ist mir unbegreiflich, warum jemand diesen Mann umgebracht hat. Er lag doch im Sterben. Ein paar Tage noch, höchstens Wochen. War das wirklich Mord?«

»Wir müssen davon ausgehen. Ja.« Beetz trank. Solveig schwieg. »Ihnen ist nichts aufgefallen?«

»Nein, was denn? Seine Familie hat ihn sehr unterstützt. Sie haben mit ihm gelitten. Ich habe ihre verweinten Gesichter gesehen. Sie hatten's nicht einfach. Und jetzt das.«

»Kann ihm jemand beim Sterben geholfen haben?«

Schwester Solveig warf die Packung Tabletten auf die Anrichte und kam auf die Kommissarin zu. Beetz konnte ihre ehrliche Entrüstung körperlich spüren.

»Sterbehilfe steht unter Strafe, wir riskieren nicht unseren Job fürs Gefängnis.« Der Tonfall glich einem Machtwort der Kanzlerin.

»Und die Nachtschwester?«

»Hören Sie mal!« Solveig knallte ihre Faust so auf die Sprelakartplatte, dass die Medikamente aus den Schälchen und Gläsern heraussprangen. »So ein Mist!«

Sie sortierte von neuem. Damit war das Thema für sie offenbar erledigt.

»Ich würde hier gerne warten. Vielleicht kommt Anita Demand ja doch noch zum Dienst.«

»Ich habe versucht, sie telefonisch zu erreichen. Ihr Handy ist abgeschaltet. Und ich sitze da mit der Arbeit.«

»Ja.«

»Da muss sich Monique etwas einfallen lassen. Doppelschichten kann ich nicht alle zwei Tage schieben.«

»Ja.«

»Und wenn Sie hier schlafen wollen, Frau Kommissarin, Frank Stuchliks Bett ist noch nicht wieder belegt.«

13

Als Konstantin Miersch den Raum betrat, dachte er für einen Moment, er habe die falsche Tür geöffnet. Gestern noch hatte die Gaststube düster und traurig gewirkt, jetzt schien sie größer und wesentlich heller. Das Holz war nicht schwarz, es war hellbraun gebeizt. Durch die Fenster ergoss sich Tageslicht, das kein Staubkörnchen reflektierte. Die Tischdecken leuchteten weiß. Darauf standen bunte Blumensträuße, die aussahen, als seien sie im Garten gepflückt worden. Mehrere Tische waren eingedeckt, aber kein Gast saß daran. Leise Musik war zu hören. Keine Radiowelle mit zu gut gelauntem Moderator, sondern unaufdringlicher Jazz tönte aus den Boxen. Miersch glaubte, die Trompete von Till Brönner zu erkennen. *Don't You Worry 'Bout A Thing.*

Er hatte wunderbar durchgeschlafen ohne *Granufink* oder Nachttopf. Es war früher Morgen, er hatte geduscht und die Haare gewaschen. Aufs Rasieren hatte er verzichtet, da er auf die Nacht im Hotelbett nicht vorbereitet gewesen war und weder Pinsel noch Klinge dabeihatte. Er wollte vorm Kaffee noch auf kurze Erkundung gehen, aber das Büfett hatte gerade geöffnet. Miersch war über sich selbst erstaunt. Um 6.15 Uhr drehte er sich daheim noch einmal auf die andere Seite. Doch jetzt fühlte er sich munter und frisch. Simona Thede, Margo und die laufenden Ermittlungen stressten ihn nicht mehr wie gestern. Sie lagen in weiter Ferne. Im Spiegel hatte er die Kratzwunde auf seiner rechten Wange besehen und den Grind mit warmem Wasser auf ein Minimum abgewaschen. Nur die Schwellung ums Auge würde blau anlaufen, da war sich Miersch sicher. Der Schlag von Simona Thede hatte gesessen. Den Kollegen würde er etwas von häuslicher Renovierung erzählen oder einen Scherz von der wilden Geliebten probieren, falls sie überhaupt nachfragen sollten. Sie würden ihm ohnehin nicht glauben und sich ihren eigenen Reim darauf basteln. Miersch sah es gelassen.

Der Service im Haus *Zu den alten Eichen* war auf Dienstreisende eingestellt. Das Frühstücksbüfett sah sehr lecker aus. Miersch nahm sich Brötchen und Butter und Ei, für den Belag ging er mit einem zweiten Teller zur Theke. Dort, wo gestern die Biergläser von Matze und ihm gestanden hatten, sah er die Auswahl. Die Wurst auf den Platten war mit System gelegt. Offensichtlich war er der erste Gast, er schämte sich fast, den appetitlichen Anblick zu zerstören. Aussehen und Geruch ließen auf Wurst aus Hausschlachtung schließen, zumindest war es nicht der Pamps aus Assietten, den die Hotels üblicherweise anboten. Miersch kannte sich aus, wegen seines Jobs war er oft auf Dienstreise. Sein angespanntes Zusammenleben mit Margo tat ein Übriges, so dass er oft seinen Morgenkaffee beim Bäcker ums Eck genoss.

Auch die angebotenen Marmeladen waren nicht aus dem Großhandel. Vielleicht kochte Anne die Konfitüren selbst ein. Die Schilder waren von Hand geschrieben, und einige Buchstaben waren ein Mischmasch aus Sütterlinschrift und der gegenwärtigen Schreibung. Mierschs Mutter und Oma hatten sich nie an die lateinischen Formen gewöhnt, seine Töchter mussten ihn um Übersetzungen bitten, wenn sie Großmutters Briefe erhielten. *Heidelbeer-Kirsch, Apfelsine, Eberesche, Erdbeer* las er und musste probieren.

»Kakao? Tee? Kaffee?« Eine junge Frau stand hinter der Theke. Wahrscheinlich erarbeitete sie sich hier das Geld für das Studium. Die blonden Haare waren zum schnellen Knoten gesteckt. Weiße Bluse. Auf ihrem Dekolleté glänzte ein Kettchen. Das Lächeln ließ in ihrer linken Wange ein Grübchen entstehen. Nicht nur deshalb fand Miersch sie sympathisch.

»Kaffee, schwarz, stark.«

»Kommt gleich.« Die Bedienung drehte sich um und verschwand in der Küche. Ihr Grübchen hinterließ eine Leerstelle hinter der Theke.

Miersch hatte noch immer ein Löffelchen Marmelade in seiner Hand. Er leckte es sauber und stellte fest, dass er den Vorlegelöffel benutzt hatte. Schamhaft wischte er ihn mit einer Serviette sauber und nahm Honig im Schälchen. Am Ende der Theke hingen die Zeitungen in einem Ständer. Miersch nahm sich eine. Zu Hause musste er erst drei Stockwerke zum Briefkasten nach unten ins Erdgeschoss laufen, und nicht nur ein Mal hatte einer die Zeitung geklaut, oder sie war erst gar nicht gekommen.

»Ihr Kaffee, bitte.« Die junge Frau schenkte ihm ein und lächelte. »Wenn Sie warm essen wollen, sagen Sie's mir. Ich brate Ihnen auch schnell ein Ei oder Schinkenspeck.«

»Nein, danke.«

Er freute sich auf das Frühstück. Zu Hause hatte er weder Zeit noch Muße, es zu genießen. Die Arbeit und Margo belasteten ihn oft schon am Morgen bis zur Unerträglichkeit. Und hier saß er fast losgelöst von den Alltäglichkeiten bei Bäckerbrot, hausgemachter Konfitüre und Schinken. Miersch goss Milch in den Kaffee, schnitt, schmierte und biss ins Brötchen. *Reporting From Rangoon* sang Till Brönners Trompete.

»Ich muss mich für meine Mutter entschuldigen.«

Die Wirtin stand an seinem Tisch, Anne vom gestrigen Abend. Sie beeindruckte ihn in diesem Morgenlicht noch mehr als gestern. Das Licht ließ ihre Locken wie einen Kranz erscheinen. Sie strahlte vor Energie und Tatendrang. Es wunderte Miersch, dass sie so früh auf den Beinen war, Kneipenabende konnten sehr lang werden. Aber sie hatte Matze unter Protest aus ihrem Lokal geschmissen und war dann wahrscheinlich selbst todmüde ins Bett gesunken. Miersch beschlich ein Gefühl von Unwirklichkeit, wenn er an die vergangene Nacht dachte. Die Dunkelheit hatte ihn umhüllt wie ein Tuch. Die Scheinwerfer der Laster hatten es immer wieder zerschnitten. Hunde hatten gebellt und Käuzchen geschrien. Miersch hatte sich in Annes Gasthof wie im *Wirtshaus von Dartmoor* gefühlt. Doch jetzt stand eine strahlende Wirtin vor ihm, und die Nacht erschien ihm wie ein schlechter Traum aus der Kindheit.

»Keine Ursache. Mich hat's nicht gestört.«

»Aber Sie waren verschwunden, als wir zurückkamen. Sie haben sich unwohl gefühlt und nicht mal Ihr Glas ausgetrunken. Man lässt Gäste nicht einfach stehen, als Wirtin schon gar nicht.« Es klang, als würde Anne sein zeitiges Gehen bedauern, als hätte sie gern bei Wein oder Bier noch mit ihm geredet.

Miersch hatte gestern Abend nicht auf solche Zwischentöne geachtet, jetzt ärgerte er sich, dass er sie überhört hatte. Diese Nacht hätte er anders verbringen können. Aber auch das war wohl ein Traum, sagte er sich und versuchte zu lächeln.

»Es war spät genug. Ich muss früh zur Arbeit.« Das klang abweisender, als er es sagen wollte, und sein Lächeln missglückte. Miersch griff hektisch zur Tasse und trank einen Schluck Kaffee, schwarz, stark. Er nickte anerkennend, um keinen noch blöderen Eindruck bei der Wirtin zu hinterlassen. »Aber vorher kann ich hier Ihr Frühstück genießen. Herrlich. Lecker.« Er schmierte das nächste Brötchen und nahm von der *Heidelbeer-Kirsch*-Marmelade. »Kochen Sie diese Delikatesse selbst?«

Anne blickte verschämt zu Boden, fast wurde sie rot. »Ja. Mutti macht's gern und hat was zu tun. Nur das Hygieneamt darf's nicht erfahren, von wegen steriler Zubereitung.«

»Da kommt so ein chemischer Pamps raus, der in den Regalen der Supermärkte steht. Sagen Sie Ihrer Frau Mutter *sehr köstlich, sehr köstlich*.«

»Ich gebe Ihnen gern ein Glas mit.«

»Den Aufpreis bezahl ich.«

Sagen Sie Ihrer Frau Mutter … Er musste sich mehr als dämlich anhören, bei dem, was er da von sich gab und was er eigentlich sagen wollte. Das Hotel, die Nacht, Anne, das alles brachte ihn aus dem Konzept. Bei jeder Sitzung, ob beim OBM, BKA oder im Familienkreis, bei jeder Pressekonferenz, geplant oder spontan, fand Miersch meistens die richtigen Worte. Seine Rhetorik war geschult und gefürchtet. Doch Anne gegenüber fühlte er sich unverständlicherweise gehemmt und sehr unsicher. Er blickte starr auf seinen Teller. Seine Gabel wollte die Wurstscheibe nicht halten. Er nahm das Marmeladenbrötchen und biss sich auf die Zunge.

Anne schluckte und schaute auf einen Punkt an der Wand hinter Miersch. Auch ihr fiel es offensichtlich nicht leicht, Worte zu finden. »Nur damit Sie es wissen«, sagte sie schließlich, »es hat diesen Mord wirklich gegeben, von dem meine Mutter erzählt hat.«

Miersch vergaß, weiterzukauen. Das Brötchen hielt er so schräg in der Hand, dass Rosels *Heidelbeer-Kirsch*-Marmelade über seine Finger tropfte. *Haus der toten Augen nennen sie es, Haus der toten Augen* … In Annes Gegenwart wollte er nicht an Verbrechen und Mord denken müssen. Aber selbst hierhin nach Machern *Zu den alten Eichen* folgte ihm die Arbeit. Vielleicht sah man ihm seinen Beruf an. Es konnte wohl kaum Zufall sein, dass diese Wirtin ihm von Mord und Totschlag erzählte. Aber es war Zufall, oder sie erzählte es jedem, vor dem Rosel geschwatzt hatte. Miersch kannte weder Rosel noch den Fall noch, wann er passiert sein sollte. Aber Anne konnte nicht wissen, dass er ein Polizist war, den man zur Ermittlung ins nahe Krankenhaus gerufen hatte. Dass die Mutter eines Straftäters ihn dort zusammengeschlagen hatte. Es war Zufall, dass er in diesem Gasthaus gestrandet war. Nur eines war mit Sicherheit kein Zufall gewesen: Simona Thede hatte man extra ins Krankenhaus bestellt. Sie konnte nicht zufällig dort aufgetaucht sein, just an jenem Morgen, als er dort dienstlich zu tun bekam. Aber wer auch immer ihr diese Rache ermöglicht hatte, Miersch würde auf eine Anzeige und das darauf folgende Spektakel verzichten. Der Kratzer und das blaue Auge würden verheilen. Und wenn er überlegte, als Familienvater konnte er die Reaktion von Simona Thede beinah verstehen.

Miersch leckte sich *Heidelbeer-Kirsch* vom Finger. Sie schmeckte hervorragend. Er würde Anne bitten, ihm mindestens zwei Gläser mitzugeben. Vielleicht konnte er sie regelmäßig bei Rosel bestellen.

»Vor fünfundzwanzig Jahren wurde in diesem Haus ein Mädchen erwürgt. Zimmer 12. Seitdem vermieten wir es nicht mehr. Heute ist's die Abstellkammer.«

Miersch hätte kein Problem damit gehabt, im Bett eines Toten zu liegen. Er war sich sicher, dass fast überall Menschen gestorben waren. Marktplatz, Karussells, Straßenkreuzungen. Hunderte hatten sich vom Völkerschlachtdenkmal in den Tod gestürzt. Es blieb in Leipzig der Besuchermagnet. In der Thomaskirche erzählte man vom Mord an Markgraf Diezmann, trotzdem standen sie dort vor Bachs Grab. Woyzeck hatten sie den Kopf auf dem Platz vor dem Rathaus abgeschlagen, jeder latschte darüber. In beinahe allen Häusern war irgendwann einmal einer gestorben.

»Hat man den Mörder gefunden?«

Miersch stellte die Frage aus Routine. Er erwartete nichts Sensationelles, fast jeder Mord wurde aufgeklärt. Zumal vor fünfundzwanzig Jahren, da ermittelte schließlich die Deutsche Volkspolizei.

Die Geschichte der Deutschen Volkspolizei versteht sich als Teil der Geschichte des Entstehens und der Entwicklung der Deutschen Demokratischen Republik, des zuverlässigen Schutzes der revolutionären Errungenschaften des werktätigen Volkes und des Kampfes zur Sicherung des Friedens.

»Sie haben Hans-Joachim, meinem Vater, die Schuld gegeben. Da war er schon tot. Er hätte die Schande sowieso nicht überlebt.«

Miersch blieb Rosels Marmelade in der Kehle stecken. Erst jetzt begriff er die Tragweite von Annes Erzählung. Hier im Gasthaus hatte ein Mensch ein Mädchen erwürgt, und die Polizei hatte Annes Vater als Mörder überführt. Miersch verstand nun auch Rosels komische Reden: *Hajo ist kein Mörder! Sie lügen! Alle hier lügen sie!*

»Sie glauben nicht, dass er es getan hat?«, fragte er.

»Wer kann denn schon glauben, dass man das Kind eines Mörders ist?«

Die meisten Menschen konnten sich vorstellen, zum Mörder zu werden. Aber dass Sohn oder Bruder, Mutter oder Großvater zum Mörder wurden, erschütterte dann doch jeden in der Familie. Er hatte die weinenden Verwandten von verurteilten Verbrechern auf den Gängen des Präsidiums gesehen. Es fiel ihnen schwer, die Tatsachen zu akzeptieren. Miersch hatte Trost gespendet und wie ein Pfarrer geredet. Aber weder die Kirche noch sonst irgendjemand konnte die Schmerzen der Betroffenen lindern. Erst gestern hatte ihn Simona Thede geschlagen. Er fuhr sich mit dem Finger sanft über die Schwellung. Marmelade, Brötchen und Kaffee, schwarz, stark, waren vergessen. Er versuchte, Anne in die Augen zu sehen, aber die wich seinem Blick konsequent aus. »Niemand glaubt das, und doch gibt es viele. Zumindest mehr, als wir denken.« Ein Allgemeinplatz, der keinen Trost spenden konnte. Miersch wusste nicht, wie er sein Frühstück fortsetzen sollte. Anne war auf dem Stuhl ihm gegenüber zusammengesunken.

Ihre Stimme war kaum noch zu hören. »Ja.«

Miersch trank vom Kaffee und suchte nach der Kanne, damit er auch der Wirtin ein Tässchen einschenken konnte. Aber die Kanne hatte wohl die junge Bedienung wieder mit in die Küche genommen. Ein Glas frische Milch von der Theke zu holen, schien Miersch der Situation unangemessen.

»Es ist nicht einfach, seine Schuld zu akzeptieren. Mutsch kann es bis heut nicht. Und auch ich habe Zweifel. Ich habe sie immer gehabt, heute mehr als damals.«

Vor fünfundzwanzig Jahren war Anne noch ein halbes Kind gewesen. *Hajo ist kein Mörder!* Annes Vater war als Mörder gestorben. Weder sie noch ihre Mutter hatten sich mit seiner Überführung als Täter abgefunden. Er sei vorher gestorben, hatte Anne erzählt. Rosel und Anne suchten noch immer nach Beweisen, dass es Hajo nicht gewesen war. Anders konnte Miersch das Verhalten der beiden nicht deuten.

»Ich höre Ihnen gern zu«, sagte er und versuchte, die richtige Mischung aus Interesse, Frühstück und Beichte zu finden. Er kam sich deplaziert vor. Doch verblüffenderweise wollte Anne erzählen, und er schien ihr der geeignete Partner zu sein, sich diesen Schmerz von der Seele zu reden. Zufällig war ihre Wahl auf ihn, Konstantin Miersch, gefallen. Anne konnte nicht wissen, dass er sich von Berufs wegen mit Mordermittlungen befasste. Und hier musste er nicht aufklären, er musste nur zuhören. Wenn es länger dauerte, würde Miersch eben Andrea Dressel Bescheid geben, dass er heute später in sein Büro käme.

»Was ist vor fünfundzwanzig Jahren passiert?«, fragte er und griff zu einem neuen Brötchen, als Belag wählte er Rosels *Erdbeer*-Marmelade.

Anne atmete tief ein und schwieg. Miersch trank den letzten Schluck Kaffee. Sie griff zum Nebentisch, auf dem die Kanne stand, die er nicht gesehen hatte, und goss ihm nach, wohl froh, vor den schwierigen Sätzen noch ein wenig Ablenkung zu bekommen. Es fiel ihr offensichtlich nicht leicht, über das dunkle Drama ihres Lebens zu reden. Dann sprach sie stockend und langsam. Miersch blickte nicht ein Mal auf die Uhr.

»Sie hatten bereits zwei Jahre davor eine Leiche gefunden. Hier im Park. Nur notdürftig mit ein paar Blättern bedeckt. Schrecklich zugerichtet, die Augen zerstochen. Und kein Jahr später fand man wieder ein Mädchen. Bei Naunhof an den Autobahnteichen. Tot. Vergewaltigt. Und wieder ausgestochene Augen.«

Anne hielt inne. Miersch verzichtete darauf, am Kaffee zu nippen, er wollte Anne nicht unterbrechen. Sie hatte vielleicht Jahre geschwiegen, möglicherweise überhaupt noch nie darüber gesprochen. Jetzt musste sie reden. Wenn vor fünfundzwanzig Jahren wirklich ein Serientäter in dieser Gegend Mädchen vergewaltigt, ermordet und ihnen die Augen ausgestochen hatte, dann war es verständlich, dass Anne und Rosel alles taten, um den Vater von dieser Schuld freizusprechen. *Hajo ist kein Mörder!* Aber Miersch hatte trotzdem Zweifel: Serientäter wurden überführt oder niemals gefunden. An einen Fall, in dem der Falsche verurteilt worden war, konnte sich Miersch nicht erinnern.

»Das war vierundachtzig im März, Katharina Witt hatte gerade die Olympiade gewonnen. Mutter ist die Treppe nach oben und hat ans Zimmer geklopft, als wir die junge Frau drei Tage nicht gesehen hatten und sie längst hatte abreisen wollen. Mutsch hat das Zimmer mit dem Universalschlüssel geöffnet. Zimmer 12. Da hat sie das Blut überall gesehen.« Anne schenkte sich selbst Kaffee nach. »Auch ich hab's gesehen. Ich war noch ein Kind damals. Furchtbar. Blut, überall Blut. Auf dem Bett. An der Wand. Überall. Und das Mädchen lag da, nackt, die Beine gespreizt und ohne Augen. Das waren ganz schwarze und tiefe Höhlen. Furchtbar, der Anblick. Ich werde ihn mein Lebtag nicht vergessen. Ekelhaft.«

Anne versank in ihren schrecklichen Erinnerungen und atmete schwer. »Ihre Augen haben sie nie gefunden. Schrecklich. Sie haben erzählt, er würde sie essen.« Sie verbarg ihr Gesicht in den Händen und schüttelte den Kopf. Ihre Schultern zuckten.

Miersch hatte noch immer nicht den Mut zu einer mitfühlenden Geste. »Und Sie denken, Ihr Vater hat das getan?«

»Nein!«, schrie sie und blickte ihn an. »Nein! Alle denken das, bis heute schauen sie uns scheel an. Die Polizei hat den Fall schnell zu den Akten gelegt. Sie haben nie wirklich nach ihm gesucht. Mein Vater ist's nicht gewesen! Niemals.«

Anne strich mit der Hand übers Tischtuch. Miersch trank endlich den Schluck Kaffee, schwarz, stark, aber kalt. Ins Brötchen zu beißen, hätte unverschämt ausgesehen, außerdem hatte er keines geschmiert. Die Wurstscheibe lag noch immer am Tellerrand. Er stippte den Löffel in Rosels Marmelade. »Aber Staatsanwalt und Polizei müssen Beweise für seine Schuld gehabt haben.«

»Hatten sie keine. Mein Bruder glaubte, dass unser Vater der Mörder war. Sie sind beide darüber gestorben. Sie konnten nicht mehr. Sebastian hat mit der Schuld seines Vaters nicht leben können. Sohn eines Mörders, der Augen isst. Die Mädchen haben sich geekelt vor ihm. Er hat Vater getötet und dann sich selbst.«

Anne schluckte schwer und wies mit dem Kopf Richtung Scheune und Hof. Miersch verspürte schon wieder den Impuls, ihre Hand zu streicheln. Diese Geschichte war furchtbar. Ein Sexualmörder und ausgestochene Augen. Und zwei weitere Tote: Vater und Sohn. *Das Haus der toten Augen nennen sie es.* Miersch fragte sich, warum die Familie nach der Katastrophe nicht von Machern weggezogen war.

»Mutti hat dieser Vorverurteilung ihres Mannes und den Selbstmord Sebastians niemals akzeptiert. Wie könnte sie auch?«

»Aber Sie?«

»Was soll man tun, wenn die Realität keinen anderen Schluss zulässt?«

»Warum haben Sie diesen Ort niemals verlassen?«

Anne schob sich eine Locke aus ihrem Gesicht und blickte ihn an. »Mutter wollte es allen beweisen. Fortzuziehen hätte wie ein Geständnis gewirkt. Außerdem der Hof und das Wirtshaus … die Gäste sind nicht lange weggeblieben. Erst seit der Wende fehlen sie uns.«

Die junge Bedienung kam mit einer Zeitung in der Hand aus der Küche. Sie hielt sie ihm vor die Nase und tippte mit dem Finger auf das große Bild unter der Schlagzeile und kam ihm bedrohlich nah. Miersch schob den Stuhl zurück. Der Marmeladenlöffel klirrte auf den Teller. Das Mädchen schnaubte.

»Sind Sie das, hier auf dem Titel?«

Miersch sah auf das riesige Foto. Und er sah sich abgelichtet, in XXL. Er lag am Boden. Verschmiertes Blut im Gesicht. Unterlegen im Kampf. Hinter ihm stand Simona Thede. Sie hatte die Siegesfaust geballt. Er musste die Schlagzeile nicht lesen. *Mörder. Monster. Menschenschlächter.*

Anne nahm die Zeitung aus der Hand der Bedienung, las, schaute ihn, dann die Zeitung und dann nochmals ihn ungläubig an, sprang vom Stuhl. »Sie Schwein! Was wollen Sie hier? Uns endgültig fertigmachen? Das schaffen Sie nicht! Nie!«

Dann rannte sie in die Küche. Die Tür schlug. Das blonde Mädchen griff nach seinem Teller. Eine Haltung, als würde sie gleich selbst zuschlagen. Ein Blick, der ihn voller Verachtung an die Lehne nagelte. Die Lippen aufeinandergepresst. Das kecke

Grübchen war aus ihrem Gesicht verschwunden, ohne Spuren zu hinterlassen.

»Raus! Machen Sie, dass Sie rauskommen, und lassen Sie sich nie wieder hier blicken!«

14

»Thorst, du wirst Kollegin Beetz unterstützen.«

Er hatte mit manchem Auftrag gerechnet, aber nicht mit diesem. Der Beetz ging er, wenn möglich, aus dem Weg. Die war ihm zu taff, zu selbstbewusst und zu zugeknöpft. Nie war die Beetz auf einen seiner Scherze angesprungen, sie hatte nicht mal die Lippen verzogen, geschweige denn, dass sie mit ihm einen Kaffee trinken gegangen wäre. Und das war nur ein Grund für seine Antipathie. In der Kantine nahm sie so weit wie möglich von ihm entfernt Platz. Hauptkommissar Thorst Schmitt wäre nicht abgeneigt gewesen, nähere Bekanntschaft zu schließen. Seit dem Tod seiner Frau war etwas in ihm zerbrochen. Und er wusste nicht einmal was, denn Gabriele und er hatten ja schon über ein Jahrzehnt nicht mehr zusammengelebt. Sie hatte einen neuen Partner gefunden. Auch seine Töchter hätte Schmitt bei einer zufälligen Begegnung nicht wiedererkannt. Eigentlich hatte er mit dem Kapitel Familie abgeschlossen, nicht wissend, dass Gabrieles Tod ihn aus der Bahn werfen würde.

Die Beetz schenkte ihm keine Beachtung und hatte sich diesem Skandaljournalisten Joseph Hönig an den Hals geschmissen. Für Schmitt wäre das Verhältnis ein Kündigungsgrund für die Dame gewesen. Aber Kohlund nahm's nur zur Kenntnis, und selbst Miersch war das anscheinend egal.

Schmitt war auch dieser Fall Stuchlik suspekt, sie hatten lange diskutiert. Nichts war greifbar, weder Fakten noch Personen. Alles schien absurd und unerklärlich. Er glaubte, bei der Dienstberatung nicht richtig verstanden zu haben. Ein Todkranker, der erwürgt in seinem Sterbett lag. Eine Nachtschwester, die gleich zweimal in Erscheinung trat. Und ein Kriminaldirektor, der sich am Tatort prügelte. *Kripochef außer Rand und Band?* All das hätte in einen Film gepasst, wo kuhäugige Polizistinnen mit Stöckelschuhen im Leipziger Auwald ermitteln. Blöder ging's nimmer.

»Thorst, du wirst Kollegin Beetz unterstützen.«

Die Beetz hatte auf eigene Initiative ermittelt und war auf die Schnauze geflogen. Schmitt konnte seine Genugtuung nicht verhehlen. Hatte diese Anfängerin einfach mit der Nachtschwester und Hauptverdächtigen telefoniert und wunderte sich, dass die danach nicht mehr auffindbar war! Schmitt war sich sicher, die Beetz würde nie eine gute Kriminalistin, auch wenn sie der Ehrgeiz zerfraß. Und wegen ihrer Inkompetenz hatte Kohlund der Beetz ihn als seinen besten Mann an die Seite gegeben. Und das zum Wochenbeginn! Noch vor Stunden hatte er den Sonntag in netter Begleitung ausklingen lassen. Marissa wusste nicht, dass er ein Bulle war, aber sie hatte ihn, ohne sich zu zieren, mit aufs Zimmer genommen. Dreißig Prozent Rabatt hatte sie ihm gewährt. Marissa schätzte seine Qualitäten. Ganz im Gegensatz zur niedlichen Kommissarin Franziska. Gegen vier Uhr früh war Schmitt ausgelaugt in sein eigenes Bett gesunken. *Montagmorgen pünktlich acht Uhr Konferenz!* Und da saßen sie alle, die Hackfressen, gereizt und übel gelaunt. Er hätte ein besseres Leben verdient. Und dazu noch dieser vertrackte Fall Stuchlik, der zum Fall Demand zu werden drohte. Mein Gott! Einzig der Kaffee der Hohmann rettete ihn.

»Thorst, du wirst Kollegin Beetz unterstützen.«

Das war die Umkehrung aller Werte. Er sollte die Beetz unterstützen, nicht sie ihn. Erst als er seine Sachen zusammenpackte, ging ihm die wahre Bedeutung von Kohlunds Anordnung auf. Sie hatte die Befehlsgewalt, er war Zubrot und Helfer in der Not. Auf seine diesbezügliche Nachfrage hatte Kohlund nur mit den Schultern gezuckt. *Franziska hat bereits im Fall ermittelt, sie kennt die Fakten besser als du. Und irgendwann muss der Nachwuchs auch Verantwortung übernehmen. Wir werden nicht jünger.* Schmitt war erstmals Kohlund gegenüber sprachlos, und sie kannten sich seit mehr als einem Vierteljahrhundert. Und eigentlich hätte ihm, Thorst Schmitt, der Chefposten der Mordkommission 2 im Leipziger Präsidium zugestanden. Jetzt zeigte Kohlund sein wahres Gesicht, er genoss es, sein Chef zu sein. Manchmal hatte Schmitt wirklich geglaubt, sie könnten so etwas wie eine Freundschaft aufbauen. Als die Kinder noch klein waren, hatten sie tatsächlich einige Stunden in der Freizeit miteinander verbracht. Aber dazu gab es jetzt keinen Grund mehr. *Thorst, du wirst Kollegin Beetz unterstützen.* Jawohl, zeigen würde er's ihr.

»Kollegin, was schlagen Sie vor?«

Die Beetz überhörte seine Ironie, oder sie konnte sie einfach nicht begreifen. Schmitt würde die nächsten Arbeitstage hassen, das wusste er jetzt schon. Marissa hatte ihm ihre Handynummer gegeben. Hoffentlich hatte die heute keinen anderen Freier.

»Ich denke, wir besuchen diese Zeitarbeitsfirma. Die sitzen hier gleich um die Ecke. Wir können laufen.«

Bei der Berechnung der Strecke hatte sich die Beetz verkalkuliert. Sie waren mindestens zwanzig Minuten unterwegs. Schmitt hatte gehofft, dass sich die Kollegin in ihren Pumps Blasen laufen würde. Aber sie schien geübt und wäre den Weg zum Bahnhof wahrscheinlich auch ohnehin zu Fuß gegangen.

Schmitt wischte sich den Schweiß von der Stirn, als sie vorm Haus standen. Brauner Backsteinbau mit Simsen vor den hohen Fenstern. Ein Lieferanteneingang und ein Fahrstuhl für Kleintransporter und Paletten. Noch eine alte Fabrik, die man in Wendezeiten zu Büroräumen umgebaut hatte. Allerdings hatten damals Heerscharen von Investoren dieselbe Idee und Leipzig saniert. Jetzt litt die Stadt an einem Überangebot von Immobilien jeglicher Art. Die schmucke Gebäuderenovierung verblasste bereits. Nicht hinter allen Fenstern saßen fleißige Menschen an ihren Schreibtischen. Viele der Scheiben waren ungeputzt, einige sogar von Steinen zerschossen. Schmitt schätzte, dass ein Viertel des Hauses vermietet war. Maximal ein Drittel. TiM – *Time is Money* – vierter Stock unter dem Dach. Diese Etage sah noch am vertrauenerweckendsten aus.

Überzeugt von ihrer guten Kondition, nahm die Beetz immer zwei Stufen auf einmal. Schmitt stellte sich im Erdgeschoss an den Fahrstuhl, solch eine Hatz tat er sich nicht an. *Wir werden nicht jünger,* hatte Kohlund zu ihm gesagt. Unverschämt, Schmitt war keine fünfzig. Übertreiben musste Kohlund nicht. Das Training zweimal die Woche reichte Schmitt aus, um sich fit zu fühlen und fit zu sein. Der Chef trainierte auch nicht öfter. Eigentlich sah Schmitt ihn selten, wenn überhaupt in den Trainingsräumen. Der musste die Schnauze aufreißen …

Im Treppenhaus roch es noch immer nach Schmieröl. Die Wände hatten sich damit vollgesogen. Abgerissen hätte das Haus werden müssen, aber wahrscheinlich hatte der Denkmalschutz Einzigartiges unter dem alten Grauputz entdeckt. Schmitt hätte hier nicht arbeiten mögen. Aber was tat man nicht …

Der Fahrstuhl hielt mit einem Zischen. Die Türen schepperten. Als Schmitt im vierten Stock ankam, hatte die Beetz bereits geklingelt. Eine vollbusige ältere Dame öffnete ihnen. Ohrringe baumelten ihr bis zur Schulter. Die Haare waren sorgfältig in Locken um den Kopf gewickelt, die Lippen überschminkt.

»Sie wollen sich bei uns bewerben?«

Die Beetz griff bereits nach ihrem Ausweis, als Schmitt ihr dezent auf den Fuß trat. Sie mussten nicht sofort ihr Anliegen vortragen. Jeder Privatdetektiv im Fernsehen ermittelte auf diskretere Weise. Und die Beschäftigten von *Time is Money* hatten keinen Grund, mit dem Besuch der Polizei zu rechnen. Verdeckter Angriff, auf diese Taktik verstand sich Schmitt, nach eigener Meinung seine Spezialität.

Die Beetz stand erstarrt. Schmitt mühte sich um ein Lächeln. Auch ohne Erklärung bat sie die Dame herein.

»Dauert ein bisschen, die Frau Chefin hat Kundschaft noch. Sie chaben Zeit?«

Die Dame setzte die Zeit ihrer Besucher einfach voraus und nickte, dass die Locken sprangen. Dann verschwand sie im Büro neben der Tür. Jobsuchende suchten und konnten auch warten. Die Polizisten nahmen in Korbsesseln Platz. Auf einem Tischchen lagen die Tageszeitung und Prospekte jeglicher Art. *Auch*

Sie können arbeiten! Kommen Sie zu uns. Mehr als 2000 Traumjobs! Wir beraten Sie gern. Schmitt drehte die Werbung auf die andere Seite und nahm zur Lektüre die Presse.

Kripochef außer Rand und Band? Schmitt hatte es nicht glauben können, als die Hohmann ihm heute Morgen die Schlagzeile vorlegte. Jetzt las er den Artikel zum dritten Mal und begriff noch immer nicht. Offensichtlich war Miersch im Krankenhaus Simona Thede begegnet. *Und noch immer hüllen sich die Verantwortlichen in Schweigen. Philip Thede wurde bei einem Polizeieinsatz lebensgefährlich verletzt. Sein Freund starb.* Seit Wochen wurde über den Fall diskutiert. Miersch hielt sich erstaunlicherweise bei der eigenen Rechtfertigung zurück, stellte sich vorbehaltlos vor die serbischen Kollegen, die die Entscheidungen getroffen hatten. Er leugnete nicht seine Verantwortung, aber er erklärte, dass die Vorgehensweise in diesem Fall sich nicht von anderen unterschied und die Aktion vorschriftsmäßig durchgeführt worden war.

Diese Frau kämpft um das Leben ihres Sohnes. Am Bett ihres Kindes traf sie auf den Einsatzleiter. Sie konnte nicht mehr und schlug zu. Wir haben die Bilder exklusiv!

Schmitt empfand kein Mitleid. Wer auf den Chefposten wollte, musste auch die damit verbundenen Konsequenzen tragen. Und dass Miersch nicht aus Nächstenliebe die Stelle des Kripochefs in Leipzig angetreten hatte, war bekannt. Er bekam ein höheres Gehalt, Busch- und andere Gefahrenzulagen. Massenweise hatten sich westliche Beamte auf diese Stellen beworben und behauptet, Ostdeutschen die Demokratie beibringen zu müssen. Viele der sozialistischen Kader wurden nicht weiterbeschäftigt. Akten aus Betrieben und Stasizentralen entschieden vor Qualifikation und Leistung. Schmitt beklagte sich nicht. Aber er erinnerte sich an die Leute, mit denen er gern zusammengearbeitet hätte. Annekathrein Liebsch, Frieder Hosfeld, Hartmut Queißer … es hatte einige gegeben, die ungerecht behandelt und aus Funktion und Dienst entfernt worden waren. Jetzt stand der Westchef im Fokus der Boulevardpresse. Schmitt hatte Miersch zwar nie leiden mögen, aber Schadenfreude empfand er nicht. Miersch hatte überlegt gehandelt, nicht in Panik. Dass der Fall trotzdem tragisch endete, war nicht ihm anzulasten. Wirklich nicht. Ein anderer aus dem Kollektiv der Kriminalpolizei, er, Kohlund, selbst Schabowski, hätte an Mierschs Stelle die Entscheidungen treffen können. Sie hätten nicht anders gehandelt … Jetzt sah der Direktor in der Öffentlichkeit tatsächlich nicht gut aus: Das Zeitungsbild zeigte, wie der Hingefallene versuchte, aufzustehen und irgendwo Halt zu finden. Er lag halb auf der Seite, ein Bein auf dem Boden. Sein Gesicht blickte zur Kamera. Blut lief ihm aus Mund und Nase. Er hielt eine Hand vor die Kameralinse. Ein Foto wie gemacht für die passende sensationelle Schlagzeile. Boulevard-Magazine würden sich darum reißen.

Time is Money. Die Beetz verbrachte die Wartezeit nicht im Sitzen. Immer wieder maß sie langsamen Schrittes den Flur. Einige Male huschten Gestalten mit Akten von einer Tür zur anderen. Die ältere Dame gewährte zwei weiteren Klienten Einlass. Die grüßten schüchtern und nahmen Platz, die Füße eng nebeneinandergestellt, das Täschchen exakt auf den Knien. Zu sprechen getraute sich keiner. Sie griffen zur ausgelegten Presse, blätterten interesselos die Seiten. *Kripochef außer Rand und Band?* Dann öffnete sich die Tür zum Büro der Kundenberaterin, und diese verabschiedete einen Mann Mitte vierzig im Gang stehend.

»Morgen erwartet man Sie. Seien Sie pünktlich. Nicht jeder erhält solch eine Chance. Ich freu mich für Sie«, sagte sie.

»Danke.«

Der Kunde tat einen tiefen Diener, fast wäre es zum Handkuss gekommen. Die Arbeitsvermittlerin entzog sich seinem devoten Verhalten. Sie hatte die Haare mit einem Tuch in Fasson geknotet. Ihr Kostüm schmiegte sich elegant an den Körper. Stangenware war diese Kleidung bestimmt nicht. Sie stand auf Stilettos, deren Absätze jeden Moment abzubrechen drohten. Der unscheinbare Kunde verneigte sich zum Abschied nochmals vor ihr wie ein Bote vor einer königlichen Majestät.

»Ich werde versuchen! Sie können verlassen. Ich werde sein iberpinktlich.«

Damit eilte er durch den Flur und schloss die Ausgangstür hinter sich. Das Lächeln der stilsicheren Beraterin erlosch augenblicklich. Strengen Blickes musterte sie die Wartenden, auch die Beetz und Schmitt.

»Wem kann ich als Nächstem helfen?«

Ihre Stimme war angenehm rau. Überhaupt erinnerte sie Schmitt an Patricia Kaas, die französische Sängerin.

Die Beetz meldete sich. »Ich bin mit meinem Freund da. Darf der mit rein?«

»Sie trauen uns nicht?«

Die Arbeitsvermittlerin lächelte bezaubernd, bis Schmitt sich erhob. Sie war nur kurz irritiert. »Wir haben beste Reputation. Mein Name ist Agatha Schell. Und wie heißen Sie?«

»Beetz, Franziska.«

»Frau Beetz, sehr gern darf Ihr Freund an unserem Gespräch teilnehmen. Sie sind das erste Mal bei uns?«

»Anita Demand hat Sie empfohlen.«

Nicht schlecht, dieser Einstieg. Schmitt musste der Kollegin Respekt zollen. So, wie die Arbeitsvermittlerin schaute, konnte sie offensichtlich mit diesem Namen keine Person verbinden.

»Wir freuen uns immer über zufriedene Kunden.«

Damit trat Agatha Schell beiseite und gaben den Weg zu ihrem Büro frei. Schmitt und die Beetz nahmen auf gepolsterten Stühlen vor einem überdimensionierten Schreibtisch Platz. Papiere und Akten stapelten sich darauf. Schmitt entdeckte eine Kaffeetasse mit braunem Rand.

»Und was haben Sie bisher getan?«, fragte Agatha Schell.

»Dies und das. Ich habe die Lehre geschmissen …«

»Da sind Sie nicht die Einzige. Aber wir haben noch für jeden etwas gefunden …« Agatha Schell lächelte. Schmitt glaubte ihr kein Wort.

»Darf ich um Ihre Vermittlung vom Arbeitsamt bitten?«

Die Beetz zögerte nicht mit ihrer Antwort. »Ich bin auf eigene Initiative hier.«

»Ah. Ja.« Die Vermittlerin war nur kurz irritiert. »Auch das ist möglich. Haben Sie einen Ausweis und eine Arbeitsgenehmigung, Zeugnisse, Zertifikate, Beurteilungen, alles, was für eine Bewerbung wichtig sein könnte?«

Agatha Schell ging um ihren Schreibtisch herum und suchte ohne Erfolg erst unter den Papieren, dann in den Schubladen. Sie lächelte entschuldigend und wühlte weiter. Wahrscheinlich wusste sie selbst nicht, was sie suchte.

»Die Antragsformulare … wenn ich wüsste …«

»Sie müssen nicht nach Formularen suchen, mein Ausweis reicht«, sagte Schmitt. »Polizei!« Er nickte Kollegin Beetz zu, und diese hielt ihre Polizeimarke hoch.

Agatha Schell tauchte hinter ihrem Schreibtisch auf, erschrocken, als wäre sie beim heimlichen Sex erwischt worden. »Was wollen Sie?«

Es klang, als würde Patricia Kaas eine ganze Oktave zu hoch singen.

»Eine Auskunft.«

Die Arbeitsvermittlerin studierte seinen Ausweis genau.

»Mordkommission«, sagte die Beetz.

»Aber warum die Maskerade?« Agatha Schell hatte sich noch nicht wieder ganz gefasst.

»Wollen Sie, dass Ihre Kunden von unserer Anwesenheit erfahren?«

Die Beetz gab sich erstaunlich abgebrüht und gewitzt. Schmitt wusste aus langer Erfahrung, wenn sie sich bei Zeugen nicht sofort als Polizisten mit Plakette zu erkennen gaben, handelten diese zunächst unbelastet und frei. Solche Spielchen ließen sich aber nie lange aufrechterhalten, wollten sie nicht in Verdacht illegaler Ermittlungsmethoden geraten. Doch die Frau ihnen gegenüber lächelte erstaunlich schnell wieder und fand zu ihrer Coolness zurück, sie bedankte sich sogar bei ihnen, nachdem sie die Ausweise studiert hatte.

»Womit kann ich Ihnen helfen?«

»Anita Demand. Sie haben sie ins *Neurophysiologische Rehabilitationszentrum Leipzig* als Nachtschwester vermittelt.«

Agatha Schell strich sich eine herausgefallene Haarsträhne wieder unter das Tuch. »Ja, wir vermitteln viele Kräfte auf offene

Stellen. Auch nach Bennewitz … Wenn Sie gestatten, such ich nach der Akte.«

Die Akte war ihr Computer. »Ah. Ja.« Agatha Schell drehte den Bildschirm den Kommissaren zu.

Die Beetz und Schmitt rutschten mit ihren Stühlen näher heran. Agatha Schell stellte sich hinter die Kommissare vor ihrem Schreibtisch und zeigte mit dem Kuli auf jede Zeile.

»Hier. Anita Demand … wohnhaft Geutebrückstraße … Sie hat einen medizinischen Abschluss vorgelegt … vermittelt am 1. September 2008 … Keine zwei Tage haben wir gebraucht, ihr diese Stelle anzubieten. Sehen Sie hier?«

Wahrscheinlich erwartete die Schell Anerkennung für prompte Vermittlung. Schmitt legte die Fingerspitzen aufeinander und presste, dass die Gelenke knackten. Er hatte ihre Nervosität nicht übersehen, und endlich stellte Agatha Schell die Frage, die ihr seit der Bekanntgabe ihres wirklichen Berufes auf der Zunge gelegen hatte.

»Ist sie tot?«

»Warum tot?«

»Na, Mordkommission. Muss man da nicht tot sein, wenn Sie ermitteln?«

»Nein, sie ist nicht tot. Oder wir wissen es nicht. Diese Anita Demand, die Sie dem Krankenhaus vermittelt haben, scheint es allerdings gar nicht zu geben.« Die Beetz sprach, als würde sie eine Anklageschrift verlesen. »Sie wohnt nicht in der Geutebrückstraße. Sie ist überhaupt nicht jene Anita Demand aus Ihren Akten.«

Sie wies mit dem Finger zum Bildschirm. Agatha Schell schluckte.

»Ich habe mir den Ausweis und alles zeigen lassen. Wir haben Kopien.«

Die Schell wurde aktiv und beugte sich über die vor ihr sitzenden Kriminalisten, mit der Hand zwischen ihnen zog sie Tastatur und Maus über den Tisch. Sie klickte sich gewandt durch die Seiten und tippte mit dem Finger auf die Kopie eines Ausweises. Sie war erleichtert, Schmitt sah es ihr an.

»Das ist sie. Das ist Anita Demand, Krankenschwester, wohnhaft Leipzig, Geutebrückstraße.«

Das Ausweisbild, auf das die Schell zeigte, konnte je nach Laune und Blickwinkel jede lebende Frau sein, von den Weather Girls bis hin zu Claudia Schiffer. Die Bildschärfe ließ alle Deutungen zu.

»Könnten Sie sie beschreiben?«

»Ja, sicher. Wenn ich mich auch nicht mehr genau an sie erinnere.« Agatha Schell begriff offenbar, dass diese Aussage für die Kommissare unverständlich sein musste. »Das heißt, ich werde mich mit meinen Kollegen besprechen … irgendjemand wird sich an sie erinnern.«

»Das werden sie müssen. Wie es aussieht, haben Sie einen Mörder ins Krankenhaus vermittelt.«

»Eine Mörderin«, berichtigte ihn die Beetz. Schmitt konnte seine Wut kaum unterdrücken. Hätte ihn die Beetz unter vier Augen verbessert, wäre ihm die Hand ausgerutscht. Zumindest hätte er sie angeschrien, auch jetzt fielen ihm Schimpfworte ein.

Agatha Schell hielt sich am Monitor fest. »Das glaube ich nicht!«

Die Beetz schien ihren Affront ihm gegenüber überhaupt nicht wahrgenommen zu haben. »Wir haben eine Leiche, und Anita Demand ist verschwunden. Nur Ihre Agentur scheint sie zu kennen. *Time is Money.* Sie sind bislang die Einzigen, die Anita Demand überhaupt gesehen haben.«

»Das ist doch absurd!«

»Wir haben Klärungsbedarf.« Die Beetz klang wie der Befehlshaber einer militärischen Einheit.

Schmitt suchte in seinen Taschen nach einem Bonbon, um nicht sprechen zu müssen. *Thorst, du wirst Kollegin Beetz unterstützen.* Jetzt schaute die ihn an, als erwarte sie Lob für eine sehr gute Leistung.

»Wir vermitteln keine Mörderinnen«, sagte die Schell.

»Offensichtlich doch«, lächelte Franziska Beetz.

Das Bonbon klebte Schmitt zwischen den Fingern.

15

»Der Oberbürgermeister hat sich bereits erkundigt. Der Polizeipräsident ruft alle Viertelstunde an. Unser Pressesprecher kann keine Antworten geben. Das Fernsehen steht vor der Tür. Mein Telefon klingelt ohne Pause. Herr Direktor, nicht nur ich stehe am Rande eines Nervenzusammenbruchs. Nur Sie können die Lage hier klären. Wir brauchen Sie hier, hier vor Ort im Präsidium!«

»Ich setze mich nicht freiwillig dieser Hetzjagd aus, Frau Dressel, die inszeniert wurde, um mich um meinen Job zu bringen und Schlagzeilen zu produzieren. Mit Verlaub, ich nehme mich selbst aus der Schusslinie. Ich verfüge noch über ausreichend Resturlaub und bin nicht mehr erreichbar. Mein Handy werde ich abschalten.«

»Herr Direktor, ich bitte Sie …«

»Bitten Sie nicht, übermitteln Sie dem Oberbürgermeister und dem Polizeipräsidenten mein Mitgefühl an der entstandenen Situation. Aber für diese Katastrophe bin ich nicht verantwortlich. Und sagen Sie jenen, die es interessiert, dass sich an meiner Haltung zu den Vorfällen in Serbien, Philip Thede betreffend, nichts geändert hat. Überhaupt nichts. Da mag die Frau Thede noch so kräftig zuschlagen. Da kann sich die Presse noch so echauffieren. Wir haben nach Recht und Gesetz gehandelt, daran gibt es keinen Zweifel. Ich bin unschuldig. Und ich lasse mich nicht Wölfen zum Fraß vorwerfen. Frau Dressel, ich melde mich.«

»Aber, Herr Direktor, bei allem Verständnis …«

Wofür Andrea Dressel Verständnis hatte, hörte Konstantin Miersch nicht mehr. Er stellte das Handy aus.

Der Kriminaldirektor war auf dem Heimweg. Als sie ihm am Frühstückstisch im Hotel die Zeitung vor den Latz knallten, wusste er, dass er zum Abschuss freigegeben war. Zwar stand nicht der Name Joseph Hönig unter den Zeilen, aber es war genau sein Stil. Die Journaille würde sich festbeißen. In allen Zeitungen würde er stehen, das Fernsehen zum Interview bitten, das Radio. Es war eine Intrige. Natürlich hatten diese Reinigungskraft, das Wachpersonal oder irgendwelche Angestellten ihn im *Neurophysiologischen Rehabilitationszentrum* erkannt und verpfiffen. Gegen Honorar, da war sich Miersch sicher, hatten sie seine Anwesenheit auf der Station von Philip Thede der Presse gemeldet. Und die hatte Simona Thede bestellt. Oder man hatte die Mutter zuerst informiert und dann die Journalisten gerufen. Das Resultat war dasselbe. Vor den Objektiven eines Fotoreporters hatte ihm die wütende Mutter publikumswirksam die Fresse poliert. *Big Deal,* beglückwünschte Miersch den Reporter, der würde überregional Schlagzeilen machen und viel Geld dabei verdienen. Garantiert sendeten alle Stationen von *Brisant* bis *Leipzig Fernsehen* das Bild und seine Geschichte. Die Geiselgangster und er produzierten zum zweiten Mal deutschlandweit Schlagzeilen. Bei Amtsträgern und Genossen war er unten durch. Dieses Schauspiel würde er nicht überleben. Aber er musste nicht noch die tragende Rolle selbst spielen. Konstantin Miersch verschwand von der Bildfläche und würde sich in aller Ruhe eine Strategie überlegen. Kampflos aufgeben war nicht sein Stil.

Nein, Miersch würde sich nicht diesen Geiern zum Fraß vorwerfen. Hoffentlich stand die Presse nicht schon vor seinem Haus. An jedem anderen Morgen wäre er diese Strecke zum Polizeipräsidium in der Gegenrichtung gefahren. Jetzt fuhr er nach Hause und hatte den Eindruck, dass wesentlich weniger Verkehr herrschte. Aber das mochte daran liegen, dass ihn der alltägliche Stress momentan nicht erreichte. Er hatte andere Sorgen.

Miersch fuhr langsam eine Runde ums Haus, ehe er beschloss auszusteigen. Er wollte weder Hönig noch der Biederstedt, *Bild*, noch Fernsehkameras und Mikrofonen begegnen. Vor seinem Haus stand keiner, der wie ein Reporter aussah. Miersch war fast traurig, dass er nie so wichtig gewesen war, dass seine Privatadresse in den Notizbüchern der Journalisten stand. Von jedem Fuzzi, prominent oder nicht, hatten die die Adresse, nur von ihm nicht.

»Bin wieder da! Hallo? Jemand zu Hause?«, rief Miersch, als er die Wohnung betrat.

Aber Margo war nicht daheim. Wahrscheinlich traf sie sich mit einer Freundin, um das nächste Golfturnier zu bereden oder die neuesten Lagerfeld-Modelle oder … was wusste denn er? In der Kanne der Kaffeemaschine stand noch eine Pfütze. Sie schmeckte bitter, und er spülte mit Mundwasser nach. *Macht frischen Atem, da klappt's auch mit dem Nachbarn!* Auf dem Spiegelschränkchen bemerkte er einen neuen Rasierer. Miersch verbot sich das Nachdenken über dessen Nutzung. Einmal hatte er Margos Haarepilierer mit dem Apparat einer ihrer Bekanntschaften verwechselt. Das schrille Lachen seiner Gattin hatte er heute noch im Ohr. *Heilige Einfalt!*

Miersch musste auf andere Gedanken kommen, abschalten. Er griff zur Lektüre über das Leben in der DDR und fläzte sich auf sein Bett, knautschte das Kissen.

Eine gute Zusammenarbeit mit gesellschaftlichen Kräften und das enge, koordinierte Zusammenwirken aller operativen Kräfte der Volkspolizei hatten auch für eine erfolgreiche Arbeit der Kriminalisten eine grundlegende Bedeutung. Heute nicht anders, dachte der Kriminaldirektor. *Typisch für ihre politisch-ideologische Arbeit in der ersten Hälfte der achtziger Jahre war das Bemühen um eine weitere Ausprägung ihres Berufsethos. Losungen wie ›Das Erreichte ist nicht das Erreichbare‹ und ›Erfolg haben ist Pflicht‹ standen für ihr Ringen, die Vertrauensstellung, die sie im Rahmen der sozialistischen Rechtsordnung innehatten, voll auszufüllen. Solche klaren Kampfpositionen waren notwendig, um die gesellschaftliche Wirksamkeit von Vorbeugung und Bekämpfung der Kriminalität weiter zu erhöhen.*

Auch Miersch wünschte sich manchmal Druckmittel, um Schlendrian und Apathie begegnen zu können. Doch was er hier las, glich einem utopischen Roman, hatte nichts mit seiner Lebenserfahrung gemein. Wirklich ein anderes Land, die DDR.

Die Kriminalisten mussten in ihrer Tätigkeit stets von der Tatsache ausgehen, dass das, was für sie tagtägliche Arbeit ist, für die Bürger, mit denen sie bei Anzeigenaufnahmen, Befragungen und Zeugenvernehmungen zusammenkamen, eine außergewöhnliche Situation darstellt. Dieses Herangehen war insbesondere zur Ausgestaltung eines bürgernahen Arbeitsstils unerlässlich.

Allein schon der Sprachstil war schwer verständlich, vom Inhalt ganz zu schweigen. Oder suchte er Fakten, wo's keine gab? Die Kollegen hatten stets vom Zwischen-den-Zeilen-Lesen gesprochen. Diese Fähigkeit beherrschte Miersch nicht.

Zu den Schwerpunkten der kriminalpolizeilichen Tätigkeit gehörten die Verhütung jeglicher Straftaten, die sich gegen die staatliche Ordnung richteten, das vorbeugende Wirken zur Verhinderung von Schädigungen bzw. Verlusten materieller und finanzieller Mittel in der Volkswirtschaft und die Aufdeckung und umfassende Auswertung der Ursachen von Störungen, Havarien und Bränden sowie die Vorbeugung und Aufklärung aller Straftaten gegen das Leben und die Würde der Bürger.

In diesem Kauderwelsch erfuhr er sehr wenig über die Geschichte der Deutschen Volkspolizei und nichts, was ihm half. Der Kauf dieses Buches erwies sich als Fehlinvestition. Miersch hatte gehofft, Einblick in Arbeit und Verhaltensweisen der Polizisten in der DDR zu erhalten. Was er erfuhr, waren Verlautbarungen, die dem Sozialismus zum Siege verhelfen sollten. Miersch nahm nicht an, dass Lügen niedergeschrieben waren, es war nur verdammt uninteressantes Zeug und las sich wie ein fünfhundert Seiten langes Pamphlet ohne Inhalt. Er fragte sich, was eine solche Veröffentlichung bezwecken sollte. Sie war weder für an der Polizeiarbeit Interessierte noch Studenten geeignet. Komischer Text, komisches Land, seufzte Miersch, je länger er sich mit ihm beschäftigte, desto fremder und unerklärlicher wurde ihm das andere Deutschland. Er legte das Buch auf den Nachttisch und versuchte, Ruhe zu finden.

Miersch hatte im Kapitel *Die Gewährleistung von öffentlicher Ordnung und Sicherheit in der ersten Hälfte der achtziger Jahre* nachgeschlagen. Vielleicht hatte er gehofft, einen Hinweis auf das Verbrechen im Haus *Zu den alten Eichen* zu finden. Wenn Anne ihm die Wahrheit erzählt hatte. Miersch hatte Bücher zur Entwicklung von Polizei und Verbrechensaufklärung in verschiedenen Ländern gelesen. Scotland Yard, FBI, Sûreté – gemeinhin berichteten die Autoren in chronologischer Folge die spektakulärsten Fälle der kriminalistischen Arbeit. *Die Geschichte der Deutschen Volkspolizei* dagegen betrieb eine Geschichtsschreibung, die mit der eigentlichen Arbeit der Sicherheitskräfte kaum etwas zu tun hatte. Seitenlang wurden Grußadressen und Gesetzestexte aufgelistet, es wurden Verpflichtungen im Kampf um den Titel *Kollektiv der sozialistischen Arbeit* zitiert, Miersch las über Appelle, Kongresse und Ordensverleihungen. *Volkspolizisten erfüllen zuverlässig den Klassenauftrag!* Danke schön auch.

Seinen Rückzug aus der derzeitigen Hetzjagd würden ihm die Kollegen als Schwäche auslegen. Miersch war das egal. Sein Verhältnis zu den Untergebenen war mit den Jahren, die er in Leipzig Dienst tat, eher schlechter denn besser geworden. Zu Beginn vermeinte er noch, Interesse und Hochachtung zu verspüren. Mittlerweile schien es ihm, dass nicht nur die Angestellten im Polizeidienst über ihn lachten, sondern die ganze Stadt. *Kripochef außer Rand und Band?*

Miersch hatte Bayern nicht ganz uneigennützig verlassen. In der Beamtenhierarchie dort hätte er jahrelang auf seine Aufstiegschancen warten müssen, und die wurden nach Dienstjahren und Parteizugehörigkeit bemessen. Natürlich hatte er die sich bietenden Wege genutzt, die ihm schneller Einfluss und ein höheres Gehalt verschafften und hatte sich in den Osten verpflichtet. Chancen galt es zu nutzen. Nur hatte er erwartet, dass man seine Unterstützung im demokratischen Aufbau von Polizei und Freistaat Sachsen auch honorierte. Das Gegenteil schien der Fall zu sein. Er konnte manchen Ostdeutschen und dessen Wut sogar verstehen. Wenn man in die Ministerien in der Landeshauptstadt schaute, fanden sich da oft nur westdeutsche Inzucht und ostdeutsche Karrieregeilheit. Keine gute Mischung. Und Miersch gehörte dazu.

Die sofortige Versetzung in den Ruhestand hatte Miersch mehrmals erwogen. Seine Abdankung hatte er sorgfältig formuliert, aber nie eingereicht. Er wollte nicht kapitulieren. Aber er konnte mit niemandem über diese Pläne diskutieren. Margo interessierten weder sein Job noch seine Sorgen. Auch die Töchter lebten ihr eigenes Leben. Mit seiner Sekretärin verbot sich jedes Gespräch über das Thema. Und von den Bekannten aus seinem Umfeld, Kommunalpolitikern oder Kollegen, vertraute er keinem. Miersch wurde sich bewusst, dass er in Leipzig wie auf einer einsamen Insel lebte. Sowohl im Präsidium wie auch hier zu Hause in seinem Bett.

Miersch hörte in Gedanken die Stimme Annes. *Sie hatten bereits zwei Jahre davor eine Leiche gefunden. Hier im Park. Im Gebüsch. Nur notdürftig mit ein paar Blättern bedeckt. Schrecklich zugerichtet, die Augen zerstochen. Und kein Jahr später fand man wieder ein Mädchen. Bei Naunhof an den Autobahnteichen. Tot. Vergewaltigt. Und wieder mit zerstochenen Augen.*

Über diesen Fall musste doch etwas in Erfahrung zu bringen sein.

Hajo hat dem Mädchen nicht die Augen ausgestochen. Das hätte er niemals tun können. Mein Hajo hat sie nicht getötet!

Meldungen, Berichte, Akten musste es darüber geben. Miersch interessierte der Mord, nicht weil er sich mit der Geschichte der Volkspolizei beschäftigte, sondern weil Anne ihn beeindruckt hatte. Sie hatte diese Ungewissheit über die Schuld oder Unschuld des eigenen Vaters nicht verdient. Vielleicht konnte er ihr etwas über Hintergründe und Ermittlungen sagen. Miersch glaubte allerdings nicht, dass man Unschuldige des Mordes verdächtigte und das der Familie so vor den Kopf knallte. Selbst im Sozialismus … aber was hatte man nicht alles ans Licht gezerrt? Vom IM Ibrahim Böhme bis zu den Rosenstolz-Akten, von Hinrichtungen per Fallbeil bis Auftragsmorden im Westen.

Tot. Vergewaltigt. Und mit zerstochenen Augen. Fünfundzwanzig Jahre her war dieser Mordfall in Machern. Die Akten würden vielleicht noch nicht im Staatsarchiv liegen. Er würde sie im eigenen Haus zur Einsicht anfordern. Sie interessierte ihn nicht nur als Fall. Brigitte Rademacher hieß die Herrin der Akten im Polizeiarchiv.

Miersch würde sie anrufen und nach der Akte fragen. Nur, unter welchem Namen sollte die Rademacher suchen? Er kannte weder Namen der Opfer noch den des Täters, Annes Vater. *Hajo ist kein Mörder!*

Ein Blick ins Internet ließ ihn wissen, dass die Inhaberin des Hauses *Zu den alten Eichen* eine *Rosalinde Popp* war – die Rosel mit der guten Marmelade. Hajo Popp, Hansjoachim. Er würde es damit versuchen.

»Ja, bitte?«

»Frau Rademacher, hier Kriminaldirektor Miersch. Mich interessiert ein Fall, zu dem ich wenige oder gar keine Daten habe. Sexuell motivierter Serienmord 1983/84 im Ostraum Leipzigs. Naunhof. Machern. Autobahnteiche. Den Opfern wurden die Augen ausgestochen. Ich weiß von drei Toten und habe leider nur den Namen des mutmaßlichen Mörders, unter Vorbehalt. Hansjoachim Popp könnte er geheißen haben. Geben Sie mir Bescheid, sollte sich die Akte in unserem Bestand befinden?«

Ihre Stimme klang erstaunlich tief. »Den Augensammler meinen Sie. Sicher, Herr Direktor, sicher. Ich erinnere mich daran, das war damals Stadtgespräch. Ein Serientäter, Sexualmord, das war ein Ereignis, und dann so brutal, den Mädchen die Augen auszustechen. Jahrelang hat man darüber gesprochen. Daran erinnern sich noch viele.«

Miersch hörte Brigitte Rademacher einen Stuhl suchen, konnte ihr Interesse durchs Telefon förmlich spüren. Den *Augensammler* hatten sie diesen Mörder genannt. Nachvollziehbar. »Sie können sich daran erinnern?«

»Selbstredend. Ich war achtzehn und habe genau in sein Raster gepasst, jung, blond, blaue Augen. Was hat mir meine Mutter für Vorträge gehalten! Wir haben doch damals nicht an Vergewaltigung und Mord gedacht, wenn wir mit unseren Rädern nach Naunhof gefahren sind zum Baden. Und nicht nur das haben uns unsere Mütter verboten. Disco und Zelten und die Jungs sowieso. Wir haben es trotzdem getan. Und schön war's.«

Miersch konnte ein leises Lachen im Telefon hören. Wahrscheinlich erinnerte sich Brigitte Rademacher gerade an ihre Jugend und die Badefreuden in den Autobahnteichen. Vielleicht verbrachte sie auch heute noch ihre Freizeit dort. Miersch kannte von den Badeseen nur Geschichten über Autoaufbrüche, Diebstahl und sexuelle Belästigung.

»Ist diese Akte in unserem Bestand?«, fragte er.

»Ich hatte sie vor zwei Wochen noch in der Hand. Nach fünfundzwanzig Jahren misten wir aus und fragen das Staatsarchiv. Ansonsten makulieren wir sie. Können ja nicht alles aufheben, unsere Räume platzen ja so schon.«

»Frau Rademacher, können Sie mir die Akte herauslegen? Ich komme sie holen.«

»Gern, Herr Direktor, ich bringe sie auch in Ihr Büro. Komme ich hier mal raus.«

Miersch wurde sich mit Schrecken klar, dass er nicht einfach ins Archiv spazieren konnte. Er stand auf der Abschussliste der Journaille. Im Präsidium würden sie auf ihn warten. Er wollte weder Hönig noch den Kollegen begegnen. Doch der Fall des Augensammlers hatte sein Interesse geweckt. Er würde Anne Neues berichten, Insiderwissen. So konnte er auf andere Gedanken kommen. Weg von Philip Thede, raus aus dem täglichen Arbeitsstress. Anne, das Gasthaus *Zu den alten Eichen* und der Augensammler kamen ihm gerade recht. Er würde wieder in Machern Quartier beziehen. Vielleicht konnte er Anne die Unschuld ihres Vaters beweisen. Auch die Rosel würde das freuen. *Mein Hajo hat sie nicht getötet!*

»Frau Rademacher, können wir uns irgendwo treffen?«, fragte er. »Ich habe Urlaub und möchte nicht unbedingt auf Arbeit gesehen werden.« Miersch konnte sich kaum vorstellen, dass die Archivarin noch nichts vom Skandal gehört hatte. Wenn doch, reagierte sie erstaunlich gelassen.

»Verstehe ich. Ich schlage vor, wir treffen uns im *Alfonso*, das ist nicht weit vom Präsidium.« Vielleicht bemerkte sie sein Zögern. »Genau gegenüber der LVB. Ich denke, in einer Stunde kann ich dort sein.«

»Danke.«

»Geben Sie nicht auf, Herr Direktor, Sie würden uns fehlen.«

Miersch vernahm keine Ironie in den Worten, und sie erstaunten ihn. Es waren nicht alle gegen ihn. Es gab Sympathisanten.

»Geben Sie bitte nicht auf.«

16

»Das ist unmöglich.«

»Das kann es nicht sein.«

Agatha Schell wusste nicht weiter, sie schien konsterniert und genervt, der Sache nicht gewachsen. Sie kratzte sich am Arm und sah die Kommissare mit großen Augen an. Sie sprach sehr schnell und betonte immer wieder, dass sie ihnen alles gesagt habe, alles. Mehrmals hatte sie sich die Haare unter ihr Kopfband geschoben. Trotzdem sah Beetz kleine Schweißperlen auf der Stirn der Arbeitsberaterin blitzen. Agatha Schells Hände ordneten fahrig die Stapel von Mappen auf ihrem Schreibtisch von links nach rechts und wieder nach links. Ein, zwei Blätter hatte sie in den Papierkorb geworfen. Beetz und Schmitt blieben beim Thema. Die Kommissarin sah, Agatha Schell bedurfte der Unterstützung, allein war sie den Fragen der Polizisten offensichtlich nicht mehr gewachsen.

»Ja, also ... Ich bitte unseren Geschäftsführer zum Gespräch dazu. So etwas ist noch nie vorgekommen.«

Agatha Schell drückte hastig und vor einem möglichen polizeilichen Einspruch die Tasten ihres Telefons und atmete hörbar. Sie hatte Angst, oder zumindest war sie mit den Nerven am Ende.

»Ja, Thomas? Ich bin's. Die Polizei ist hier, und ich kann ihr nicht alle Fragen beantworten. Seit einer halben Stunde sage ich ständig dasselbe ... Wir sind wohl einer Betrügerin auf den Leim gegangen. Kannst du bitte mal kommen und die Farce hier beenden? Ich komm mir gerade so vor, als stünde ich unter Verdacht ... Vielen Dank.«

Nachdem sie aufgelegt hatte, herrschte Schweigen. Beetz zählte die Akten im Regal, und Schmitt musterte seine Schuhspitzen. Nach kurzem Klopfen wurde die Tür geöffnet. Ein Anzug, ein Lächeln und eine ausgestreckte Hand, die auf Beetz zuschoss. Die Haut schimmerte braun und wie geölt oder gerade gewaschen. Thomas war kaum dreißig und hatte offenbar schon alle schwierigen Situationen seiner Karriere cool gemeistert, so selbstbewusst wie er auftrat. Beetz schüttelte sich.

»Wir haben bislang jedes Problemchen gelöst.«

Ja, sicher. Das Männchen bemühte sich, sein Aussehen dem Markus Schenkenbergs anzugleichen, was ihm deutlich misslang. Dazu waren seine Haare zu dünn, die Falten zu tief und die Hände zu feucht. Bei der Begrüßung hatte Beetz kurz den Eindruck, dass er ihr ein Küsschen ans Ohr hauchen wollte. Sie wich ihm aus und roch sein Parfüm. Es war ein angenehmer Duft und sicher nicht im Angebot eines Supermarktes zu finden. Sie bekam trotzdem eine Gänsehaut.

»Bornschein, Doktor Thomas Bornschein. Ich vertrete hier momentan die Geschäftsleitung. *Time is Money* ist ein überregional operierendes Unternehmen, wir haben Dependancen in Stuttgart, Essen, Hamburg-Wilhelmsburg und noch einige mehr. Unsere Kunden waren immer zufrieden. Unsere Vermittlungsquote liegt bei über achtzig Prozent. Davon können die Arbeitsagenturen des Staates nur träumen. Tja.« Bornschein rieb seine Hände gegeneinander und wischte sich so den Schweiß ab.

»Meine Dame, mein Herr, Polizei? Worum geht es? Haben wir Ihnen jemanden vermittelt? Sind Sie unzufrieden? Kein Problem. Wir finden Ersatz. Über tausend Klienten haben wir in unserer Kartei, da wird sich auch für Sie das Geeignete finden …«

»Eine Ihrer Arbeitskräfte existiert scheinbar nicht.«

Schmitt verzichtete auf die offizielle Vorstellung, und der professionell gut gelaunte Dr. Thomas Bornschein zog seine ausgestreckte Hand langsam zurück. Agatha Schell schob schon wieder eine Strähne unter ihr Haarband.

»Was soll denn das heißen?« Dr. Bornschein machte große Augen und ein erschrockenes Gesicht.

»Phantome können nicht vermittelt werden.« Schmitt lachte, kein anderer lachte mit ihm.

Agatha Schell war das Bonmot eher peinlich, sie kroch fast in den Monitor auf ihrem Schreibtisch. »Anita Demand scheint es doppelt zu geben«, erklärte sie leise. »Die Frau, die unter der angegebenen Adresse wohnt, arbeitet nicht auf unsere Vermittlung, die andere ist verschwunden und wird wegen Mordes gesucht.«

»Um Gottes willen!« Der Geschäftsführer hob die Arme und spielte Überraschung, wie er es wohl aus dem Fernsehen kannte. »Nein!« Damit wandte er sich seiner Angestellten zu. »Agatha, und wir haben diese Frau vermittelt?«

Beetz machte sich Gedanken, wie dieses Arbeitsverhältnis funktionierte. Sie könnte keine Minute unter Dr. Bornschein arbeiten.

Agatha Schells Stimme schien gleich zu zerreißen. »Ja, ja, sie ist in unserer Kartei. Alle Angaben stimmen. Sie muss hier bei uns gewesen sein, sagen die Akten.«

Aufgeregt drehte die Arbeitsvermittlerin ihrem Chef den Monitor zu und wies mit dem Finger auf den Bildschirm mit der schlechten Kopie.

»Ablichtung des Ausweises, Zeugnisse, Referenzen. Sie machte einen guten Eindruck, die Frau. Wir konnten sie erfolgreich in Arbeit bringen, sie ist als Nachtschwester im *Neurophysiologischen Rehabilitationszentrum* untergekommen. Wir haben auch keine Klagen gehört. Seit fast einem Jahr arbeitet sie dort.«

»Nur ist sie heute nicht zur Schicht erschienen, und nach ihrer letzten lag auf Station eine Leiche. Unnatürlicher Tod, stellte der Gerichtsarzt fest.«

Thorst Schmitt hatte die Gesprächsführung übernommen. Beetz atmete auf, solche Pseudo-Schenkenberg-Typen, die vor Selbstbewusstsein nur so strotzten, waren ihr widerlich. Die gab es zu Dutzenden, auch in ihrem Umfeld. Smart. Eloquent. Bar jeder menschlichen Regung. Nur der Erfolg zählte für die, die Höhe der Boni und die Oberweite der Freundin. Schmitts Ton war scharf, aber Dr. Bornschein irritierte er nicht.

»Sie können uns für die Handlungen vermittelter Personen nicht verantwortlich machen. Wir können doch nicht in sie hineinsehen.«

»Überprüfen Sie denn nicht die Angaben Ihrer Bewerber?«

»Natürlich tun wir das!«

»Aber die Identität prüfen Sie nicht?«

»Ich bitte Sie! Welcher Arbeitgeber tut denn das? Wir haben den Ausweis gesehen und abgelichtet. Wo sollten uns da Zweifel kommen? Und eine Einstellung erfolgt immer auf Vertrauensbasis. Wir können doch nicht jedes Zeugnis kontrollieren und in den Schulen nachfragen, ob unser Kunde vielleicht bei seiner Latein-Note geschummelt hat. Und natürlich muss jeder Bewerber uns die üblicherweise geforderten Papiere beibringen. Aber offensichtlich waren die der Frau Demand in Ordnung. Meinen Mitarbeitern wären Unregelmäßigkeiten sicher aufgefallen.«

Bornschein hob die Hände, als ob Gott bestätigen könnte, dass er die Wahrheit sprach. »Glauben Sie mir, verehrte Kommissare, wir tun hier unser Möglichstes, aber wir können doch nicht in jedem unserer Klienten einen Verbrecher vermuten. Wir geben ihnen Vertrauensvorschuss, anders als die staatlichen Behörden, die das ja meistens nicht tun.«

Vielleicht sollten sie diesen Satz als Provokation verstehen, vielleicht war er nur eine Floskel. Dr. Bornschein schaute auf seine Hände, als hätte er sie gerade erst entdeckt. Dann zupfte er sich am Schlips und zog sein Sakko ordentlich über die Schultern.

»Wir stellen Ihnen gern alle unsere Daten die Klientin betreffend zu Verfügung. Agatha, druckst du unseren Besuchern die Akte Demand aus?«

Es war ein großzügiges Angebot, und Bornschein wusste es. Denn sie müssten erst einen richterlichen Antrag vorweisen, um die Akte ausgehändigt zu bekommen.

Agatha Schell stand hinter dem Schreibtisch und drehte den Monitor wieder zu sich. Dr. Bornschein lächelte dümmlich. Ja, dieser Kerl passte genau ins Raster: jung, gut aussehend, finanziell abgesichert. Wahrscheinlich fuhr er BMW oder Porsche, und behauptete, damit die heimische Automobilindustrie zu unterstützen. Zu Geschäftsessen pflegte er sicher an die teuersten Adressen einzuladen. Er wurde auf Empfänge geladen und fühlte sich einem *inner circle* zugehörig, den nur seine Mitglieder kannten. Joseph spottete in seinen Artikeln gern über dieses selbst ernannte Establishment. Er nahm sie nur selten mit, wenn er zu den gesellschaftlichen Ereignissen fuhr. *Fränzi, dich würden diese Typen nur langweilen.* Joseph hatte recht, sie ekelte sich vor Bornschein. Ihre Gänsehaut war noch immer nicht verschwunden.

Es klopfte erneut. Die vollbusige Dame vom Empfang servierte ihnen ein Tablett mit Kaffee, Wasser und Mürbeteiggebäck. Beetz lehnte brüsk ab, obwohl ihr das Koffein gut getan hätte. Schmitt jedoch griff zur Kanne und schenkte sich ein. Dann nahm die ältere Empfangsdame sie ihm wieder ab, schenkte Bornschein ein und reichte dem Geschäftsführer die Tasse.

»Milch, Zucker, Zückli, alles dabei. Falls Sie sonst noch Wünsche haben, läuten Sie, Doktor Bornschein.«

Ein Augenaufschlag, der Eisberge schmolz, und ein huldvolles Nicken. Damit war die Aufgabe des Dienstpersonals erledigt, und die Frau verließ lautlos das Zimmer.

Bornschein nahm einen Schluck Kaffee und schnalzte anerkennend mit der Zunge. Für Agatha Schell war keine Tasse auf dem Tablett vorgesehen, Beetz zählte nur drei. Jetzt bedauerte sie, nicht doch Ja zum Kaffee gesagt zu haben, schon allein um zu testen, ob er so gut schmeckte, wie Bornschein tat. Doch sich jetzt noch einzuschenken, wäre peinlich gewesen. Ihre Gänsehaut war im Abklingen begriffen.

Agatha Schell zog die Personalakte von Anita Demand vollständig aus dem Drucker, verglich alles noch einmal mit den Daten auf dem Bildschirm. Dann reichte sie Beetz das Papier, als sei es so bedeutsam wie Schabowskis Zettel zur Maueröffnung. Beetz las:

> Frau Anita Demand arbeitete mehr als zwei Jahre in unserer Einrichtung und erfüllte die ihr übertragenen Aufgaben mit psychologischem Einfühlungsvermögen und

> medizinischer Kompetenz. Auch bei der Behandlung schwieriger Krankheitsbilder reagierte sie besonnen und umsichtig. Unter den Patienten galt sie als eine ihrer »Lieblingsschwestern«. Wir bedauern aufrichtig, dass private Umstände sie zwingen, sich eine andere Wirkungsstätte zu suchen. Hochachtungsvoll …

Sie schaute auf Briefkopf und Unterschrift. *Städtische Kliniken Rheinhausen, Stationsarzt der Intensivmedizin.*

> … hat einen bleibenden Eindruck bei Personal und Patienten hinterlassen. Wir können unserer Kollegin nur die besten Zeugnisse ausstellen … schnell fügte sie sich ins Team ein, und die anstehenden Arbeitsaufgaben erfüllte sie vorbildlich und initiativreich … sie wird eine Leerstelle auf Station hinterlassen …

Auch Anita Demands Zeugnisse von Schule und Ausbildung zeigten überdurchschnittliche Leistungen. Das Abitur hatte sie in Biberach abgelegt. Das ließ auf eine Jugend in Oberschwaben schließen. Anita Demand aus der Geutebrückstraße hatte nicht so geklungen, als wäre sie nach Leipzig hergezogen.

Es existierten also zwei verschiedene Personen: Krankenschwester und Bankangestellte. Der Ausweis war in Leipzig ausgestellt und besaß noch drei Jahre Gültigkeit. Da stutzte Beetz. Vor sieben Jahren war er ausgestellt worden, mit einer Gültigkeit von zehn. Das widersprach den Angaben in den Referenzen. Denn zwei Jahre nach dem hier angegebenen Ausstellungsdatum in Leipzig hatte die Krankenschwester laut den Papieren noch in Rheinhausen auf Station gearbeitet. Unterschrieben: *Städtische Kliniken Rheinhausen, Stationsarzt der Intensivmedizin.*

»Sie haben die Dokumente nicht genau gelesen. Wenn sich Anita Demand hier einen Ausweis ausstellen lässt, kann sie nicht gleichzeitig ihren Hauptwohnsitz im Breisgau haben.«

Dr. Thomas Bornschein nahm Beetz ungefragt die Papiere aus der Hand, schaute sie sich an und überlegte. Dann lächelte er. »Das ist kein Widerspruch, verehrte Kommissarin. Anita Demand kann doch in Leipzig gewohnt und im Westen gearbeitet haben. Was denken Sie, wie viele Ostdeutsche Woche für Woche durch Deutschland pendeln? Zumal im Bereich des Pflegepersonals ist das gängige Praxis. Jedes Wochenende sind die Autobahnen verstopft, und ich stehe im Stau.«

Der Herr Doktor hatte seinen Wohnsitz also auch nicht nach Leipzig verlegt, obwohl er Geschäftsführer einer hier ansässigen Firma war, schlussfolgerte Beetz. Auch er war ein Pendler, nur entgegen des Hauptstroms. Sie war froh, in ihrem Heimatort eine Stelle gefunden zu haben. Sonst hätte auch sie sich deutschlandweit bewerben müssen und wäre wahrscheinlich nie nach Leipzig versetzt worden. Sie sah sich im *Großstadtrevier* St. Pauli, im Kölner Filz oder der *SoKo Wismar* ermitteln – schreckliche Vorstellungen. Sie klopfte in Gedanken auf Holz, dass sie in Zukunft nicht noch versetzt würde.

»Wie dem auch sei, wer hat denn die Gespräche mit Anita Demand geführt?«, fragte sie.

»Ja, also, mir sagt der Name mal gar nichts«, sagte Dr. Bornschein und steckte seine Hände in die Hosentaschen.

»Ich habe sie betreut.« Agatha Schells Stimme war noch leiser geworden. »Alle ihre Papiere schienen in Ordnung. Und nicht von jedem Zeugnis braucht man das Original.«

»Schon klar«, sagte Schmitt.

Die Vermittlerin schreckte zurück und sah ihn an, als würde sie sich entschuldigen. Beetz hoffte, dass sie nicht so einschüchternd auf Zeugen wirkte. Indem sie nochmals in die Papiere schaute, fiel ihr etwas auf. Sie hatte kein Diensthandy und bat Schmitt darum.

»Willste dem Alten vom Erfolg hier berichten?«, fragte er.

Beetz überhörte die Ironie, die gehörte zu Schmitt wie zu diesem Dr. Bornschein der Anzug. Logisch, dass der Kollege Schmitt Frust schieben musste, so lang im Job und auf der Karriereleiter weit unten. Und nun musste er noch mit ihr, dem Küken, ermitteln. Und Kohlund hatte nicht ihm die Leitung übertragen. Das machte Beetz stolz. Sie verbiss sich das Lächeln.

»Ich möchte nur im Meldeamt nachfragen. Vielleicht gibt es wirklich zweimal denselben Namen in dieser Stadt, und die Daten wurden verwechselt.«

»Im Ausweis?« Schmitt zuckte die Schultern und blätterte in der Personalakte, die *Time is Money* ihnen überlassen hatte. Dr. Bornschein und die Schell waren konsterniert, so, wie sie schauten. Aber nicht jedes Dienstverhältnis beruhte auf Unterwerfung, wie sie von diesen beiden hier annahm. Beetz lächelte ihnen zu. Sie drückte die Tasten und ließ sich mit der Meldestelle verbinden.

»Ich hätte gern einen Personenabgleich … Ja. Anita Demand. Geutebrückstraße, Paunsdorf … Diese Daten stimmen überein. Geburtsdatum … Auch das. Ist im polizeilichen Führungszeugnis etwas vermerkt? … Gibt es eine zweite Person gleichen Namens im Regierungsbezirk? …« Beim Telefonieren schaute Beetz aus dem Fenster. Ein Flugzeug hinterließ am Himmel weiße Streifen. Die Schwalben flogen tief.

»Also, gibt es nur eine Anita Demand im Regierungsbezirk, deutschlandweit … und die ist Bankangestellte, verheiratet und hat zwei Kinder. Ich habe gestern mit ihr gesprochen … Ja … Oder nicht?« Beetz lauschte.

Schmitt unterbrach seine Lektüre. Die Arbeitsvermittler schauten gebannt.

»Danke vielmals.« Beetz beendete das Gespräch und wandte sich Schmitt zu. »Vor zwei Jahren hat Anita Demand ihren Ausweis als gestohlen gemeldet. Aufgetaucht ist er seitdem nicht.«

»Sehen Sie, wir konnten nicht ahnen, dass sie sich mit falschen Daten bei uns beworben hat.« Dr. Bornschein sah man seine Erleichterung an.

»Selbst wenn, so einfach werden Sie diese Sache nicht vom Tisch wischen können.« Schmitts Sarkasmus ließ Bornscheins Lächeln wieder verschwinden.

»Ich konnte doch nicht ahnen, dass der Ausweis geklaut war. Die Frau sah auch aus wie auf dem Passbild. Aber jeder weiß, wie wenig Passbilder dem wirklichen Aussehen ähneln.« Agatha Schell lächelte Beetz zu. »Haben Sie nie über die Verfremdungen gelacht?« Natürlich, das hatte Beetz. Die Schell wurde wieder sehr ernst. »Ich kann mich nicht genau dran erinnern. Zweifel hatte ich keine, da bin ich mir sicher.«

»Wir suchen eine Frau, von der wir nur wissen, dass sie nicht Anita Demand ist«, stellte Schmitt fest. »Die finden wir nur durch Zufall. Klasse.«

»Frau Schell hat gemeint, sie könne uns bei einem Phantombild helfen.« Beetz blickte auffordernd zu Agatha Schell, dann zu Schmitt. »Auch die Schwestern im Krankenhaus können uns dabei unterstützen.« Sie gab die Suche nicht von vornherein verloren. »Durch die Mithilfe der Bevölkerung haben wir ja schon manche Verdächtige ausfindig machen können.«

»Na, Ihr Galan wird eine schöne Schlagzeile draus machen. *Phantomfrau ermordet Toten!* Prima!« Fast im ganzen Gespräch hatte Schmitt geschwiegen, nur an einem Bonbon gelutscht. Jetzt war er wütend und unausstehlich.

»Sie können Herrn Hönig ja bei den Formulierungen helfen, Kollege Schmitt.« Mit einem Lächeln gab Beetz Schmitt sein Handy zurück.

17

»Dässchen gommt glei.«

Die Thekenkraft stöckelte zu ihren Automaten und drückte die Knöpfe. Am Tisch nebenan saßen zwei Ladys, die jeden ankommenden Jüngling mit blitzenden Augen begrüßten. Selten wurde zurückgelächelt, und sie widmeten sich wieder dem einsamen Strohhalm in ihrem Cocktail.

Es war eines jener typischen Cafés, die eher auf Umsatz denn auf Gemütlichkeit setzten. Das bewährte Design aus Metall und hellem Holz, die hohen Hocker in Leder, auf die sich das Durchgangspublikum fläzte. Die Automaten glänzten und summten wie Fliegenschwärme in der Sonne. Das Lächeln der Bedienungen war professionell und gemeißelt. Ihre Frisuren schienen den neuesten Modekatalogen entlehnt. Ihre Sätze waren immer dieselben.

Auch die Gäste sahen sich zum Verwechseln ähnlich. Das Durchschnittsalter war unter dreißig. Anzüge und Kleider glichen Uniformen und betonten die sportliche Körperlichkeit. Aus nahen Banken, Behörden und Redaktionen traf man sich hier auf den Espresso in der Mittagspause, den Snack zwischendurch und plauderte. Die Straßenbahnhaltestelle vorm Freisitz spülte immer wieder Schwärme von Gästen herein, die nie mehr als ein Tässchen Kaffee bestellten. Masse machte den Umsatz.

Miersch erkannte die Biederstedt von *Bild*, die einem älteren Herrn das Diktafon unter den Schnauzbart hielt. Es sah aus, als würde der Mann an einem Schokoeis lecken. Die Journalistin grüßte Miersch mit einem leichten Kopfnicken und interessiertem Blick und widmete ihrem Interview mit dem Herrn, der von der Wende und zwanzig Jahren Einheit erzählte, kaum noch Aufmerksamkeit. Miersch war wohl eher die Schlagzeile wert.

Er saß auf dem Präsentierteller und ärgerte sich. Der Treffpunkt war zu nah am Präsidium und an den Zeitungsredaktionen. Fehlte noch, dass Hönig sich zu ihm an den Tisch setzte. Die Biederstedt, *Bild*, würde ihn sicher gleich ins Verhör nehmen wollen. Eindeutig der falsche Platz, dieses Café, aber Miersch wollte die Akte des Macherner Mordes sofort und nicht erst Brigitte Rademacher durch die halbe Stadt jagen, da er sich nicht zu ihr ins Präsidium traute. Er verzog sich hinter ein Monatsheft, das vor ihm auf dem Tisch gelegen hatte und erfuhr einige Insidertipps. *Reinhard Fendrich gehört in Österreich zu den Über-Promis, und jetzt kommt er wieder mal zu uns.* Prima, vielleicht stand Margo auf den alternden Playboy. *Ostprodukte im Westen – Es geht nicht um Kekse, Würste und Pralinen, auch nicht um die Rückkehrpakete, die vor einiger Zeit dank lustiger Politiker in der Diskussion waren, nein, es geht um eine Party im äußersten Leipziger Westen.* Mein Gott, wie viel Kultur ging an ihm vorbei. Er kannte nur Discokrieg und Kindstod. *Wenn Zwölfjährige im Überschwang der Gefühle eine Band gründen, dann gibt es diese Band meist nicht lange …*

»So, Ihr Gäffchen!«

Die gemeißelt freundliche Bedienung knallte die Tasse vor ihn auf den Tisch, dass es schwappte. Als er hochblickte, war sie bereits beim nächsten Kunden und gab ihm ein Küsschen. Miersch blätterte, ohne zu lesen, sah grinsende Politiker, die Wahlwerbung machten, schaute auf Schallplattentipps und Cinema-News. Als er die Zeitung beiseitelegte, heftete die Biederstedt, *Bild*, ihren Blick auf ihn. Er zwang sich zu lächeln. Sie deutete auf ihn und ihre Uhr. Wahrscheinlich ein Gesprächsangebot. Miersch schüttelte den Kopf.

Der Blick zur Uhr sagte ihm, dass noch fast eine Viertelstunde Zeit war, bis seine Verabredung kam. Er war zu früh, doch er konnte es vor Spannung kaum aushalten, und in den leeren Räumen seiner Wohnung wäre er Amok gelaufen. Der Augensammler. Wenn es wirklich ein Serientäter gewesen war, dann hielt sich seine Geschichte auch über Jahre, sogar Jahrzehnte im Gedächtnis der Anwohner. Was wäre London ohne Jack the Ripper, Rostov ohne Tschikatilo, Hannover ohne Haarmann. Leipzigs berühmtester Mörder hieß Woyzeck, und ohne das Drama Georg Büchners würde sich heute keiner an ihn erinnern. Und jetzt war Miersch auf einen Augensammler gestoßen und ein *Haus der toten Augen*. Von dieser Mordserie hatte ihm noch niemand erzählt. Der Fall würde ihn nicht mehr loslassen, das wusste Miersch. *Hajo ist kein Mörder!* Er würde Anne die Beweise für die Unschuld ihres Vaters bringen. So es sie gäbe, würde er sie finden.

»Stör ich?«

Miersch schreckte hoch, als sich Brigitte Rademachers Kopf von hinten über ihn beugte.

»Ich hatte gedacht, wir setzen uns auf den Freisitz hinterm Lokal, damit Sie nicht von allen gesehen werden.«

Die Archivarin zwinkerte in Richtung der Biederstedt, *Bild*, und nahm seinen Kaffeepott. Miersch folgte ihr den verwinkelten Weg zu den Stühlen im Freien, die man vom Gastraum aus gar nicht sah. Brigitte Rademacher hatte bereits einen Kakao bestellt. Er dampfte verlassen auf einem der Tische. Unter Sonnenschirmen saß man hier losgelöst von der Hektik der Straße fast im Grünen. Miersch hoffte, dass die Biederstedt, *Bild*, keine Zeit hatte, ihm hierher zu folgen. Sein Kaffee machte Flecken aufs Tischtuch, als ihn die Rademacher vor ihm abstellte. Dann wühlte sie in ihrer Tasche auf dem Stuhl neben sich und förderte eine zerfledderte Akte aus deren Tiefen.

»Nur die Hauptakte«, sagte sie entschuldigend. »Zu jeder einzelnen Spur wollte ich die Papiere nicht mitbringen. Es sind einige Regalmeter, die den Fall betreffen.«

Miersch war sich nicht sicher, was er fühlte, als er nach dem Ordner griff. Ehrfurcht traf die Empfindung vielleicht am ehesten. Vor ihm lag die Familientragödie von Anne und Rosel Popp. Wahrscheinlich handelte er entgegen ihren Wünschen, wenn er den Mord wieder aufrollte. Die Fakten, die er hier zu lesen bekommen würde, berührten das Intimste aus ihrer Familiengeschichte. Zumal bei einem Sexualmord. Aber *Mein Hajo hat sie nicht getötet,* hatte die Rosel geschrien. Miersch öffnete die Akte.

> Am 12. März 1984 teilt das VPP Machern um 22.05 Uhr telefonisch – HWM Schwarzenbeck – folgendes mit: Am Montag, den 12. März 1984 gegen 20.00 Uhr wurde die Boestrop, Astrid Meta, geb. am 4. Oktober 1961 in Potsdam, Beruf: Textilfacharbeiterin, wohnh. in Wittstock, Ernst-Thälmann-Platz 5 (Angaben laut vorgefundenem Personalausweis), im Macherner Hotel *Zu den alten Eichen* im Zimmer 12 nackt auf dem Bette liegend tot aufgefunden. Wie die Ermittlungen ergeben haben, wurde an der Boestrop ein Sexualverbrechen begangen …

»Darf ich fragen, warum Sie sich für diesen Fall interessieren?«

Miersch hatte Brigitte Rademacher beinahe vergessen. Fast erschrocken hob er die Augen und war um eine Antwort verlegen. Die Wirtin Anne wollte er als Anlass nicht anführen. Die alte Rosel schien ihm als Begründung unmöglich. Er konnte wohl kaum sagen, dass er den Unschuldsbeteuerungen einer dementen Achtzigjährigen nachging.

»Bin durch Zufall auf den Fall gestoßen. Interessiert mich. Da kann ich sehen, wie die Kollegen im anderen Deutschland gearbeitet haben.« Miersch klang, als würde er seine Rolle im Amateurtheater aufsagen.

Doch die Rademacher schien seine Worte nicht ungewöhnlich zu finden. »Wie wir gearbeitet haben? Auch nicht anders als Sie.«

Natürlich nicht. Und doch, dieser Tonfall! Miersch hörte genau. Da war sie wieder, die versteckte Kritik an ihm, die Missachtung, der Vorwurf der Karrieregeilheit und des Machtmissbrauchs. Miersch würde sie nie verstehen, die Ossis. Er hatte sich ehrlich bemüht, aber er war von den alten, vom Sozialismus geprägten Kadern nie anerkannt worden. Hosfeld und Schmitt und Kohlund und Böer und wie sie alle hießen, schnitten ihn, sie machten sich über ihn lustig. Seine Qualifikationen hatten sie von vornherein in Abrede gestellt. Sie mutmaßten, dass er diesen Posten nur aus parteistrategischen Gründen oder Beziehungen erhalten hatte. Miersch hatte verstanden. Die Rademacher gehörte auch zu ihnen. Auch sie war ein Altkader. Allein, wie herausfordernd sie ihm jetzt in die Augen schaute … Und vom Gang zur Toilette lächelte ihm freundlich die Biederstedt, *Bild*, zu. Er stand zwischen allen Fronten. *Mörder, Monster,* … Auch die Kollegen nannten ihn wohl so. Miersch verschluckte sich am Kaffee. Nach dem Husten fragte er: »Können Sie sich an diesen Fall erinnern?«

»Herr Kriminaldirektor, wer kann sich nicht daran erinnern? Das hatte sich doch wie ein Lauffeuer rumgesprochen. Die Zeitungen haben drüber geschrieben. Die Lehrer haben gewarnt. Unsere Mütter haben uns den Ausgang verboten.«

»Die Zeitungen haben darüber berichtet? Ich dachte, in der DDR hätte man so etwas verschwiegen …«

»Die meisten denken, die DDR zu kennen, und wissen nichts. In jeder Mordakte sind die Mitteilungen an die Presse abgeheftet und die Ausschnitte säuberlich danebengeklebt.«

Die Archivarin griff zur Akte und blätterte. Miersch nippte an seinem Kaffee und fühlte sich unbehaglich, so als würde er nicht nur im Privatleben der Anne Popp, sondern auch in dem von Brigitte Rademacher wühlen.

»Hier. Sehen Sie!« Die Archivarin wies auf die Blätter.

> *Die Volkspolizei bittet um Mithilfe* – Am 23. September 1982 wurde bei Naunhof im Kreis Leipzig an einer jungen Frau ein Tötungsverbrechen begangen. Im Zuge der Ermittlungen zur Aufklärung dieses Verbrechens erhielt die Polizei bisher zahlreiche Hinweise aus der Bevölkerung. Die Volkspolizei bedankt sich dafür und bittet um weitere Mithilfe. Für die kriminalpolizeilichen Ermittlungen sind Informationen zu folgenden Fragen wichtig: Wer war am Donnerstag, den 23. September 1982 in der Zeit von 16 bis 18 Uhr an den Naunhofer Seen? Wer kann sich an eine junge Frau erinnern, die allein am Nordufer auf einem braunen Laken lag? Sie hatte einen grünen Beutel dabei und war mit dem Fahrrad zum Baden gefahren. Sachdienliche Aussagen nimmt jede Polizeidienststelle …

Miersch wunderte sich, dass Vokabular und Duktus den heutigen Pressemitteilungen glichen. »Man hat in der DDR über Mord berichtet?«

»Keiner hätte diese Gewalttaten unter der Decke halten können. Wenn im Umkreis jemand getötet worden war, sprach sich das doch in Windeseile herum. Ein Mord wurde sofort zum Stadtgespräch und war in aller Munde. Zumal ja in der DDR wirklich weniger Straftaten als im Westen begangen wurden. Da kann man den Statistiken glauben.« Miersch glaubte einen Ton des Stolzes aus ihren Worten herauszuhören.

Die Rademacher trank schlürfend ihren Kakao. Den entstandenen braunen Rand über ihren Lippen schleckte sie mit der Zunge weg. Dann schaute sie belehrend, die Tasse noch immer vorm Mund. Fehlte nur, dass sie den Finger hob, wie ein Vater, der seine Kinder streng erzog.

»Aber wenn in Leipzig der Mord in der Zeitung stand, dann hat man in Dresden noch lange nichts drüber gelesen.« Sie stellte die Tasse wieder zurück. »Aber öffentlich zuzugeben, was die Bevölkerung eh schon wusste, hat auch schon bei Goebbels zur medialen Strategie gehört.«

Die Biederstedt, *Bild*, kam von Toilette zurück und schaute neugierig, mit wem Miersch am Tisch saß. Wahrscheinlich vermutete sie in Brigitte Rademacher eine Konkurrentin. Da die Biederstedt, *Bild*, den Blick nicht abwandte, wäre sie fast über die Treppe in den Gastraum gestolpert. Miersch verbiss sich das Lachen.

»Die DDR-Zeitungen unterschieden sich grundlegend von der Boulevardpresse heute«, sagte die Rademacher. »Schauen Sie sich in der Bibliothek einmal an, worüber die geschrieben haben. Auf jeder Titelseite ging's mit der entwickelten sozialistischen Gesellschaft voran. *Ich leiste was. Ich leiste mir was.* Jeder, der arbeitete, wusste es aus Erfahrung besser. Uns haben nicht nur Bananen gefehlt.«

Die Archivarin holte tief Luft und schwieg. Ihre Augen schauten ins Leere, offensichtlich befand sie sich auf einem Erinnerungstrip. Genau dieses stille Lächeln hasste Miersch, es schien ihm wissend und überlegen, und er bekam keine Chance, die Melancholie um diese Vergangenheit je zu begreifen. Der Osten blieb ihm ein Buch mit sieben Siegeln, er würde es niemals öffnen können. Ihm fehlte der Schlüssel. Er hätte auf Margo hören sollen. Seine Versetzung nach Sachsen war ein Fehler gewesen.

»Über den Augensammler hat in Leipzig jeder gesprochen. Keiner hat geglaubt, dass bei uns so etwas passieren könnte. Dass in unserer Gegend ein Mörder leben könnte, der reihenweise Frauen metzelte und ihnen die Augäpfel ausstach. Uns ist das vorgekommen wie ein Film aus dem Westen.«

Miersch kannte die Schlitzer und Okkult-Perversen von Michael Myers bis Freddy Kruger. Es schien einen Wettbewerb um das absurdeste Mordmotiv zu geben. Ein fiktiver Serienkiller tötete nach Noten, einer nach den Namenstagen seines Großvaters. Mit der Realität hatten die Geschichten selten etwas zu tun, erst recht nicht *SoKo Leipzig* oder der hiesige *Tatort*. Aber manche Kollegen hatten dazu eine ganz andere Meinung und fanden die neue Kommissarin gar sexy. Miersch war gegenteiliger Ansicht. Einmal hatten sie den fiktiven Kriminaldirektor gar zum schwulen Täter geschrieben. Er war wütend gewesen, doch Margo hatte herzlich gelacht.

»Wie viele Serientäter haben Sie denn im Archiv?«, fragte er.

»Ich kann mich nur an diesen Augensammler erinnern. Auch Journalisten und Stadtführer haben nichts gefunden, sonst wären andere Fälle sicher längst bekanntgeworden.«

»Warum ist Ihnen der Augensammler im Gedächtnis geblieben?«

»Vergewaltigung, Mord und Verstümmlung – wenn das in Ihrer Nähe passiert, vergessen Sie das? Meine Oma hat mir schon solche Geschichten erzählt. Ich kann Ihnen sagen …«

»Hat man den Augensammler verurteilt?« Miersch unterbrach die Archivarin, er wollte etwas zum Augensammler und nicht zu den Mördern der zwanziger Jahre erfahren. Und er testete Brigitte Rademacher. Er glaubte nicht, dass es in Leipzig nur diesen einen Serienmörder gegeben haben sollte. Und dass sich die Kollegin so gut an den Augensammler erinnerte, schien ihm persönliche Gründe zu haben. Miersch selbst hatte die meisten seiner Fälle vergessen. Nun gut, einen Serienmörder …

»Der Täter wurde überführt. Ein Wirt. Sein Sohn hat den Vater umgebracht, dann sich selbst das Leben genommen. Soweit ich weiß, hing er im Gebälk des Gasthauses, das der Augensammler bewirtschaftet hat.«

Die Berichte von Anne und Brigitte Rademacher stimmten im Wesentlichen überein. Es war eine Tragödie ohnegleichen. Der Sohn hatte den Vater getötet, danach hatte er sich selbst gerichtet. Und trotzdem waren die Verwandten des Täters von dessen Unschuld überzeugt. *Mein Hajo ist kein Mörder!*

»Gab es keinen Zweifel der Schuld des Wirts?«

»Nein.« Die Archivarin blickte erstaunt und kratzte mit ihrem Löffel an den Resten des Kakaoschaumes in ihrer Tasse.

»Darf's nor was sein?« Mit ausholender Geste stellte die Bedienung seinen leeren Kaffeepott auf das Tablett.

»Ein Wasser.«

Brigitte Rademacher schüttelte den Kopf. Die Kellnerin nickte gelangweilt, ihr Gesicht schien unter der blonden Mähne zu schlafen. Wahrscheinlich war ihr der Umsatz zu gering. Sie entschwebte und balancierte das Tablett dabei wie der Pfarrer die Monstranz durch die Kirche.

»Ich würde mir die Akte gern mit nach Hause nehmen.«

»Bitte.« Brigitte Rademacher schob sie ihm in die Hand. Ihr Blick suchte den seinen. »Wir stehen hinter Ihnen, Herr Kriminaldirektor. Was die Presse schreibt, ist Verleumdung. Sie haben sich nichts zu Schulden kommen lassen. Lassen Sie sich nicht von solchen Leuten aus der Ruhe bringen.«

Brigitte Rademacher zwinkerte in Richtung der Biederstedt, *Bild*. Vielleicht meinte sie es ja doch ernst mit dem, was sie sagte. Am Telefon vorhin hatte Miersch sich gewundert. Aber in diesem Moment unterstützte die Rademacher ihren Chef offen und vorbehaltlos. Und er hatte sie der Hochnäsigkeit verdächtigt, glaubte, sie würde ihn missachten. Sollte er sich so getäuscht haben? Hielten etwa auch andere Kollegen zu ihm? Kohlund, Schmitt, Böer? Miersch glaubte nicht dran. Die Rademacher hätte Schauspielerin werden sollen.

»So viel habe ich von der Presse begriffen: Für gute Schlagzeilen tun sie alles. Sie werden es überstehen, Herr Kriminaldirektor. Denken Sie nicht ans Aufhören. Sie würden uns sehr fehlen.« Und sie blickte ihn an wie ein Blumenmädchen bei der Konfirmation.

Miersch kam sich vor wie in einem Film, in dem sie ausländisch sprachen. Er musste wie ein Idiot gucken, denn die Rademacher lächelte.

»Darf ich Ihnen ein paar Fragen stellen, Herr Kriminaldirektor?« Die Biederstedt, *Bild*, stand an ihrem Tisch und hielt ihm das Mikro unter die Nase.

»Nein. Wir zahlen.« Brigitte Rademacher legte ihre Zeche auf den Tisch und steckte die Akte vom Augensammler wieder in ihre Tasche. Sie fasste Miersch unter der Achsel und schob ihn in Richtung Ausgang. Die Kellnerin wollte gerade das Wasser servieren und blieb sprachlos stehen.

Die Biederstedt, *Bild*, nahm es vom Tablett und trank. »Irgendwann werden Sie nicht mehr flüchten können, Herr Kriminaldirektor, dann ist es vorbei.«

»Vorher kriegen Sie eine Anzeige wegen Beleidigung, übler Nachrede und Rufmord«, sagte die Rademacher und schob Miersch vor sich her. Der kapierte nicht, wie ihm geschah. Wahrscheinlich drehten sie wirklich gerade einen Film.

18

»Sofort!«

Als er das Zimmer betrat, zeigte Manuela Hohmann mit dem Finger nach oben. Kohlund wusste, was die Geste seiner Sekretärin bedeutete: Die Angelegenheit war dringend und duldete keinen Aufschub. Der Polizeipräsident verlangte seine Anwesenheit.

»Hat er gesagt, warum?«

»Nein.«

»Da es schon duftet, bekomme ich trotzdem noch einen Kaffee.«

»Er hat *sofort* mehrmals betont.«

»Keine Chance?«

»Keine Chance.«

Kohlund hing seinen Mantel an die Garderobe. Seine Tasche platzierte er auf dem Besucherstuhl. Manuela Hohmann griff zur Kanne und schenkte ihm ein Schlückchen Kaffee in die Tasse. Ein Kompromiss. Er trank im Stehen und machte sich auf den Weg durch die langen Flure. Kein Kollege begegnete ihm.

Es verwunderte Kohlund nicht, dass er zum Präsidenten gerufen wurde. Oft ließ sich *BeHa*, wie der Polizeipräsident intern genannt wurde, persönlich über den momentanen Ermittlungsstand informieren. Aber der Fall Frank Stuchlik war weder zum Problem geworden noch besonders heikel. Zumindest im jetzigen Stadium. Ein Todkranker war verstorben, eine Krankenschwester war verschwunden. Sie hatten noch keine erfolgversprechenden Spuren, aber Presse und Fernsehen waren auf den Fall nicht angesprungen. Zu unspektakulär. Zu traurig. Von der Doppelexistenz Anita Demands hatten die Journalisten aus ermittlungstaktischen Gründen noch nichts erfahren. Die Arbeit der zweiten Mordkommission stand weder in der Kritik noch im Fokus der Aufmerksamkeit der Medien. Was wollte der Oberste nur von ihm? Lars Kohlund schritt mit ungutem Gefühl die Gänge entlang.

Er klopfte an der Vorzimmertür, und Annegret Pohlenz drückte augenblicklich den Summer. Einfach so kam niemand in das Allerheiligste. Kohlund grüßte die dicke Sekretärin des Präsidenten, für deren Körpermaße ihr Schreibtisch zu klein war. Annegret Pohlenz schien Telefon, Fax und Computer mit Busen und Bauch zu erdrücken. Der Briefumschlag in ihrer Hand wirkte winzig. Sie winkte Kohlund damit ohne Worte zur offenen Tür, hinter der Dr. Bernd Hackenberger residierte.

Das Zimmer war verdunkelt, die Schreibtischlampe brannte, so dass Kohlund zunächst nur Konturen wahrnahm. Feingliedrige Hände schoben im Lichtkegel Papiere zusammen, dann drückten sie einen Schalter, und das Büro des Polizeipräsidenten lag im Scheinwerferlicht. Dr. Bernd Hackenberger reichte ihm die Hand, ohne sich vom Stuhl zu erheben.

»Kohlund, setzen Sie sich!«

Mit der langen Nase und den aus der Stirn gekämmten, dünnen Haaren glich der Polizeipräsident einem Windhund. Und wahrscheinlich blieb seine Körpergröße unter eins fünfundsechzig. Er war drahtig, trainiert durch regelmäßiges Klettern im Elbsandsteingebirge. Seinen Augen entging nichts. Wenn Dr. Bernd Hackenberger neben seiner massigen Sekretärin Annegret Pohlenz die Kantine betrat, lächelte man über die beiden, als wären sie Laurel & Hardy oder Tine Wittler und der siebte Zwerg. Das ungleiche Paar sorgte für Gesprächsstoff, hatte aber niemals Anlass für Gerüchte gegeben. Unter Kollegen hatte man Hackenberger mit BeHa abgekürzt, ohne dass je an weibliche Unterwäsche gedacht worden wäre. Dr. Hackenberger genoss Respekt, er hatte schon zu DDR-Zeiten polizeiliche Leitungsfunktionen erfüllt. Und er war in den Wendetagen zum Chef der Leipziger Polizei berufen worden. Seine Evaluierung auf Stasi, Parteinähe und Amtsmissbrauch hatte nicht den geringsten Verdacht ergeben, war offiziell verlautbart worden. Trauen wollte Hackenbergers blütenweißen Weste keiner. Öffentlich wurden diese Zweifel an der Karriere des Präsidenten nie. Noch hatte Dr. Bernd Hackenberger drei Jahre bis zu seiner Pensionierung.

»Neue Erkenntnisse im Fall der verschwundenen Krankenschwester?« Er räusperte sich und schaute Kohlund durchdringend an.

»Nichts Neues. Aber die Ermittlungen stehen auch erst am Anfang.«

Kohlund wunderte sich, dass BeHa über den Mord im *Neurophysiologischen Zentrum* informiert war. Aber bei dieser nebenbei gestellten Frage sollte der Angriff wohl aus einer anderen Richtung erfolgen. Hackenbergers Verhörstrategien waren Legende, er hatte mehr als nur einen Straftäter überführt und galt als Meister von Verstellung, Taktik und falschem Mitgefühl. Diesen Ruf hatte Hackenberger auch auf dem Präsidentenstuhl nicht verloren. Kohlund rieb sich die Hände an seinen Knien und wartete wie ein Prüfling aufs Urteil der Kommission. Es saß ihm nur Dr. Bernd Hackenberger gegenüber. Trotzdem war es schlimmer als das Staatsexamen I und II.

»Sie müssen bei mir nicht wie auf einer Pressekonferenz reden«, sagte Hackenberger. »Wir sind unter uns.« Der Präsident beugte sich über den Schreibtisch und lächelte leutselig. »Fortschritte im Fall des getöteten Patienten?«

»Keine. Privat hat sich bislang noch keine Motivlage ergeben. Frau, Kinder, eine glückliche Familie. Wenn die schreckliche Diagnose nicht gestellt worden wäre …«

»… hätte ich sie gerne zum Nachbarn gehabt.« Hackenberger sog hörbar die Luft ein. »Kohlund, ich will Fakten und keine Reden ans Volk. Sagen Sie mir die Wahrheit, wie ist der Ermittlungsstand?«

»Wir verfolgen keine konkrete Spur. Verdachtsmomente haben wir keine.«

»Sie tappen im Dunkeln.«

»So möchte ich es nicht ausdrücken.«

»So drücke ich es aus.« Dr. Bernd Hackenberger erhob sich aus seinem Sessel und lief langsam um den Schreibtisch und Kohlund herum, der auf seinem Stuhl immer kleiner zu werden schien. Er wusste, dass nun ein Vortrag über Effektivität und Engagement, über Pflicht und Ansehen in der Öffentlichkeit folgen würde. *Hohe Leistungen zum Wohle unserer Menschen!* Dr. Hackenberger hatte erstaunlich viel des sozialistischen Vokabulars übernommen, war aber auch damit nie in die Kritik geraten. Nur die Kollegen vermuteten, dass Hackenbergers Beziehungen in höchste politische Kreise reichten. Damals wie heute. Jedenfalls musste BeHa von irgendwo ganz weit oben Deckung erhalten, anders waren seine Leitungsposition und sein makelloser Ruf nicht zu erklären.

Der Polizeipräsident hielt den Finger an die Lippen, schritt weitere drei Runden um Kohlund und dann am Fenster vorbei. Dann stand er plötzlich still und griff zum Telefon.

»Gretel, machen Sie mal zwei Tassen? Große … Ja, auch was dazu.«

Er nahm wieder Platz, schob Papiere an den Rand seines Schreibtischs und schwieg weiter. Kohlund fragte sich, warum der Präsident ihn zum Rapport befohl, wenn er offensichtlich gar keine Auskünfte wünschte. Bislang hatte BeHa auch noch keine konkreten Fragen gestellt, sondern hielt sich erstaunlicherweise mit seiner Kritik zurück. *Sie tappen im Dunkeln.* Kohlund war schon oft zum Polizeipräsidenten gerufen worden, doch Kaffee hatte ihm Hackenberger noch nie gereicht. Er saß sonst hier und hörte Befehle zur Effektivierung der Arbeitsvorgänge in seinem Bereich. Hackenberger dauerten ihre Ermittlungen oft zu lang, und die Ergebnisse waren ihm zu dürftig. Er hatte Kohlunds Arbeit bis jetzt immer nur kritisiert. An ein Lob konnte sich Kohlund nicht erinnern. Doch nun schien BeHa der Stand der Ermittlungen gar nicht zu interessieren, denn Hackenberger stellte keine Fragen zu den Details. Annegret Pohlenz trug ein

Tablett herein, auf dem neben dem Kaffee Kognak schwappte. Sie servierte auf dem kleinen Beistelltischchen, wohin der Präsident zu persönlichen oder sehr heiklen Gesprächen lud. Privat hatte Kohlund noch kein Wort mit ihm gewechselt.

Annegret Pohlenz verschwand. Kohlund vermeinte gesehen zu haben, dass ihr Kostüm am Türrahmen schabte und eine Naht geplatzt war. Kaum hatte die Sekretärin die Tür geschlossen, sprang Hackenberger aus seinem Sessel und bat Kohlund, am anderen Tisch Platz zu nehmen.

»Ja«, entfuhr es ihm, als er sich setzte. Es klang gepresst. Kohlund wechselte seinen Platz. »Ja. Also. Lieber Kohlund, trauen Sie Ihren Kollegen zu, den Fall *Neurophysiologisches Rehabilitationszentrum* allein abzuschließen? Ich muss Ihnen andere Aufgaben übertragen.« Darauf hob er sein Glas und hielt es Kohlund entgegen.

Verdutzt griff Kohlund nach dem zweiten Glas Kognak auf dem Tischchen. Es gab einen knirschenden Ton, als die Gläser zusammenstießen. Kohlund begann der Schweiß zu laufen. Solch ein wichtiges Gespräch hatte er nicht erwartet. Kohlund hätte gern nach dem Taschentuch gegriffen, wenn er eines in der Tasche gehabt hätte. So fuhr er sich mit der ganzen Hand übers Gesicht.

Hackenberger lehnte sich in den bequemen Sessel zurück und schwieg, vielleicht weil er nicht wusste, wie er das weitere Gespräch führen sollte. Kohlund saß auf der äußersten Kante. Ihn beschlich Angst. Vielleicht hatte er auf etwas falsch reagiert.

»Tja, lieber Kohlund, wie Sie ja inzwischen sicher gehört haben … unser Buschfunk arbeitet da schnell, das ist wie zu alten Zeiten … und die Medien haben des Langen und Breiten darüber geschrieben. Kriminaldirektor Miersch steht nicht nur in der öffentlichen Kritik … Ja. Also. Jetzt hat er um kurzfristigen Urlaub gebeten, den wir ihm natürlich gewähren … Ein bisschen aus der Schusslinie nehmen. Und da momentan … Sie wissen, dass seine Aufgaben übernommen werden müssen … quasi kommissarisch …«

Er lachte über das eigene Wortspiel. Kohlund fiel das Atmen schwer. Hackenberger fuchtelte mit den Armen, als könnte er ihn dadurch besser überzeugen, dass Mierschs Aufgaben – *quasi kommissarisch* – von einem anderen übernommen werden mussten. Der Schweiß auf seinem Rücken schien zu Eis zu erstarren. Kohlund nahm noch einen Schluck vom Kognak. Dass Miersch kurzfristig um Urlaub gebeten hatte, war eine sehr wohlwollende Interpretation der Fakten. Wie man sich auf den Gängen erzählte, war der Direktor einfach verschwunden, hatte sich entschuldigen lassen und feierte all seine Überstunden samt Resturlaub auf ein Mal ab. Andrea Dressel hatte seinen Anruf entgegengenommen und Hackenberger gemeldet, seitdem war Konstantin Miersch für niemanden zu erreichen. Weder auf dem Handy noch zu Hause. Seine Gattin gab sich ahnungslos, oder sie wusste wirklich nicht, wo sich ihr Mann aufhielt. Andere Anlaufpunkte besaßen die Arbeitskollegen keine. Und wenn Hackenberger Kohlund nun zu sich lud … *quasi kommissarisch* … Er erkannte mit Schrecken, worauf dieses Gespräch hinauslaufen sollte.

»Nein!«, sagte er ein bisschen zu laut. »Für diesen Posten stehe ich nicht zur Verfügung.«

»Überlegen Sie erst, Kollege Kohlund, bevor Sie Ihre Entscheidung treffen. Sie würden uns und auch sich selbst nützen.«

Genau solche Worte hatten die verdienten Genossen gewählt, als sie ihn von einem Parteieintritt überzeugen wollten. *Kohlund, Sie kämpfen in vorderster Reihe für die Sache des Sozialismus, da liegt es nahe, wenn Sie Ihre Überzeugung auch durch die Parteimitgliedschaft untermauern. Genosse, auf Sie kommt es an, nicht auf alle!* Kohlund zeigte sich damals vom Vertrauen der alten Kämpfer überrascht, hatte jedoch alle Ausreden eingeübt und dann genau wie ein gelerntes Gedicht vorgetragen. Er sei ideologisch noch nicht reif für die Ehre einer Mitgliedschaft. Er müsse sich seine Zustimmung wohl überlegen, nicht spontan entscheiden. Ja, er wolle und könne die Genossen nicht enttäuschen. Sie sollten ihm Zeit geben, Charakter zu entwickeln. Nur ein Mitläufer wollte er unter keinen Umständen sein. Im

Kreis der jungen Kollegen kursierten Handbücher, wie man die Parteiaufnahme, wenn schon nicht umgehen, so doch erheblich verzögern konnte. Und jetzt trug ihm Dr. Hackenberger an, den Job des Kriminaldirektors zu übernehmen. Der Schweiß zog kalte Wege auf seinem Rücken. Kohlund trank den Kognak mit einem Schluck aus.

»Wären nicht andere geeigneter für diesen Job?«, sagte er dann. »Ich meine, Berufs- und Lebenserfahrung sind für diesen Posten Voraussetzung. Da halte ich mich noch immer für einen Lernenden.«

»Diesen Quatsch können Sie anderen erzählen. Ich kenne Sie, Kohlund, Sie haben Ihre Aufgaben stets mit Bravour absolviert. Mensch, solche Leute wie Sie brauchen wir. Unsere Leitungsebene weist ohnehin schon zu viele Fremdkader auf. Das ist Ihre Chance! Nutzen Sie sie! Kommissarisch ist nicht für ewig. Nein sagen können Sie später noch immer.« Hackenberger beugte sich über den Tisch und tätschelte Kohlunds Arm. »Ich habe immer bedauert, dass Sie nicht mehr Verantwortung tragen wollten. Schlagen Sie ein! Sagen Sie Ja!« Er hielt Kohlund die Hand entgegen, die dieser übersah.

»Um ein wenig Bedenkzeit würde ich bitten«, sagte er.

Hackenberger sah aus, als habe er Kohlunds Taktik durchschaut. Kohlund fühlte sich um mehr als zwanzig Jahre zurückversetzt. *Im Dienst können Sie auch nicht zögern, der Klassenfeind schläft nicht!*

»Kein Problem.« Hackenberger gab sich verständnisvoll.

Er zog seine Hand zurück, schien Kohlunds Satz aber als Zustimmung zu deuten. Er trank aus und schenkte die Gläser noch einmal randvoll. »Ich wusste, dass ich mich auf Sie verlassen kann.«

Sie stießen an, und Kohlund vernahm erneut den Misston der Gläser. Es klang dumpf und körnig, als würden Tennisbälle auf Sand prallen. Überhaupt schienen ihm die Kognakschwenker aus jener durchsichtigen Plaste gepresst, die zu sozialistischen Zeiten produziert worden war. Von Saftglas bis Sektkelch ein grauer Schleier, kein Glas, sondern Attrappe. In jedem Lokal hat man aus ihnen getrunken. Wahrscheinlich waren die Kognakschwenker in diesem Büro seit den Brigadefeiern der Volkspolizei in Benutzung.

Danach schwiegen der Präsident und sein Kommissar. Hinter den heruntergezogenen Rollos dämmerte es bereits, oder ein Gewitter zog auf. Kohlund nippte in kurzen Abständen. Anders als das Glas war der Kognak teuer und süffig.

»Es wäre schön, wenn Sie mir bis Donnerstag Bescheid geben könnten, lieber Herr Kohlund. Ich habe Sie vorgeschlagen. Sie sind meine Wahl. Es gibt keinen Zweifel, dass Sie alle Voraussetzungen mitbringen, die der Job erfordert. Vielleicht sogar bessere Voraussetzungen als alle.«

Das konnte Kohlund als Kritik Hackenbergers an der Amtsführung Mierschs interpretieren, vermutete aber, dass ihm das Lob nur die Postenübernahme schmackhafter machen sollte. *Ich habe Sie vorgeschlagen. Sie sind meine Wahl.* Peitsche und Zuckerbrot, auch daran änderte sich nichts.

Kohlund trank aus, Hackenberger drehte sein Glas zwischen den Fingern. Offensichtlich war auch er nicht daran interessiert, das Gespräch weiterzuführen. Kohlund stellte sein Glas mit lautem Knall auf den Tisch. Ohnehin war es kein Gespräch gewesen, sondern eine Überrumpelung. Und je länger er sich mit dem Angebot beschäftigte, desto sicherer schien es ihm, dass er als Schachfigur in einem Spiel eingesetzt werden sollte. Nur kannte er weder Strategie noch die Interessen der Spieler.

Er reichte Hackenberger die Hand. »Ich danke für Ihr Vertrauen und werde darüber nachdenken.«

»Nicht allzu lange, lieber Kohlund. Und wir Leipziger sollten nicht alle Leitungsfunktionen von Bürgermeister bis Intendanten Zugezogenen überlassen. Es sieht gerade so aus, als würden wir gar nichts können.«

Damit war Kohlund entlassen. Im Vorraum lächelte ihm Annegret Pohlenz mit ihrem feisten Gesicht zu. Vor Jahren war sie ihm auf einem Betriebsfest zu nahe gekommen, vielleicht hatte sie diese Intrige gesponnen. Verdammt, Kohlund wusste nicht, wie er mit diesem Angebot umgehen sollte.

Er durchstreifte die Gänge, holte sich am Automaten einen Kaffee, der im Bauch schmerzte, und hoffte, dass Manuela Hohmann bereits gegangen war, als er sein Büro wieder betrat. Aber seine Sekretärin lächelte unaufdringlich und begriff augenblicklich, dass sie ihm keine Frage zu stellen brauchte. Sie zeigte still auf ihre Uhr und das Dienstzimmer. Die Mord zwo war vollständig versammelt, um die neuesten Erkenntnisse im Fall Frank Stuchlik zu diskutieren. Dafür hatte er jetzt überhaupt keinen Nerv. Leise öffnete er die Tür und warf einen Blick in sein Büro.

Schmitt hatte hinter Kohlunds Schreibtisch Platz genommen. Mit einem Stift zeichnete er aufs Clipchart Kreise und Pfeile. Die dazugeschriebenen Namen waren unleserlich. Die Beetz berichtete, Schmitt kommentierte. Alle anderen machten sich Notizen und schwiegen. Die Kollegen waren so konzentriert, dass Kohlund die Tür wieder schloss, ohne dass sie es bemerkten. Das Wichtigste würde er morgen erfahren.

»Ich habe gesagt, dass Sie zum Präsidenten bestellt wurden.«

»Danke, Frau Hohmann, Sie sind die Beste.«

Als Kohlund sein Büro verließ, blickte Manuela Hohmann ihm nach, als wäre sie beim Gespräch mit Hackenberger dabei gewesen. Kohlund würde noch einen Kognak im Café trinken müssen, bevor er sich nach Hause getraute.

19

»Sie werfen mich auf die Straße?«

»Nein. Ich vermiete Ihnen kein Zimmer!«

Alle Argumente, die Konstantin Miersch vortrug, zählten für Anne Popp nicht. Sie ließ ihn stehen, verschwand durch die Tür zum Gastraum. Er setzte sich im kleinen Foyer in einen der Sessel, die um einen Couchtisch standen. Er suchte ein Bett für die Nacht. Jetzt war er ratlos.

Kurz entschlossen hatte Miersch seine Sachen gepackt. Er hatte es daheim nicht länger ausgehalten. Margo zerstörte seine

Ruhe und Konzentration. Gegen nachmittags um drei war sie mit großer Damenrunde zu Hause erschienen, und die Anwesenden hatten zusammengesessen und über unverständliches Theater, unverständliche Bücher und reizende junge Künstler debattiert. Gesprächsfetzen drangen in sein Zimmer, alle Minuten rauschte die Toilette. Er hörte schrilles Lachen und echte Empörung. *Nein, unvorstellbar! Ich würde mit ihm persönlich reden. So kannst du mit dir nicht umspringen lassen!* Aktenstudium und ein erholsames Lesen waren ihm unmöglich.

Miersch hatte die notwendigen Sachen in seinen kleinen Dienstreisekoffer geworfen. Aus der Aktentasche entfernte er alles, was ihn an Präsidium und Arbeit erinnern konnte. Nur die Akte Hajo Popp steckte er ein, Notizbuch, Federmappe und *Die Geschichte der Deutschen Volkspolizei* zur abendlichen Lektüre. Das Ziel war klar: Machern, *Zu den alten Eichen*. Er war vor Ort, er traf die Beteiligten im Fall des Augensammlers. Und Miersch entging der Verfolgung durch Presse und Kollegen, dort würden sie ihn nicht suchen.

Doch Anne Popp legte auf seine Anwesenheit keinen Wert. Auch wenn er das teuerste Zimmer mietete und die Vollpension dazu, sie lehnte ab. Auf die Frage *Warum?* gab sie keine Antwort, sondern legte die Zeitung vor ihn hin. *Mörder. Monster. Menschenschlächter.* Er hatte versucht, ihr die Umstände zu erklären. Sie hatte entgegnet: *Ich vermiete Ihnen kein Zimmer!*

Jetzt saß Miersch im kargen Foyer des kleinen Hotels und fühlte sich ausgesetzt und von allen verlassen. Er begriff die Welt nicht mehr oder die Welt nicht ihn. Er dachte doch klar. Er wollte keinem etwas Böses. Seine Entscheidungen traf er logisch und nachvollziehbar, da war er sich sicher. Aber das war sich fast jeder Patient, den man in die geschlossene Abteilung der Psychiatrie einweisen musste. Es konnte doch nicht sein, dass ihn keiner verstand und jeder an seiner Vernunft zweifelte. Miersch kam es vor, als ob alle eine Sprache sprächen, von der er weder Wortschatz noch Grammatik beherrschte. Margo lebte seit Jahren ihr eigenes Leben, die Kommunikation in den eigenen vier Wänden beschränkte sich auf die alltäglichen Notwendigkeiten. Aber dass die Kollegen ihm aus dem Weg gingen, selbst Andrea Dressel, die Schabowski und der Polizeipräsident, blieb ihm unverständlich. Er hatte nach Recht und Gesetz gehandelt. Für die Folgen war er nicht allein verantwortlich. Die Hetze der Presse hätte er vielleicht noch ertragen, wenn er Unterstützung und Rückhalt im Präsidium gespürt hätte, aber keiner hatte offen Partei für ihn ergriffen. Und nun ließ man ihn nicht mal im dörflichen Gasthof übernachten. Er war raus aus dem Spiel. *Mensch, ärgere dich nicht!* Es war zum Verzweifeln. Wenn er gekonnt hätte, er hätte geweint oder an die Wände geschlagen. Aber jeden Augenblick konnten Anne, die alte Rosel oder das Zimmermädchen erscheinen.

»Sie wünschen? Wissen Sie, unsere Rezeption ist nicht immer besetzt. Warum haben Sie denn nicht geschellt?« Rosel drückte auf die Tischklingel. Es hallte durch Haus.

»Ein Zimmer.« Miersch hoffte, dass nicht Anne auf das Läuten erschien. Aber wahrscheinlich war sie in der Küche mit Braten und Kochen beschäftigt. Er hatte einen Reisebus vorm Haus halten sehen. Wenn die Gruppe hier Quartier nahm, war vielleicht kein Bett mehr frei, und er müsste sich tatsächlich etwas anderes suchen.

Rosel blätterte wichtig im Hausbuch, Papier knisterte, Seiten wurden geknickt. Miersch hatte den Eindruck, dass die Alte sich wirklich nicht mehr aller ihrer Handlungen klar war. Immer wieder fuhr sie sich mit der Zunge über den Zeigefinger und blätterte, blätterte, las. So viele Seiten, wie sie gewendet hatte, müsste sie jetzt schon im vergangenen Jahr nachschlagen, und Rosel blätterte immer noch weiter zurück.

»Ein Zimmer.«

»Das habe ich schon verstanden. Sie müssen nicht denken, ich wüsste nicht, was ich tue. Ich kontrolliere, ob meine Tochter das Buch ordentlich führt. Wissen Sie, früher musste ich da sehr hinterher sein. Die Volkspolizei wollte genau alle Namen, Adressen, na, und so weiter.«

Rosel übersah ihn einfach. Es half Miersch kein Räuspern und Husten. Also lehnte er sich über die Theke.

Die Alte zuckte zusammen. »Mein Gott, können Sie nicht Guten Tag sagen?«

Vor Verärgerung schüttelte sie den Kopf und brummelte. Miersch verstand Worte wie *Jugend* und *Ehrfurcht* und *Zimmerreinigung*.

»Ich hätte gern ein Zimmer, wenn möglich mit Halb- oder Vollpension.«

Rosel sog Luft ein und stieß sie geräuschvoll aus. Ihn würdigte sie keines Blickes. »Ja, ja. Im zweiten Stock. Zimmer 21. Blick zum Hof, da ist es ruhiger.«

Sie legte den Schlüssel vor ihn auf die Theke und blätterte weiter.

»Herzlichen Dank.« Miersch griff zu Schlüssel und Koffer, froh, doch ein Zimmer erhalten zu haben, aber mit schlechtem Gewissen, denn er wusste, dass er Anne Popp hinterging. »Den Ausweis bräuchte ich noch.« Rosel blickte noch immer nicht auf, hielt ihm aber die Hand vors Gesicht, als bitte sie um eine Spende und schäme sich dafür.

Miersch reichte ihr seinen Pass aus der Jacketttasche. Rosel schrieb seine Personalien ins Formular. Dann knallte die Tür. Aus dem Gastraum zog Dunst, der nach Sauerkraut roch.

»O nein, Mutter! Wir sind ausgebucht, voll belegt!«

»Aber nicht doch, mein Kind, fast alles ist frei.« Der Finger der Alten fuhr über die Seiten. »Steht keiner drin, der heute hier schläft.«

Anne legte die Arme um Rosels Schulter und sprach in ihr Ohr. »Für diesen Herrn haben wir kein Zimmer! Mutsch, das ist ein Verbrecher. Du hast doch die Schlagzeilen heute Morgen gelesen.«

Rosel entzog sich der Umarmung der Tochter, die sie offensichtlich beruhigen sollte. »In der Zeitung steht vieles, und der Herr bezahlt im Voraus. Da habe ich Sie doch richtig verstanden?«

Die Alte zwinkerte Miersch zu, der nickte und legte zwei Fünfzigeuroscheine vor sie auf die Rezeption. Rosel schob sie sofort in ihren schlaffen Busen, lächelte mit einer tiefen Verbeugung und verschwand. Anne fehlten die Worte, sie drehte sich um und ging in den Krautdunst zurück.

Miersch stieg die enge Treppe nach oben. Der Gasthof war ein modernisiertes Bauernhaus, das vielleicht früher schon eine Schänke an der befahrenen Straße gewesen war. Kein Architekt würde ohne einen Anbau mehr Platz schaffen können. Der Teppich verschluckte seine Schritte. Die Wände waren mit grüner Ölfarbe gestrichen. Die Türen waren braun gebeizt. Bilder des Landlebens hingen da, und Strohblumensträuße standen auf kleinen Tischchen im Gang. Die Vergangenheit machte aus dem Gasthaus ein Museum.

Zimmer 21 war geräumiger, als Miersch angenommen hatte. Zwei kleine Fenster gaben den Blick auf einen Innenhof frei, wo neben den Abfallkübeln ein Kleingarten blühte, in dem Rosel wahrscheinlich die Früchte für ihre Marmeladen pflanzte, pflegte und erntete. Ein Ahorn rauschte. Und hinter der Scheune blickte Miersch in den Park und die Wälder.

Er legte sich aufs Bett, ein Holzgestell mit Federdecke. Hier im Zimmer war die Wand gekalkt und hellbraun gestrichen. Überm Tisch hing ein Bild mit Traktoren, die für den Sozialismus die Ernte einfuhren. Die Bauern lachten im Realismus dieser Zeit. Miersch schloss die Augen und überlegte, ob er am nächsten Morgen wohl ein Frühstück von Anne erhalten würde. Er hatte die Demenz ihrer Mutter schamlos ausgenutzt. Miersch wollte Anne und ihrer Mutter einfach nur helfen. Er hatte die Akte, er war vor Ort. Hier, weit weg von Leipzig, den Kollegen, der Presse und weit weg von Margo, konnte er in aller Ruhe recherchieren.

> Nach Eingang der vorgehefteten Fernsprechmitteilung begaben sich OL Wötzel vom Erkennungsdienst, UL Kohlund, HWM Günthardt und der Unterzeichnete (Mj Queißer) an den Tatort. Dieser befindet sich in dem Haus Georg-Schumann-Straße 34. In einer zum Hotelzimmer ausgemauerten Bodenkammer dieses Gebäudes war die Tote Boestrop, Astrid Meta, geb. am 4. Oktober 1961 in Potsdam, Beruf: Textilfacharbeiterin, wohnh. in Wittstock, Ernst-Thälmann-Platz 5, ermordet worden.

Die Leiche der Boestrop lag auf dem Bett gegenüber der Tür. Sie lag auf dem Rücken, der Kopf war leicht nach rechts gedreht, der linke Arm lief fast parallel zum Körper, der rechte Arm war stark angewinkelt und die Hand lag nahe am Kopf. Das Gesicht war stark mit Blut besudelt.

Unter dem linken Auge befand sich eine halbkreisförmige, etwa 5 mm breite Schnitt- bzw. Stichverletzung. Der linke Augapfel war entfernt, wie auch der rechte. Unmittelbar über der rechten Ohrleiste, etwa 1 cm darüber, befand sich eine weitere Stichverletzung. Auf dem rechten Handrücken, in Verlängerung des Zeige- und Mittelfingers war die Haut bläulich verfärbt. In dem Schamhaar und von da aus nach dem rechten Oberschenkel zu befand sich eingetrockneter Schleim (Sperma?). Der rechte Fuß der Leiche war mit Blut beschmiert, auch das Bett und das Zudeckbett waren stark damit durchtränkt. Außerdem war das Blut durch die Matratze gedrungen und tropfte auf die Dielen. Neben dem Bett lag ein Nachthemd. Auch das war blutig, ebenso fanden sich an Wand und Fenster deutliche Blutspuren. Das ganze Pensionszimmer machte einen unordentlichen Eindruck: Verschiedene Kleidungsstücke lagen auf dem Boden verstreut umher. Die Schrankkästen waren aufgezogen und durchwühlt. Die Wirtsleute konnten nicht feststellen, ob aus dem Zimmer etwas geraubt worden war.

Die Gaststube der Pension befindet sich im Erdgeschoß. Sie besteht aus Vorsaal, Abort, Küche, Gastraum und Gesellschaftszimmer (siehe Skizze). Fenster und Türen wiesen keine Einwirkungen von Gewalt auf. In dem Garten, der sich zwischen Hinterhaus und Scheune befindet, wurden Fußspuren festgestellt, allerdings sind dort Asche- und Müllkübel aufgestellt. An der Mauer unterhalb des Fensters wurde eine Kratzspur festgestellt. Auf dem Stuhl, der vor dem Fenster stand, wurden schwache Fußspuren festgestellt. In der Wohnung der Wirtsleute Hans-Joachim Popp, geb. 19. Februar 1946 in Posen, und Rosalie Popp, geb. 31. März 1944 in Machern, konnten ebenfalls keine

Spuren gesichert werden. Auch nicht in den Zimmern der Kinder Anne, geb. 1. September 1972 in Wurzen, und Sebastian, geb. 18. September 1968, Wurzen. Die Wohnung selbst, Hotelzimmer und die Gasträume wurden vom Täter offensichtlich nicht durchsucht. Dort war von ihm keine Unordnung geschaffen worden.

Geschlossen Queißer, Major

Miersch kannte die Namen von Queißer und Kohlund. Major Queißer war vor seiner Dienstzeit aus der Polizei entlassen worden, oder er hatte selbst darum gebeten. Miersch hatte sich nie dafür interessiert, wer vor ihm die Leitung der Leipziger Kriminalpolizei innegehabt hatte. Jetzt fühlte er sich erneut uninformiert wie ein Berufseinsteiger. Die Vergangenheit war für ihn nie ein Thema gewesen. Jetzt stand er mittendrin. Er würde mit Kohlund und Queißer reden. Allerdings war er auf der Flucht, und wenn er Kohlund befragte, konnte er sich dessen Verschwiegenheit nicht sicher sein. Dass der alte Major ihn empfing, hielt Miersch für ausgeschlossen. Aber um einen Termin bitten würde er ihn. Vielleicht. Und nur, wenn es wirklich Anhaltspunkte gab, die ihn den Fall Boestrop in einem anderen Licht sehen ließen. Miersch wollte nicht die Arbeit der ehemaligen Kollegen kontrollieren. Der Verdacht, ein Besserwisser zu sein, lastete ihm ohnehin seit Dienstantritt an.

Miersch entdeckte an der Zimmerdecke eine Spinne, die eifrig ihr Netz spann und darauf wartete, dass Fliegen in ihre Falle irrten. Wahrscheinlich sorgte sich Andrea Dressel um ihn. Der Polizeipräsident würde toben. Früher wurde man für Fahnenflucht erschossen.

Eindeutige Parallelen weist diese begangene Gewalttat an der Boestrop, Astrid Meta, mit vorangegangenen Sexualstraftaten auf. So mit dem Verbrechen an Kumbernuss, Viola Elisabeth, geb. 12. August 1963 in Leipzig.

LEICHENSACHE!
In den Abendstunden des 18. September 1982 wurde fernmündlich von der KKPA Grimma gemeldet, dass in einem Wäldchen neben dem Autobahnzubringer Naunhof in Nähe der Badeteiche eine unbekannte weibliche Leiche liege. Da festgestellt wurde, dass die Tote entkleidet worden war und außerdem Tierfraß am Gesicht der Leiche bemerkt wurde, ist anzunehmen, dass sich die Tote schon seit mehreren Tagen an dieser Stelle befand. Es wurde wegen Verbrechensverdacht um Erscheinen der Mordkommission Leipzig ersucht. Von der Mordkommission wurde angeordnet, den Fundort der Leiche abzusperren und über Nacht zu bewachen, da von einer sofortigen Aufnahme der Ermittlungen zur Nachtzeit wegen der Gefahr der evtl. Spurenvernichtung abgesehen werden musste. Die mit Tagesbeginn des 19. September 1982 von hier aus aufgenommenen Ermittlungen ergaben, dass es sich bei der Toten um die gelernte Verkäuferin Kumbernuss, Viola Elisabeth, derzeit beschäftigt im Konsument Warenhaus, Brühl, handelt.

Die zusammen mit dem Leiter des Institutes für gerichtliche Medizin und Kriminalistik der Karl-Marx-Universität Leipzig geführten Ermittlungen ergaben, dass die Verletzte von mehreren Stichen getroffen war. Beide Augäpfel waren entfernt. Sie konnten nicht im Umfeld der Leiche gefunden werden, was zum einen auf die lange Liegezeit der Leiche, zum anderen auf einen Täter als »Trophäensammler« schließen läßt. Weiterhin konnte mit wahrscheinlicher Sicherheit ermittelt werden, dass es sich bei dem Fundort der Leiche um den Tatort handelte, da im unmittelbaren Umfeld der Leiche die Kleidung und die Badetasche des Opfers sichergestellt werden konnten. Die Ermittlungen sind noch im vollen Gange. Es wird nachberichtet.

Gezeichnet, Jolich

Auch mit dem Tod der Michelsen, Anke, geb. 17. Juni 1965 in Leipzig, steht der Fall in höchstwahrscheinlichem Zusammenhang, wenn auch der Modus Operandi (Verletzung der Augen) noch nicht voll ausgeprägt war (wahrscheinlich wurde der Täter gestört). Allein die räumliche Nähe der Tatorte, hier der Tatort Macherner Park, legt den gleichen Täter nahe.

Gerichtsmedizinisches Gutachten: Anke Michelsen

1. Der Tod ist die Folge mehrerer Stichverletzungen. Zweimal wurde die Aorta durchtrennt, ein Stich traf den Herzbeutel. Welche Verletzung todesursächlich war, ist nicht feststellbar. Jede einzelne hätte zum Tod geführt.

2. Es fanden sich weiterhin Stiche im Unterarm links, Höhe Handgelenk, Hals, Schulter. Nach Zählung muss es sich mindestens um 9 Stiche gehandelt haben.

3. Die Verletzungen der Hände sind als Abwehrreaktionen zu interpretieren. Offensichtlich hat das Opfer versucht, sich den Angriffen zu entziehen.

4. Es fanden sich kleine, stichkanalartige Verletzungen in den Augenlidern und in der Mitte des linken Vorauges von etwa 3–4 mm Durchmesser. Diese Verletzungen sind als Stichverletzungen anzusehen und im besonderen wegen ihrer speziellen Beschaffenheit (blutdurchtränkte Gewebsränder) als noch im Leben beigebracht anzusehen.

5. Inwieweit Geschlechtsverkehr stattgefunden hat, läßt sich erst nach Untersuchung des entnommenen Scheiden- und Gebärmutterinhalts aussagen.

Jaenicke

Miersch hatte keinen Zweifel, dass der Mann, der diese Morde begangen hatte, ein Serientäter war. Er hatte noch immer die Sätze Rosels im Ohr. Er sah in die traurigen Augen von Anne. War Hajo Popp wirklich der Täter? Er würde seine Fragen morgen früh stellen, doch er war sich nicht sicher, ob die Frauen sie auch beantworten würden.

Der der Taten stark verdächtige Hans-Joachim Popp wurde am 23. August 1984 tot in der Scheune seines Grundstückes gefunden. Offensichtlich ist er von seinem Sohn überführt worden. Es kam zum Kampf, in dessen Verlauf der Vater von der Tenne auf den Heuwender fiel und tödlich verletzt wurde. Der Sohn erhängte sich danach an einem der Dachbalken. Mit dem Tod des Verdächtigen Hajo Popp riss die Mordserie ab, so dass davon ausgegangen werden kann, dass es sich um den Täter handelte. Auch von der Staatsanwaltschaft wird der Fall als abgeschlossen betrachtet.

Gez. Queißer

Miersch schloss die Augen. Vom Gastraum drangen leise Geräusche zu ihm ins Zimmer. Ein Auto fuhr in den Hof und rammte wohl einen der Müllkübel. Die Bäume im Park rauschten wie der Ahorn im Hof.

Miersch versuchte zu schlafen. Ein Hund bellte.

20

Sie wissen, dass seine Aufgaben übernommen werden müssen … Kohlund trank. … *Sie würden uns und auch sich selbst nützen …*

Er hatte das Gedicht in der Schulzeit aufsagen müssen: *Die Teppichweber von Kujan-Bulak* von Brecht, Bertolt …

So nützten sie sich, indem sie Lenin ehrten,
und sie ehrten ihn, indem sie sich nützten,
und hatten ihn also verstanden.

Auf diese Ehrung konnte er verzichten, auf den Nutzen auch. Kohlund hörte noch immer Dr. Bernd Hackenberger: *Mensch, solche Leute wie Sie brauchen wir. Unsere Leitungsebene weist ohnehin schon zu viele Fremdkader auf. Das ist Ihre Chance!* Kohlund konnte auf diese Chance verzichten. Er bestellte ein neues Bier. Die aufmerksame Kellnerin hatte es schon in der Hand. Wahrscheinlich machte er den Eindruck, dass er es brauchte.

Kohlund hatte keine Gedanken. Unablässig wiederholte der Polizeipräsident seine Überzeugungsrede. Eine Schallplatte mit Sprung. Er schmeckte noch immer Hackenbergers Kognak auf seiner Zunge, selbst Bier konnte ihn nicht wegspülen, so sehr er es auch damit versuchte. Kohlund saß und Kohlund trank. Feierabendbier. Freisitz.

Nach Büroschluss zog die Stadt an ihm vorbei. Studenten auf Fahrrädern, Herren mit Krawatte und Aktentasche, Mütter mit greinenden Kindern am Arm. Das Café mit dem Roten Stern war seit je sein liebstes gewesen. Puschkin war ein Autor, den Kohlund mochte, auch wenn er kaum las. Alexia hatte ihn dafür begeistert. Allein schon Puschkins Tod im Duell. Das beeindruckte ihn. *Lang noch in Grausamkeit verharren / Wird diese Welt mit Seelenruh, / Die eigne Schuld nie offenbaren, / Durch Heuchelei deckt sie sie zu.*

Auch dieses Glas war schnell geleert. Kohlund überlegte, ob er noch eines bestellte, und entschied sich dafür. Wie er auf Hackenbergers Vorschlag reagieren sollte, wusste er nicht. Er und Kriminaldirektor! Kohlund hatte nie auf Leitungsfunktionen und Posten geschielt. FDJ-Sekretär war er gewesen, weil die Dozenten ihn dazu ausersehen hatten. Hätte er abgelehnt, hätten sie ihm das Studium erschwert. Sagte man zu, hatte man die Arbeit am Hacken. Doch die Übernahme solcher Posten galt als gesellschaftlich aktive und löbliche Arbeit, was für Bewerbungen immer ein sozialistisches Plus gewesen war. Kohlund war nach seinem Studium nicht in die mecklenburgische Provinz nach Malchin oder Hagenow versetzt worden. Wozu sicherlich der FDJ-Sekretärsposten beigetragen hatte. Kohlund hatte in Leipzig seinen Dienst antreten können und war Leiter der zweiten Mordkommission geworden. *Ich habe Sie vorgeschlagen.* Kein Scherz, Polizeipräsident Dr. Hackenberger meinte es ernst. *Es gibt keinen Zweifel, dass Sie alle Voraussetzungen mitbringen, die der Job erfordert.* Kohlund war sich da nicht so sicher. Er hätte sofort absagen sollen. Er hatte seine Entscheidung längst getroffen.

Kohlund wollte Dr. Hackenberger nicht vor den Kopf stoßen. Deshalb hatte er um einen Aufschub gebeten. Und wahrscheinlich hatte der Präsident genau das von ihm erwartet. Allerdings musste Dr. Hackenberger auch vermuten, dass Kohlund diese Beförderung ehrte und stolz machte. Er und Kriminaldirektor! Doch BeHa täuschte sich. Gewaltig täuschte er sich. Noch vor Dienstbeginn morgen würde Kohlund dem Polizeipräsidenten seine Absage mitteilen. Er würde die üblichen Floskeln verwenden von Ehre und dem Dank für das in ihn gesetzte Vertrauen, aber aus familiären und anderen Gründen … so schwer ihm auch diese Entscheidung fiele … traurigen Herzens, aber er sage Nein. Nein. Nein. Eine Entscheidung der Vernunft und seiner Ehefrau. Kohlund mochte sich Hackenbergers Enttäuschung nicht vorstellen. Aber der Chef der Mord zwo war mit seinem jetzigen Tätigkeitsbereich zufrieden. Er trug die Verantwortung, die er zu tragen gewillt war. Die Arbeit war abwechslungsreich, die Kollegen erträglich. Es gab keinen Grund, die Karriereleiter höher zu steigen.

»Hast du auf mich gewartet?«

Eine Hand legte sich auf Kohlunds Schulter. Ein Gesicht näherte sich zum Kuss. Alexia. Sie hatte das Reisebüro längst geschlossen. Auch ihr Arbeitstag war zu Ende. Und sie trafen sich oft hier im *Puschkin*.

»Nur auf dich!« Kohlund nickte ohne ein Lächeln. Er fand keine andere Ausrede. »Ich dachte … mal ein Abend nur wir zwei.« Sie würde ihn gleich der Lüge überführen.

Aber Alexia hatte andere Gedanken. »Musst du etwas beichten?«

Erstaunlich, wie nahe Alexias Intuition der Wahrheit kam. Kohlund legte die Zeche auf den Tisch und gab reichlich Trinkgeld. Die Kellnerin stand mit dem bestellten Bier in der Hand und wusste nicht, wem sie es nun servieren sollte. Kohlund griff nach der Hand seiner Gattin. Sie gingen die belebte Karl-Liebknecht-Straße entlang.

»Gehen wir französisch essen?«

»Das willst du nicht wirklich.«

Alexia stellte sich vor ihn. Er erschauerte und fühlte sich bis auf den Grund seines Wesens durchschaut. Ihre Augen waren wie Röntgenstrahlen. Sie zogen ihn aus. Er stand im Hemd und kam sich vor wie als Kind, wenn er seiner Mutter von einem Tadel im Hausaufgabenheft berichten musste. Wie zur Musterung zur Armee. *Beugen Sie sich mal nach vorn!* Er fühlte sich nackt unter Alexias Blick und versuchte, seine Blöße zu bedecken.

»Ja, also … der Miersch …«

»Hat er euch wieder mit einer seiner unsinnigen Anweisungen genervt?«

»Nein. Er ist verschwunden.«

»Wie verschwunden?« Sie hob die Brauen.

»Ist ja in letzter Zeit nicht ungewöhnlich, so eine Flucht. Denke an Althaus, Sarah Connor oder, oder … Na ja, nach dem Medienrummel nimmt er sich eine Auszeit, der Herr Direktor. Was auch immer.«

»Kann ich verstehen.«

Nicht, dass sie Miersch, dieses Ekel, wirklich verstehen konnte. Oder Kohlund verstand seine Frau nicht.

»Ich soll … also, Hackenberger meint …« Ihm fehlten die Worte. Alexia konnte sie sich denken.

Sie griff nach seiner Hand, als sie weitergingen. »Lass dich nicht vor jeden Karren spannen, Lars. Nimm ihr Angebot nicht an. Die haben Miersch in die Scheiße geritten, sollen sie ihn dort wieder rausholen. Willst du wie er als Monster in die Zeitung?«

»Quatsch, Monster, da tun sie ihm Unrecht … wirklich. Lexia, es wäre nur kommissarisch. Ein paar Wochen. Dann Schluss.«

Jetzt klang er, als hätte er Hackenberger seine Zusage bereits gegeben.

Alexia blieb stehen und fasste ihn an den Schultern. »Das willst du doch nicht wirklich. Lars, ich erkenn dich nicht wieder.

Mit diesen Leuten ... Du selbst sagst doch immer ... Ich glaube es nicht.«

Kohlund argumentierte aus reinem Widerspruch. Wenn Alexia ihm zugeredet hätte, den Job zu übernehmen, hätte er auch alle Gründe dagegen gefunden. Aber sie riet ihm ab. Er war gleicher Meinung, aber redete anders. »Lex, nicht nur nominell wär es ein Aufstieg. Kriminaldirektor Lars Kohlund ...« Er lauschte dem Klang seiner eigenen Worte. »Ich könnte mich dran gewöhnen.« Er holte tief Luft und wagte drei, vier gewichtige Schritte um sie herum.

Alexia wandte den Blick. »Ich glaube es nicht ...« Sie winkte ab und schüttelte den Kopf. »Tu, was du nicht lassen kannst. Bist ja ohnehin kaum zu Hause.«

Sie standen inmitten des Passantenstromes. Ein Radfahrer klingelte ihnen seinen Unmut entgegen. Kohlund hätte ihn vom Rad holen sollen. Auf dem Bürgersteig war Radfahren verboten.

»Sie zahlen vorerst einen Zuschlag.« Kohlund redete sich um Kopf und Kragen. Mit Hackenberger hatte er noch gar nicht über Details gesprochen, jetzt erzählte er seiner Frau vom materiellen Zugewinn, den ihm dieser Job einbringen würde. »Und eh sie uns wieder so einen Westarsch auf den Stuhl knallen ...«

»Wunderbar. Wenn du es nicht machst, macht es keiner.«

Alexia redete wie weiland seine Mutter, als er ihr von seinem Berufswunsch erzählte. *Kind, da kommst du nie wieder raus. Und schau, wie sie über die Polizisten lächeln. So nah an Staat und Partei macht keinen guten Eindruck.* Lars Kohlund war trotzdem Polizist geworden. Weil er den Beruf mochte. Weil er die Arbeit interessant fand. Weil er mit Menschen arbeitete und in die Abgründe des Lebens schaute. Die waren im Sozialismus kaum andere als heute gewesen. Weniger Drogenkriminalität. Weniger Waffen, na gut. Aber die privaten Katastrophen ähneln sich seit Jahrtausenden. Schon die griechischen Dichter hatten darüber geschrieben: *Medea, Ödipus, Antigone.*

Kohlund lief Alexia voraus. Plötzlich wollte er nicht mehr mit ihr über den Posten des Leipziger Kriminaldirektors reden. Zumal er ganz so dachte wie sie. Aber sie hatte ihn förmlich gezwungen, für die Annahme des Postens zu argumentieren. Er konnte nur in Widerspruch gehen, wenn sie auf ihrem Standpunkt beharrte. Es war seine Entscheidung. Er hatte sie für die Familie getroffen. Jetzt hatte er seine Gattin vom Gegenteil überzeugt.

Als er sich umschaute, folgte ihm Alexia mit langsamen Schritten. Die Idee eines delikaten Abendessens stand noch immer zwischen ihnen. Der Italiener lag gerade am Wege. Kohlund fasste Alexia an der Hand und zog sie in den Gastraum.

Kohlund musste sie ziehen. »Und die Wäsche? Übermorgen fährt Gisbert ins Trainingslager!«

»Ich musste in seinem Alter selbst putzen und bügeln.«

»Da warst du bei der Armee!«

»Das ändert aber nichts an der Tatsache, dass ich's getan hab.«

Sie nahmen an einem Fenstertisch Platz. Die Tagesangebote standen mit Kreide handgeschrieben an der Wand. *Lasagne. Salat. Gebratene Scampi.* Kohlund entschied sich für *Frutti di Mare* und den teuersten Rotwein. Alexia schüttelte den Kopf und nahm Salat ohne Käse und Fleisch, wegen ihrer Diät.

»Warum fragst du mich, wenn du dich eh schon entschieden hast?«, sagte sie nach einem langen Schweigen. »Meine Argumente sind für dich keine. Das ist Vorspielung von Demokratie!«

Kohlund kannte die Sätze. *Wir hatten uns im Standesamt geschworen … haben wir bislang nicht alles gemeinsam entschieden? … die Kinder … kannst du gleich allein …* Alexia hielt ihm einen Vortrag. Der Kellner servierte den Wein und schenkte zur Probe einen Schluck ins große Glas. Kohlund befand den Rotwein für gut und hielt Alexia das gefüllte Glas entgegen. Sie übersah es. *Weißt du, was für eine Verantwortung? … du hast dich stets … dann stehst du in der Öffentlichkeit … noch mehr Bereitschaft, noch weniger Familie …*

Alexia sah wahnsinnig schön aus. Ihre Wangen waren gerötet, ihre Hände stets in Bewegung. Kohlund schob den Wein aus ihrer Reichweite, damit sie ihn nicht umstieß. Alexia strich sich mit einer eleganten Bewegung die Haare aus der Stirn. Er fasste ihre Hand, streichelte sie und konnte sich eines Lächelns nicht erwehren. Sie bemerkte es und geriet noch mehr in Rage. *Wie Statisten stehen wir um dich herum … für die Kinder interessierst du dich nicht … immer der Job, dein Job … was zu Hause passiert … Gisbert wird genauso wie du … Charlotte steht vor den Prüfungen … und du? Kriminaldirektor, das ich nicht lache!*

Alexia lachte nicht. Kohlund ließ ihre Hand nicht aus der seinen, zog sie an sich. Sie wehrte sich nicht. Er gab ihr einen Kuss, sie erwiderte ihn. Der Kellner servierte.

»Das hätten wir längst machen sollen.«

»Was?«

»Ausgehen. Essen. Einen Abend für uns.«

»Das lässt dein Job doch nicht zu. Immer wenn ich diesen Vorschlag mache, brauchst du Ruhe oder bist froh, an nichts denken zu müssen. Ach …«

Alexia winkte ab. Ein Salatblatt hing ihr aus dem Mund. Kohlund dachte an die Karnickel im Stall seiner Oma. Fünf hatte die gehabt. Zu Weihnachten waren zwei davon geschlachtet worden. Er hatte geweint und dafür gekämpft, dass sie am Leben bleiben durften. Aber Omchen behielt die dörflichen Sitten bei. Sie hatte die Tiere selbst geschlachtet und ihm aus den Kaninchenfellen kleine Kissen genäht. Alexia schob sich das Blatt mit dem Finger zwischen die Zähne.

Die Flasche Wein war geleert. Der Alkohol spielte Kohlund immer mehr Argumente zu. Alexia hörte ihm aufmerksam zu. Er rutschte an ihre Seite und flüsterte ihr nicht nur dienstliche Belange ins Ohr. Er nagte an ihrem Ohrläppchen. Sie wendete ihren Kopf. Der Kellner ging vorbei und sah in die andere Richtung.

»Weißt du, worauf ich jetzt Lust hätte?«

Sie hatte ihn sofort durchschaut. »Lars, in einer halben Stunde sind wir zu Hause.«

»Da steht nur das Bett, und es hören die Nachbarn.« Seine Hand fuhr ihr unter den Pulli. Er fühlte ihre Brust, umkreiste die Warze. Sein Mund saugte sich an ihrem Ohr fest. Alexias Gegenwehr war Routine und gehörte zum Spiel, da war er sich sicher.

»Lars!«

Kohlund legte sich ihre Hand zwischen die Beine. »Komm!«

»Lars.« Jetzt flüsterte sie. Er nahm es als Zustimmung und zog sie an der Hand in Richtung Toilette. Der Kellner tat, als sähe er nichts. Das Barmädchen lachte.

Sie stiegen die Treppe hinunter. Alexia versuchte, sich seinem Kuss zu entziehen. »Wenn jemand kommt!«

»Sex ohne Gefahr ist keiner. Kannst du dich erinnern, als Gisbert schlaftrunken ins Zimmer gekommen ist? Oder als deine Mutter …«

»Hör auf!« Sie gab ihm einen Klaps, den er als Zärtlichkeit wertete. Alexia wollte es auch. Er schob sie in die Toilette für Männer. Die Spülung rauschte. Ein Becken war übergelaufen. Die Kabinentüren standen offen. Sie patschten durchs Wasser.

»Lars!«

Er drückte seine Lippen auf ihre, spürte ihre Zunge. Sie nestelte an seinem Reißverschluss. Er drehte die Verriegelung auf rot. Ihre Hosen glitten ihnen zwischen die Füße. Sie trug einen Slip, den er nicht kannte. Er zog ihn ihr mit den Lippen von der Hüfte und versank …

»Lars!«

Sie schrie nicht wirklich, oder sie schrie nicht vor Angst. Er öffnete ihre Bluse. Er hängte sein Jackett an den Haken. Das Hemd zog er sich über den Kopf.

»Lars! … O mein Lars!«

Endlich fühlte er sich aus der Enge seiner Hosen befreit. Sie suchten eine vernünftige Stellung zwischen Spülkasten und Kloschüssel. Er umfasste ihre Hüfte. Spitze Schreie konnte sie nicht unterdrücken.

Dann hörte er den schneidenden Ton. *Nokia Tune.* Zunächst konnte Kohlund ihn nicht interpretieren. *Nokia Tune.* Das Handy schrillte in der Hose an seinen Füßen. *Nokia Tune.* Augenblicklich war seine Erregung verflogen. Er fummelte das Handy aus der Tasche, Alexias Hintern vor Augen. Sie stand gebückt vor ihm. Er konnte sich nicht erinnern, warum. *Nokia Tune.* Er drückte die Taste.

»Kohlund!«

Zunächst begriff er nicht, was die Beetz von ihm wollte. *Nachtschwester ... zum Dienst nicht erschienen ...*

»Ja, diese Demand suchen wir doch!«

Was? Nicht die Demand! Kohlund konnte den Satz nicht deuten. Die Beetz versuchte es ihm zu erklären: Nicht die Demand, ihre Kollegin habe den Dienst heute nicht angetreten. Schwester Monique wisse nicht, woher sie noch Personal nehmen soll. Die Station stehe Kopf. Und nicht nur diese ...

Alexia blickte ihn von unten herauf an. Ihr Lippenstift war verschmiert, die Haare hingen außer Fasson. Kohlund schlug ihr leicht auf den nackten Hintern und zog sich die Hose über die Hüfte, griff nach seinem Jackett.

»Ich komme«, sagte er ins Handy.

Dann schlug die Tür. Seine Schuhe hinterließen nasse Spuren auf den Kacheln. Kellner und Barmädchen vergaßen die Arbeit. Kohlund trug sein Jackett mit dem Futter nach außen.

21

»Die Schwitters ist nicht zum Dienst erschienen!«

Schwester Monique hantierte wütend mit Medikamenten. Zwei Schachteln fielen auf den Boden. Schwester Solveig bückte sich danach. Aber die Stationschefin war nicht zu beruhigen und fluchte. Monique war den Tränen nahe und versuchte, dies durch ständiges Reiben der Nase zu überspielen. Beetz bemerkte den Stress der vergangenen Tage in ihrem und Solveigs Gesicht. Die Krankenschwestern hatten mehrere plötzliche Ausfälle im Dienstplan zu kompensieren. Sie waren am Ende ihrer Leistungsfähigkeit und mussten Doppel- und Dreifachschichten schieben.

»Zum Dienst nicht erschienen. Und wir erreichen sie nicht. Als hätte es diese Frauen nie gegeben! Sie sind wie vom Erdboden verschwunden, nicht existent.«

Solveig strich ihrer Kollegin sanft über die Schulter. Monique schüttelte die Hand ab und presste Tabletten in vorbereitete Schälchen, die sie am Morgen an die Patienten verteilen würde.

»Wie können denn Menschen einfach verschwinden? Haben Sie dafür eine Erklärung?«

Auch die Kommissare standen vor einem Rätsel. Beetz hatte ein schlechtes Gewissen. Die Ermittlungen brachten keine Ergebnisse. Der Tod Frank Stuchliks lag weiter im Dunkeln. Zwei Schwestern waren von der Station verschwunden. Auch aus einer anderen Abteilung wurde berichtet, dass das Pflegepersonal aus unerklärlichen Gründen nicht zum Dienst erschien. Die vermissten Angestellten hatten die Handys abgestellt oder nahmen den Hörer nicht ab, und keiner konnte sie von daheim holen, denn unter den angegebenen Adressen wohnten zwar Personen gleichen Namens, doch sie waren nicht die Gesuchten. Ein Rätsel, aber dahinter steckte offensichtlich System.

»Kein Anruf. Kein Hinweis. Kein nichts. Wir stehen hier und wissen nicht mehr, was wir tun sollen. Seit achtundzwanzig Stunden stehe ich hier und habe keine drei Stunden dazwischen geschlafen! Ständig habe ich das Telefon in Griffweite. Wenn ich diese Demand oder diese Schwitters, wenn ich die …«

Monique hob ihre Faust gegen den Dienstplan. Beetz verstand ihre Wut. Auch sie konnte nicht begreifen, was hier vor sich ging. Manuele Schwitters hieß die zweite vermisste Krankenschwester auf dieser Station. Wie Anita Demand war die Schwitters für die Nachtschichten zuständig. Auch sie hat die Arbeitsvermittlung *Time is Money* vermittelt. Auch dort geht keiner ans Telefon. Manuele war eine ausgebildete Fachkraft, gute Zeugnisse. Es hatte keine Klagen gegeben: zuverlässig, dienstbeflissen, psychologisch einfühlsam. Die Personalakte lag auf dem Tisch vor Beetz und Kohlund.

»Die Patienten haben Manuele geliebt. Sie war sanfter als die anderen Schwestern. Hat Händchen gehalten, Lieder gesungen. So eine lässt ihre Patienten nicht so einfach im Stich. Ich begreife es nicht. Sie fühlte sich wohl. Sie kann doch nicht einfach verschwinden.«

Das konnte Manuele Schwitters augenscheinlich doch. Solveig hatte die Wahlwiederholung des Handys gedrückt, das automatisch alle Minuten bei Manuele Schwitters anrief. Nur nahm nie jemand ab.

»Können Sie mir die Telefonnummer und ihre Adresse geben?«

Zum ersten Mal schaltete sich Kohlund in das Gespräch ein. Er klang missmutig, sein Ton war aggressiv und gehetzt, als wäre er hierher gerannt und nicht mit ihr im Dienstwagen gefahren. Beetz vermutete, dass sie ihn mit ihrem Anruf aus privater Atmosphäre gerissen hatte, und er in Gedanken noch immer daheim war. Aber auch sie musste auf gemeinsame Stunden mit Joseph Hönig verzichten. Dienst ist Dienst. Und der Chef war der Chef, und er hatte Bereitschaft, also hatte sie ihn informiert.

Kohlund hätte sie allein ermitteln lassen können, aber er war erstaunlich schnell im Präsidium erschienen, hatte sich gar hinters Steuer gesetzt und war gen Machern gerast. Die Fahrt hatte an ihren Nerven gezehrt. Kohlund hatte ihr eine Frage nach der anderen gestellt. *Wie? Wer? Warum? Wie kann denn so was passieren!* Offensichtlich fand auch der Chef der Mordkommission für das Geschehen keine Erklärung. *Es kann doch keiner Nachtschwestern sammeln!* Beetz hatte ihm nichts entgegnet. Sie wusste selbst keine Antworten, zudem fürchtete sie Kohlunds Reaktionen. Und Joseph Hönig hatte ihr all diese Fragen bereits gestellt.

Beetz wählte noch einmal die Handynummer von Manuele Schwitters. *The person you have called is temporarily not available.* Schwester Solveig drückte Beetz wortlos einen Zettel mit der Adresse in die Hand. Liebensteiner Weg. Beetz wusste nicht, wo der sich befand.

Widerwillig gab ihr Kohlund Auskunft. »Miltitz. Grünau.«

Das lag im Westen der Stadt. Eine gute Stunde Fahrt. Beetz graute davor, gemeinsam mit Kohlund dahin fahren zu müssen. Doch hier auf Station war alles gesagt und getan. Jetzt würde die Krankenschwester nicht mehr erscheinen. Zwei Stunden nach Dienstbeginn. Und sie stand Monique und Solveig nur noch im Weg. Die Kommissare mussten nach Miltitz, diese Manuele Schwitters aufzusuchen, war ihre Pflicht. Sie verabschiedeten sich von den Krankenschwestern.

Als sie einander die Hände gaben, schrillte ein unangenehm hoher Ton. Alarm! Einer der Patienten hatte den Notruf betätigt. Der Normalbetrieb einer Krankenstation ließ sich auch von der Polizei nicht unterbrechen. Monique vergaß ihre Tabletten und die Kommissare und rannte zum Zimmer, über dem die Lampe rot leuchtete. Beetz hoffte, dass es keine unnatürlichen Ursachen waren, die den Alarm ausgelöst hatten. Im Mordfall Frank Stuchlik standen sie noch immer am Anfang. Keine Verdächtigen. Kein Motiv. Nur Krankenschwestern, die verschwanden.

Der Security-Mann ließ sie passieren. Es war nicht das Rindvieh der vorgestrigen Nacht. Aber auch er konnte zur Klärung des Sachverhalts nichts beitragen, als sie ihn fragten. Er kannte weder die Namen Schwitters noch Demand. Und Ungewöhnliches bemerkt hatte er nicht. Keine halbe Stunde war er im Dienst. Beetz wunderte sich nur über die seltsamen Zeiten des Schichtwechsels vom Wachpersonal.

Vor dem Haus übergab ihr Kohlund die Autoschlüssel. »Sie fahren!«

Beetz lehnte nicht ab und hoffte, dass der Chef ihren Fahrstil nicht kommentierte. Und sie stellte fest, dass die Sätze ihres Chefs kürzer wurden. Nur Anweisungen bekam sie zu hören, während der Hinfahrt hatte er noch unablässig Fragen gestellt. Dieser Stimmungswechsel war kein gutes Zeichen. Beetz steuerte den Wagen wortlos in Richtung Leipzig. An den Kreuzungen und Verkehrsknotenpunkten befahl Kohlund, das Martinshorn einzusetzen. Beetz kam sich vor wie beim medizinischen Notdienst. Auch mit Sirene würden sie Manuele Schwitters nicht schneller finden und den Mörder Frank Stuchliks wohl auch nicht.

Die Lichter des Neubaugebietes leuchteten wie Weihnachtskerzen. Zwischen die Betonblöcke hatte sich eine Eigenheimsiedlung geschoben mit engen Straßen und gepflegten Gärten. Beetz sah auf die Uhr, sie waren früher als erwartet da. Sie stoppte den Wagen vor dem Haus im Liebensteiner Weg. Eine Buchsbaumhecke versperrte die Sicht in die Fenster. Im Carport stand kein Auto. Beetz las am Pförtchen *Vorsicht bissiger Hund!* Auf ihr Klingeln bellte er nicht. Im Flur wurde Licht eingeschaltet. Die Tür öffnete sich nur einen Spaltbreit. Das Gesicht einer Frau verschwand im Schatten, in ihrer Brille spiegelte sich die Straßenbeleuchtung. Beetz schätzte sie auf Anfang siebzig.

»Sie wünschen!« Der Tonfall war keine Frage, er war eine Anklage aufgrund ruhestörenden Lärmes.

»Polizei! Entschuldigen Sie unser spätes Erscheinen und entschuldigen Sie, wenn wir Sie aus dem Bett geholt haben. Aber wir müssen, die Ermittlungen lassen uns keine Wahl.« Beetz zückte ihren Ausweis und vernahm erst jetzt das Quieken eines winzigen Köters. Wahrscheinlich war der nicht größer als eine Ratte. *Bissiger Hund* sollte wohl nur als Abschreckung dienen.

»Sie sind Manuele Schwitters?«, fragte sie.

»Nein.«

Damit wollte die Frau die Tür wieder zuschlagen, doch Kohlund hatte seinen Fuß hinter die Schwelle geschoben. Die Tür schwang zurück und hätte fast das Gesicht der alten Frau getroffen. Sie schrie kurz auf. Das Bellen des Tieres wurde lauter.

»Polizei«, dröhnte Kohlund. »Wir suchen Manuele Schwitters. Man hat uns diese Adresse gegeben. Diese Frau wohnt nicht hier?«

»Doch.«

»Wir möchten sie sprechen.«

Die Alte blieb stumm. Nur der Kläffer steigerte sich in Hysterie. Sein Stimmchen kippte über und verlor sich in traurigem Röcheln. Dann begann das Bellen erneut und wurde immer lauter. »Minka, sei still!«, übertönte die Alte das Gekläff und drehte dabei kurz den Kopf. »Manuele finden Sie im *Güldenen Krug*. Irgendein Bürgerverein tagt. Dauern meistens lang, die Diskussionen.«

Jetzt schaute die Frau doch interessierter und neigte den Kopf. »Warum suchen Sie Manuele? Hat sie was angestellt, meine Tochter?«

Beetz glaubte, etwas wie Schadenfreude im Gesicht der Alten erkennen zu können.

»Ihr Arbeitgeber meldete sie als vermisst.« Kohlund klang sehr offiziell. Beetz versuchte zu lächeln.

Die Tür wurde plötzlich weit aufgerissen. Die Augen schienen der Alten aus dem Kopf zu fallen. »Vermisst! Meine Tochter!«

Der Schrei ließ Minkas Bellen verstummen. Danach standen sie still, selbst Minka stand unter Schock wie die Frau. Im Nachbarhaus wurde sofort das Fenster geöffnet. Beetz versuchte, Manueles Mutter zu beruhigen. Die Alte suchte offenbar nach Halt in der Realität. Beetz erschien sie reichlich verwirrt, ob aufgrund von Demenz oder dem Erscheinen der Polizei so spät am Abend, konnte sie nicht entscheiden.

»Vielleicht ist es auch gar nicht Ihre Tochter, die wir suchen.«

Kohlund überhörte Beetz' Worte. Im Gesicht der Alten stand deutliche Panik. Ihr Blick konnte nichts mehr fixieren, sie suchte nach Worten, die sie nicht fand.

»Wir ermitteln in einem Mordfall. Wann haben Sie Ihre Tochter zum letzten Mal gesehen?« Kohlund stellte sich breitbeinig hin und verschränkte seine Arme vor der Brust. Auch im Tonfall verschärfte er die Befragung, ließ sich nicht auf ein zwangloses Gespräch ein. Er setzte die Frau unter Druck. Beetz begriff nicht warum.

»Um Gottes willen!« Die Alte griff sich mit beiden Händen an den Kragen, als wollte sie sich selbst erwürgen. »Mord?«

»Mord!« Es klang wie ein Befehl.

Die Alte japste nach Luft. »Manuele?« Ihre Stimme klang gepresst.

»Nein.« Das konnte die Alte nun nicht mehr beruhigen. Kohlund ließ der Zeugin keine Zeit zum Nachdenken. »Wann haben Sie Manuele zum letzten Mal gesehen?«

»Gesehen? Ja, wann denn?« Schwer atmend überlegte sie. »Auf die Minute kann ich es nicht sagen. Halb acht. Dreiviertel vier? Manuele wollte in den *Güldenen Krug*, zu so einer Initiative, die mehr Grün hier im Viertel schaffen soll.« Dann schien ihr ein ganz anderer Gedanken zu kommen. »Wer hat sie denn vermisst gemeldet? Sie hat doch Urlaub. Eigentlich ist sie gar nicht da.«

»Ihre Tochter ist nicht zum Dienst erschienen. Sie hätte heute Nachtschicht gehabt.« Kohlund stellte die Frage in einem schneidenden Ton, als ob er die Alte beschuldigen wollte. Er hatte sein falsches Verhalten noch immer nicht bemerkt, und Beetz wusste nicht, wie sie dagegen einschreiten könnte.

»Nachtschicht? Was für eine Nachtschicht?«

Beetz sah der Alten an, dass sie nichts mehr verstand. Minka begann wieder ihr Bellen. Kohlund wippte auf seinen Zehen.

»Nachtschicht«, wiederholte die Alte, als ob sie jetzt erst begriffe. »Aber nicht doch … Manuele arbeitet im Amt. Das schließt spätestens achtzehn Uhr. Warum Nachtschicht?«

Sie schwiegen. Die Polizisten waren ratlos, die Alte begriff nichts und hatte Angst. Beetz überwand das Bedürfnis, der alten Frau über die Hand zu streicheln und ihrem Chef eine zu kleben. Dessen Biestigkeit war bei einer Befragung völlig unangebracht. Sie könnte das Dienstvergehen melden, nur wäre die Alte kaum eine gute Zeugin bei diesem Verfahren. Sie konnte nichts dafür, dass Verbrecher sich nicht an feste Arbeitszeiten hielten.

»Vielleicht klärt sich alles auf andere Weise, und Ihre Tochter ist wirklich bei der Diskussion für ein grüneres Leipzig.«

Der Blick Kohlunds war eine Ohrfeige. Beetz hatte keine Ahnung, warum der Chef so schlecht gelaunt war. Auch sie stand am späten Abend vor fremden Türen und stellte Fragen. Auch sie hatte sich auf den Feierabend und auf Joseph gefreut. Auch sie fluchte manchmal über ihre Dienstzeiten, die nie so regelmäßig waren wie die einer Beamtin.

»Wo ist denn der *Güldene Krug?*«, fragte Kohlund freundlicher, als würde er seinen Gesprächston von eben bereuen.

»Vielleicht war es auch der *Goldene Schwan.*«

Die alte Frau konnte offensichtlich keinen klaren Gedanken mehr fassen. Hätte sie den Chef nur nie über die vermisste Nachtschwester informiert. Beetz hätte der Alten mit Ruhe und Bedacht ihre Fragen gestellt. So, wie es aussah, brauchte die Frau jetzt psychologische Betreuung. Hoffentlich stellte die Tochter keine Anzeige wegen psychischer Misshandlung.

»Welcher Bürgerverein tagt denn überhaupt?«

»Na, die … wenn die …« Die Alte blickte angstvoll um sich. Minkas Bellen pfiff wie ein Wasserkessel.

»Ihre Tochter engagiert sich für städtisches Grün, habe ich Sie richtig verstanden?«

»Was denn für Grün? Die ist von Amts wegen da. Muss sie ja. Sie hat gar nicht gewollt.« Und dann schien ihr wieder etwas einzufallen. »Nee, die Manuele ist doch mit dem Roland aufm Darß. Dierhagen … Hatt ich doch gesagt, sie hat Urlaub. Sehen Sie …«

Die Alte verschwand. Sie hörten nur noch das Bellen von Minka, dann kam die Alte mit einer Postkarte in der Hand wieder zurück. Wie einen Preis hielt sie sie ihnen entgegen.

»Hier. Hier.« Sie tippte mit dem Finger darauf. »Vor zwei Tagen habe ich die erhalten. Dierhagen. Fischland.«

»Manuele ist nicht verschwunden«, sagte sie und warf dabei Kohlund einen Blick zu, der eindeutig sagte, dass sie ihm kein Wort glaubte.

»Sie haben recht. Ihre Tochter ist nicht verschwunden.« Beetz bedankte sich für das Entgegenkommen und wünschte noch eine angenehme Nacht.

Die Alte schloss die Tür. Nur noch das Fiepen Minkas war zu vernehmen. Dann verstummte auch der Hund oder die Katze oder was es auch war.

Beetz begriff Kohlunds Verhalten nicht. Der Chef hatte bereits seine Tasche aus dem Dienstwagen geholt und reichte Beetz durch die Beifahrertür die Hand. »Machen Sie Feierabend, werte Kollegin. Wir haben ihn uns verdient.«

Es schien Beetz, als würde er lachen. Damit verschwand er zwischen den Hecken der Einfamiliensiedlung. Das Neubaugebiet, in dem Kohlund wohnte, lag nur über die Straße. Er war gleich zu Hause. Vielleicht war auch das der Grund für den schnellen Dienstschluss, auch wenn sie vermutete, dass die Ursachen tiefer lagen. Der Chef war den ganzen Einsatz lang nicht bei der Sache gewesen und hatte den Ermittlungen nur im Weg gestanden. Beetz zuckte die Schultern. Jetzt konnte seine Frau sich mit ihm plagen. Wenn die nicht schon lange schlief. Es war inzwischen Mitternacht.

Beetz fuhr zum Präsidium, um den Dienstwagen wieder in die Bereitschaft zu geben. Als sie auf dem Weg zum Ausgang war, kam ihr die Idee, noch schnell bei den Kollegen der Meldestelle nachzufragen. Sie musste es jetzt tun, um kein schlechtes Gewissen zu haben. Sie sah noch immer Manueles Mutter vor sich. Sie würde sich bei der Alten entschuldigen, aber zu rechtfertigen war Kohlunds Verhalten nicht.

Die Meldestelle war zu dieser Uhrzeit unbesetzt, aber der Diensthabende konnte die elektronischen Akten einsehen. Sie ließ ihn nach Manuele Schwitters suchen. *Geboren 1968 in Leipzig. Wohnhaft Liebensteiner Weg.* Das war bekannt. Und dann las Beetz es. *12. Mai 2007: Ausweis gestohlen.* Genau wie bei Anita Demand. Es waren eindeutige Parallelen: zwei Krankenschwestern. Zwei Ausweise. Ein Arbeitgeber. Beetz war auf der richtigen Spur.

Es konnte kein Zufall sein. Zwei Frauen waren von derselben Zeitarbeitsfirma vermittelt worden. Beide Frauen erschienen mit einem Mal ohne Ankündigung nicht mehr im Dienst. Die Frauen, die sie unter den angegebenen Adressen antrafen, waren nicht die, die sie suchten. Anita Demand war für die Sparkasse Leipzig tätig. Und Beetz zweifelte keinen Moment daran, dass Manuele Schwitters zurzeit wirklich in Dierhagen, Fischland, Urlaub machte. Aber gleichzeitig waren sie Krankenschwestern, die jetzt nicht mehr existierten.

Anita Demand und Manuele Schwitters – zwei Frauen taten im *Neurophysiologischen Rehabilitationszentrum* Nachtdienst. Und es gab keinen Zweifel, dass sie ihre Arbeit dort versehen hatten. Ihre Kolleginnen hatten die gute Zusammenarbeit gelobt. Zwei Ausweise waren als gestohlen gemeldet. Zwei andere Personen tauchten unter genau diesem Namen auf. Beetz war sich sicher, dass hier bewusst gegen das Gesetz verstoßen wurde. Dr. Thomas Bornschein wusste, was er tat. Er hatte sie belogen. Er dominierte eindeutig seine Angestellten. Sie sah Agatha Schell schüchtern vor ihrem Computer hocken und nur auf Bornscheins Geheiß mit ihnen sprechen. *Time is Money ist ein überregional operierendes Unternehmen … unsere Vermittlungsquote liegt bei über achtzig Prozent.* Sie hatte noch die sonore Stimme des Geschäftsführers im Ohr. Diesen Typen würde sie überführen. Beetz traute ihrem Instinkt, und diesem Kerl traute sie einiges zu.

Zurück in ihrem Dienstzimmer suchte Beetz nach der Karte von Dr. Bornschein. Sie loggte sich unter der angegebenen Internetadresse ins Netz. Ein Seite erschien, auf der stand: *Diese Seite kann zurzeit nicht angezeigt werden. Wir bitten um Ihr Verständnis.*

Time is Money existierte nicht mehr. Das verstärkte nur ihren Verdacht. Beetz war sich sicher, dass das Unternehmen genau wie die Krankenschwestern nicht mehr auftauchen würde.

22

Konstantin Miersch zögerte, den Raum zu betreten. Er hörte das Murmeln der Gäste. Er hörte Geschirr klappern. Auf dem Hof stoppte ein Auto, es knallte die Tür. Jemand schrie. Eine Frau lachte schrill. Im Flur herrschte Durchzug. Er drückte die Klinke.

Die Tische waren fast alle besetzt. Auf den Tellern des Büfetts lagen Reste. Die Kellnerin stellte neue Platten auf die Theke und kippte frischen Saft in gläserne Kannen. Miersch hoffte auf ein Gespräch mit der Wirtin. Er wusste, dass sie ihn nicht mit Herzlichkeit empfangen würde. Er hatte noch immer ein schlechtes Gewissen, weil er sich den Zimmerschlüssel hatte geben lassen. Er setzte sich unter den Siegerwimpel der *SG Gerichshain.*

Der Kampf ums Büfett entbrannte erneut. Frauen auf wackligen Füßen und jenseits der siebzig stürmten zu Käsescheiben und Wurst. Einige Männer warteten ab, was ihre Gattinnen mitbrachten. Andere stellten sich als Letzte an in der Reihe. Offensichtlich handelte es sich um eine Busgesellschaft auf Zwischenstopp. Miersch hatte Gemeinschaftsfahrten immer gehasst. Er erinnerte sich an Pfadfindertreffen und Ministrantenausflüge. Seine Mutter hatte ihm immer Fresspakete in den Rucksack gesteckt. Mit selbst produziertem Schinkenspeck, Käse und den leckeren Keksen von *Bahlsen*. Er hatte sich nie ums Essen am Büfett gestritten. Oft war er im Zelt sitzen geblieben und hatte den anderen die Schlacht überlassen.

»Johannisbeer isch alle. Was willschde denn dann?«

»Kaffee.«

Erstaunlicherweise hielten sich die Plünderungen in Grenzen. Miersch konnte noch von Mehrkornbrötchen bis Baguette wählen, von Putenbrust bis Camembert. Er träufelte sich zwei Schälchen voll mit Rosels Marmelade: Himbeer und Zwetschgen. Die Kellnerin wuselte herum und brachte Kaffeekännchen und Tee. Ihn übersah sie. Wahrscheinlich hatte Anne verboten, ihn zu bedienen.

Miersch schmierte sich Brötchen und trank den Saft von der Theke. Er bemühte sich, hinter die Tür in die Küche zu sehen. Aber er entdeckte weder Anne Popp noch ihre Mutter.

»Wir würden uns freuen, wenn Sie Ihre Rechnung begleichen würden.« Die Kellnerin schob ihm einen Zettel unter den Teller und lächelte entschuldigend.

»Ich würde gerne länger bleiben.«

»Mutter möchte das nicht. Suchen Sie sich bitte ein anderes Hotel.«

»Sie sind Annes Tochter?« Miersch sprach ins Leere, denn die Kellnerin war bereits auf dem Weg zur Küche und drehte sich nicht zu ihm um. Er besah sich die Rechnung und staunte wieder über die lächerlich niedrige Summe. Sie schien im Vergleich zum letzten Mal sogar gesunken. Mit solchem Preis konnte Anne diese Pension nicht in die Gewinnzone wirtschaften. Oder die Wirtin hatte ihm einen Sonderpreis für sein schnelles Verschwinden eingeräumt. Aber sicher war sich Miersch nicht, ob sie wirklich wollte, dass er wieder ging, und es verstärkte seinen

Entschluss zu bleiben. Er holte sich noch einmal Konfitüre und Brot.

Die Reisegesellschaft unterhielt sich bei Kaffee und O-Saft und wartete auf den Beginn der Weiterfahrt. Miersch hatte bei den Gesprächen etwas von Ostsachsen und Polen verstanden. Vielleicht war es eine Informationsreise für Rentner, die ihren Lebensabend in Görlitz verbringen wollten. Görlitz war im Gespräch. Prospekte warben für diese Stadt mit *billig, seniorengerecht und herrlicher Umgebung. Verlegen Sie Ihren Wohnsitz. Bei uns schlafen Sie gut. Probewohnen unter …*

Die Kellnerin drehte mit einer neu gefüllten Kaffeekanne die Runde. Als sie an Mierschs Tisch vorbeikam, würdigte sie ihn keines Blickes. Er fasste nach ihrem Arm. Die junge Frau hatte die Kanne erhoben, als wollte sie ihn damit schlagen.

»Bitte, zwei Minuten«, sagte er.

Sie blieb an seinem Tisch stehen. Miersch tippte mit dem Finger auf die Akte Hans-Joachim Popp. Ihre Augen hefteten sich auf den Deckel. Sie begriff offensichtlich, dass es die Kriminalakte war, und widerstand dem Impuls, sie sofort zu öffnen.

»Halten Sie Ihren Großvater für einen Mörder?«, fragte Miersch.

Sie wendete ihm erschrocken ihr Gesicht zu. »Nein! Aber nein! Das kann man nicht glauben. Und wissen tun wir es nicht. Zumindest sagen das Mutter und Oma.«

»Das ist die Akte …«

Er durfte jetzt nicht die falschen Worte wählen. Annes Tochter hörte ihm zu, aber sie würde ihn beim ersten falschen Satz sofort rauswerfen, da war sich Miersch sicher. Er bat um einen Schluck Kaffee. Sie schenkte ihm ein. Er genoss ihn. Sie betrachtete die Akte wie einen Stein vom Mond. Interessiert, aber anfassen mochte sie die Papiere nicht.

Die Reisegesellschaft hatte das Frühstück beendet, unter lautem Reden verließ sie den Gastraum in Richtung Koffer und Bus. Ein Mann griff zu den Schinkenscheiben und stopfte sie sich in den Mund. Eine Dame mit Hut stolperte über ihre zu Boden gefallene Handtasche. Ein Galan griff der Frau unter die

Arme. Die Touristen verließen das Haus *Zu den alten Eichen*. Jetzt war der Moment gekommen, in dem sich entschied, ob Miersch noch bleiben durfte.

»Vielleicht können wir den Beweis seiner Unschuld finden.« Sie sagte es leise und ohne Betonung.

Miersch klopfte auf die Akte. »Sie lag noch in unserem Archiv. Ich habe sie mir geben lassen.« Dass er sie widerrechtlich bei sich trug, verschwieg er. »Ich möchte Ihnen helfen …«

»Und wir sollen vergessen, was in der Zeitung über Sie steht?«

»Sie dürften begriffen haben, dass Zeitungen ihre Schlagzeilen nach den Verkaufszahlen richten, nicht nach der Wahrheit. Ich habe nur meinen Job getan. Ich bin kein Verbrecher.« Miersch warb wie ein Politiker ums Wahlvolk. Er wusste, dass die stete Wiederholung der Lüge auch bei kritischen Lesern Wirkung erzielte. *Mörder. Monster. Menschenschlächter.* Aber er konnte der jungen Frau ihm gegenüber jetzt nicht alle Falschmeldungen widerlegen. Er vermochte es ja nicht einmal bei der eigenen Familie, geschweige denn bei den Kollegen.

»Ich versichere Ihnen, dass ich keine Schuld an dem schrecklichen Geschehen in Serbien trage. Aber ich bin nicht hier, um darüber zu debattieren. Ich bin hier als Privatmann, meine dienstlichen Verpflichtungen ruhen.«

Offiziell hatte Miersch mit niemandem darüber gesprochen, doch er brauchte Ablenkung. Der Fall des Augensammlers kam ihm gelegen. »Ich habe hier die Akte der Morde, derer Ihr Großvater verdächtigt wurde. Wenn Sie es wünschen, kann ich Sie bei den Recherchen unterstützen.«

Die junge Frau schwieg, schaute auf Mierschs Tasse, als könne sie darin im Kaffeesatz lesen. Zögernd griff sie nach der rosa Akte mit schwarzer Schrift. Sie strich darüber und traute sich nicht, sie aufzuschlagen. Miersch ließ ihr Zeit. Im Augenwinkel bemerkte er, dass Anne Popp hinter der Theke stand. Er fühlte sich von ihren Blicken getroffen. Wie Schüsse. Aber die Wirtin sagte nichts, knetete ein Wischtuch in ihren Händen, dann ordnete sie die Auslagen des Frühstücksbüfetts.

»Darf ich nach Ihrem Namen fragen?« Er sprach behutsam und leise.

»Gunda. Gunda Popp. Ich habe diesen Namen nie schön gefunden. Aber mittlerweile habe ich mich an ihn gewöhnt.«

»Studieren Sie?«

»Tourismusmanagement in Wernigerode. Schöne Stadt. Es heiraten viele in dem herrlichen Rathaus dort.«

Vielleicht wollte sie vom Thema ablenken. Wernigerode lag im östlichen Harz. Von dem Rathaus wusste er nichts. Miersch war noch niemals im Harz gewesen. Margo hatte mit ihren Freundinnen mehrmals den Brocken bestiegen. Oder sie war auf ihn gefahren. Es interessierte ihn nicht.

»Hat man Ihnen von den Morden erzählt?«, fragte er.

»Wenig. Ich war kaum geboren, als sie geschahen. Mutti und Oma sprechen nicht gern darüber. Und ich frage nicht danach, weil ich weiß, das ist ein Thema, über das sie lieber schweigen.«

Anne Popp richtete die Büfettteller und ließ sie dabei nicht aus den Augen. Gunda schenkte Miersch Kaffee nach. Er fühlte sich beruhigt, obwohl er sich nicht recht erklären konnte, warum.

»Sie kennen die Fakten?«

»Was heißt Fakten? Ich weiß, dass Anfang der Achtziger hier in der Gegend ein Mörder jungen Frauen die Augen ausgestochen hat. Noch heute erzählen die Leute davon. Als Kind hat uns einer aus meiner Klasse an die Tatorte geführt, damit wir uns gruseln. Haben wir auch. Heute vermarktet man solch schlimme Geschichten.«

Gunda erhob sich und ging zu ihrer Mutter, vielleicht, um ihr von der Akte zu erzählen. Anne Popp redete ihr offensichtlich ins Gewissen. Miersch verstand die Worte »*Unverschämtheit, Verbrecher, Behördenarsch.*« Er bemühte sich, nicht zu den Frauen zu blicken. Auf einer der Fotografien an der Wand meinte er Walter Ulbricht zu erkennen. Der DDR-Staatschef gab sich volksnah und besuchte die Bauern bei ihrer Feldarbeit, lachende Frauen unter Kopftüchern, Traktoristen mit ölverschmierten Oberarmen und goldene Garben. Solch ein Gemeinschaftsleben war auf den Abbildungen westlicher Landwirtschaft niemals zu sehen. Das war der Osten gewesen. Neben Ulbricht hing ein Plakat mit der Aufschrift *Junkerland in Bauernhand.*

Gunda sprach noch immer mit ihrer Mutter. Die warf schließlich das Wischtuch auf den Tresen und knallte die Tür zur Küche zu. Gunda nahm wieder neben Miersch Platz und goss sich Kaffe in eine Tasse, die sie sich mitgebracht hatte. Sie war bereit, mit ihm zu reden, allen Vorurteilen zum Trotz.

»Wie ist Ihr Großvater gestorben?«

»Mein Onkel hat ihn getötet. Er war gerade mal sechzehn, als ihm klar wurde, dass sein Vater der Mörder war. Es ist zum Streit zwischen den beiden gekommen. Er hat sich umgebracht, nachdem er seinen Vater getötet hatte. Er hing in der Scheune. Opa lag auf dem Heuwender in den Sitzen der Gabeln. Großmutter hat sie beide gefunden.« Gunda rührte mit dem Löffel in ihrem Kaffee.

»Aber Ihre Großmutter glaubt nicht an die Schuld ihres Mannes …«

»Sie glaubt nicht daran.« Gunda sah Miersch ins Gesicht.

»Die Tatsachen sprechen dagegen: Die Morde haben aufgehört, nachdem Ihr Großvater tot war. Der Augensammler ist nie mehr in Erscheinung getreten.«

Gunda blätterte in der Akte. »Sie sind sicher derselben Meinung.«

»Ich bin Ermittler, ich sammle Fakten. Eine Meinung dazu habe nicht.« Noch während er sprach, wurde Miersch klar, dass er auswich. Ja, er zollte den Ermittlern von der Volkspolizei seinen Respekt. Er hätte die Ermittlungen nicht anders geleitet. Sie waren logisch, exakt und ohne erkennbare Fehler. Diese Tatsachen ließen keinen anderen Schluss zu: Hans-Joachim Popp war der Mörder. Er war jener Augensammler, der in den Wäldern um Machern junge Frauen abgeschlachtet hatte. Sein Sohn Sebastian hatte ihn gerichtet und sich danach selbst das Leben genommen. Der Fall war geklärt.

Natürlich verstand Miersch, dass Gattin und Tochter mit dieser Wahrheit nicht leben wollten. Aber dass sie niemals Einspruch erhoben, keinen Rechtsanwalt beauftragt hatten, den

Fall zu untersuchen, schien ihm Indiz, dass sie die Tatsachen im Stillen doch akzeptiert hatten. Er konnte ihnen nur das Gleiche sagen wie die Akte: Hajo Popp war der Mörder. Auch wenn Rosel und Anne es noch immer nicht wahr haben wollten.

»Wie kann ich Ihnen beim Wiederaufrollen des Falles helfen?« Gunda hatte Vertrauen gefasst und nahm die Wut ihrer Mutter in Kauf. Miersch musste behutsam vorgehen, um das Gesprächsangebot nicht wieder zunichte zu machen.

»Sagen Sie mir alles, was Sie über den Augensammler wissen.«

»Ich weiß nur, was alle erzählen. Und das habe ich Ihnen bereits gesagt.«

»Aber warum stellen Ihre Mutter und Großmutter die Tatsachen in Zweifel?«

»Wären Sie gerne das Kind eines Mörders?«

Die Taktik der Gegenfragen war stets ein Zeichen der Unsicherheit. Miersch hatte es in den Jahrzehnten seiner Ermittlungsarbeit immer wieder erlebt. Gunda nippte an der Kaffeetasse und sah ihn mit großen Augen an. Er glaubte, Hoffnung darin zu lesen.

»Ich muss Ihnen sagen, dass ich in den Ermittlungen keinen Fehler finden kann. Ihr Großvater konnte zu keiner der Tatzeiten ein Alibi vorweisen, oder von ihm genannte Alibis waren nicht sicher. Ihre Familie war in Naunhof baden, als der Mord an Viola Kumbernuss verübt wurde. Das Gasthaus liegt keine zweihundert Meter vom Park entfernt, in dem Anke Michelsen ermordet wurde. Ihr Großvater kann also auch diesen Mord begangen haben. Nach seiner Aussage hat er in der fraglichen Zeit eingekauft. Aber die von ihm angegebenen Zeiten weisen Lücken auf, die ausgereicht hätten, um den Mord zu begehen. Und der dritte Mord geschah hier im Hause.« Miersch holte tief Luft. »Viel Hoffnung habe ich nicht, dass wir nach fünfundzwanzig Jahren Beweise für seine Unschuld finden.«

»Warum sind Sie dann hier?«

Darauf konnte Miersch nichts sagen. Wenn er ehrlich war, war Anne Popp der Grund. Ihn hatte die Wirtin beeindruckt.

Attraktiv, geschäftstüchtig und einsam, hatte er bereits nach seinem ersten Besuch geschlussfolgert. Er wollte ihr helfen. Aber das konnte er Gunda nicht sagen. Doch er hatte mit dem Fall des Augensammlers eine Aufgabe, die ihn seinen Job, die Medienhatz und Margo vergessen ließen. Immer noch sah er Simona Thede zum Schlag ausholen, spürte er ihre Hand auf seiner Wange.

»Wäre Ihre Mutter bereit, mit mir darüber zu sprechen?« Er glaubte, rot zu werden, als er Anne erwähnte. »Oder Ihre Großmutter?«

Gunda schwieg und fuhr mit dem Finger über das Tischtuch. Miersch trank die Kaffeetasse leer und nahm einen Löffel der Himbeermarmelade. »Schmeckt lecker.«

»Ich versuche, Mutter von Ihrem ehrlichen Interesse zu überzeugen. Aber ins Herz geschlossen hat sie Sie nicht.« Gunda zögerte. »Und ich weiß auch nicht, was Sie bewegt, diesen Fall neu aufzurollen.«

Miersch ging auf die indirekte Frage nicht ein. »Was kann ich tun, um das Vorurteil Ihrer Mutter mir gegenüber zu entkräften?«

»Vielleicht reden Sie mit dem damaligen ABV. Jens Günthardt. Er wohnt die Straße weiter runter, Richtung Leipzig. Sein Sohn betreibt eine Umzugsfirma. *Sie wollen – wir rollen!*«

ABV? Miersch wusste nicht, welchen Job Jens Günthardt damals ausgeübt hatte. Mit ihm reden würde er, aber er würde Gunda nicht nach der Erklärung dieser Abkürzung fragen. Stattdessen fragte er: »Haben Sie Zugang zum Internet?«

»Gehört zum Service. Computer steht im Gesellschaftszimmer. Nächste Tür links.«

»Machen Sie mir noch einen Kaffee?«

Gunda drückte ihm die Thermoskanne in die Hand. »Viel Erfolg.«

In der angelehnten Tür zur Küche meinte Miersch, Annes Gesicht zu erkennen. Er nahm seinen Zimmerschlüssel und ging.

23

Ihre Nachtruhe beendete der Wecker, den Franziska Beetz nicht gestellt hatte. Ein Blick zur Uhr sagte ihr, dass sie noch über eine Stunde hätte schlafen können, bevor sie ins Präsidium aufbrechen musste. Über eine Stunde! Sie hatte kaum vier Stunden geschlafen. Und Joseph stellte den Wecker, den er nicht hörte oder nicht hören wollte. Er atmete gleichmäßig tief im Bett neben ihr. Beetz war wütend. Es würde ein Scheißtag werden.

Noch drei Stunden Zeit bis zur Dienstberatung. Kohlund hatte gestern zwar nicht nochmals darauf hingewiesen, aber die tägliche Sitzung war obligatorisch, und Frau Hohmann goss für sie den Kaffee extra türkisch auf. Jeden Morgen saßen die Kollegen und informierten sich gegenseitig über die neuesten Entwicklungen. Die Sitzung war Ritual und Notwendigkeit. Dann verteilte Kohlund die Aufgaben an seine Ermittler.

Heute freute Beetz sich fast darauf, denn sie hatte neue Fakten zu melden, wenn nicht Kohlund selbst die Sensation mitteilen wollte: Wie Anita Demand existierte auch Manuele Schwitters doppelt. Das war kein Zufall. Beetz vermutete ein Wirtschaftsverbrechen. Und ihre Nase trog selten. Der Fall Stuchlik entwickelte sich in eine völlig unerwartete Richtung. Beetz war sich sicher, dass die Firma *Time is Money* ihre Mitarbeiter, die Sozialkassen und die Arbeitgeber betrog. Es war offensichtlich, dass die Agentur Arbeitskräfte unter falschen Namen vermittelte. Mit dem Tod von Frank Stuchlik war der Schwindel aufgefallen und Anita Demand verschwunden. Danach die Schwitters und noch weitere Schwestern im *Neurophysiologischen Zentrum.* Das konnte kein Zufall sein. Der Deal war mit dem Verschwinden der Demand nicht zu deckeln. Jetzt wurde dem schönen Dr. Bornschein der Boden zu heiß. Er zog seine Mitarbeiter zurück. Der windige Geschäftsführer gab die Zeitarbeitsvermittlung auf. Warum sonst war er im Internet nicht mehr erreichbar?

Beetz hatte noch keine Beweise. Sie wusste nicht, wie der Betrug funktionierte und warum die Frauen unter einer falschen Identität arbeiten mussten. Aber in dieser Richtung recherchieren, das stellte sich Beetz langweilig vor: Statistiken vergleichen, Akten studieren, am Schreibtisch sitzen. Sie hatte nie Buchhalterin werden wollen. Dafür gab es Spezialisten. Beetz hatte nichts dagegen, wenn die Mord zwo ihre Zuständigkeit im Fall Stuchlik und *Neurophysiologisches Zentrum* der Abteilung Wirtschaftkriminalität überließ.

Der Wecker klingelte nach fünf Minuten noch einmal. Sie stellte ihn aus. Joseph drehte sich neben ihr auf die andere Seite. Seine großen hellblauen Augen musterten sie. Sie konnte ihre Wut nicht unterdrücken. Scheißtag! Sie hatte es gewusst, als sie gegen halb drei zu ihm ins Bett gestiegen war. Ein Scheißtag würde es werden. Sie hatten sich trotzdem geliebt.

»Dein Wecker lässt mich nicht schlafen«, sagte sie.

»In der Nacht hast du mich geweckt.«

»Du warst wach.«

»Niemals.« Joseph gähnte ausgiebig und streckte die Arme aus. Dann stützte er seinen Kopf auf die Hand. »Du hast gar nichts erzählt. Neue Leiche?«

»Ich denke, du musst los, oder warum stellst du den Wecker auf eine so unchristliche Stunde?«

Es waren die falschen Worte. Joseph erkannte das Ablenkungsmanöver sofort. Mit solchen Sätzen machte sie ihn erst recht auf ihren Fall aufmerksam. Sie bedauerte, dass Joseph kaum zwischen Privatsphäre und seinem Journalistenjob unterschied. Jedes Wort über ihre Arbeit musste sie bei ihm auf die Goldwaage legen. Was nicht immer funktionierte. Schöpfte Joseph einmal Verdacht, ließ er nicht locker, witterte große Schlagzeilen und den Skandal.

»Ist sie tot?«

»Wer?«

»Die Schwester.«

»Welche Schwester?«

»Na, die, die ihr sucht.«

Beetz hatte ihm davon garantiert nichts erzählt. Und der Pressesprecher hatte die Öffentlichkeit auch nicht über den Fall informiert. Ein toter Krebspatient war keine Schlagzeile wert, nur die Todesannonce. Und eine verschwundene Frau wurde erst nach Wochen zur Meldung. Ob Krankenschwester oder Model. Beetz kannte die Zahlen, wie oft Frauen ihre Familien und Männer verließen. Meist zogen sie zur Mutter, Freunden oder dem Geliebten. Doch bei Anita Demand lagen die Fakten anders. Diese Frau war nicht verschwunden, Beetz hatte sie sogar noch am Handy erreicht. Über Manuele Schwitters konnte Joseph nichts wissen. Aber er witterte die Schlagzeile. Sie sah es ihm an, so wie er sie auf den Ellenbogen gestützt anblickte.

»Dein Fall lässt dich nicht schlafen. Mein Wecker kann da gar nichts dafür.«

»Doch.«

Beetz war fertig. Sie schlief unregelmäßig. Sie aß unregelmäßig. Einziger Fixpunkt in ihrem Leben war der Mann, der jetzt vom Kopfkissen zu ihr aufschaute. Joseph Hönig, übelbeleumundeter Polizeireporter, bestgehasster Mann des Präsidiums. Kriminaldirektor Miersch hatte Beetz bereits gedroht, sie beim geringsten Zweifel an ihrer Verschwiegenheit zu entlassen oder zumindest in die Aktenablage zu versetzen. Sie hatte keine Lust, im Archivstaub zu vertrocknen, aber sie wollte auch Joseph Hönig nicht verlieren. Sie liebte ihn. Und er liebte sie, hatte sie zumindest den Eindruck, wenn er überhaupt wusste, was Liebe für ein Gefühl war. Manchmal zweifelte sie daran. Joseph küsste sie. Sie rollten über das Bett.

»Was ist so wichtig, dass es dich nachts außer Haus treibt?«

Sie kamen übereinander zum Liegen. Joseph sah ihr direkt in die Augen. Dann hauchte er ihr einen Kuss auf die Wange und nahm ihr damit den Atem.

»Soll ich zu anderen Maßnahmen greifen?«

»Nein!«

Aber Joseph begann sie zu kitzeln, nahm sie in den Arm und ließ sie nicht wieder los. Ihre Müdigkeit hatte Beetz überwunden. Schon allein deswegen liebte sie diesen Mann.

»Das ist sehr clever. Ein Mann stirbt und wird im Krankenhaus von Schwestern behandelt, die es nicht gibt.« Sie konnte nicht schweigen. Sie musste reden. Der Fall zerrte an ihren Nerven. Scheiße! Joseph war Reporter. Sofort war er voll gespannter Aufmerksamkeit, aber er stellte ihr keine Frage.

»Wirtschaftbetrug, kein Fall für die Mordkommission«, erzählte Beetz weiter.

»Aber der Tote wurde ermordet, oder nicht?«, fragte Joseph jetzt doch.

»Das bleibt das Rätsel.«

»Du wirst es lösen.«

Er bedeckte ihr Gesicht erneut mit Küssen. Beetz konnte sich kaum bewegen, aber sie wehrte sich nicht wirklich. Es schien ein wunderbarer Morgen zu werden.

»Holst du Brötchen?«, fragte sie.

Joseph hielt sofort inne. »Verdammte Scheiße, ich muss nach Dresden, der Prozess beginnt pünktlich um neun.« Er sprang aus dem Bett und verschwand eilig im Bad.

»Das war's dann.« Beetz saß im Bett. Joseph lief vom Bad zum Schrank zum Bad zum Schrank und in die Küche. Seine Cornflakes aß er zwischen Herd und Garderobe. Es dauerte keine acht Minuten, und der Mann war reisefertig.

»Wann kommst du wieder?«

»Ich bin doch immer bei dir.« Sagte es und knallte die Tür.

Beetz versuchte, noch einmal einzuschlafen. Aussichtslos. Ihre Gedanken zum Fall Stuchlik folterten sie, und für Kohlunds merkwürdiges Verhalten fand sie auch keine Erklärung. Eigentlich war ihr der Chef stets ausgeglichen und bedachtsam erschienen, aber gestern hatte er die alte Frau wirklich gequält. Das war kein Umgang mit Zeugen, das war Einschüchterung gewesen. Mit solchen Mitteln würde man nie einen Fall klären, schrieben die Lehrbücher. Das war eine Tatsache. Wenn es ihre Zeit ermöglichte, würde sie sich bei der alten Frau Schwitters entschuldigen. Sie schämte sich für ihren Chef und setzte den Vorsatz als gute Tat auf ihre To-do-Liste. Die Alte würde sich freuen. Die Sonne schien. Beetz war beinahe glücklich.

Ohne Joseph hielt sie nichts mehr im Bett. Sie genoss ein Frühstück ohne Stress. Die Zeugen waren alle befragt, alle Protokolle geschrieben. Sie könnte noch vor der Dienstberatung Dr. Bornscheins Büro aufsuchen, und den Typen zur Klärung des Sachverhaltes mit ins Präsidium nehmen. Sie könnte auch mit Grischa Merghentin sprechen, der kannte sich aus bei Internetrecherche und dem Hacken geschützter Dateien und Webseiten. Seit ihn seine Verletzung in den Rollstuhl zwang, waren für ihn Ermittlungen außer Haus aufwendig und zeitraubend. Kohlund hatte ihn auf einen Schonposten geschoben, und manchmal kam es Beetz so vor, als sei Merghentin die bessere Sekretärin als Manuela Hohmann.

Beetz packte ihre Tasche und fragte sich wie fast jeden Tag, warum sie sie überhaupt unter den Arm klemmte. Kuli, Notizbuch und Portemonnaie passten in ihre Jacke. Sonst barg ihre Aktentasche nichts, was sie auf Arbeit unabdingbar brauchte. Seit sie Joseph Hönig kannte, hatte sie sich abgewöhnt, Akten mit nach Hause zu nehmen. Und wie immer, wenn sie daran dachte, pochte das schlechte Gewissen: Sie vertraute Joseph und ihrer Liebe nicht. Zumindest nicht ganz, obwohl er ihr niemals einen Anlass geboten hatte, der sie an seiner Verschwiegenheit zweifeln ließ. Auch die anderen Kollegen bemerkten, dass Hönigs Artikel, seit sie mit ihm zusammenlebte, weniger beleidigend waren, und sie spürte, wenn schon nicht seine Hochachtung, so doch Respekt für ihre Arbeit. Beetz lächelte, als sie sich die Zähne putzte.

Die Stadt lag trist da an diesem Morgen. Graue Gebäude. Grauer Himmel. Graue Menschen mit toten Augen, ohne Lächeln, Masken. Wie eine Glocke hingen die Wolken über der City.

Beetz stand im Stau. Immer wieder hatte sie sich geschworen, den ÖPNV zum Präsidium zu nutzen. Aber mal war ihr die Monatskarte zu teuer, mal der Fahrtakt zu lang, und wenn sie denn einstieg, war sie zwischen zu viele Menschen gepfercht. Jetzt fuhren die Bahnen fast leer an ihr vorbei. Sie hatte das Gefühl, dass die Fahrgäste hämisch grinsten. Beetz sehnte sich zurück in ihr Bett und an die Seite von Joseph. Von welchem Prozess der aus

Dresden berichten musste, war ihr entfallen. Aber er hatte ihr bestimmt davon erzählt. Nicht einmal daran erinnerte sie sich, so wenig hörte sie ihm zu. Seine Kritik an ihrer mangelnden Aufmerksamkeit ihm gegenüber war durchaus berechtigt. Sie nahm sich vor, das zu ändern, und wusste doch, dass sie es nicht tun würde.

Die Parkplätze vor dem Präsidium waren bereits alle belegt. Oft kam es vor, dass Beetz für ihren Stellplatz im Parkverbot bei der Stadtkasse bezahlte. Politessen kannten keine Gnade, ob sie nun hier arbeitete oder nicht. Selbst wenn Miersch oder Hackenberger Petitionen ans Ordnungsamt schrieben, geändert hatte sich nichts. Mehr als die zugeteilten Parkmöglichkeiten standen den Mitarbeitern nicht zu. Es war ein ewiger Streitpunkt bei jeder Versammlung.

Als Beetz in Grischa Merghentins Büro trat, saß er bereits vor seinem Bildschirm und jagte irgendwelche Mäuse durch Irrgärten. Sein Lächeln ließ sie sämtliche Sorgen vergessen, auch die fünf Euro für den Parkautomaten.

»Frau Kollegin, jung wie der Morgen!«

»Da hängen Wolken, und es tröpfelt dazu. Kein Kompliment.«

Merghentin rollte auf sie zu und hielt ihr die Hand entgegen. Sie beugte sich vor und fiel ihm um den Hals.

»Welch Leidenschaft! Was verschafft mir die Ehre?« Sein Jungengesicht lächelte. Überhaupt sah er gut aus in Rollkragenpullover und Jeans. Sein Oberkörper war muskulöser geworden, seit er im Verband Volleyball spielte. Sie freute sich wirklich über das Wiedersehen und nahm sich vor, Grischa und Kilian öfter zu besuchen. Seit seiner Reha hatte sie es noch gar nicht getan.

»Weißt du, wir haben doch diesen Fall Stuchlik, wo die Krankenschwester verschwunden ist.«

»Der sterbende Tote. Aber da kenne ich weder die Fakten noch den Ermittlungsstand. Ich recherchiere gerade über Arbeitsbedingungen in Nordrhein-Westfalen.«

Beetz wusste nicht, was er damit meinte, stutzte aber nur kurz. »Ich hab ja auch nur eine Idee.«

Sie umriss kurz ihren Verdacht. Merghentin rollte an seinen Schreibtisch und hämmerte auf die Tastatur ein. Er schwieg, und sie schaute zu. Bilder bauten sich auf und verschwanden. Zahlenkolonnen erschienen auf blauem, schwarzem oder grünem Hintergrund. Dann liefen Bilder und Texte in hoher Geschwindigkeit vor ihren Augen über den Bildschirm. Beetz blickte kurz zur Uhr. Zwanzig Minuten noch, bis Kohlund die Mord zwo an seinem Tisch sehen wollte.

»Dies ist ja mal interessant. Bist du sicher, dass du eine Zeitarbeitsfirma suchst und nicht einen Verein der Philosophie?«

»Ganz sicher.«

Merghentin hielt den Finger auf seinen Monitor und rezitierte. *»1748 rät Benjamin Franklin einem jungen Geschäftsmann: ›Remember that Time is Money‹. Seit Einführung der ›Uhr‹-Zeit, im Gegensatz zur ›Natur‹-Zeit sitzt uns dieses Sprichwort im Nacken und treibt uns an. Industrienationen haben sich das engste Zeitkorsett der Welt auferlegt und es zu finanziellem Reichtum gebracht. Die möglichst straff ausgerichtete Ausnutzung der Zeit in Verbindung mit immer höheren Arbeitsgeschwindigkeiten spielen hier die zentrale Rolle. Unser monatliches Einkommen richtet sich nach der Bezahlung pro Arbeitszeit und dem Wissen, das wir uns im Laufe der Lebenszeit erarbeiten. Schnell, schneller, am schnellsten ist schon in der Ausbildung gefragt. Eine rasche Auffassungsgabe in der Fort- und Weiterbildung ist eine wichtige Stufe auf der Karriereleiter.«*

Beetz musste lächeln. Grischa gab seiner Stimme einen melodischen Klang, als wenn er auf einer Bühne stehen würde. Er schaute sie an.

»Genau darauf baut diese Bude und zockt die Klienten ab, die ohnehin keine Arbeit haben und noch weniger Geld«, sagte sie. »Ich habe die Arbeitsuchenden auf dem Gang sitzen sehen. Ich kann dir sagen … hoffentlich muss ich mich niemals so prostituieren.«

Merghentin zog die Augenbrauen zusammen, machte ein Gesicht, als ob er sie sich auf dem Strich vorstellte, lachte. Beetz gab ihm einen leichten Klaps auf die Wange.

»Das ist nicht, was ich suchte.«

»Aber interessant.« Und er zitierte mit wahrer Freude weiter: *»So auch im Jahre 1815. Ein Zeitgewinn bescherte der Familie Rothschild den Grundstock ihres Reichtums. Die Befreiungskriege waren gewonnen. Kuriere machten sich auf den Weg nach London, um die frohe Botschaft zu verkünden. So auch die Kuriere der Familie Rothschild. Sie erreichten London einen Tag früher als die offiziellen Kuriere. So kaufte der Baron Rothschild englische Staatsanleihen, als alle anderen noch um Sieg und Niederlage bangten. Der daraus resultierende Börsengewinn wurde der Grundstock ihres Vermögens.* So funktioniert das ganze Geschäft heute von Börse bis Netz.« Merghentin sah zu ihr auf. »Pervers, oder?«

»Mhm.«

»Weißt du, dass meine Tage länger geworden sind?« Die Theatervorstellung war vorbei. »Ich kann nicht einfach mal so zu Aldi oder einer Dönerbude. Selbst von der Küche zum Wohnzimmer dauert es mindestens … ich will gar nicht rechnen. Ich bin das perfekte Beispiel für Entschleunigung. Täte auch dir gut.«

»Mhm.« Beetz wusste darauf nichts zu antworten.

Grischa Merghentin saß vor ihr im Rollstuhl. Er blickte sie mit heiterem Lächeln an und verursachte ihr ein schlechtes Gewissen. Nein, sie dachte nicht daran, ob der Straßenbahnzustieg auch behindertenfreundlich war oder die öffentliche Toilette oder der Waldweg zum Rosentalturm. Nein, ihr fielen die Widrigkeiten für Rollstuhlfahrer nicht ins Auge. Sie berührten sie nicht, niemand in ihrem engeren Freundeskreis war betroffen. Sie schaute auf Merghentin, der bereits weiterklickte. Wenn sie neben ihm stand, wurde ihr die Lage behinderter Menschen bewusst. Beetz schlug das Gewissen, sofort wollte sie helfen, sie unterstützen, sich engagieren. Sie wollte … Dass sie in Merghentins Gegenwart die moralische Keule ereilen würde, war ihr vor dem Besuch nicht klar gewesen.

»Mir geht es um eine Zeitarbeitsfirma, die *Time is Money* heißt und von einem Doktor Bornschein geführt wird. *Dependancen in Stuttgart, Essen, Hamburg-Wilhelmsburg und noch einige mehr …*« Jetzt zitierte sie. »Denkst du, dass du da was machen kannst? Ihr Internetauftritt ist nicht mehr online. Vielleicht ergibt das aber eine Spur.«

»Mhm … Guck mal: *BAP* hat ein Lied davon gesungen, und es gibt eine Game-Show. *60 Minuten Zocken gegen die Uhr.*« Merghentin verfing sich in den Möglichkeiten des Netzes.

»Doktor Bornschein. Time is Money.« Sie stupste ihn in den Rücken. Merghentin griff nach der Visitenkarte, die sie ihm reichte. »Hier, diese Firma suche ich. Und diese Website war gestern nicht mehr zu finden. Ich denke, dahinter steckt ein großer Betrug.«

»Und warum holt ihr euch nicht einfach einen Wirtschaftsexperten ins Team?«

»Du kennst doch Miersch.«

»Eben. Aber der ist im Urlaub.«

»Und Kohlund ist in letzter Zeit im Job einfach nicht mehr ganz bei der Sache. Wie der mit Zeugen umspringt, na ja, und überhaupt … an Schmitt darf ich gar nicht denken.«

»Du willst es den alten Männern mal richtig zeigen.« Merghentin haute mit der Faust auf den Tisch. Der Bildschirm wackelte.

»Hab ich nicht nötig. Aber beeindrucken würde ich sie schon ganz gern.«

Merghentin hämmerte auf seine Tasten. »Sieh mal, es gibt sogar eine Air Grischa!«

»Die sollte ich buchen. Allein für den Weg zum Präsidium brauche ich fast eine Stunde!«

»Vielleicht würden die mit mir Werbung machen«, sagte Merghentin. »So schlecht seh ich nicht aus. Zumindest obenrum – was meinst du?« Er warf sich in Positur.

Beetz klopfte ihm auf die Schulter. »Ja, ja, du bist das geborene Model, aber bevor du zum Fotografen gehst, such nach der Firma und denk dran: Time is Money!«

Merghentin wandte sich der Tastatur zu. »Versuch ich mein Glück.«

Diese Seite kann momentan nicht angezeigt werden, las Beetz auf dem Bildschirm. »So weit war ich auch schon.«

»Dann vielleicht auf anderem Wege.«

»Ich wünsch dir Erfolg.«

Er würde ihn haben, da war sich Beetz sicher. Die Uhr der Petrikirche schlug acht. Damit schloss sie die Tür und ging gut gelaunt zur Beratung. In dem Moment klingelte ihr Handy. Kohlund.

24

Die Sonne malte Sterne aufs Wasser. Durch die Blätter der Bäume drangen ihre Strahlen und überzogen den Weg mit einem matten Glanz. Miersch überraschte diese Idylle. Ideal, der Ort für Ruhe, Entspannung und Liebe. Aus diesem Grunde hatte der Graf den Park anlegen lassen. Bis heute hatte er nichts von seiner Romantik verloren. Miersch kickte einen kleinen Stein vor sich her. Ein Hund kam ihm entgegen und bellte. Frauchen zerrte ihn zurück an die Leine. Das Tier röchelte, als müsse es jeden Moment sterben.

Miersch hatte bei Gunda nicht nachfragen wollen und sich im Internet vergewissert. Das hatte seine Annahmen bestätigt. Ein Abschnittsbevollmächtigter war in der DDR ein Volkspolizist, der für die polizeilichen Aufgaben in Wohngebieten zuständig war. In seinem Abschnitt war er polizeilicher Ansprechpartner für die Bewohner und versah Streifendienst. Er war für die Aufnahme und Weiterleitung von Anzeigen und polizeiliche Prävention zuständig. Der ABV hatte ähnliche Aufgaben wie ein heutiger Kontaktbereichsbeamter der Polizei. Es blieb Miersch unverständlich, warum Gunda und andere hier Geborene nicht neudeutsch mit ihm reden konnten. Er hatte den Eindruck, dass sie es darauf anlegten, ihn mit ihm unbekannten Begriffen zu nerven, deren Bedeutung er – anders ausgedrückt – sofort verstehen würde.

Normalerweise wurden Kontaktbereichsbeamte von den Kriminalisten befragt, wenn sie Näheres zum sozialen Status, den Beziehungen, Straftaten und andere Auffälligkeiten bei Opfern und Verdächtigen erfahren wollten. So war Miersch verständlich, warum Jens Günthardt in den Akten des Falles stets wieder auftauchte. Gunda hatte ihm empfohlen, mit dem Macherner Abschnittsbevollmächtigten zu sprechen. Günthardt hatte ihren Großvater gekannt, und er kannte die Kleinstadt. Miersch hatte sich telefonisch bei Günthardt gemeldet, dabei jedoch weder Namen, Funktion noch den Anlass seines Besuches erwähnt. Ohne nachzufragen hatte Jens Günthardt sofort zugesagt, ja, er freue sich auf ein Treffen. Miersch sammelte die Fakten, zu denen er mehr erfahren wollte. Er bedauerte, schon sehr lang kein Verhör mehr geführt zu haben. Die Strategie der Gesprächsführung festzulegen, fiel ihm deutlich schwer.

Günthardts Haus lag am anderen Ende des Ortes. Miersch lief durch den Park. Am Morgen war hier kaum ein Mensch unterwegs. Tau glitzerte noch in den Halmen. Bäume rauschten. Wie aus der Welt gefallen kam Miersch sich vor und erinnerte sich an das erste Rendezvous seines Lebens. Natürlich trafen sich die Teenager auch damals nicht zu Hause unter den Augen der strengen Eltern. Auch Konstantin nicht, selbst wenn es ihm heute vorkam, als sei es gar nicht er gewesen, der auf stillen Wegen spaziert war. Er und die Freundin hatten sich im Park verabredet und waren händchenhaltend Stunde um Stunde herumgelaufen. Niemand war ihnen begegnet, zumindest hatten sie keinen anderen Menschen gesehen. Der erste Kuss hatte ihn Überwindung gekostet. Renate hatte sie geheißen, und sie trug ein hochgeschlossenes Kleid. Er war danach nach Hause gerannt und hatte bis zum Morgen nicht einschlafen können. Miersch konnte sich nicht erinnern, jemals mit Margo so einsam zu zweit gelaufen zu sein.

Jens Günthardt hatte mit Hajo Popp Fußball gespielt. Gunda hatte auf die Siegerpokale im Regal gewiesen. Günthardt sei ebenfalls nie wirklich von der Schuld ihres Opas überzeugt gewesen, hatte sie gesagt. Jedenfalls hatte sie Rosels und Annes Äußerungen in dieser Richtung so gedeutet. Ich wünsche uns Glück, hatte Gunda gesagt, dass Sie den richtigen Täter heute noch finden.

Miersch hatte genickt. *Wir werden ihn überführen!* Er glaubte nicht an eine andere Lösung des Falles. Aber Gunda hatte gesagt: *Ich wünsche uns Glück*. Uns! Er gehörte zu ihrer Gemeinschaft dazu. Das machte ihn stolz. Er würde alles dafür tun, Hans-Joachim Popp zu entlasten. *Mein Hajo ist kein Mörder!* Miersch hatte keine Hoffnung. Aber er wollte Anne von seinen ehrlichen Absichten überzeugen, und einen anderen Weg, ihr Vertrauen zu gewinnen, sah er nicht. Und doch blieb es ihm unklar, warum er überhaupt um die Sympathie dieser Frau buhlte. Oder er gestand sich diese Wahrheit nicht ein. Konstantin Miersch stand kurz vor der Rente und konnte sich nicht mehr verlieben.

Die Straße hinter der Parkmauer erinnerte an die Dörfer seiner Kindheit. Hutzelig standen die Häuser, und die Vorgärten waren gepflegt. Aber im Gegensatz zu seiner Heimat waren hier die Fassaden weniger herausgeputzt. Die Geranien vor den Fenstern fehlten. Die Gärten schienen ihm auch weniger mit dem Lineal gezogen. Blumen blühten. Alte Frauen harkten Beete. Männer sah Miersch keine. Auch kein Auto und keine landwirtschaftlichen Maschinen. Ein vergessenes Land. Er lief die Straße entlang, als betrachte er ein Museum.

Haus Nummer 12, hatte Gunda gesagt. Sie erkennen es an dem Mühlrad am großen Tor. Miersch zögerte, die Klingel zu drücken. Weit weg hörte er ein silbernes Schellen. Ein Hund bellte genau hinter dem Tor aus fleckig rot bemaltem Holz. Miersch hörte ihn kratzen und scharren und war versucht, wieder zu gehen.

»Herr Miersch?«, fragte eine weibliche Stimme.

»Ja!«

Das Tor öffnete sich, und eine rundliche Frau in Schürze stand dahinter.

»Günthardt.« Sie streckte ihm die Hand entgegen. »Mein Mann ist noch mal kurz zur Genossenschaft gemacht, 'n Traktor hat'n Geist aufgegeben. Un jetze, wo der Samen ins Felde muss, zählt jede Minute.«

Frau Günthardt trat zur Seite und ließ ihm den Vortritt. Miersch ging in den Hof. Der bellende Hund war nirgends zu sehen. Sie wies aufs Haus. Er musste den Kopf senken, um nicht mit der Stirn anzustoßen. Es war ein altes Bauernhaus, und die Höhe maß höchstens einen Meter achtzig. Miersch hatte sich bei seinen Verwandten vom Dorf mehrmals die Stirn aufgeschlagen, weil er den Türrahmen des kleinen Bauernhauses nicht im Blick gehabt hatte.

Im Inneren war Günthardts Häuschen erstaunlich modern eingerichtet. Miersch trat durch die Küche in die kleine Stube. Ein Radio lief und sprach von *Sondierungsgesprächen* und *Einigkeit im schnellen Vorangehen im Dienste des Volkes.*

Frau Günthardt lachte. »Klingt wie frieher, ooch da ist alles nur zum Wohle unseres Volkes geschehen.«

Miersch lachte mit, um nicht als unwissend geoutet zu werden. Er war von der Offenherzigkeit und dem mundartlichen Anklang freudig überrascht. Er hatte sich an die Sprache gewöhnt und fand sie eher angenehm, obwohl der angeblich furchtbarste Dialekt gerade wieder zum unbeliebtesten der Nation gewählt worden war. Miersch hatte keine Ahnung warum.

»Was woll'n Se denne von meinem Mann?«

»Ich recherchiere im Fall eines Serientäters. Den Augensammler hat man ihn hier genannt.«

Sie blickte ihn an, nickte, dann sagte sie: »Habe ich schon lange damit gerechnet, dass de ma eener darnach fragt.«

Frau Günthardt bemerkte augenscheinlich seine Überraschung und nickte mehrmals. »Wo doch alle großen Fälle fürs Fernsehn bearbeitet werden. *Kripo live.* Ich gugge'se alle von *Autopsie* bis *Akte Mord*. Mei Mann hat mir ja kaum was von seiner Arbeit erzählt, nor? Und so viele Gewalttätigkeiten hadd's bei uns ooch ni gegeben.«

»Aber vom Augensammler werden Sie doch gehört haben?«

»Nu, man spricht noch heute dadervon.« Sie rieb sich die Hände an der Schürze. »Bitte setz'n Se sich nur.«

Als wäre ihr das Geplauder mit einem Mal unangenehm, fragte sie: »Einen Kaffee? Oder missen Se gleich wieder weg?«

»Nee, nee.«

Jetzt verfiel er auch schon in den Dialekt. Aber Frau Günthardt hatte es offenbar nicht als peinlich empfunden und verschwand hin zur Küche. Miersch hörte sie mit Geschirr klappern. Er rieb sich über die Augen. Offensichtlich galt hier eine andere Zeitrechnung. Wenn *er* einen Termin vereinbarte, hielt er diesen Termin auch ein. Und warum ein ehemaliger ABV zur Genossenschaft musste, blieb ihm unverständlich. Aber Miersch wartete.

Die kleinen Fenster ließen nur wenig Licht in die Stube. Das Haus wirkte wie die Kate eines Häuslers im Film. Würde er hier wohnen, dann hätte er die Scheiben längst schon vergrößert, aber vielleicht ließ das der Denkmalschutz nicht zu. Überhaupt hatte Miersch lernen müssen, dass die Mangelwirtschaft der DDR viele Häuser vor Umbau und Rekonstruktion gerettet hatte. In Leipzig standen fünfzehntausend Gebäude auf der Denkmalschutzliste, hatte er irgendwo gelesen und war erstaunt darüber.

Frau Günthardt werkelte noch immer in der Küche und sprach mit sich selbst. Die Schrullen, die ältere Menschen hatten! Dabei lagen er und sie im Jahrgang sicher nicht weit auseinander. Miersch fühlte einen Angstschauer seinen Rücken hinunterlaufen, er sah sich kurzzeitig leblos im Koma wie Philip Thede. Er sollte eine Patientenverfügung aufsetzen, seinen Töchtern wollte er das Elend der Pflege nicht überlassen.

»Mit Sahne? Zugger?«

»Ohne.«

»Gudd.«

Das Zimmer war mit einer Schrankwand verstellt, in der sich Nippes stapelten, russische Holzmalerei und eine Wasserpfeife, Bildbände, keine anderen Bücher. Der Tisch war aus dunkelbraun gebeiztem Holz. Die Decke war im Kreuzstich handgestickt. Neben der Sitzgarnitur stand ein Nähkasten. Darauf lag rosa Strickzeug. Miersch glaubte, dass es ein Strampelanzug werden sollte. An den Wänden hingen Familienbilder und eine Kinderzeichnung. Im Fenster stand ein Blumenstrauß und verdunkelte das Zimmer noch mehr.

Dann stieß Frau Günthardt die Tür auf, ein Tablett in den Händen. Der Kaffee dampfte. Sie stellte ihn auf dem Tisch ab und begann zu decken. Einen Teller mit Plätzchen stellte sie vor ihn hin. Miersch verbot sich, sofort zuzugreifen.

»So.« Frau Günthardt blickte zur Uhr und verteilte Geschirr. »Das kann manchmal ooch dauern mit die alten Karreed'n.«

Miersch konnte sich den Satz nicht übersetzen, stufte ihn aber als unwichtig ein. Frau Günthardt blieb neben dem Tisch stehen und blickte auf ihn herab.

»Sie können sich also an den Augensammler erinnern?«, fragte er.

»Natürlich. Mir haben uns dadermals kaum nor getraut, 's Haus zu verlassen.«

»Hat man den Täter gefasst?«

Offensichtlich hielt Frau Günthardt ihn für einen Journalisten, so bereitwillig, wie sie seine Fragen beantwortete. »Nu ja, 's war ein Mann aus'm Orte. Unbescholten bis dato. Der Wirt von da drüben.« Sie hob ihre Hand und machte eine Geste, die wohl in Richtung *Zu den alten Eichen* deuten sollte. Ihr Busen hob und senkte sich vom schweren Atem der Aufregung. Sie nestelte an der Schürzentasche.

»Sie hatten nie Zweifel an seiner Schuld?«

»Nu ja. Keiner konnt's glaub'n, dass der … nu ja …«

Miersch nahm an, dass Frau Günthardt nach Worten suchte, aber sie kam auf ihn zu und flüsterte: »Mein Mann hat'n Hajo nie für schuldig gehalten. Aber … wer weeß …« Sie wedelte mit ihrer Hand und benahm sich, als sei ihr Gespräch eine Verschwörung und sie würde Staatsgeheimnisse verraten.

Miersch trank von seinem Kaffee und griff an ihr vorbei nach den Plätzchen. »Die Beweise scheinen mir eindeutig. Ich habe die Akte gelesen.«

»Nu ja.« Frau Günthardt nickte beflissen. »Ja. See eigner Sohn hat ihn getötet. Gruslig, ni? Irgendwie gruslig.«

Sie verstummte, als würden sie die Erinnerungen quälen. Miersch griff zum Butterkeks. Lecker. Wahrscheinlich selbst gebacken für die Enkel.

»Schlimm. Schlimm. De Rosel hat's ooch ni einfach gehabt. Und dann hat sich ihr Sebastian selber umgebracht nach der Tat an seinem Vater. Nee. Nee. Eine Tragödie, sach'ch Ihn, eine Tragödie. Mir haben mit ihr gelitten. Wirklich.«

»Und trotzdem halten Sie Hajo Popp für unschuldig?«

»Nu ja …« Sie strich mit den Händen über ihre Schürze. »Er muss es gewesen sein, denn nach seinem Tod hab'n die Morde ja uffgehört. Nie wieder is hier was passiert … nu ja.«

»Du redest, wie du's verstehst!«

Jens Günthardt stand urplötzlich im Raum. Weder seine Frau noch Miersch hatten sein Kommen gehört. Jedenfalls nahm Miersch an, dass es der ehemalige ABV war. Sein Auftreten war noch immer schneidig, auch wenn der Bauch über den Hosenbund hing. Günthardts Blaumann war ölverschmiert, offensichtlich hatte er wirklich an Traktoren geschraubt.

»Ooch glei ä Tässel? Der Kaffee is fertig.«

Miersch konnte nicht entscheiden, ob Günthardt genickt hatte, doch seine Frau lief zur Küche und rumorte im Schrank, wohl um ihm eine Tasse zu holen.

»Sie sind Herr Miersch?«

Miersch nickte.

»Der Kriminaldirektor?«

Miersch nickte wieder und fragte sich, wie sich seine Identität so schnell herumgesprochen hatte. Anne und Gunda traute er dieses Getratsche nicht zu. Vielleicht hatte Rosel geplaudert. Aber Günthardt konnte auch anderswo von ihm gehört haben. Oft genug in der Zeitung gestanden hatte er ja. Und sein Bild war übergroß auf dem Titel gewesen.

»Was wollen Sie von mir?«

»Mich interessiert der Augensammler.«

»Der ist tot.«

»Wenn Hajo Popp es wirklich getan hat.«

»Sie zweifeln daran?«

Miersch suchte nach Worten, musste begründen, woran er im Grunde keinen Zweifel hatte. Er konnte sich Günthardt gut als Polizisten vorstellen. Er hätte nicht von ihm verhört werden wollen.

»Ja. Es könnte doch sein … seine Gattin und Tochter glauben nicht, dass er es getan hat.«

»Na, die müssen's ja glauben.«

»Warum?«

»Die Akten sind geschlossen, und der Augensammler hat nie wieder gemordet.«

Frau Günthardt kam mit einer Flasche Bier in der Hand aus der Küche. Günthardt öffnete sie und trank. Dann fuhr er sich mit der Hand über den Mund. »So! Jetzt fühle ich mich als Mensch.«

Frau Günthardt lächelte und verließ wortlos die Stube.

»Gunda hatte gemeint, dass auch Sie nicht an die Schuld ihres Großvaters glauben.« Miersch versuchte, den ehemaligen Volkspolizisten aufs Thema zurückzubringen.

»Was ich glaube und was nicht, interessiert keinen.« Er klang nicht so, als würde er Miersch Auskunft geben wollen.

»Aber ich verstehe Sie doch richtig, dass Sie meinen, Hajo Popp sei nicht der Augensammler gewesen.«

Jens Günthardt nahm umständlich und ächzend neben ihm Platz. Sein athletischer Eindruck war offensichtlich eine Täuschung gewesen. Er wirkte jetzt alt. Weit über die Rente musste er sein. Über die siebzig schätzte ihn Miersch. Der ABV trank seine Bierflasche aus und stellte sie an den äußersten Rand des Tisches. Vielleicht sah das seine Frau als Aufforderung, ein neues Bier zu bringen.

»Warum graben Sie diesen Fall wieder aus. Fürs Fernsehen? Da würde sich meine Frau freuen.« Günthardt lehnte sich im Stuhl weit zurück und fuhr mit den Daumen unter seinen verdreckten Blaumann. »Also, warum interessiert Sie der Fall!«

Das war keine Frage, das war ein Befehl. Der alte Polizist musterte Miersch, als ob er ihm nicht traute. Gemütlich war dieser Mann keineswegs, auch wenn er auf den ersten Blick so wirkte.

»Ja, also …« Miersch kam ins Stammeln. »Die alte Rosel meinte … Und da habe ich mir die Akte besorgt …«

»Und jetzt wollen Sie uns nachweisen, dass wir schlechte Arbeit geleistet haben.«

»Aber nein!« Nachweisen wollte Miersch nichts, er wollte für Anne, Gunda und Rosel Gewissheit schaffen und wunderte sich, dass dies noch keiner getan hatte. Langsam fasste er sich.

»Wir haben gute Arbeit geleistet. Die lasse ich mir von solchen Typen wie Ihnen nicht in den Dreck ziehen!«

Miersch ging nicht auf die Wut des Alten ein. »Mir scheinen die Zweifel der Frauen berechtigt. Ich will Ihre Arbeit nicht kritisieren, aber vielleicht war Hajo Popp ja doch nicht der Mörder. Auch wenn es die Akte sehr nahelegt.«

»Die Akte! Wissen Sie, ob's die Originale sind?«

Das wusste Miersch nicht. Aber Günthardts Haltung entspannte sich. Seine Aggressionen schienen verflogen, offensichtlich war er jetzt zugänglicher und bereit zu reden.

»Sie hätt es verdient, ein bissel Glück mal zu haben. Schon 'ne tolle Frau, die Anne.«

Dieser Satz traf Miersch wie ein Faustschlag. Er zuckte zurück und fühlte sich von Günthardt durchschaut. Ihm blieb nur die Hoffnung, dass der Mann diesen Satz nur so dahergesagt hatte. Miersch wollte nicht auch noch zu solchen Spekulationen Anlass geben. Er goss sich aus der Kanne Kaffee nach.

Günthardt blickte ihm in die Augen. »Es wäre schön, wenn die Frauen Gewissheit hätten.«

»Ja.«

Und dann sah es für einen Moment so aus, als wollte ihm Günthardt auf die Schulter klopfen. »Sie haben recht, ich denke nicht, dass Hajo der Mörder war. Wir haben zusammen Fußball gespielt, da lernt man sich kennen.« Er schaute an die Decke des Zimmers, als würde er dort seine Worte ablesen.

»Ich traue ihm diese Morde einfach nicht zu. Und Augen ausstechen … Ich kann mir's nicht vorstellen. Ich kann mir überhaupt nicht vorstellen, warum einer so etwas tut.«

Miersch hätte ihm einen Vortrag über Perversionen halten können. Die Zeitung vermeldete täglich die absurdesten Taten. Kind im Gulli. Kastrationen. Ritualmord. Nekrophilie. Der Furchtbarkeiten kein Ende.

»Nein, der Hajo war's nicht. Der wurde zum Sündenbock gemacht. Die Akte wurde zu schnell geschlossen. Meine ich.«

»Wollen Sie damit sagen, dass befohlen wurde, die Akte zu schließen? Wollte man jemanden decken?«

»Dazu kann ich nichts sagen. Aber der Herr Major war sehr eifrig bemüht, diesen Fall geklärt zu haben. Warum? Keine Ahnung.« Günthardt blickte noch immer an die Stubendecke, dann sah er Miersch an. »Sie glauben ja wohl dran … an den Gott.«

Das klang ironisch. Und Günthardt schien auch wirklich zu lächeln. Aber Miersch stand dazu: Ja, er glaubte, glaubte an Gott. Mehr oder weniger.

»Sie meinen, als Täter kam Hajo Popp den Ermittlern gelegen? Aus Gründen der Staatsräson wurde nicht weiter ermittelt?« Miersch langte zum nächsten Keks und ließ Günthardt dabei nicht aus den Augen.

»Staatsräson, so hoch würde ich's nicht anbinden wollen. Aber komisch war's schon. Ich habe weiter nicht nachgefragt. Und gemordet hat hier keiner mehr. Zumindest nicht der Augensammler.«

Günthardts Äußerungen schoben den Mordfall in andere Dimensionen. Es konnte gut sein, dass alle Seiten mit dieser einfachen Lösung zufrieden gewesen waren, außer der Familie logischerweise. Und das legte nahe, dass Annes Vater tatsächlich zu Unrecht beschuldigt wurde. Wehren konnte er sich nicht mehr. Sein Sohn hatte ihn gerichtet. Miersch aß den Keks und trank den Kaffee aus. Günthardt holte sich seine Bierflasche wieder vom Tischrand und schüttelte sich den letzten Tropfen in die Kehle. Dann schob er die Flasche wieder zurück und schaute Miersch an.

»Queißer hieß der Ermittler. Vielleicht fragen Sie den.«

»Das werde ich tun.«

Da wurde die Tür aufgerissen, und Frau Günthardt stand in der Stube mit einer neuen Flasche Bier in der Hand. »Ihr meint wirklich, der Augensammler läuft immer noch frei herum?«

Miersch und Günthardt schauten erschrocken auf. Doch Frau Günthardt war nicht zu bremsen. »Das muss man doch allen sagen. Kann doch sonst was passieren. Der Augensammler lebt. O mein Gott! Ab heute wird der Hund nicht mehr an die Kette gelegt.«

25

Kohlund hatte alle Termine abgesagt. Alle. Er hielt sich aus den weiteren Ermittlungen heraus. Beetz hatte die Verantwortung gern übernommen. Schmitt hatte geflucht und ihn ein Arschloch geheißen.

Als der Wecker schrillte, hätte er ihn an die Wand werfen können. Er hatte schlecht geschlafen. Er hatte schlecht geträumt. Berge von Akten waren über ihm zusammengefallen. Er hatte den Mount Everest bestiegen und war in einem Fluss von Schokolade geschwommen. Dr. Hackenberger hatte ihm von einem Schlauchboot aus gedroht, ihn unehrenhaft aus dem Polizeidienst zu entlassen, wenn er nicht den Posten des Kriminaldirektors übernehmen würde.

Schweißgebadet wachte er auf und klebte am ganzen Körper. Das Bettlaken klemmte zwischen seinen Beinen. Das Kopfkissen war aus dem Bezug gerutscht. Es war früher Morgen. Lars Kohlund stank und musste unter die Dusche.

Alexia lag noch in tiefem Schlaf. Er sah sie gar nicht unter ihrer Decke. Sie hatte weder sein Kommen gehört noch den Wecker, oder sie überhörte ihn absichtlich. Er kroch aus dem Bett und verfluchte den Tag. Zwar hatte ihm Dr. Hackenberger mehrere Tage Bedenkzeit gegeben, aber je länger er die Entscheidung vor sich her schob, desto schwerer würde sie ihm fallen. Ja, er hatte im ersten Impuls absagen wollen. Aber allein schon, dass seine Frau ihn in diesem Entschluss bestärkte, ließ Kohlund anders denken. Nein, er übersah nicht die Tücken und Fallen, die ihm sein neuer Job stellen würde. Ja, er war niemand, der sich gern vor Presse und Kameras prostituierte. Nein, er wollte nicht erneut unter der Inkompetenz und dem Egoismus eines Westimportes leiden. Ja, er würde sich vor die Kollegen stellen, die er aus ihrer langjährigen Arbeit kannte. Er war hier aufgewachsen. Er liebte die Stadt. Unter Umständen wäre er bereit, die Herausforderung anzunehmen. Wenn das Gehalt stimmte. Wenn er Manuela Hohmann als Sekretärin behielt. Wenn Kompetenzen und Pflichten genau festgelegt wurden. Bei Konstantin Miersch hatte er immer den Eindruck, dass der sich absichtlich in Ermittlungen drängte, die Öffentlichkeit garantierten, jedoch bei Kritik und Problemen die Rechtfertigung anderen überließ. Dieses Image wollte Kohlund nicht. Aber er würde sich noch Rat einholen, bei wem auch immer. Allein treffen konnte er diese Lebensentscheidung nicht.

Der Beetz hatte er die Leitung der Dienstberatung und die der Ermittlung übertragen. Die Kollegin war weder überrascht noch schien sie sich damit überfordert zu fühlen. Er hatte weder die Zeit noch den Kopf frei für verschwundene Krankenschwestern und den Tod eines Todkranken. Die Beetz war als Erste am Tatort gewesen. Sie hatte mit Engagement und Intuition die Verhöre geleitet. Sie würde die richtigen Maßnahmen treffen und das Team im Griff behalten. Schmitt nahm ihm diese Entscheidung übel. Aber Schmitt war mit diesem Fall nicht so vertraut wie die Beetz, und manchmal zweifelte Kohlund an ihm. Seit sein Stellvertreter die Gattin verloren hatte, ließ er jedes zwischenmenschliche Gespür vermissen. Schmitts Scherze waren unerträglich. Kolleginnen hatten sich über seine Anzüglichkeiten beschwert. Mehrmals hatte Kohlund schon den Eindruck, dass Schmitt mit einer Alkoholfahne zum Dienst erschien. In manchen Momenten bezeichnete er ihn als Soziopathen und wollte ihn zum Psychologen schicken. Dann scheute er vor Schmitts Reaktion zurück. Solche wie der saßen Kohlund sonst als Beschuldigte gegenüber. Es war schon recht, dass er der Beetz mehr Verantwortung gab. Die erledigte die ihr übertragenen Aufgaben besonnen und gründlich. Aus der Beetz würde eine gute Kommissarin werden, da war sich Kohlund sicher. Und mit Schmitt würde er sprechen müssen. Spätestens, wenn er dem Ruf Hackenbergers folgte. Als seinen Nachfolger würde Kohlund Schmitt bestimmt nicht vorschlagen.

Im Bad hatte Gisbert seine schweißigen Sportsachen einfach auf den Boden geworfen. Obwohl es Kohlund widerstrebte, legte er sie in den Dreckwäschekorb. Auch seine Mutter hatte ihm die Sachen hinterherräumen müssen. Aber er nahm sich vor, mit Gisbert über ein angemessenes Sozialverhalten zu sprechen. Auch mit Alexia würde er reden, nachdem gestern der Anruf der Beetz den heißen Sex so abrupt beendet hatte. Sie war wütend, hatte seitdem kein Wort mehr mit ihm gesprochen. Blumen würden die Atmosphäre nicht reinigen. Er musste sich etwas einfallen lassen. Aber Alexias Meinung zu seiner Beförderung würde sich nicht ändern, das konnte er sich an drei Fingern abzählen: *Nein! Du bist so schon selten genug zu Hause.*

Das Wasser kam eiskalt aus der Brause. Kohlund fluchte. Er schaffte es selten, den Brausekopf auf eine erträgliche Temperatur einzustellen, und hätte lieber ein Bad genommen, wenn die Zeit es erlaubt hätte. Aber was war Zeit? Er hatte sich gerade Freiraum verschafft. Er hatte der Beetz alle Verantwortung im Fall Frank Stuchlik übertragen. Doch er fühlte sich wirklich schlecht. Und er musste zu einem Entschluss kommen. Karriereleiter weiter hinauf oder Endstation Leipziger Mordkommission zwo. *Scheiße!* Jetzt lief das Wasser zu heiß.

Kohlund war im Zweifel, wer ihm objektiv Rat geben könnte. Die Familie war befangen. Logisch. Gisbert wie Charlotte würde seine Entscheidung ohnehin nicht interessieren. Sie gingen eigene Wege. Die Tochter paukte fürs Abitur. Gisbert arbeitete im Sozialdienst und hatte sich immer noch nicht festgelegt, ob und, wenn ja, was er studieren wollte. Kohlund hatte ihm oft genug ins Gewissen geredet, genutzt hatte es nicht. Seine Tochter dagegen hatte ihr Leben geplant: Jurastudium, Heirat, Karriere und Kinder. Genau in dieser Reihenfolge. Er sah das Schreckbild einer Frau Ministerin von der Leyen in der eigenen Familie heranwachsen. Noch nicht einmal mit Alexia hatte er über seine Befürchtungen Charlotte betreffend gesprochen, doch er sah skeptisch in ihre Zukunft. Er musste mit ihr reden! An allen Fronten musste er reden. Wahrscheinlich durchlitt er gerade das, was die Psychologen eine Midlife Crisis nannten. Jetzt tropfte das Wasser nur noch aus dem Hahn. Er drehte ihn zu.

Das Handtuch hing so weit entfernt, dass Kohlund mit nassen Füßen aus der Wanne steigen musste. Er fröstelte und zog sich zum Zähneputzen ein T-Shirt über.

Es wunderte ihn, dass heute Morgen keine Hektik in der Wohnung herrschte. Als er das Schlafzimmer wieder betrat, war Alexias Bett leer. Sie war weder in der Küche noch in der Stube. Sie hatte die Wohnung unbemerkt verlassen. Kohlund konnte diese Reaktion nicht deuten. Jetzt entzog sie sich komplett seiner Gegenwart. Vielleicht war sie gar nicht nach Hause gekommen. Sie hatte ihn einfach verlassen! Und er hatte sich gestern doch bemüht, mit ihr über alles zu sprechen. Einzig ihr hatte er von Hackenbergers Vorschlag erzählt. Das Gespräch hatte die Beetz beendet, beenden müssen. Dienst war Dienst. Er bedauerte aufrichtig, er wäre gern bei Alexia geblieben. Allein schon, dass er auf Wein und Dessert verzichten musste, schmerzte. Vom Sex ganz zu schweigen. Doch Alexia konnte nicht so nachtragend sein, dass sie daraufhin einfach ging. Sie waren fast zwanzig Jahre verheiratet. Mein Gott!

Im Wohnzimmer schlug die Uhr seiner Oma. Jahrzehntelang hatte sie auf deren Büfett gestanden, Kohlund hatte sie als ihm zustehendes Erbteil mitgenommen. Sie stand in der Schrankwand und tönte melodisch wie Big Ben. Die Anzahl der Schläge gab dem Kommissar zu denken. Das konnte nicht wahr sein! Mindestens acht hatte er gezählt. Nach kurzer Suche fand er sein Handy: Es war neun Uhr! Er hatte verschlafen. Alexia hatte ihm wohl den Wecker auf drei Stunden später gestellt.

Wahrscheinlich war er, nachdem er mit der Beetz die Kolleginnen und die Mutter der Schwitters verhört hatte, wieder in seinen unruhigen Schlaf verfallen, und Alexia, die treusorgende Seele, hatte aus Mitleid und falschem Verständnis für diese Zeit der ungestörten Regeneration gesorgt. Bevor Kohlund in größere Wut kam, erinnerte er sich, dass er selbst, bevor er ins Bett gegangen war, beschlossen hatte, den Tag nicht im Präsidium zu verbringen. Er musste sich Rat holen, den ihm Alexia oder die Hohmann oder Schmitt nicht geben konnten. Nur einen konnte er in dieser Situation fragen. Kohlund beschloss, seinen ehemaligen Chef zu konsultieren. Hartmut Queißer hatte ihm oft geholfen, guten Rat hatte er immer.

Allerdings war sich Kohlund nicht sicher, ob ihm Queißer überhaupt einen Rat geben würde. Kohlund quälte das schlechte Gewissen. Er hatte sich immer wieder vorgenommen, den Alten zu besuchen. Früher waren er und seine Familie oft bei Queißer gewesen. Aber Kohlund hatte ihm Grischa Merghentin auf den Hals gehetzt. Als Chef hatte er es für eine gute Idee gehalten, den gelähmten Kollegen mit einem unlösbaren Fall der Vergangenheit zu betrauen. Offenbar verstanden sich der schwule junge Wessi und der verbitterte alte Ossi prächtig. Er hatte gewollt, dass sich Merghentin die Zähne ausbiss. Aber die beiden hatten gemeinsam den Fall eines nicht identifizierbaren Toten geklärt. Oder wenigstens beinah geklärt. Seitdem war Queißers Sympathie, die er bislang Kohlund entgegenbrachte, offenbar auf Merghentin übergegangen. Und in seltenen Minuten gestand Kohlund sich ein, dass er darauf eifersüchtig war. Sollte er Queißer trotzdem fragen?

Im Kühlschrank stand unter Folie ein Teller mit belegten Broten. Offenbar hatte Alexia sie ihm schon geschmiert und bereitgestellt. Kohlund wagte nicht zu entscheiden, ob sie dies aus Liebe, Bevormundung oder Angst getan hatte. Er schmierte sich seine Stullen doch selbst. Er griff zu Milch und Müsli, schnitt einen Apfel und würgte das Frühstück hinunter, um wenigstens etwas im Magen zu haben. Auf der Heizplatte der Maschine dampfte noch Kaffee.

Den Alten, Hartmut Queißer, hatte man nach der Wende wegen Systemnähe auf Schonposten geschoben, und bei nächster Gelegenheit war der Major in den Vorruhestand getreten. Würde der ihm überhaupt den rechten Rat geben können? Unvoreingenommen und wertfrei? Queißer trug es dem neuen Staat nach, dass der ihn nicht nach seinen Qualifikationen weiterbeschäftigte, sondern aus seiner Funktion schlussfolgerte, er sei ein Höriger des sozialistischen Regimes gewesen. Überhaupt gefiel dem Alten schon das Wort Regime nicht. Und ehemalige DDR ließ er auch nicht gelten. Sprach man von der ehemaligen Weimarer

Republik? Oder dem ehemaligen Römischen Reich? Es war die DDR, und sie blieb es. Ehemalig war sie sowieso.

Kohlund stellte Schüssel und Kaffeetasse ins Aufwaschbecken. Die Lappen hingen gefaltet über dem Hahn. Er wusch das Geschirr ab und verstaute es in den Schränken. Er gestand sich nicht ein, dass er Angst vor den Konsequenzen der Entscheidung hatte. Entweder er würde in privatem Unfrieden leben oder er wurde auf Arbeit geschnitten. Was war richtig? Was war das kleinere Übel? Er schob die Antwort immer weiter vor sich her. Bereits als Kind hatte er die Termine bis zum letztmöglichen Moment verzögert. Aufsätze, Matheaufgaben, Hausarbeiten, Diplomarbeit – er hatte mit der Arbeit immer so spät begonnen, dass er meist den Abgabetermin nicht einhalten konnte. Aber Dr. Hackenberger forderte seine Entscheidung. Kohlund musste einen Standpunkt beziehen. Er wusste noch immer nicht, welchen. Und es war fraglich, ob Queißer die richtigen Argumente für oder gegen den Karrieresprung hatte. Und ein Karrieresprung war es. Ohne Zweifel.

Kohlund griff zu Mantel und Schlüssel. Die Tasche ließ er unter der Garderobe stehen, er brauchte sie nicht. Ein Blick zur Uhr sagte ihm, dass die Beetz die Dienstberatung schon beendet haben musste. Probleme hatte es sicher keine gegeben, sonst hätte ihn Schmitt längst informiert. Er könnte die Hohmann schnell anrufen und nach der Atmosphäre fragen. Das Telefon stand im Flur. Aber auch das wäre nur eine Verzögerungstaktik gewesen. Er knallte die Tür zu und machte sich auf den Weg.

26

Miersch hätte es wissen müssen! Seine Tochter hatte ihm das Navigationsgerät immer noch nicht zurückgegeben. Er musste sich anders orientieren. Die Rademacher hatte ihm die Adresse im Archiv herausgesucht, nachdem er sie diskret darum gebeten hatte. Und nun musste er im Straßenverzeichnis suchen und stellte fest, dass er sich in Leipzig noch immer nicht hinlänglich auskannte. Allerdings kannte er auch in seiner Heimat nicht jede Straße mit Namen. Es war jedoch fast ausgeschlossen, in der Nähe des Ostplatzes eine Parkmöglichkeit zu finden. Die Straßen waren vor hundert Jahren nicht auf diesen Verkehr ausgerichtet worden.

Miersch stellte sein Auto hinter eine der Universitätskliniken in die Nähe neu gestalteten innerstädtischen Grüns. Eilenburger Straße, die Johannisallee war nicht weit. Major Hartmut Queißer wohnte in einem jener Gründerzeithäuser, die Leipzigs Reiz und Flair ausmachten. Auch Margo und er wohnten in einem dieser sanierten Viertel. Queißers Haus war offensichtlich noch nicht im modernsten Chic renoviert. Der Putz war schimmelgrau, die Fassade bröckelte. Queißer wohnte im dritten Stock. Miersch sah keine Wechselsprechanlage neben den Klingeln. Die Haustür ließ sich öffnen. Der Geruch von Bratkartoffeln und Gulasch zog durch das Treppenhaus.

Miersch quälte sich die Stufen hinauf. Die Lunge stach, die Knie schmerzten. In seinem Wohnhaus war ein Fahrstuhl eingebaut worden, in dem zumindest zwei Personen Platz fanden. Hier in diesem Haus quietschten die Holzstufen. Das Geländer war fein geschnitzt, aber wackelte. Miersch wusste nicht, worauf er sich einließ. Queißer hatte bestimmt keine gute Meinung von ihm, er hatte Angst, Angst und Respekt vor dieser Begegnung.

Major Hartmut Queißer tauchte in den Erzählungen der heimischen Kollegen immer wieder auf. Und Kohlund wie Schmitt oder Böer sprachen mit Hochachtung von ihrem ehemaligen Chef. Miersch hatte diesem Namen nie Aufmerksamkeit geschenkt, für ihn war er synonym mit der untergegangenen Staatsmacht.

Die Geschichte der Deutschen Volkspolizei versteht sich als Teil der Geschichte des Entstehens und der Entwicklung der Deutschen Demokratischen Republik, des zuverlässigen Schutzes der revolutionären Errungenschaften des werktätigen Volkes und des Kampfes zur Sicherung des Friedens.

Miersch hatte nie einen Anlass gesehen, sich mit der Arbeit der Genossen auseinanderzusetzen. Er war Repräsentant der neuen gesellschaftlichen Ordnung. Die sozialistische hatte das Volk selbst überwunden. Gerade in Leipzig. Der Heldenstadt.

Nur Anne vom Gasthaus *Zu den alten Eichen* brachte ihn dazu, dieses Treppenhaus hinaufzusteigen. Miersch fühlte sich förmlich von ihr dazu genötigt. Sie hatte die Bitte um den Beweis der Unschuld ihres Vaters nicht einmal aussprechen müssen. Er recherchierte trotzdem und buhlte um die Sympathie dieser Frau. Major Hartmut Queißer war damals maßgeblich an den Ermittlungen beteiligt gewesen. Wenn jemand Miersch etwas sagen konnte, das nicht in den Akten stand, dann der Volkspolizist, der die Ermittlungen geleitet hatte. Doch nach Aktenlage war auch Queißer von der Täterschaft Hans-Joachim Popps überzeugt gewesen. Es gab keine Indizien, die Annes Vater entlasteten. Nur dass weder die Familie noch der ehemalige ABV ihm diese Taten zutrauten.

Das Namensschild glänzte golden. Miersch atmete tief, bevor er den Klingelknopf drückte. Er kratzte sich mit dem rechten Schuh die linke Wade, wo er ein intensives Kribbeln spürte. Mücken- oder Flohstich, wenn nicht sogar eine Zecke. Er hatte manches über verfallene Häuser und Ungeziefer gehört. Doch konnte er sich nicht vorstellen, dass die Bewohner noch keinen Kammerjäger engagiert hatten. Zu DDR-Zeiten waren ganze Viertel zeckenverseucht. Ja, Miersch wusste genau, dass er nur seine Vorurteile bestätigt bekommen wollte, und suchte nach Negativem, um diese zu untermauern.

Er drückte zum zweiten Mal und ausdauernder auf die Klingel. Die gegenüberliegende Tür wurde geöffnet, und ein Mütterchen unter Locken lächelte ihm entgegen. Mitte siebzig war sie, wenn nicht darüber. *Marquardt* las Miersch auf dem Schild an ihrer Tür. Er grüßte zurückhaltend. Das Mütterchen rieb sich die Hände an einer großgeblümten Kittelschürze ab. Auch sie schien wie das Haus aus der Zeit gefallen. Frau Marquardt hatte sicher zu Zeiten des *Augensammlers* bereits so ausgesehen.

»Dor Queißer steht hinter der Diere un beobachtet Sie. Öffnet keenem, weil ihn keener besucht. Die, die kommen, sind Drückerkolonnen oder Stoobsoochervertreter.«

»Ich wollte Herrn Queißer konsultieren …«

»Si sind nich von hier, hä?« Dabei kam die Alte forsch zwei, drei Schritte auf ihn zu, so dass ihre Locken wippten. Sie stellte sich vor ihn hin und blickte zu ihm, wie eine Mutter zum frechen Kinde. *Was haben wir denn falsch gemacht?* Allerdings konnte Miersch seine Herkunft nicht leugnen, den bayrischen Zungenschlag hörte ihm jeder auch heute noch an.

»Nein. Ich komme aus München.«

»Sieht mer doch glei an der Kleidung. Solch Zwirn tragen wir nich. Un was wollen Se uns nu vergoofn?«

Miersch musste seine Worte erst suchen und verschluckte sich am eigenen Speichel. Er fragte sich, was ihn so aus der Fassung brachte. Ihm war, als würde er in einem fremden Land ermitteln, wo er weder Mentalität noch Sprache verstand.

»Mein Name ist Miersch, Konstantin Miersch. Ich bin Kriminaldirektor und hätte gern den Kollegen Queißer zu einem alten Fall gefragt.« Er sprach absichtlich lauter, denn er vermutete, dass Queißer längst hinter seiner Tür lauschte.

»Ä alten Fall. Dis muss ja schon Jahre her sein, der Queißer ist doch schon zwanzch Jahre nich mehr im Job.«

»Nun ja.« Miersch fielen keine plausiblen Gründe ein, die die Frau überzeugten.

»Na, dann klopfen Se ma.« Mit großen Schritten näherte sich Frau Marquardt der geschlossenen Tür und schlug mit der flachen Hand dagegen, zwischendurch drückte sie kurz auf die Klingel.

»Herr Queißer, Herr Queißer, ä Kolleche möchte Sie sprechen. Es geht um de Arbeet, der will Ihnen nischt offschwatzen tun.«

Tatsächlich hörte Miersch, wie ein Riegel zurückgeschoben wurde. Dann öffnete sich die Tür einen Spaltbreit, und ein Arm zog ihn in die Wohnung.

»Die Frau ist schrecklich, hat Augen und Ohren überall. Morgen wird sich das ganze Haus über Sie und Ihren Besuch bei mir das Maul zerreißen.«

Major Queißer war kleiner, als ihn Miersch sich vorgestellt hatte. Ein grauer Haarkranz umrahmte seine Glatze. Die Figur noch immer drahtig, auch wenn man ihm das Alter ansah. Queißers Augen musterten ihn skeptisch, und Miersch wusste nicht, wie er das Gespräch mit ein paar belanglosen Floskeln beginnen könnte. Er schwieg.

»Wer sind Sie und was wollen Sie von mir?«, sagte Queißer. »*Kollege* hat Frau Marquardt geschrien. Ich könnte mich nicht dran erinnern, dass ich mit Ihnen zusammengearbeitet hätte, Herr …«

Der Major musterte ihn, so dass sich Miersch peinlich berührt fühlte.

»Mein Name ist Miersch, Konstantin Miersch. Ich bin Kriminaldirektor und hätte Sie gern in einem alten Fall konsultiert.«

Es waren fast genau dieselben Sätze, die er gerade zu Frau Marquardt gesagt hatte. Als müsste er sich verteidigen. Als fehlten ihm die Worte. Miersch fühlte leichten Schweiß auf der Stirn, dabei war ihm kalt. Im Hausflur hörte er die Marquardt zurück in ihre Wohnung schlurfen und ihre Tür verschließen.

Major Queißer lächelte und schaute ihn herausfordernd an. »Sie sind also der Miersch.« Er musterte ihn von oben bis unten und erwartete offensichtlich eine Erklärung.

Miersch streckte ihm seine Hand hin. Queißer schlug ein. Miersch fühlte eine Last von seinen Schultern genommen.

»Ja … Ich bin hier, weil mich einer Ihrer Fälle interessiert. Ich wollte mit Ihnen darüber sprechen, denn einiges erscheint mir da unklar …«

»Hat Kohlund Sie auch ins Archiv verbannt? Oder wollen Sie unsere Vergangenheit im Alleingang bewältigen?«

»Bitte?«

Major Queißer lachte herzlich und bat Miersch mit ausgestrecktem Arm in sein Wohnzimmer. »Die Schuhe können Sie an den Füßen lassen.«

Das Wohnzimmer war dunkel und überladen. Büfett und Schrank schienen Erbstücke von Queißers Großeltern. Die Sessel aus Leder erdrückten den filigranen Tisch, der zwischen ihnen stand. Darauf Zeitungen, Brille und Lupe. Ein Sudoku mit neun Quadraten war mit Ziffern gefüllt. Miersch hatte den Major beim Rätseln gestört.

»Nehmen Sie Platz.«

Miersch sank in einen der Sessel. Er war ihm zu tief. Queißer setzte sich auf einen der Essstühle und sah auf ihn herab. Clevere Taktik, stellte Miersch fest, eine, die schon Charly Chaplin als *Großer Diktator* angewandt hatte. Und Miersch hatte keine Chance der Gegenwehr. Der Major beugte sich zu ihm nach vorn, und Miersch kam sich vor, als würde er auf der Anklagebank sitzen und wich zurück.

»Der Augensammler. Mich interessiert der Fall des Augensammlers.« Es klang selbst in seinen eigenen Ohren gehetzt.

Queißer lächelte noch immer wie die Genossen auf den Feiertagsfotos.

»Mich interessiert der Augensammler.«

Queißer nickte, kratzte sich an der Stirn. »Der einzige Serientäter, den wir in meiner Amtszeit hatten.«

»Es ist auch danach keiner dazugekommen«, konnte sich Miersch nicht enthalten zu bemerken.

»Der Augensammler. Wie lang ist das her? Zwanzig Jahre?«

»Fünfundzwanzig. Genau fünfundzwanzig.«

Queißer hatte sein Lächeln noch immer nicht verloren, und es schien Miersch keine Maske. Allerdings konnte er Queißers gute Laune nicht deuten. Sie war ihm unheimlich.

»Der Fall wurde geklärt. Der Mörder überführt.«

»Ja«, sagte Miersch leise, »aber vielleicht war Hajo Popp gar nicht der Mörder.«

»Ah, ja.« Queißer lehnte sich auf seinem Stuhl zurück und verschränkte die Arme vorm Bauch.

Miersch suchte nach Gründen, die dem Alten sein Anliegen erklärten. »Nach Akteneinsicht scheinen mir die Beweise seiner Schuld auch anders interpretierbar.«

»Ach so.«

Das klang nicht nur überheblich, das war genauso gemeint, da war Miersch sich sicher. Und immer noch das Schmunzeln auf den Lippen Queißers. Miersch hätte es auch als Häme deuten können. Er schaute auf das Ölbild über dem Sofa. Ein See und ein Ruderboot in untergehender Sonne.

»Warum interessiert Sie der Fall? Der war so klar wie nur irgendwas.« Der Alte beugte sich wieder zu ihm vor. »Wollen Sie uns mangelnde Sorgfalt bei den Ermittlungen vorwerfen? Brauchen Sie mehr Argumente für die Überlegenheit des Kapitalismus? Ich kämpfe nicht mehr um die alten Ideale. Wem nützt es, wenn Sie die vergessenen Akten hervorholen? Der Sozialismus ist auf ganzer Linie gescheitert. Sie brauchen dafür nicht noch mehr Beweise. Auch wenn Sie uns im Fall Hajo Popp Fehler nachweisen könnten.«

Queißer hob beide Hände und gab sich schon vor dem Kampfe geschlagen. Die Kapitulation schien Miersch nicht ernst gemeint, und er wollte keine Konfrontation. Aber Queißer empfand offensichtlich allein schon seine Anwesenheit als solche. Miersch musste die Gesprächstaktik ändern, ohne dass er eine gehabt hätte. Er bemühte sich um Lockerheit und ein Lächeln.

»Herr …«

Wie redete er den Alten an? Major war ein Dienstgrad, den es schon lange nicht mehr gab. Nach der Wende hatte man Queißer einige Ränge zurückgestuft. Ihn Wachtmeister zu nennen, verbot sich Miersch. Er entfernte ein nicht vorhandenes Haar von seinen Lippen.

»Herr Queißer, ich wurde gebeten, im Fall zu recherchieren …«

»Ermittelt die Polizei jetzt auch auf private Nachfrage? Denn offiziell wird Sie keiner darum gebeten haben.«

Der Alte war mit allen Wassern gewaschen und trieb ihn wie in einem Verhör vor sich her. Miersch aber wollte nicht von Anne Popp und ihren Zweifeln sprechen. Er wollte den Fall des Augensammlers klären. Rein aus privatem Interesse. Er arbeitete nicht im Auftrag von Anne, Rosel oder wem auch immer. Miersch recherchierte aus eigenem Interesse.

»Ich bin durch Zufall auf diesen Serienmörder gestoßen. Er interessiert mich. Nur scheinen mir Ihre Beweise für die Schuld des Hans-Joachim Popp nicht ganz eindeutig zu sein. Auch sein Tod ist mehr Mysterium als Klärung. Mir scheint die Theorie des rächenden Sohnes eher aus einem Kriminalroman zu stammen. Verstehen Sie?«

»Die Motive für Mord sind banaler, als es sich Krimileser wünschen.« Der Alte klang wie ein Dozent bei der Prüfung, wenn man versagt hatte.

»Der Sohn war von den Untaten seines Vaters geschockt, stellte ihn zur Rede, und im Streit hat er ihn von der Tenne gestoßen. Landwirtschaftliches Gerät stand damals noch in Scheunen, nicht alle wurden als Garagen genutzt …«

»Zumal in der DDR, wo man fünfzehn Jahre auf einen Trabant warten musste.«

»Zumal in der DDR«, wiederholte Miersch und wedelte zur Bestätigung mit dem gestreckten Zeigefinger.

Queißer lachte. »Sie gefallen mir, Herr Kriminalrat.«

Miersch hatte zum ersten Mal den Eindruck, dass der Major echten Herzens amüsiert war. Im Fall des Augensammlers war er allerdings keinen Schritt weiter. Queißer hielt ihn auf Distanz. Miersch schwitzte und langsam quälte ihn Durst.

»Aber bringt ein Sohn seinen Vater um und richtet sich danach selbst? Würde er sich nicht eher bei der Mutter ausheulen oder alles verschweigen?«

Queißer zögerte. »Ein Vatermörder. Könnten Sie mit dieser Schuld leben?«

»Ich würde es zumindest versuchen. Zumal die Indizien nahelegen, dass der Tod von Hajo Popp ein Unfall gewesen war. Oder Sebastian hätte den Tod als Unfall erklären können, ohne dass Zweifel daran aufgekommen wären. Ich verstehe den Selbstmord des jungen Mannes nicht. Er tötet seinen Vater, einen Serienmörder, warum hängt er sich Minuten danach ins Gebälk? Das ergibt für mich keinen Sinn.«

»Tja, vieles im Leben hat keinen.« Damit erhob sich Queißer und schlurfte aus dem Zimmer.

Miersch hörte eine Tür schlagen. Die düstere Atmosphäre lastete schwer in dem Raum wie in den Stuben der Herrschaft um

1900. Sie war beinahe greifbar. Über dem Esstisch hing eine gehäkelte Decke. Das Leder der Sessel hatte einen tiefen Braunton. In einem Regal standen Bücher, die beim Antiquar gutes Geld brächten: gebunden mit Golddruck. Miersch hatte Heldenepen des Sozialismus erwartet, aber vielleicht standen die im anderen Zimmer. Und über der Couch leuchtete die ölige Sonne im Teich.

Queißer kam nicht sofort zurück.

Miersch war versucht, das Sudoku zu lösen. Er blätterte in der Fernsehbeilage, um zu erfahren, dass am Abend wieder einmal Politiker mit Politikern diskutierten. Die Parolen standen in jeder Zeitung, in jedem Parteiprogramm. Miersch hätte sie mitsingen können und war nicht gewillt, dafür sein Geld den öffentlich rechtlichen Sendern zu spenden. Die Alternativen waren Dolph Lundgren in *Die Lektion heißt überleben,* Heinz Erhard als *Witwer mit fünf Töchtern* und eine erkleckliche Anzahl von Zoo-, Auswanderer- und Küchendokus. Zum Kotzen! Er könnte seinen Fernseher abmelden, nur Margo saß am Abend manchmal davor.

Die Zimmertür öffnete sich wieder, und Queißer trug ein Tablett mit Kaffeetassen und Kognak.

»Nur aufgebrüht. Türkisch. Ich trinke ihn gern mit einem Schuss.«

»Danke. Ich auch.«

Das entsprach zwar nicht der Wahrheit, aber Miersch schien die Notlüge momentan angebracht, um das steife Gespräch aufzulockern. Er bemühte sich erneut um ein Lächeln. Überraschenderweise erwiderte es Queißer.

»Warum haben wir nicht früher miteinander gesprochen?«

Miersch fand dafür keinen guten Grund. Er hatte nie das Bedürfnis verspürt, seinen Vorgänger im Amt kennenzulernen. Man übernahm die Arbeit und fertig. Kein Chef suchte die Begegnung mit jenen, die zuvor auf seinem Stuhl gesessen hatten, zumal, wenn der Vorgänger aus einem anderen ideologischen System kam.

»Kannten Sie denn Ihren Vorgänger?«

»Er hat mich für die Stelle des Kripochefs empfohlen.« Queißer schlürfte am Kaffee und blickte hämisch. »Wer hatte sich für Sie ausgesprochen, damit Sie den Posten erhielten?«

Miersch glaubte es nicht, doch der Alte trieb ihn schon wieder in die Enge. Er griff zu seiner Tasse und suchte krampfhaft nach Fakten, die Queißer glaubhaft erscheinen könnten.

»Sie müssen mir nichts erklären«, fuhr der schon fort. »Aber wissen Sie, es waren früher nicht alles Dilettanten in leitenden Funktionen. Andere wurde nach Parteibuch extra auf solche Posten gesetzt.«

»Ich kann verstehen, dass Sie mit Ihrer Biografie …«

Queißer hob wie zur Abwehr die Hände. »Ach Gott, vor fünfzehn Jahren hätte ich Bomben legen können. Aber heute … Auch das Rentnerleben muss nicht langweilig sein.« Er lächelte, Miersch schien es blanker Hohn.

Er sah genau diese Einsamkeit auf sich zukommen, und ihn befiel Angst. Mit Margo würde er schweigsam in der Wohnung sitzen, ohne eine Chance der Veränderung. Da wäre ein Leben als Wirt wesentlich interessanter. Ja, er konnte sich ein gemeinsames Leben mit Anne vorstellen. Nach der Pensionierung würde ihn bei seinem jetzigen Job keiner beschäftigen, hinterm Zapfhahn konnte er auch mit achtzig noch stehen. So ihn der Tod nicht eher erwischte.

»Sie hat nicht der Kohlund geschickt?«

Miersch überraschte die Frage tatsächlich. »Aber nein!«

»Der hat mir den Grischa auf den Hals gehetzt, damit wir einen alten Fall klären.«

Das war Miersch nun wirklich neu: Kohlund schickte einen Kollegen aus der Mord zwo zu Herrn Queißer, und er wusste nichts drüber.

»Und haben Sie?«

»Ja … oder sagen wir fast. Nach Jahrzehnten lässt sich die Wahrheit nicht mehr genau belegen, und viele der Spuren sind kaum zu rekonstruieren. Man erzählt dann die Geschichten, die am plausibelsten klingen.«

»Ja.«

Jetzt musste Miersch auf den Augensammler zurückkommen, sonst dachte Queißer noch, dass er zur Wiedergutmachung hier wäre. Nein, er wollte den alten Genossen weder etwas vorwerfen, noch sie in den Himmel loben. Miersch hatte den Eindruck, dass Queißers Reden ein einziger Vorwurf waren. Allerdings hätte er diesen Eindruck mit nichts belegen können. Aber Mierschs Intuition trog ihn selten.

»Sie glauben, Hajo Popp war der Mörder?«, fragte er.

»Er war es nicht.« Queißer blickte ihm offen in die Augen.

Miersch fiel fast die Tasse aus der Hand. Kaffeesatzkrümel hingen ihm an den Lippen, er wischte sie weg. »Wie bitte? Er war es nicht?«

»Hajo Popp war nicht der Augensammler. Der Vater allerdings hat erkannt, wer der perverse Mörder war: sein Sohn. Hajo Popp hat Sebastian getötet, danach sich selbst, ist in die Egge gesprungen. So ist die Motivlage der beiden Toten in der Garage einfach und logisch zu erklären. Sebastians Morde erklären sie nicht. Aber solch perverse Gewalttaten sind oft irrational, und keiner findet für solche Abartigkeit eine Begründung. Sie kennen die Tatsachen, Herr Kollege.«

»Aber warum steht das nicht in der Akte? Die Familie hat bis heute keine Gewissheit. Dass Hajo seinen Sohn umbrachte, ist genau das Gegenteil von dem, was erzählt wird.«

Der Alte holte tief Luft und schloss seine Augen. »Glauben Sie mir, ich habe mir die Entscheidung nicht leicht gemacht. Aber jedermann hat damals geglaubt, in Hajo Popp den Mörder gefunden zu haben. Dann fanden wir die zwei Leichen. Sofort machte das Gerücht die Runde, der Sohn hätte seinen Vater gerichtet. Die Zeitungen haben es so berichtet.« Queißer schloss seine Augen, sprach langsam. »Wem hätte die Wahrheit genutzt? Der Mutter? Der Schwester? Wäre das nicht viel schlimmer? Der Sohn, der Bruder pervers, ein Serientäter und Vatermörder? Längst galt Sebastian als Held.«

»Sie konnten Ihren Fehler nicht zugeben!«

»Ich dachte, mit unserer Lösung hätte der Fall ein versöhnliches Ende gefunden.«

Queißer ließ seinen Satz wirken. Miersch verstand nicht: Der Vater hatte Sebastian getötet?

»Deshalb haben wir den Fall so zu den Akten genommen. Interessierte bislang auch keinen.«

Miersch war fassungslos. »Aber der Selbstmord …«

»Vielleicht Reue. Vielleicht war der Tod des Vaters wirklich ein Unfall.« Queißer zuckte mit den Schultern. »Ich habe die Erklärung erst Wochen später gefunden. Die Indizien stimmten mit keiner Theorie überein. Die Kollegen hatten sich längst mit der Lösung zufriedengegeben. Die Familie hatte sie akzeptiert.«

»Das hat sie bis heute nicht.«

»Damals hatte ich einen anderen Eindruck.« Queißer suchte den Augenkontakt. »Warum wollen Sie heute, nach einem Vierteljahrhundert, die Familie damit konfrontieren? Manchmal lebt man mit Lügen besser.«

»Ansichtssache.«

»Ansichtssache.«

Queißer stand auf und holte aus dem Büfett zwei Schwenker für seinen Kognak.

27

»Sie übernehmen die Frauen!«

Schmitt nickte. Der Kaffee von der Hohmann rumorte ihm im Magen. Er hatte gestern einfach zu viel getrunken. Oder nicht einmal das, er hatte zu wenig Schlaf. Marissa hatte ihn nicht zur Ruhe kommen lassen. Immer, wenn er sie von der Bettkante gestoßen hatte, provozierte sie ihn erneut. Ob mit Dessous oder Spielzeug, Blowjob oder Massage. Er kam nicht zur Ruhe und hatte unter ihrem Protest das Etablissement erst gegen vier Uhr verlassen. Marissa hatte ihm einen unvergleichlichen Kuss auf die Wange gesetzt und war mit einem Hungerlohn zufrieden. Er wäre bereit gewesen, für ihre Dienste weit mehr auf den Tisch zu blättern. Seine Brieftasche war voll. Aber Marissa hatte ihm mit ihrem Finger den Mund verschlossen: *Du biss mir simpathisch.*

Schmitt hoffte, dass Marissas Rabatt wirklich ihre ganz persönliche Entscheidung war. Böswillige Kollegen könnten das als Vorteilsnahme, gar Bestechung auslegen. Aber in Marissas Armen konnte er den Alltag vergessen, den Job, die Kollegen, die Kinder.

»Sie übernehmen die Frauen!«

Die Beetz genoss ihre Macht. Sie hatte die Beratung geleitet wie die Kanzlerin ihr Kabinett. Zumindest stellte er sich das so vor. Die Beetz hatte auf eine kurze Tagesordnung gedrungen. Schwätzer durften nicht zu ihren Tiraden ausholen. Die Stillen mussten Farbe bekennen. Das war eindeutig ein neuer Leitungsstil. Die Beetz hatte die Prüfung mit Bravour bestanden. Er hatte daneben gesessen und mit sich gekämpft.

Nein, Schmitt wunderte sich nicht, dass Kohlund nicht ihm die Leitung der Ermittlungen übertragen hatte. Er legte auch keinen Wert darauf. Sollten sie doch die Führung übernehmen, die Jungen, Schönen und Ehrgeizigen. Er hatte seinen Posten und war's zufrieden. Überhaupt war Schmitt zufrieden. Seit er Marissa kannte, konnte er das Leben wieder genießen. Der Stress mit den Kindern war vorbei. Annika studierte immer noch Journalismus oder hatte das Studium gewechselt oder beendet. Vielleicht hatte sie aus ihren Fehlern gelernt. Und Claire? Ja, Claire hing ihm noch immer im Nacken. Kriminalistin wollte sie werden, unbedingt. Im dritten Jahr bewarb sie sich und stand noch immer in der Warteschleife. Er würde mit seiner Tochter ein ernstes Wort reden müssen. Irgendwann. Zunächst schaffte er den von der Hohmann gekochten Kaffee auf Toilette. Aber alles bei rechtem Lichte betrachtet: Er war's zufrieden. Ehrlich. Ganz ehrlich. Er könnte heulen.

»Sie übernehmen die Frauen!«

»Ja, welche Frauen?«

»Anita Demand. Manuele Schwitters. Augenscheinlich sind noch mehr Krankenschwestern verschwunden, haken Sie nach. Das Klinikum steht Kopf, und die Leihfirma gibt es nicht mehr.

Irgendwelche Spuren müssen sich finden lassen. Vielleicht fragen Sie noch mal nach im *Neurophysiologischen Zentrum*. Oder Sie starten einen Aufruf für andere Getäuschte, sich bei uns zu melden. Möglichkeiten gibt es viele. Ihrer Initiative sind keine Grenzen gesetzt. Wir müssen wissen, wie und wo *Time is Money* an seine Kunden herankam. Und vor allem, warum diese den Betrug mitgemacht haben. Kollege Schmitt, Sie übernehmen die Frauen!«

Er hatte genickt und gelächelt und hätte dabei dieser aufgetakelten Kuh eine reindreschen können. Nun saß er in seinem Büro und wusste nicht, wie beginnen. Auf abends fünf hatte die Beetz die nächste Sitzung einberufen. Bis dahin würde er ihr was erzählen können. Jetzt brauchte Schmitt Ruhe, und Marissa ging ihm verdammt noch mal nicht aus dem Sinn. Der Kaffee von der Hohmann kam ihm schon wieder hoch.

Lustlos blätterte Schmitt in der Akte. Die Beetz hatte recht, irgendeinen Grund mussten die Krankenschwestern haben, dass sie sich unter falschen Namen beschäftigen ließen. Wahrscheinlich übten die Betroffenen einen Zweitjob aus, der mit dem ersten nicht in Konkurrenz treten durfte. Denn das Geld aus einem Arbeitsverhältnis reichte oft nicht mehr aus zum Lebensunterhalt. Das staatliche System des Aufstockens bei Billiglöhnen war in aller Munde, in jeder Zeitung, in sämtlichen Reden zum Thema. Aber selbst wenn, dann hätten die Frauen zur Arbeitsagentur gehen und um Hartz IV bitten können. Doch das hatten sie nicht getan. Vielleicht schämten sie sich. Vielleicht sollte es der Gatte oder die Familie nicht bemerken. Aber nachts? Wer weiß, ob Marissa ihre Einkünfte ordentlich abrechnete. Das Problem blieb: Warum unter falschen Namen, und wie hießen die Frauen wirklich?

Schmitt könnte sich in Kohlunds Zimmer kurz auf die Couch legen. Ihm ging es wirklich nicht gut. Wie viele Nächte hatte er während des Studiums durchmachen können. Schlaf war damals der Luxus gewesen, den man im Alter lange genug noch hatte. Jetzt war es so weit: Er stand kurz vor der Fünfzig und hatte sämtlichen Ehrgeiz verloren.

Ja, der Kohlund, der hatte seine Chancen genutzt. Wahrscheinlich war er noch gar nicht am Ende seiner Karriereleiter angekommen. Doch für Schmitt war Schluss. Er war sich sicher, das Leben bot ihm keine Möglichkeiten mehr. Er war am Ende und hatte noch gut fünfzehn Jahre seinen Dienst zu versehen. Mein Gott!

Er stellte sich vor, mit Marissa in ein Sommerhaus zu ziehen. Eigener Pool, eigener Butler, eigene Yacht. Werbung erweckte Wünsche … Was wäre wenn … Marissa und eine Nacht voller Lust, die ihm jedoch kaum Hoffnung machte. Scheiße, verdammte! Es konnte noch nicht vorbei sein. Das durfte es nicht! Schmitt kannte den Ausbruch solcher Sentimentalitäten. Er nahm es als ein Symptom des Alters. Zwei Stunden später würde er lachen.

»Sie übernehmen die Frauen!«

Schmitt war sich sicher, dass weder Anita Demand noch Manuele Schwitters auf ihn warteten. Er konnte sich Zeit lassen. Der Fall würde sich klären. Überhaupt, was hatten diese Krankenschwestern mit dem Toten zu tun? Die Beetz ermittelte in falscher Richtung. Aber Kohlund hatte ja ihr die Leitung übertragen. Alles nicht sein Problem. Mit dem Kopf auf dem Schreibtisch schlief er ein.

Als das Telefon klingelte, musste er sich neu orientieren. Nein, er war nicht zu Hause. Nein, er lag nicht in Marissas Bett. Nein, weder Gabriele, Annika noch Claire wünschten ihm einen Guten Morgen. Schmitt saß im Büro und griff zum Hörer.

»Luger, Rechtsanwalt. Meine Mandantin möchte mit Ihnen sprechen. Können wir uns treffen?«

»Wer möchte mich sprechen?«

»Meine Mandantin. Serafina Karataeva.«

»Klingt wie Russland und Karate, damit kann ich nichts anfangen.«

»Frau Karataeva möchte zu dem Kommissar, der den Fall des Toten im *Neurophysiologischen Rehabilitationszentrum* bearbeitet. Das sind Sie, hat uns die Sekretärin Ihres Chefs gesagt. Da Hauptkommissar Kohlund und Kommissarin Beetz momentan im Haus nicht erreichbar sind, hat man mich mit Ihnen verbunden, Herr Kommissar.«

Schmitt spürte einen faden Geschmack im Mund und versuchte, Spucke zu sammeln, um überhaupt sprechen zu können. *Sie übernehmen die Frauen!* Jetzt wollte eine Serafina Karataeva mit ihm sprechen. Schönen Dank auch!

»Was kann Ihre Mandantin denn zur Klärung des Falles beitragen? Ich stecke voll in der Arbeit.«

Schmitt hörte ein Murmeln, dann vernahm er die Stimme des Rechtsanwalts wieder deutlich. Schmitt war, als würde sein Hals vertrocknen. Ein Reizhusten steckte ihm in der Kehle.

»Sie kennen Frau Karataeva, sie heißt Anita Demand«, sagte der Anwalt.

»Ich denke, sie heißt Serafim Karatuso.«

»Nein, Demand, Anita Demand. Sie arbeitete unter falschem Namen und wird im Mordfall Frank Stuchlik als Zeugin gesucht.«

»Wenn nicht sogar als Tatverdächtige.«

»Das ist unser Anliegen. Frau Demand beziehungsweise Frau Karataeva möchte eine Aussage machen, wenn ihr daraus keine Unannehmlichkeiten entstehen.«

»Ich kann doch Mörder nicht freisprechen!«

»Sie ist keine Mörderin.«

»Ja.« Schmitt bereute seinen Satz. Er konnte keinen klaren Gedanken fassen. Er begriff nur, die gesuchte Demand nahm Kontakt zu ihm auf. Er würde den Fall klären.

Der Rechtsanwalt am anderen Ende der Leitung atmete schwer. Wahrscheinlich war er genervt. Schmitt war es auch. *Sie übernehmen die Frauen!* Er konnte nicht glauben, dass sich die gesuchte Zeugin freiwillig bei ihm meldete.

»Arbeitet diese Demand oder Karataeva bei der Sparkasse Leipzig?«

»Nein! Sie *arbeitete* …« Der Anwalt betonte die Vergangenheitsform. »Frau Karataeva war im *Neurophysiologischen Rehabilitationszentrum* tätig. Sie ist die Nachtschwester, nach der Sie seit Tagen suchen.«

»Ja.«

»Frau Karataeva ist bereit, mit Ihnen zu sprechen unter der Bedingung, dass Sie sie nicht verhaften.«

»Wenn sie sich nichts vorzuwerfen hat …«

»Sie hat sich nichts vorzuwerfen, aber sie kann sich mit Ihnen nur unter der Voraussetzung treffen, dass ihr persönlich daraus keine Nachteile erwachsen.«

»Sie belastet sich mit ihrer Aussage selber?«

»In gewissem Sinn … Ja. Frau Karataeva besitzt für Deutschland keine Aufenthaltsgenehmigung. Sie ist illegal in unserem Land.«

Deswegen sprach er mit dem Anwalt und nicht mit der Frau selbst, schlussfolgerte Schmitt. Alle Zeugen konnten sich immer bei der Polizei melden, jeder wusste, dass die Aussagen vertraulich behandelt würden. Hier lagen die Tatsachen anders: Schmitt wusste jetzt von der Straffälligkeit der Frau Karataeva. Eigentlich war er gesetzlich verpflichtet, die dafür zuständigen Stellen zu informieren. Er hielt nichts davon, dass Ausländer auf seine Kosten im Land lebten. Die Karataeva hatte zu viel Schuld auf sich geladen – illegal plus mordverdächtig.

Nur durfte dieser Rechtsanwalt keinen Verdacht schöpfen. Schmitt musste ungezwungen klingen, authentisch. Seine Kehle war trocken, und er hüstelte. »Was schlagen Sie vor?«

»Wir können Ihnen vertrauen?«

»Natürlich.«

»Clara-Park, *Glashaus*, morgen, zehn Uhr dreißig.«

»Ich werde da sein.«

»Und ich kann mich auf Sie verlassen?«

»Jawohl. Morgen. *Glashaus*. Zehn Uhr dreißig. Kein Problem. Ich freu mich auf Sie. Vielleicht kommt der Fall endlich zum Abschluss.«

»Wäre denkbar.«

Schmitt legte den Hörer sorgfältig auf die Gabel und strich sich über die Brust. *Sie übernehmen die Frauen!* Frau Oberkommissarin würde sich wundern, wenn er ihr eine Illegale als Täterin präsentierte. Der Tag wurde doch noch ein voller Erfolg –

Müdigkeit, Durst und schwerem Kopf zum Trotz. Schmitt nahm die Flasche aus dem dritten Schubfach und stieß mit sich an.

Dann stand er auf, ging zum Waschbecken. Er trank gierig und spritzte sich Wasser übers Gesicht und unter die Achseln. So erfrischt erstattete er Meldung bei der Ausländerbehörde. Die Kollegen waren überrascht und bedankten sich mehrmals für seine Unterstützung. Sie versprachen, morgen früh mit allen notwendigen Kräften am Einsatzort aufzutauchen. Schmitt würde die Aktion leiten. Wenn die Beetz das erfuhr, würde sie zerspringen vor Wut. Schmitts Laune besserte sich zusehends. *Prost, alter Knabe!* Bis zum Dienstschluss heute war noch viel Zeit, und Schmitt hatte sich Ruhe verdient. Er drehte den Schlüssel in seiner Bürotür und legte den Hörer neben den Telefonapparat. Er schloss die Augen. *Sie übernehmen die Frauen!* Er würde Marissa heute Abend einen ausgeben auf seinen Erfolg.

Heut ist ein wunderschöner Tag, die Sonne lacht mir so hell …

28

»Hatter Geburdsdaach?«

»Nein. Ich möchte ihn einfach so mal besuchen.«

»Schon eener da. Erscht nie jemand, dann aller Minuten.«

Die Alte wackelte mit ihren Locken und schlich mit dem Müll die Treppe hinunter. Kohlund trug ihr eine heruntergefallene, halbleere Packung Fleischsalat hinterher und legte sie zurück in den vollen Eimer.

Kohlund wunderte sich, dass Queißer Besuch haben sollte, aber vielleicht lernte er jetzt dessen Sohn oder die Schwiegertochter kennen. Bislang schien Queißers Familie nur in seinen Erzählungen zu existieren. Kohlund schaute auf seine Schuhspitzen, die waren geputzt, und er zog sich den Schlipsknoten gerade.

»Nein! Welche Freude!«

Queißer stand mit hochrotem Kopf in der Tür, dann fiel er Kohlund um den Hals. Queißer hatte getrunken, das sah Kohlund ihm an und das roch er. Hatte sein alter Vorgesetzter heute doch Geburtstag? Ihm war, als hätten sie früher im November gefeiert. Aber einen Anlass zum Trinken bot jeder Tag.

»Komm rein!«

Queißer trat zur Seite und wies in Richtung Wohnzimmer. Kohlund stellte seine Schuhe sorgfältig unter das Schränkchen. Pantoffeln zog er aus einem dafür vorgesehenen Beutel. Queißer gab sich nach dem Tod seiner Frau häuslicher als jede Hausfrau.

»Hättste anlassen können, aber gut, dass du da bist, mein Junge. Ich hol dir ein Glas.«

Kohlund schlurfte durch den mit Schränken und Kommoden vollgestellten Korridor. An der Garderobe hingen mehrere Mäntel. Die gute Stube war rechts, er war schon mehrmals in dieser Wohnung gewesen. Als Kohlund das Zimmer betrat, traute er seinen Augen nicht. Miersch, Kriminaldirektor Konstantin Miersch, saß im Sessel und grüßte mit seinem Glas. Es sah aus, als würde er bereits Stunden hier sitzen.

»Na, grüß Gott, lieber Kohlund.«

»Tach auch.«

Kohlund suchte nach einer Fluchtmöglichkeit, dem Kriminaldirektor wollte er nicht begegnen. Niemals hatte er mit ihm ein persönliches Wort gewechselt. Jetzt sollte er auf Anfrage dessen Posten erben. Miersch hatte doch unbefristeten Urlaub genommen, hieß es, bis die Sache mit dem Unfall der Geiselnehmer in Serbien geklärt war. Jetzt saß er hier bei Queißer am Tisch und trank Kognak. Kohlund hätte nie gedacht, dass die beiden sich kannten.

»Ich bin sozusagen dienstlich zugegen.«

Miersch lächelte blöde, wie Kneipengänger es tun, wenn sie denken, noch völlig bei Verstande zu sein. Kohlund betrat gar nicht das Zimmer. Miersch saß wie ein König auf seinem Thron. Hinter ihm spendeten die Fenster trübes Licht. An den Wänden hingen Bilder in schwerem Öl.

Was Miersch dienstlich beim Major wollte, konnte sich Kohlund nicht erklären. Sein Vorhaben, nach Rat zu fragen, war unter den waltenden Umständen nicht durchführbar. Auch wollte er Queißer in dienstlichen Belangen sprechen. Aber wie sollte er Dienstliches in der Gegenwart von Miersch ansprechen? In dieser Situation konnte er mit Queißer kein vernünftiges Wort wechseln. Kohlund strich sich die Haare aus der Stirn und wollte die Wohnung wieder verlassen.

»Na, dann setz dich!« Queißer versperrte ihm den Weg zur Flurtür.

Kohlund könnte sagen, er müsse zum Klo, und sich dann heimlich aus der Wohnung schleichen. Er könnte ohne ein Wort an Queißer vorbeistürmen. Er könnte sagen, dass er dienstlich und privat nicht vermengen wolle … Überhaupt war er jenen Herren hier keine Rechenschaft schuldig. Er würde mit Dr. Hackenberger telefonieren und das wohlgemeinte Stellenangebot ablehnen. Basta und Schluss. Alexia würde sich freuen.

»Überrascht? Das ist der Konstantin.« Queißer wies auf den Kriminaldirektor, als wäre der sein bester Freund.

Miersch erhob sich und reichte Kohlund förmlich die Hand. Kohlund fühlte sich wie beim Rapport. Der Kriminaldirektor lächelte etwas verzweifelt. Kohlund machte auf den Hacken kehrt.

»Aber du willst doch nicht gleich wieder gehen?« Der alte Major legte ihm den Arm um die Schulter. »Lars, wir haben mit dir zu reden.«

Wie früher als Chef nahm Queißer am Tisch Platz und wies auf den Stuhl vor sich. Miersch lachte dümmlich in seinem Sessel und schenkte sich aus der Kognakflasche nach, dann füllte er Queißers Glas und das dritte, das der ihm zuschob. Nur wenige Tropfen gingen daneben. Dann beschrieb Queißer mit vollem Glas einen Halbkreis und fixierte Kohlund mit seinen stahlgrauen Augen. Auch Mierschs Züge wurden ernst.

»Mein Junge, der Konstantin …«

Wenn Queißers Sätze so begannen, folgten Belehrungen. Kohlund kannte das aus seinen frühesten Zeiten bei der Streifenpolizei. Nicht nur einmal war er unter dem Kommando Queißers zu Ermittlungen hinzugezogen worden. Wiesen hatte er durchkämmt und im Sand der Tagebaue nach Indizien gesucht. Queißer war freundlich im Umgang, aber knallhart in der Sache. Aber so hatten sich eigentlich alle Offiziere verhalten, wenn sich Kohlund richtig erinnerte. Klare Befehlsketten. Klare Strukturen. Gegenseitiges Vertrauen und Achtung. Nur unter Miersch war dieses Verhältnis durch Missgunst, Neid und Intrigen geprägt. Kohlund hatte es zuerst auf die neue Gesellschaft geschoben. Miersch selbst hatte ihn eines Besseren belehrt. Und jetzt sollte Kohlund sich mit diesem Chef aus Bayern an einen Tisch setzen. Ausgeschlossen. Der trank schon am Mittag.

»… der Konstantin ist auf der Suche …«

»Ich habe soeben den Fall des Augensammlers geklärt. Mit deiner Hilfe …« Miersch fiel Queißer ins Wort und hob sein Glas. »Auf diesen Erfolg, Hartmut. Ohne dich hätte ich den Fall niemals gelöst.«

Queißer stieß mit dem Kriminaldirektor an und wandte sich wieder Kohlund zu. »Einen mittrinken wirste ja können!«

Kohlund griff notgedrungen zum Glas. Als sie anstießen, schwappte es über. Ihm war es peinlich, er schien in eine vertraute Männerrunde geraten zu sein. Dass Queißer Miersch kannte, hatte er bislang ausgeschlossen. Mittlerweile arbeiteten die beiden offensichtlich schon gemeinsam an Fällen. Auch Kohlund hatte öfter bei seinem ehemaligen Chef wegen eines Falls Rat gesucht, da konnte es eigentlich nicht verwundern, dass die beiden sich trafen. Aber dass Miersch den Fall des Augensammlers hatte klären können, schien ihm absurd. Der Mörder war längst überführt. Die Akte lag seit mindestens zwanzig Jahren im Archiv. Kohlund konnte sich gut an den Fall erinnern. Unter Queißers Leitung hatten sie in den Wäldern um Naunhof Quadratzentimeter für Quadratzentimeter nach Beweisen abgesucht und nichts gefunden. Als Mörder hatten sie einen Macherner Wirt überführt. Dessen Sohn hatte ihn danach umgebracht. Eine Familientragödie. Was wollte Miersch da geklärt haben?

»Kontrollieren Sie unsere Arbeit?«

»Aber nein.« Miersch nippte an seinem Glas. »Nur kann man den Akten nicht immer glauben.« Der Direktor lächelte Queißer zu, als wären sie Verschwörer bei einem Akt der staatsgefährdenden Sabotage.

»Das sage ich seit der Wende, lieber Kollege.«

Dabei hoben die Alten ihre Gläser und leerten sie.

»Ihr aus dem Westen haltet alle Akten für ordentlich recherchierte Geschichte. Das sind sie nicht immer. Zwischen den Zeilen muss man lesen, zwischen den Zeilen. Und manchmal kann man es auch bleiben lassen.«

Kohlund wusste nicht, worüber die beiden Herren diskutierten. Miersch goss ihm noch einmal das Glas voll, obwohl er es nicht geleert hatte, und suchte dann Augenkontakt. »Lieber Kollege, ich habe eine Entscheidung getroffen. Es liegt mir nicht an Amt und Posten. Ich trete zurück. Die laufende Kampagne hat mich in dieser Entscheidung bestärkt. Lieber Kohlund, wie denken Sie darüber? Wären Sie nicht der richtige Mann, der meine Nachfolge antreten könnte?«

Miersch stieß beim Sprechen mit der Zunge an seine Zähne, auch ließ er die gewohnte disziplinierte Haltung vermissen. Sein Glas hielt er gerade, sonst lümmelte er im Sessel. Queißer nickte lächelnd zu seinen Worten und nickte und nickte. Kohlund kam sich vor, als hätte er bereits fünf Gläser Kognak genossen. Er verstand nicht, was sie von ihm wollten.

»Ich? Direktor? Wie stellen Sie sich das denn vor?«

»Was soll ich mir vorstellen? Sie ziehen in mein Büro und übernehmen die Leitung der Leipziger Kriminalpolizei. Sie sind lange genug bei der Truppe, als dass Sie nicht wüssten, wie man diese Aufgaben wahrnimmt. Und vielleicht meistern Sie manches besser, als ich es leisten konnte. Sie kennen die Behörde, haben Stallgeruch, sozusagen. Ich war eine zeitlich begrenzte Hilfe für den Aufbau Ost, sozusagen.«

Miersch geriet über seinen Scherz ins Husten. Queißer klopfte ihm den Rücken. Dann stand Miersch stramm, und auch Queißer erhob sich. Sie hielten Kohlund ihre Gläser entgegen. Er zögerte und wusste nicht, worauf das alles hinauslaufen sollte.

»Lars, mein Junge, der Kriminaldirektor will sich ins Private zurückziehen. Alt genug ist er dafür. Und wenn man mit der

Rente sein Leben nicht ändert, tut man es nimmer. Ich habe zu lange meinem Job nachgetrauert. Was ich in den Jahren meines Vorruhestands alles hätte anstellen können …«

Es sah aus, als würde Queißer schlagartig in eine Depression verfallen. Sein Lächeln verschwand. Er drehte den Kognakschwenker mit dem Finger und sah aus dem Fenster. »Manches im Leben begreift man zu spät. Mein Junge, nutze die Möglichkeiten, wenn sie sich bieten!«

Kohlund leerte, ohne anzustoßen, sein Glas.

»Wenn ich noch mal von vorn beginnen könnte …« Kohlund kam sich vor wie in einem Altenheim. »… Wenn der Hund nicht geschissen hätte. Worüber reden wir eigentlich?«

»Lars, zier dich nicht. Das ist deine Chance!« Queißer blickte vom Fenster wieder in Kohlunds Gesicht. Er würde keinen Widerspruch dulden.

»Jawohl, eine Chance«, lallte Miersch und ließ sich in seinen Sessel zurückfallen.

»Ich glaube, ihr habt beide einen Knall.«

»Aber es geht uns gut, mein Junge, sehr gut … und nun setz dich endlich!«

Kohlund nahm Platz und kam sich vor wie im Film. Er ließ sich ohne Protest nachschenken. Die Alten lächelten.

»Ich und Kriminaldirektor. Hackenberger hatte denselben komischen Gedanken. Genau deswegen wollt ich ja mit dir reden. Soll ich oder soll ich nicht?«

»Was?«

»Mich um den Posten des Kriminaldirektors bewerben.«

»Ja, aber klar doch!« Die beiden redeten im Chor. Kohlund hatte den Eindruck, als sei das Ganze ein abgekartetes Spiel.

»Kriminaldirektor Lars Kohlund – ich seh's richtig vor mir!« Damit erhob sich Queißer. Miersch quälte sich aus dem Sessel. Sie stießen an wie auf einem Staatsbankett.

Kohlund müsste nur noch sagen: *Ich danke für das Vertrauen.*

29

Ihr Instinkt hatte sie nicht getrogen. Beetz stand in der richtigen Straße. Sie stand vor dem richtigen Gebäude. Sie konnte sich sogar an Mauerwerk und Parkplätze erinnern. Aber das Schild der Firma *Time is Money* war vom Eingang verschwunden. Sie betrat das Haus trotzdem.

Die Stufen waren so ausgelatscht wie vor drei Tagen. Die Fenster geputzt. Die Treppen gekehrt. Noch immer hing der Ölgeruch der alten Fabrik im Gemäuer. Beetz ließ sich vom rumpligen Fahrstuhl in den vierten Stock bringen, stieg aus und erkannte sogar den Kratzer an der Eingangstür wieder. Aber die Tür war verschlossen und kein Hinweis zu entdecken, dass die Firma je existiert hätte. *Time is Money* hatte seine Dependance in Leipzig offensichtlich eiligst aufgegeben.

Beetz war nicht überrascht. Sie hatte zwar nicht mit dem sofortigen Abzug der Firma gerechnet, aber nachdem sie im Internet nicht mehr auffindbar war, war Beetz auch darauf gefasst gewesen. *Time is Money* war der Schlüssel zum Verschwinden der Krankenschwestern. Doch dass *Time is Money* und Dr. Bornschein mit dem Tod von Frank Stuchlik in Verbindung standen, schien ihr zweifelhaft. Aber sie würden den Fall klären. Beetz war optimistisch.

Überhaupt war dies ein gelungener Tag. Die Kollegen hatten sich kaum gewundert, dass sie die Dienstberatung am Morgen geleitet hatte. Nur Schmitt musste seinen Unmut überlaut kundtun. Aber sie hatte die Herausforderung bestanden. Manuela Hohmann hatte ihr auf den Rücken geklopft und ihren Daumen nach oben gehalten. Ein Erfolg.

Beetz versuchte, den Hausmeister zu finden, und rumpelte im Fahrstuhl wieder nach unten. Sie fragte in einer Bürogemeinschaft und wurde in den Keller verwiesen. Der Mann hockte in seinem Kabuff und hantierte mit Lötkolben und Metall. Er war korpulent, der Bauch hing ihm zwischen den Knien. Auf ihr Klopfen an die geöffnete Tür reagierte er freundlich. Er war deutlich jünger, als sie vermutet hatte.

»Wo brennt's denn?« Seine Stimme war erstaunlich hoch. Er lächelte freundlich.

»Nirgends. Ich habe ein paar Fragen an Sie, die Firma *Time is Money* betreffend.«

»Hörn Se bloß uff. Sie können sich gar nich vorstellen, welche Hektik hier gestern geherrscht hat.«

Der Mann legte seinen Lötkolben beiseite und kam auf sie zu. Der Overall war verschmiert. Farbe hatte die Lederstiefel bekleckst. Ein Kettchen mit Herz hing ihm um den Hals. Auch im Gesicht Ölspuren. Im linken Ohr glänzte ein Ring. Der Hausmeister wischte seine Hände mit einem Lappen ab, dann streckte er sie Beetz entgegen.

»Morgenstern. Nicht Christian, sondern Christoph.« Herr Morgenstern lächelte über sein ganzes Gesicht.

»Beetz. Kriminalpolizei«, sagte Beetz förmlich. Damit hielt sie ihm ihren Ausweis entgegen.

»Hätte ich mir denken können, dass da etwas nicht stimmt. Knall auf Fall haben die ihre Bude geräumt. Morgens um sechs schon standen zwei Umzugslaster im Hof. Und dann haben die geräumt und geräumt, und nachmittags um dreie sah es so aus, als seien sie nie Mieter gewesen.«

Beetz ahnte, dass Dr. Bornschein und Kollegen der Boden in Leipzig zu heiß geworden war. Aber es war ausgeschlossen, dass sie als Ermittler den Wegen dieser Firma nicht nachspüren könnten. Beetz freute sich auf eine Wiederbegegnung mit Dr. Bornschein und rieb sich im Stillen jetzt schon die Hände. Dem würde sie seine Überheblichkeit mit Freuden vom geleckten Antlitz reißen.

»Haben Doktor Bornschein und Kollegen sich abgemeldet?«, fragte sie den Hausmeister.

»Sie haben eine E-Mail gesendet, dass sie mit sofortiger Wirkung ihren Mietvertrag kündigen.«

»Das Büro ist nicht mehr besetzt?«

»Doch, eine Dame sitzt noch stundenweise am Empfang. Wenn man sehr hartnäckig klingelt, öffnet sie auch die Tür. Fragen Sie mich nicht, wie ihre ehemaligen Kunden hier wieder abziehen. Die haben Tränen in den Augen, als wäre mit *Time is Money* auch ihre Zukunft gegangen.«

Herr Morgenstern klopfte auf das Holz seines Arbeitstisches. Das Herzkettchen schwang an seinem Hals.

»Haben sie eine Kontaktadresse hinterlassen?«

»Bei mir nicht. Vielleicht bei der Verwaltung.«

Beetz bedankte sich und nutzte wieder den Fahrstuhl hinauf zur vierten Etage. Sie klingelte an der Tür, hinter der die Leiharbeitsfirma noch vor ein paar Tagen gesessen hatte. Keine Reaktion. Sie schlug gegen das Furnier. Sie rief, klingelte, klopfte und rief.

Nach Minuten öffnete sich die Tür einen Spaltbreit, und Beetz schaute in das Gesicht der älteren Dame, die sie bereits bei ihrem ersten Besuch empfangen hatte. Farbige Locken kringelten ihr ums bleiche Gesicht. Die blassbraunen Augen lagen tief in den Höhlen.

Die Dame hob sofort abwehrend die Hände. »Ich nur Vertretung. Ich kann nichts sagen. Katastrophe, meinte Chef.«

»Ich weiß, dass Sie keine Verantwortung tragen, aber vielleicht können Sie mir trotzdem ein paar Fragen beantworten?«

Die Dame schüttelte heftig den Kopf, ihre Locken wippten, aber sie gerieten nicht außer Fasson. Der zu stark aufgetragene Lippenstift formte bei jedem Wort einen Kussmund. »Ich nur Empfang. Und Chef gesagt, geht keinen was an.«

»Was hat Ihr Chef denn zu Ihnen gesagt?«

»Geht keinen was an. Und schweigen.« Die Frau führte ihren Finger an die Lippen, es sah aus, als schlüge sie ein Kreuz. Beetz zog ihren Ausweis und drängte die Empfangsdame einfach beiseite. Im Korridor stand nur noch die Theke, die man in der Eile wohl nicht hatte abbauen können. Sie sah einen Stuhl, kein Telefon, keine Schränke. Nur die Topfpflanzen standen auf dem Fensterbrett wie in einer Blumenhandlung. Die Gießkanne lag vor der Tür zur Toilette. Vielleicht hatte die Kommissarin die Empfangsdame bei der Pflanzenpflege gestört. Beetz zückte abermals ihren Ausweis.

Die Frau las ihn aufmerksam, wobei sie ihre Lippen bewegte. »Miliz?«

»Polizei. Und Sie wollen mir doch nicht erklären, dass das hier mit rechten Dingen zugegangen ist?« Beetz zeigte ins Rund.

»Ich Anruf bekommen in tiefer Nacht, soll Büro kümmern um Pflanzen und Menschen. Chef meldet sich wieder, hat er gesagt. Ich selbst keine Ahnung, wohin verschwunden und warum.«

Beetz war geneigt, den Ausführungen zu glauben. Zu unwissend und überrascht blickte die Frau ihr ins Gesicht. Beetz änderte ihre Taktik, lehnte sich an die Theke und bat um einen Schluck Wasser. Diensteifrig eilte die Empfangsdame zur Küche und holte ihr ein Glas Sprudel.

»Küche sie vergessen. Wollen Keks?«

Beetz lehnte ab. Das Wasser war eisgekühlt und erfrischte sie. Das Büro war verlassen. Staubränder zeigten, wo einst Bilder gehangen hatten. Ein paar Papierfetzen lagen herum, ein paar Nägel und ein alter ramponierter Korbstuhl.

»Was vermittelte Ihre Firma eigentlich? Womit verdiente sie ihr Geld?«

»Nun, ich nicht genau wissen, aber wir Arbeit besorgt, für die, die schwer Arbeit finden. Ich selbst sehr glücklich darüber, hier Job tun zu dürfen. Und jetzt mit einem Mal alles vorbei.« Sie blickte wehmütig durch die leeren Räume. Mit einer Hand griff sie in einen Ficus, als würde der ihr Halt geben können.

»Liefen die Geschäfte nicht gut?«

»Was heißt nicht gut? Jeden Tag standen Leute und haben beworben für Arbeit. Chef viele Ausländer wie ich in die Arbeit getan. Wir glücklich, dass arbeiten können. Deutschland schwierig, und nicht jeder will Ausländer arbeiten lassen.«

»*Time is Money* war auf solche Jobs spezialisiert?«

»Nun, ich nur Empfang. Wissen, Kaffee kochen, Tee, Plätzchen … Sie wollen wirklich kein Keks?«

»Nein, danke.« Die Empfangsdame griff selbst zu und aß hastig. Beetz tat sie leid. »Seit wann arbeiten Sie hier?«

»Drei Jahre und zwei Monate, ungefähr. Mir Freunde die Adresse gegeben. Probier dort, sie gesagt. Ich getan und Job bekommen. Dass ich nicht mehr Lehrerin sein kann wie in Heimat, mir klar gewesen. Nun Empfang auch gut. Viele haben gar nichts zu tun. Sitzen zu Hause und trinken und saufen. Larissa, ich mir gesagt, so das nicht sein kann.«

Die Zeitarbeitsfirma hatte offensichtlich die Möglichkeiten genutzt, die ihnen die neue Gesetzgebung bot. Beetz erinnerte sich an Kommentare in den Medien, die solche Arbeitsverhältnisse sehr kritisch sahen. Oft funktionierten Leiharbeitsfirmen am Gesetz vorbei. Sie steckten den offiziell ausgezahlten Lohn ein und überwiesen ihren Klienten weitaus weniger. Die hatten keinen Einblick in die Verträge mit den ausleihenden Firmen und konnten den Betrug schwerlich erkennen. Ein profitables Geschäft für Dr. Bornschein und Genossen, zumal sie kaum einem ihrer Angestellten Lohn weiterbezahlten, wenn deren Zeitarbeitsjobs ausliefen. Arbeit weg, flogen sie wieder auf die Straße und konnten zur Arbeitsagentur gehen. Manchmal fragte sich Beetz, wie weit sie gehen würde, wenn ihr Job nicht sicher wäre und sie auf dem freien Markt suchen müsste.

»Können Sie mir sagen, wo ich Herrn Doktor Bornschein oder Frau Schell finden kann? Wissen Sie vielleicht, wo sie wohnen?«

Wieder die Abwehrhaltung, als würde Beetz mit einer Pistole auf sie zielen. Beetz versuchte, Larissa mit einem Lächeln zu beruhigen. Vom Ficus fielen Blätter.

»Ich nichts wissen. Ich auch nichts wissen, was Chef getan, dass Miliz jetzt im Haus und Firma kaputt. Ich nur sagen, immer alles okay, ich getan meine Job.«

Beetz streichelte der Frau beruhigend über den Arm. Sie konnte deren Aufregung verstehen. Larissa jedoch schien sich kaum zu beruhigen. Ihre Finger ließen den Ficus los und trommelten auf dem Holz der Theke. Beetz glaubte, ein russisches Volkslied zu hören. Schweißflecken waren unter Larissas Achseln zu sehen. Ihre Lippen zuckten, als würden sie Küsse in die Luft werfen, aber sie schwieg.

»Kannten Sie Anita Demand und Manuele Schwitters? Sie waren Krankenschwestern im *Neurophysiologischen Zentrum* und sind verschwunden.«

»Ich nicht kennen Klienten, und Akten Chef genommen, als Firma ausziehen musste, ganz schnell. Ich verstehe nicht warum. Können Sie mir das sagen? Ich meinen Job behalten möchte. War gute Arbeit und gutes Geld.«

Beetz konnte Larissa nichts sagen und sie auch nicht beruhigen. Die Firma *Time is Money* wirtschaftete mit ungesetzlichen Mitteln. So viel war ihr klar. Sie beschäftigte Angestellte unter falschem Namen. Warum, blieb bislang unklar. Die Demand und Schwitters würden nicht die einzigen Betrugsopfer bleiben, da war sich Beetz sicher. Offensichtlich hatte Dr. Bornschein ein System etabliert, dem schwer auf die Schliche zu kommen war. Aber jetzt hatten sie ihn aufgeschreckt, die Maschinerie lief nicht mehr geölt. Bornschein handelte unkontrolliert, hektisch. Das war ihre Chance. Wer panisch alle Verbindungen kappte, machte Fehler. Und spurlos konnte kein Mensch in Deutschland verschwinden. Erst recht keine Firma.

»Larissa, können Sie mir Ihre Adresse geben, falls ich weitere Fragen habe?«

»Ich nicht Verbrecher. Ich immer ehrlich. Ich Lehrerin und wie habe ich diese Arbeit geliebt. Vielleicht Fehler, nach Leipzig zu kommen. Vielleicht Leben ein Fehler …« Larissa liefen die Tränen übers Gesicht.

Beetz trat hinter die Theke und nahm die Frau kurz in den Arm. Sie war sich der Unbotmäßigkeit dieser Geste bewusst, doch Larissa drehte sich ihr zu. Der Ficus kam ins Trudeln, blieb aber stehen.

»Sie müssen sich keine Vorwürfe machen. Sie haben keine Schuld, Larissa, wir werden die Verbrecher finden und bestrafen. Mein Wort drauf.«

Beetz reichte Larissa die Hand. Der standen immer noch Tränen in den Augen. Beetz' Hand nahm sie zögernd, als diese sich mit einem Lächeln verabschiedete.

»Alles wird gut!«

Beetz musste sich unbedingt mit Merghentin und der Abteilung Wirtschaftskriminalität in Verbindung setzen. Hier war sie einem ganz großen Betrug auf der Spur. Und vielleicht führte die Agentur *Time is Money* auch zum Mörder Frank Stuchliks. Dr. Bornschein traute sie alles zu.

Larissa schloss hinter ihr leise die Tür. Beetz nahm die Treppen.

»Pack mer's, meine Herren!«

Sie hörte bereits die Handschellen klicken.

30

Miersch hatte ein Taxi genommen. Der Fahrer war hocherfreut, eine Tour zu erhalten, die lohnte. Miersch erinnerte sich an seine erste Fahrt nach Machern und an den langen Umweg. *Wöllmen. Gostemitz. Groitzsch.* Jetzt am frühen Abend war wenig Verkehr auf den Straßen. Sie schafften die Strecke in der Hälfte der Zeit, die Miersch vor Tagen gebraucht hatte. Der Taxifahrer bedankte sich für das Trinkgeld. Miersch hatte zum falschen Schein gegriffen, verlangte ihn aber nicht wieder zurück.

Die Tür zum Wirtshaus *Zu den alten Eichen* war nicht verschlossen. Der Gastraum aber war leer. Miersch nahm unter dem Fußballerwimpel Platz, nachdem er ihn am Nagel geradegerückt hatte. Er hörte aus der Küche Geräusche und leise Worte, die er nicht verstehen konnte. Wie ein Vorwurf hing die alte Zeitung mit seinem Bild auf der Titelseite noch am Ständer: *Mörder, Monster, Menschenschlächter.* Miersch erhob sich und drehte Schlagzeilen und Foto zur Wand. Keine Bedienung fragte nach seinen Wünschen.

Ein Blick in die Küche zeigte Anne beim Kochen. Sie stand in Wasserdämpfen, die Ärmel hochgekrempelt, die Haare unter eine weiße Mütze gezwängt. Miersch klopfte. Die Wirtin überhörte es, ob absichtlich, konnte er nicht entscheiden. Miersch klopfte lauter. Auch darauf zeigte Anne keine Reaktion.

»Hajo ist kein Mörder«, sagte Miersch leise.

Anne erstarrte. Mit blicklosen Augen schaute sie durch ihn hindurch. Minute um Minute. Ohne Bewegung. Augen starr, ohne ein Zwinkern. Auf der Platte brutzelte Fleisch und verqualmte. Miersch ging an Anne vorbei und nahm den Tiegel vom Herd. Es war ein Schnitzel und vielleicht noch zu genießen. Anne war ihm mit den Blicken gefolgt, zeigte jedoch keine Regung.

»Ich habe schon immer gewusst, dass Hajo kein Mörder ist.« Ihre Stimme war tonlos, klang künstlich. Wie eine Puppe, dachte Miersch, wie eine aufgezogene Puppe.

Es war weder Genugtuung noch Überraschung in ihrer Stimme. Wie ein Automat hob sie einen Deckel vom Topf und rührte in einer Suppe. Es roch nach Gemüsesud und Basilikum.

»Sie haben gesagt, in der Akte stand's anders. Da war mein Vater der Mörder.« Er musste den Kopf neigen, um sie noch zu verstehen.

Anne rührte, als würde sie Schaum schlagen wollen. Dann schob sie den Topf von einer Platte zur anderen und verfiel in Geschäftigkeit. Sie hob da einen Deckel, roch dort, holte aus Schränken Gewürze und Messer.

»Die Akte lügt, und die Menschen haben auch gelogen.« Auch Miersch sprach leise. »Ihr Vater hat die Mädchen nicht getötet, Anne. Ihr Vater ist nicht der Augensammler gewesen.«

Miersch legte sich das verbrannte Schnitzel auf einen Teller. Er guckte in Töpfe, griff nach einer Kelle und füllte seinen Teller mit Kartoffeln und Mischgemüse. Anne erhob keinen Einspruch. Für die Soße nahm er ihr das Messer aus der Hand und träufelte sich damit Butter über die Kartoffeln. Sie stand vor dem Herd und bewegte sich nicht.

Miersch überlegte, ob er alle Schalter an den Apparaten ausdrehen sollte. Anne schien ihm zu keiner Reaktion mehr fähig. Das Essen würde verkochen, verbrennen und ungenießbar werden, wenn sie nur noch daneben stand. Er drängte an ihr vorbei und nahm seinen Teller.

Anne hielt ihn am Arm fest, und ihr Gesicht kam seinem gefährlich nah. »Wer war es dann?«

Sie stellte keine Frage, es klang wie ein Befehl.

»Wer war es dann?«

Miersch konnte ihr die Wahrheit nicht sagen. Jedenfalls nicht in diesem Augenblick. Er hielt den Teller in der Hand, Butter lief über den Rand und tropfte auf sein Jackett. Er nahm davon keine Notiz. *Hajo war kein Mörder.* Er hatte Anne mit seinem Satz froh machen wollen. Ihr Vater war unschuldig. Er hatte die Beweise und die Aussage von Hartmut Queißer. Rosel und sie hatten recht. Aber Miersch hatte Annes Reaktion nicht vorhergesehen. Jetzt stand er in ihrer Küche und wurde von ihr gezwungen, die Wahrheit zu sagen.

»Wer es war, wissen wir nicht«, sagte er und konnte ihren Atem auf seinem Gesicht spüren. Er roch ihr Parfüm, das Bratendunst und Basilikum überdeckte. Er roch ihren Schweiß. Annes Griff ihm in den Arm wurde fester. Ein Schraubstock.

»Sie lügen. Sie wissen, wer der Mörder war!«

»Ich weiß nicht, wer es war!«, schrie Miersch. Es klang fast panisch. Dann riss er sich los und ging in den Gastraum zurück. Die Türe pendelte auf, zu, und zeigte Anne kraftlos vor ihren Töpfen. Miersch meinte, ihre Schultern zucken zu sehen. Er stellte seinen Teller ab, suchte nach Besteck und fand nur einen Löffel. Der tat es auch.

Zweifellos hatte er bei Queißer zu viel getrunken. Aber der alte Major hatte ihm die Augen geöffnet. Er ließ ihn die Akte richtig lesen. Die Indizien wurden in einen folgerichtigen Zusammenhang gebracht. Miersch hatte sie stets falsch interpretiert. Nach Queißers Worten ergaben sie einen anderen Sinn. Ohne Zweifel, Sebastian Popp war der Augensammler. Genau wie sein Vater hatte Sebastian bei jedem der Mordfälle Gelegenheit zur Tat gehabt. Die Familie badete in den Naunhofer Seen. Die Familie. Also auch der Sohn. Der Fokus der Ermittlungen hatte sich stets auf den Vater gerichtet, nicht auf Sebastian. Der Junge war sechzehn Jahre alt gewesen, als er starb. In ihm erwachte die Sexualität. Andere Serientäter hatten vom Aufkommen ihrer perversen Wünsche bereits in der Pubertät berichtet. Sie waren nicht älter als Sebastian gewesen. Darin lag die Lösung des Falles. Queißer hatte sie ihm verraten.

Miersch hatte Anne eine Freude bereiten wollen. Nur eine Freude. Uneigennützig. Ohne Hintergedanken. Jetzt hatte er alles versaut. Anne stand am Herd und würde ihn nicht mehr sehen wollen, außer er sagte die Wahrheit. Anne … Er hätte es wissen müssen, doch der Alkohol ließ keinen klaren Gedanken mehr zu. Ja, Anne hatte ihm die einzig logische Frage gestellt. *Wer war es dann?*

Miersch hatte nicht darüber nachgedacht, was er auf diese Frage antworten sollte. Die ganze Wahrheit konnte er Anne nicht sagen. Jedenfalls nicht so zwischen Gemüsedunst und Bratenduft. Er wusste, dass diese Tatsachen für Anne wahrscheinlich noch schwerer zu ertragen waren. Sebastian, ihr großer Bruder, war der Augensammler gewesen. Der große Bruder, zu dem Anne aufgeschaut hatte – ein Vergewaltiger, ein Perverser, ein Mörder. Sebastian, der ihr Höhlen und Burgen gebaut hatte. Sebastian, mit dem sie durch die Wälder Rad gefahren war. Sebastian, der ihr bei den Hausaufgaben geholfen hatte. Sebastian, mit dem die kleine Anne eine glückliche Kindheit verband. Würde sie diese Wahrheit akzeptieren wollen? Konnte sie es?

Queißer hatte damals nachvollziehbar und richtig gehandelt. Der Volkspolizist hatte der Familie die Tatsachen einfach verschwiegen, um ihre Katastrophe nicht noch größer zu machen. Die Öffentlichkeit hatte in Hajo Popp den Täter gefunden und sich schließlich wieder beruhigt. Die ganze Wahrheit nützte keinem, auch heute nicht. *Hajo ist kein Mörder!* Doch Rosel und Anne hatten sich mit der offiziellen Lüge nie abgefunden. Sie suchten noch immer den wirklichen Täter. Es war ihnen zur Lebensaufgabe geworden, Hajos Unschuld zu beweisen.

Und just da kam er: Konstantin Miersch. Suchte Quartier für eine Nacht und verfiel den schönen Augen der Wirtin. Nur um ihr zu gefallen, grub er die Wahrheit aus dem Archiv und war stolz, sie gefunden zu haben. Natürlich musste er Anne von seinem Erfolg berichten. Natürlich. Keinen Gedanken hatte er daran verschwendet, was sie mit dieser Wahrheit anfangen sollte. Sie stand in der Küche und stellte neue Fragen. *Wer war es dann?* Er würde ihre Frage beantworten müssen. Irgendwie. Irgendwann. Nicht ihr Vater, der Bruder war der Augensammler. Könnte Anne …? Zweifellos hatte Miersch zu viel getrunken. Was sonst hatte ihm seine Sinne so benebelt?

Mit dem Löffel konnte er das Schnitzel nicht teilen. Miersch aß mit der Hand. Aus der Küche hörte er keinen Laut. Als wären alle Kessel verdampft, alle Hähne geschlossen. Er würde nicht nachschauen. Er löffelte Kartoffeln und Mischgemüse und hatte Durst auf ein Bier. Er überlegte, ob er es sich selbst zapfen sollte.

Die Türe öffnete sich leise. Er blickte auf. Gunda kam auf ihn zu und setzte sich still ihm gegenüber. Miersch würgte an einem zu großen Stück Kartoffel und musste husten. Gunda stand nicht auf, um ihm den Rücken zu klopfen. Miersch bekam Atemnot.

»Opa war nicht der Mörder?«

Miersch konnte nicht sprechen. Die Kartoffel rutschte ihm wieder zwischen die Zähne.

»Nein, Gunda, dein Großvater hat die Mädchen nicht umgebracht. Er war nicht der Augensammler.«

Sie schwieg. Er keuchte und biss dann schweigend in sein Schnitzel.

»Einer muss es aber gewesen sein.«

»Ja.«

»Wer?«

Miersch kaute und wollte nicht schlucken, wollte die Antwort nicht geben. »Ich hätte gerne ein Bier«, sagte er stattdessen.

»Wer?«

Der Raum begann sich zu drehen. Die dunklen Wände stürzten auf ihn. Wimpel und Bilder fielen herab. Trachtenpüppchen, Volkskunst und Nippes rutschten von den Regalen. Das Schnitzel geriet zu altem Leder, und er kaute und kaute und kaute. Gundas Gesicht wurde immer größer und noch größer. *Wer? Sagen Sie wer! Sagen Sie es! Wer war es? Wer?* Die Frage hallte im Raum. *Wer? Sagen Sie es! Wer?* Endlich hieb eine Faust auf den Tisch. Plötzliche Stille.

»Sebastian.« Nur das eine Wort. Leise. Ganz leise. Der Name war kaum zu hören.

»Wer?« Gundas Frage schnitt in seine Ohren.

»Sebastian. Ihr Onkel ist der Augensammler gewesen.«

Das war's. Miersch hatte die Prüfung bestanden, war nervös und unglücklich. Gunda lehnte sich auf der Bank weit zurück. Dann zog sie aus ihrer Hosentasche eine Schachtel Zigaretten, klopfte eine heraus und zündete sie an. Sie rauchte schweigend. Die Asche ließ sie auf Mierschs Schnitzelteller fallen. Er hatte keinen Appetit mehr.

»Mein Onkel ist der Augensammler gewesen? Ich habe ihn nie gekannt. Mutti hat ihn sehr gern gehabt.«

»Ja.«

Als Gunda aufgeraucht hatte, ging sie zum Zapfhahn und servierte Miersch ein Glas Bier. Tropfen liefen über den Rand. Die Tischdecke bekam Flecken.

»Geht aufs Haus.«

»Danke.«

Ja, Miersch hatte die Wahrheit gesagt. Die Popps wollten sie hören. *Hajo ist kein Mörder!* Sie hatten ihn gebeten, ja, förmlich gezwungen, ihre Familiengeschichte zu recherchieren. Er hatte ihnen den Gefallen getan, hatte sich bereiterklärt, im Archiv nachzulesen. Er hatte die Wahrheit gefunden. Und er hatte ihnen die Wahrheit gesagt.

Diese Wahrheit zu akzeptieren, fiel Gunda Popp sichtlich schwer. Aber er konnte nichts dafür, dass dies die Tatsachen waren. Queißer hatte ganz recht daran getan, das, was allgemein als Wahrheit hingestellt wurde, die Wahrheit sein zu lassen. Wem nutzte es, den wahren Mörder zu kennen? Miersch fragte sich, ob er in einem Augenblick nicht alles zerstört hatte. Anne versteckte sich in ihrer Küche. Rosel war er überhaupt nicht begegnet. Und Gunda rauchte neben ihm.

»Warum hat man uns nie die Wahrheit gesagt?«

»Hätten Sie sie denn hören wollen?«

Gunda inhalierte und drückte die Kippe in eine Kartoffel. Dann schob sie den Teller weit von sich und zeichnete mit dem Finger Kreise um die Flecken in der Tischdecke. Sie schlug Falten. Gunda zog sie wieder glatt und strich darüber, als würde sie bügeln.

»Für mich ändert die Wahrheit nichts. Ich habe weder meinen Großvater noch meinen Onkel gekannt. Nur, dass die Erzählungen meiner Mutter und Großmutter jetzt nicht mehr stimmen.«

»Ja.«

Gunda lief nochmals zur Theke und kam mit zwei gefüllten Gläsern zurück. Miersch trank sein altes mit einem großen, letzten Zug aus. Gunda wollte mehr von der Wahrheit hören. Sie sah ihn an.

»Ihr Großvater hat die Wahrheit erkannt: Sebastian war der Augensammler.« Miersch nickte. »Sein eigener Sohn war der bestialische Mörder. Hans-Joachim Popp hat ihn gerichtet. Vielleicht hat er danach nicht mehr leben wollen und sich von der Tenne gestürzt. Vielleicht war das aber auch ein Unfall. Was da wirklich passierte, können die Indizien nicht belegen.«

»Vielleicht war es so.«

Sie schwiegen, und Miersch verspürte den Drang nach einer Zigarette. Gunda drückte ihre aus und nahm eine neue aus der Packung.

»Ihr Großvater hat Ihren Onkel getötet.«

»Warum hat man uns, seine Familie, belogen? Warum brachte er diese Mädchen um? Warum nahm er ihre Augen? Was hat er mit ihnen getan?«

Miersch wusste darauf keine Antwort. Queißer hatte recht gehabt, die Akte zu fälschen. Den Täter konnte keiner mehr nach seinen Motiven fragen. Er war tot. Für die Öffentlichkeit hatten sie die plausibelste Lösung gefunden. Für die Öffentlichkeit, nicht für die Familie. »Vielleicht lebt es sich mit kleinen Lügen besser«, sagte er.

»Das glaube ich nicht.«

»Jetzt kennen Sie die Wahrheit. Erzählen Sie sie Ihrer Mutter. Von mir möchte sie sie nicht hören.«

Die Küchentüre schlug gegen die Wand. Rosel Popp kam mit großen Schritten auf ihren Tisch zu. Miersch nahm das Glas, als würde er sich verteidigen müssen. Gunda sprang auf. Rosel ließ sich nicht aufhalten und schob Gunda mit ihrem Arm beiseite. Vor Miersch blieb sie stehen.

»Die Wahrheit! Nichts wissen Sie von der Wahrheit! Warum müssen Sie hier auftauchen, in unserer Vergangenheit herumwühlen und sie uns dann noch erklären? Sie können sie gar nicht kennen. Sie wissen von nichts!«

»Sie haben mir selbst gesagt, dass Ihr Mann kein Mörder war. Ich habe die Beweise gefunden, die Sie gesucht haben. Ich habe die Unschuld Hajos bewiesen.«

»Ich wollte keine Beweise. Ich wusste, dass Hajo nicht der Augensammler war, nie gewesen sein konnte. Und Hajo ist auch nicht der Mörder von Sebastian.«

»Es klingt logisch und stimmt mit den Indizien überein. Der ermittelnde Kriminalpolizist sieht's als bewiesen.«

»Bewiesen! Bewiesen! Was wollen Sie denn beweisen? Sie wissen nichts! Und Sie werden nie etwas wissen. Sie haben die Wahrheit nicht gepachtet. Sie ist nicht Ihr Eigentum!«

»Aber …«

»Was aber? Sie haben keinen Beweis, und er steht auch nicht in der Akte. Die Wahrheit kann Ihnen erzählen, wer will, aber das ist sie nicht. Hajo war kein Mörder, und ich lasse nicht zu, dass Sie ihn zu einem machen.« Rosel kam seinem Gesicht bedrohlich nah. Es sah aus, als wollte sie ihn gleich bespucken.

»Oma!« Gunda versuchte, Rosel auf einen Stuhl zu zwingen. Aber die Alte hatte sich in Rage geredet.

»Sie kommen hierher, markieren den großen Mann und wollen uns erzählen, wie es gewesen ist. Beweise! Dass ich nicht lache!« Rosel lachte nicht. Mit den Händen stützte sie sich auf den Tisch. Spucketropfen flogen Miersch ins Gesicht. »Wahrheit! Was soll das sein?«

»Wahrheit sind die Tatsachen, die stichhaltig bewiesen werden konnten.«

»Und die wollen Sie kennen?«

Miersch zögerte, sagte dann aber: »Ja. Die Schlinge konnte sich Sebastian nicht selbst um den Hals gelegt haben. Das lässt keine andere Deutung zu. Ihr Mann hat Sebastian ermordet, als er erfahren hat, dass sein Sohn für die Morde verantwortlich ist. Vielleicht konnte er mit dieser Schande nicht leben. Vielleicht wollte er Sebastian das Gefängnis ersparen. Über seine Gründe können wir nur mutmaßen. Aber der Mörder Ihres Sohnes, das ist er.«

»Hajo ist kein Mörder! Er – ist – kein – Mörder! Er hat Sebastian nicht getötet. Er hat ihn nicht getötet.«

Und dann begann Rosel zu lachen. Sie lachte aus vollem Halse und lachte und lachte. Gunda setzte sich verschreckt auf die Bank. Miersch trank einen Schluck Bier.

»Sie wissen nichts. Sie können nichts wissen. Hauen Sie ab. Sie machen alles kaputt. Alles!«

Rosel stand auf und lief kerzengerade aus dem Gastsaal. Ihr Lachen hallte durchs Haus.

31

Hauptkommissar Schmitt stellte sein Auto abseits der Hauptstraße an den Straßenrand. In der Nähe des Parks fanden sich immer noch Plätze, zumal Mitte der Woche. Er schloss ab und lief gemächlichen Schrittes zum Restaurant, das sich zwischen den Bäumen befand. Außer ihm waren hauptsächlich ältere Damen mit Hündchen unterwegs, die ihn ankläfften, als wäre er ein Räuber oder Halsabschneider. Auf einer Bank unterhielt sich ein älteres Paar über die Jugend, das Wetter und den Rentenbescheid. Ein Jogger rempelte Schmitt an und verbat sich seine Anwesenheit.

Schmitt hatte alles geplant. Im Biergarten würden zwei Beamte der Ausländerbehörde sitzen und auf seinen Einsatzbefehl warten. Er hatte mit Rechtsanwalt Dr. Luger kein Erkennungszeichen vereinbart. Aber mit einer Ausländerin an der Seite war er wahrscheinlich nicht schwer zu finden. Schmitt hatte einen sechsten Sinn für deutsches Wesen. Ihm machte keiner etwas vor.

Schmitt hatte zur Anwaltskanzlei Luger & Herklotz recherchiert. Die Herren nahmen sich in der Mehrzahl sozialer Fälle an. Musterprozesse hatten sie geführt gegen Amtsverfügungen und Hartz-IV-Bescheide. Sie stritten für Menschenrechte und Aufenthaltsgenehmigungen. Frank Herklotz sprach auf Kundgebungen zu Sozialticket und Ausländerwahlrecht. Schmitt kannte seine Pappenheimer. Er freute sich schon auf Serafina Karataeva und ihr Gesicht beim Zugriff.

Der Freisitz war nur mäßig besetzt. Schmitt nahm an einem Tisch Platz, der ihm den Blick über alle Wege ermöglichte. Im Rücken das *Glashaus*, eine Oase im Park der Erholung. Viele nutzten das städtische Grün – Jogger, Kindergärten, Rentner. Am Wochenende kamen Familien und Freundeskreise und grillten. Die Stadtreinigung war tags darauf im Dauereinsatz gegen den Müll. Schmitt lief selten im Grünen, ihn beruhigte schon die Gewissheit, er könnte es nutzen, wenn ihm danach wäre. Ihm war selten danach.

Unauffällig versuchte Schmitt zu wirken. Er durfte weder die Zeugin noch den Anwalt erschrecken. Der Beetz hatte er von dem Einsatz erst gar nicht berichtet. Sie hatten heute Morgen keine halbe Stunde in der Beratung gesessen. Kohlund war schweigsam und in sich gekehrt. Er überließ die Ermittlungen der jungen Kollegin, die trumpfte auf. Sollte sie doch, Schmitt hatte nichts dagegen, wenn sie ihn nicht mit unnötiger Arbeit überhäufte. *Sie übernehmen die Frauen!* Andersrum wurde ein Schuh draus: Die Frauen kamen zu ihm, Geduld zahlte sich eben aus. Serafina Karataeva würde er festsetzen lassen. *Illegal*, hatte der Herr Anwalt verschwörerisch verlauten lassen. *Illegal!* Schmitt hatte kein Verständnis für Sozialflüchtlinge, die in Deutschland vom besseren Leben träumten und es auch bekamen. Dagegen hatten die Politiker Gesetze beschlossen, die Schmitt verstand und respektierte. Und er setzte sie durch. *Illegal!* Frau Serafina Karataeva würde überrascht sein, wenn die Handschellen klickten. Und wer weiß, ob sie nicht auch eine Mörderin war. Sie war die Krankenschwester, die Frank Stuchlik betreut hatte. Zugang zur Station hatte niemand außer den Schwestern gehabt. Wer also sonst kam als Täter infrage? Er konnte ein Lächeln nicht unterdrücken. Er würde es allen beweisen! Thorst Schmitt hieß der Sieger.

Offensichtlich wurde in seinem Bereich nicht bedient, oder die Kellnerin drehte Däumchen. Schmitt stellte sich an der kleinen Theke der Selbstbedienung an und überlegte, ob er ein Bier bestellen sollte. Aber wenn die Kollegen von der Ausländerbehörde kamen, dann sah das so dreist aus, als hätte er den Alkohol nötig. Was er nicht hatte. Schmitt bestellte trotzdem bei dem Mann hinter der Theke.

Als er wieder an seinem Tisch Platz nahm, sah er sie kommen. Zwei Männer, so unauffällig, wie sie nur von einer Behörde entsandt werden konnten. Schmitt fühlte sich an alte Agentenschinken erinnert, in denen Trenchcoat und Schlapphut unabdingbar waren. Betont belanglos musterten die beiden Herren die Anwesenden und blieben an Thorst Schmitts Gesicht hängen. Er winkte mit der Hand einen kurzen Gruß.

»Are you Mister Pointelovsky?«

»Bitte?«

»Are you Mister Pointelovsky?«

»Nein. Ich Thorst Schmitt. Kommissar.«

»We are sorry. We are looking for Mister Pointelovsky?«

Hätte er sich denken können, dass Männer vom Amt nicht lila und grün tragen würden. Amerikaner sicherlich, die hier irgendwelchen Geschäften nachgingen und die nächste Finanzkrise verursachten. Allein schon der Name Pointelovsky … Schmitt nahm einen kräftigen Schluck.

Ein Kind im Wagen flirtete mit ihm. Schmitt zwang sich zum Lächeln. Die Mutter bereitete Breichen und schob den Kleinen ordentlich hin, so dass er den Pamps gut essen konnte. Schmitt schaute zur Uhr. Weder waren die Beamten der Ausländerbehörde zu sehen noch Rechtsanwalt Dr. Luger. Er versuchte, die Sonnenstrahlen zu genießen und hielt die Augen offen. Wahrscheinlich wirkte er für die anderen Gäste wie ein Mann, der Arbeit nicht mehr nötig hatte oder keine bekam.

Sein Bier war ausgetrunken. Schmitt beschloss, sich für ein Zweites anzustellen. Er fragte sich, ob die Ausländerbehörde bereits selbständig zugegriffen hatte. Das würde Zeitverzögerung bei der Klärung im Falle Stuchlik bedeuten. Serafina Karataeva war Zeugin in einem Mordfall, wenn nicht mehr. Es konnte nicht sein, dass Dr. Luger von seiner Falle erfahren hatte. Polizei und Amt arbeiteten eng zusammen und schwiegen. Nicht nur einmal hatten sie so Illegale überführt.

Mit einem wissenden Lächeln schob ihm der Barmann sein Bier in die Hand. Schmitt zahlte und nahm wieder seinen Platz ein. Ein Sonnentag und keine Serafina Karataeva. Schmitt beschloss, noch eine Viertelstunde zu warten.

»Scheiße!«

32

Beetz hatte die Runde beeindrucken können. Die erstarrten Gesichter hoben sich und lauschten aufmerksamen Auges. Kohlund erwachte aus seiner Lethargie, lächelte gar. Gut, Schmitt interessierten weder der Fall noch ihre Reden. Aber sie war stolz. Der Kaffee von der Hohmann schmeckte wie Pralinen und Sekt. Sie würde sich auf diesen Erfolg heute einen Abend außer Haus genehmigen, gut essen oder mal tanzen gehen oder Kino. Sie musste nur noch Joseph Hönig davon überzeugen, dass er mitkam. Und wenn er sie nicht begleiten wollte, dann würde sie Grischa Merghentin samt Freund einen ausgeben. Hartnäckigkeit, präzise Arbeit, Ausdauer und Sorgfalt zahlten sich eben aus. Sie hatten ganze Arbeit geleistet, und Merghentins Ergebnisse hatten den Staatsanwalt davon überzeugt, die Haftbefehle zu unterschreiben. *Time is Money* und Herr Dr. Bornschein waren überführt, die Verantwortlichen jedoch noch nicht verhaftet. Eine internationale Fahndung war ausgelöst worden. In jedem Computer Europas tauchten nun Name und Bild des cleveren Geschäftsführers auf. Keine Passkontrolle konnte Dr. Bornschein passieren, ohne festgenommen zu werden.

Auch Agatha Schell würden sie finden. Beetz vermutete sie noch in Leipzig. Unter der angegebenen Adresse war sie nicht zu erreichen, vielleicht wohnte sie auf der Flucht bei einem Freund oder einer Freundin. Irgendwann würde sie auftauchen, weil sie das Gewissen quälte. Beetz war sicher, dass Agatha Schell sich selbst stellen würde. Sie hatte Mitleid mit dieser Frau. Und sie konnte sich nicht vorstellen, dass Agatha Schell einer der führenden Köpfe dieses Betruges sein sollte. Dafür trugen andere die Verantwortung.

Time is Money: Ein Schwindelunternehmen, das die Not und die Hoffnungen illegaler Einwanderer und sozial Schwacher gnadenlos und perfide ausgenutzt hatte. Die Methode war einfach. Ausweise Leipziger Bürger wurden gestohlen und unter deren Namen Arbeitsverträge geschlossen. Die Namen Anita Demand und Manuele Schwitters waren Beweise dieses Missbrauchs. Die einstellende Firma hatte keinen Grund, den Bewerbern zu misstrauen: Alle Angaben stimmten, die Zeugnisse waren zu gut gefälscht, um Verdacht zu schöpfen. Lohn und Sozialabgaben zahlte das *Neurophysiologische Zentrum* an *Time is Money.* Fragen tauchten keine auf. Die Arbeit wurde getan. Bei Anita Demand und Manuele Schwitters gab es keine Beschwerden. Aber wer diese Frauen in Wirklichkeit waren, das wusste keiner in der Mordkommission. Und auch Beetz fand keinen Ansatz, wie sie die wahren Identitäten ermitteln könnte. Nur Kollege Schmitt saß auf seinem Stuhl und grinste, als wüsste er die Antworten schon.

Die Sitzung dauerte nur kurz. Beetz ordnete mit Merghentin die Beweise aus dem Internet und dem Finanzamt, als der Anruf sie erreichte. Die Hohmann vermittelte.

»Doktor Luger müsste den Termin verschieben. Um eine halbe Stunde. Er fragt, ob das ginge?«

Beetz kannte weder einen Dr. Luger noch wusste sie von einem Termin. »Wer?«

»Doktor Luger.«

»Den Namen kenne ich nicht.«

»Hauptkommissar Schmitt hatte mit ihm gesprochen und einen Termin vereinbart. Leider ist Schmitt nicht in seinem Zimmer erreichbar oder schon außer Haus. Würden Sie übernehmen?«

Beetz übernahm. »Kommissarin Beetz am Apparat.«

»Ich hatte mit Ihrem Kollegen einen Termin für meine Klientin vereinbart.«

»Ja.« Beetz ordnete auf dem Schreibtisch Papiere. »Um welchen Fall handelt es sich?«

»Serafina Karataeva. Können wir uns um zwölf Uhr treffen, am selben Ort?«

Serafina Karataeva? Beetz wusste nicht, was der Mann von ihr wollte, und Schmitt hatte in der Beratung einen Dr. Luger mit keinem Wort erwähnt.

»Wer, bitte, ist Serafina Karataeva?«

»Serafina Karataeva ist die Krankenschwester, die aus dem *Neurophysiologischen Zentrum* verschwunden ist. Sie möchte eine Aussage machen unter der Voraussetzung, dass sie dadurch keine Nachteile erhält. Ihr Kollege hatte mir ein Treffen zugesichert. Nur konnten wir den Termin zehn Uhr dreißig nicht halten und bitten um eine Verlegung.«

Beetz begriff langsam. Schmitt ermittelte auf eigene Faust, spielte den einsamen, aber erfolgreichen Wolf. Mantel, Schlapphut, Alkohol und schlechte Laune – Kollege Schmitt entsprach immer mehr dem Klischee des Hardboiled Detective. Der wollte es allen beweisen. Nur war Schmitt weder Philip Marlowe noch Sam Spade. Die Mordkommission war ein Team, und auch der Kollege Schmitt hatte sich an die Regeln zu halten. Sie würde Kohlund sofort Meldung erstatten, wenn es ihr nicht wie Verrat vorgekommen wäre. Schmitt war sauer, und sie wollte nicht den Chef raushängen lassen. Vielleicht sollte sie erst mal mit Schmitt außerdienstlich reden und ihn fragen, ob er mit ihr noch auf ein Bier ausgehen würde. Aber bereits bei der Vorstellung wurde ihr übel.

»Serafina Karataeva ist die Nachtschwester, die Sie unter dem Namen Anita Demand suchen«, sagte Dr. Luger. »Sie ist bereit, mit Ihnen zu sprechen, wenn Sie von ihrer Verhaftung und Auslieferung absehen.«

Ach was! Geschafft! Serafina Karataeva war die Zeugin, die die Verdachtsmomente gegen *Time is Money* bestätigen würde. Wenn sie sich nicht freiwillig gemeldet hätte, dann wäre es eine fast vergebliche Suche gewesen. Wie findet man jemand, der falsche Ausweise nutzt? Nur durch Zufall. Die falsche Anita Demand stellte sich. Sie würde Dr. Bornschein und sein Vermittlungsunternehmen auffliegen lassen. Vielleicht ließe sich so auch der Fall Stuchlik klären. Beetz war optimistisch.

»Warum sollte ich sie verhaften?«

»Serafina Karataeva besitzt für Deutschland keine gültige Aufenthaltserlaubnis. Sie möchte weder verhaftet noch abgeschoben werden. Können Sie mir das zusichern?«

Beetz zögerte keinen Augenblick. »Ja.« Sie wusste, dass sie gesetzeswidrig handelte. Aber manchmal ließen sich Fälle nur auf diese Weise klären. Sie wollte Serafina Karataeva nicht verraten, genauso wie sie anderen Zeugen die Wahrung privater Geheimnisse zusicherte. Sie wollte den Fall lösen.

»Wir hatten als Treffpunkt das *Glashaus* im Clara-Park vorgeschlagen.«

Beetz sah keinen Grund, den Ort zu ändern und wollte zustimmen. Doch da blickte sie auf die wehenden Baumwipfel vor ihrem Fenster, und es kamen ihr Zweifel. Schmitt hatte in der Sitzung kein Wort gesagt, hatte an seinem Kaffee genippt und gelächelt. Er hatte den Termin mit Dr. Luger vereinbart. Er rechnete mit seinem Erfolg. Serafina Karataeva war illegal in Deutschland – wollte der Kollege sie etwa den Behörden ausliefern? Absurd erschien ihr der Gedanke keineswegs.

»Vielleicht treffen wir uns lieber am Mende-Brunnen. Mehr Betrieb, mehr Leute, wir wären unauffälliger.«

»Einverstanden. Wie erkenne ich Sie?«

»Jeans, blaues Hemd und eine Zeitung unter dem Arm.«

»Klingt wie FDJ und *junge Welt.*«

Beetz lachte verständnisvoll, obwohl sie keine zehn gewesen war, als die DDR untergegangen war, samt Freier Deutscher Jugend und ihrem Zentralorgan. »Bis dann.«

Auch Dr. Luger fand sein Bonmot erheiternd, sein kurzzeitiges Lachen gluckste durch den Hörer. Dann legte er auf. Der Gedanke beschäftigte Beetz. Schmitt hatte von Serafina Karataeva nichts verlauten lassen. Und ihre Zeugenaussage würde die Verdachtsmomente im Fall *Time is Money* untermauern, wenn nicht sogar beweisen.

Beetz würde Serafina Karataeva nicht aufs Revier schleppen und offiziell verhören. Nein, sie würde sie nicht festnehmen. Schmitt würde es tun. Es war nur ein böser Gedanke, aber der ließ Beetz nicht los. Ein ungeschriebenes Gesetz bei kriminalpolizeilichen Ermittlungen war, dass Zeugen, die unter Druck standen, nicht mit Repressalien zu rechnen hatten. Quasi eine Kronzeugenregelung. Beetz würde sie einhalten. Kein Zweifel. Wenn aber der Schmitt …? Traute sie ihm solch einen Vertrauensbruch zu? Sie wählte die Nummer der Ausländerbehörde.

Beetz wurden alle Verdachtsmomente, Schmitt betreffend, bestätigt. Ja, der Kollege hatte sie auf den Fall einer illegal in Deutschland wohnenden Karataeva aufmerksam gemacht. Ja, der Hauptkommissar hatte mit ihnen vereinbart, sich heute zehn Uhr im Clara-Zetkin-Park zu treffen, um notwenige Maßnahmen abzusprechen. Ja, die Karataeva wollte mit Rechtsanwalt erscheinen. Ja, das Unternehmen barg Risiken, die sie aber bereit waren einzugehen. Nein, sie hatten keine moralischen Skrupel. Sie setzten Gesetze durch. Dafür erhielten sie ihr Gehalt. Natürlich war illegaler Aufenthalt eine Straftat. Nein, Kollege Schmitt hatte nicht von Ermittlungen in einem Mordfall gesprochen. Auch nicht von Sozialbetrug und Schwarzarbeit. Aber das sei eh nicht ihr Ressort. Ja, sie säßen bereits im Park und würden die Aktion abblasen, wenn Beetz ihnen versicherte, dass weder die Karataeva noch ihr Anwalt zum Termin erschienen. Nachforschen würden sie trotzdem. Jetzt war ihnen der Fall bekannt und Dr. Luger kannten sie ohnehin. Sie blieben da dran. Das war ihre Pflicht. Die Kollegen wünschten Beetz einen schönen Tag noch und viel Erfolg.

Reine Ironie. Beetz knallte den Hörer auf die Gabel. Ja, sie war wütend. Sie hätte schreien mögen. Stattdessen trank sie Kaffee.

Beetz musste mit Kohlund über den Vorfall sprechen und Schmitt anzeigen. Zwar hatte der sich keines Vergehens schuldig gemacht. Doch sie sah das anders, auch wenn es rechtlich keine Handhabe gegen Schmitt gab. Sie würde persönliche Konsequenzen ziehen, wusste nur noch nicht, welche. Zumindest hatte sie die Aktion abblasen lassen, ohne mit Schmitt Kontakt aufzunehmen. Es könnte sein, dass die Beamten der Ausländerbehörde ihren Schwindel durchschauten. Serafina Karataeva war eine wichtige Zeugin. Hoffentlich waren die Kollegen nicht aufmerksam geworden und stellten jetzt sie unter Beobachtung, weil sie Zweifel an ihrer Gesetzestreue hatten. Denn sie hätten recht mit ihrem Verdacht: Beetz würde sich mit Serafina Karataeva treffen. Sie würde sich schützend vor die Frau stellen, auch dann, wenn sie durch sie keine Beweise gegen *Time is Money* in die Hand bekam. Im besten Fall würde sich aber mit ihrer Hilfe der Fall Frank Stuchlik klären lassen.

Die Hohmann teilte Beetz mit, dass sich Kohlund auf eine Unterredung mit dem Polizeipräsidenten vorbereitete und keine Störung erlaubte. Sie solle es in ein, zwei Stunden nochmals probieren. Sie hielt es im Büro nicht mehr aus. Sie musste raus und sich vor dem Treffen mit Serafina Karataeva bewegen.

Schnell nahm sie die Stufen, als ersticke sie im Gemäuer des Präsidiums. Die Stadt war voller Menschen. Beetz eilte durch geschäftige Passagen und drängelte durch herumstehende Gruppen. Mehrmals sah sie sich um. Schmitt folgte ihr nicht. Und auch nicht die Kollegen der Ausländerbehörde. Vielleicht war das nur die Aufregung vor der Lösung des Falles.

Auf dem Marktplatz standen Buden, irgendein Fest wurde gefeiert. Beetz wusste nicht, welches. Es diente sowieso nur dem Verkauf von Gemüse, Wein und Nippes. Karussells klingelten nach Kundschaft. Eltern hielten ihre Kinder zurück. Beetz besuchte die Innenstadt nur aus beruflichen Gründen. Die Waren des täglichen Bedarfs holte Beetz um die Ecke ihrer Wohnung. Schuhe und Kleidung und Taschen kaufte sie im Urlaub. Im Ausland hatte sie Zeit und die Muße, sich um solche Dinge zu kümmern. Wenn Joseph sie nicht vom Shoppen abhielt.

Überhaupt Joseph. Vielleicht sollte sie ihn auf die Spur von Serafina Karataeva setzen. Eine hautnahe Reportage vom Rand unserer Gesellschaft. Betrug, Illegalität, gar Mord waren Komponenten, die ihn eigentlich an dem Fall interessieren müssten. Sie könnte ein paar Tipps am Abendbrottisch streuen. Wenn Joseph daheim wäre. Ihre gemeinsamen Stunden waren nicht viele. Vielleicht war das der Grund, warum Beetz es mit ihm aushielt.

Auf dem Augustplatz rannten Menschen nach Straßenbahnen, Autoschlangen wollten in die Tiefgarage, Cityguides erklärten Touristen die Stadt. Sie deuteten auf Oper und Gewandhaus und Universität. Ein Weinsensorium in einem großen Zelt beherrschte den Platz. Verkäufer boten darin ihre Produkte feil. Viele Passanten ließen sich Eintrittskarten für eine Verkaufsshow aufschwatzen und probten den Alkohol mit gespitzten Lippen. Volksmusik spielte. Ein Martinshorn schallte. Beetz setzte sich auf eine Bank am Mende-Brunnen und beobachtete die Leute.

Sie sah keinen Verdächtigen, der sie unter Beobachtung hatte. Auch schien ihr die Organisation solch schneller Verhaftung kaum möglich. Beetz zwang sich zur Gelassenheit. Serafina Karataeva und Dr. Luger konnten ihr trauen. Aber es war noch Zeit, mehr als eine Viertelstunde, bis um zwölf.

»Frau Beetz?«

Ein Mann Ende zwanzig stand vor ihr. Sein Anzug schlug keine Falten. Die Aktentasche klemmte ihm exakt unterm Arme. Seine Haare lichteten sich. Er hatte sie zum Igel geschnitten. Er lächelte. Sie lächelte. Allein stand er vor ihr.

»Ja«, sagte sie.

»Dann sind wir verabredet.«

»Schön. Nur vermisse ich Ihre Klientin.«

»Guten Tag erst mal.« Dr. Luger streckte ihr die Hand entgegen. Sein Druck war kräftiger, als sie bei seiner Erscheinung angenommen hatte. Beetz erhob sich. Er war kleiner als sie, doch sein Igelschnitt ließ ihn größer erscheinen. Sie sah die Kopfhaut. Er würde sich in kaum einem Jahr den Rest zur Glatze rasieren, da war sich Beetz sicher. Sein Anzug war dunkelblau, das Hemd weiß. Die Krawatte zeigte Fix und Foxi beim Tanzen. Oder bei einer ähnlichen Beschäftigung. Beetz konnte das Motiv nicht interpretieren, außerdem schien es ihr ein Stilbruch. Dr. Luger lächelte noch immer freundlich. Seine Aktentasche reichte ihm über die Knie.

»Sind Sie auch allein?«

»Ja.«

»Kann ich mich darauf verlassen?«

»Ja.«

Daraufhin wühlte er in seiner Tasche und zog einen Brief heraus. Sie bemerkte seinen dicken Siegelring am Zeigefinger. Blau, goldumrandet, passend zum Anzug.

»Meine Mandantin hat sich entschlossen, doch nicht persönlich mit Ihnen zu sprechen. Ich soll Ihnen diesen Brief übergeben.«

Beetz nahm ihn und las ihren Namen auf dem Umschlag. Dr. Luger entschuldigte sich. Sie wendete das Papier, dann sah sie ihm in die Augen. »Das ist alles?«

»Sie müssen verstehen, es ist nicht einfach für meine Mandantin. Wem kann man trauen, wenn nicht einmal Politiker mehr ihren Reden verpflichtet sind?«

»Ich muss mit ihr sprechen. Sie ist eine wichtige Zeugin!«

Dr. Luger deutete auf den Brief. »Frau Karataeva hat alles niedergeschrieben. Ich habe ihr Deutsch leicht verbessert.«

Beetz riss mit ihren zitternden Fingern am Umschlag. Zwei Schnipsel fielen zu Boden. Der Wind wehte sie über den Platz. Als sie aufblickte, war der Anwalt verschwunden.

Geehrte Kommissar,

mein name Serafina Karataeva. Ich kommen aus Ukraine in hoffnung in Deutschland leben zu finden. Das nicht einfach. Behörden mir nicht genehmigen aufenthalt. Ich um hilfe gebeten. Nicht bekommen. Menner mich mit versprechen auf geld, glick und ehe hierher geholt, aber ich nicht arbeiten in Restaurant, ich putzen und kaum bezahlt. Manche Menner wollten auch Liebe. Da ich gegangen, als keine andere meglichkeit, arbeiten beenden. Ich Hilfe mir geben leite von ferein, der hilft Leuten wie mich. Aber amt

gesagt, ich nicht flichtling, ich nicht asil, ich nicht geduldet, illegal, weg.
Da ich bekommen Angst. Ich mechte Deutschland bleiben. Ich tun alles. Ich ohne ausweis gewohnt bei freinden und suchen arbeiten. ich finden in restaurant, kiche. Aber angst groß. Menner kennen menschen aus Ukraine in Leipzig. Und mir freind gesagt ich suchen soll Time is Money spezialisiert auf leite wie mich. Ich gegangen und arbeiten gefunden in Krankenhaus *Neurophysiologisches Zentrum*. Sie mir anderen Namen gegeben und ausweis. Ich geld dann bekommen von Time is Money. Ich glicklich.
Leider gefunden ich toten mann mit strick um hals. Mann gestorben sowieso, schwer krank. Aber ich finden in nacht mit schlinge. Ich denken, man mich suchen als merder. Ich schlinge draht weggenommen und geschmissen in mill auf weg nach hause. Ich weiß, ich nicht hätte tun dirfen. Aber getan.
Ich weiß, sie mich suchen, aber ich angst vor abschibung nach Ukraine. So ich lieber bleiben weg, wenn sie kommen. Ich weiß sie viele fragen werden haben, mich stellen iber Doktor Luger, ich beantworten werde. Alles.
Aber ich nicht sein merder! Ich ohne schuld. Ich nur gearbeitet ohne Ausweis. Bitte verzeihung. Ich tun nie wieder.

Auf Wiedersehen
Serafina Karataeva

Beetz atmete durch. Sie strich den Brief glatt. Auch wenn sie den Inhalt so oder so ähnlich vermutet hatte, war sie doch erschüttert. Vom Schicksal der Karataeva und vom Misstrauen ihr gegenüber. Sie hätte die Ukrainerin nicht ausgeliefert. Sie hätte sich mit ihr gern unterhalten. Zu viele Fragen waren immer noch offen. Sie würde Dr. Luger anrufen müssen.

Als Beetz aufstand und zur nahen Einfahrt des Parkhauses blickte, schien ihr, als säße Dr. Luger am Steuer eines VWs. Er verschwand fast hinter dem Lenkrad. Neben ihm saß eine Frau. Die Haare hatte sie hochgesteckt, Ohrringe, die die Schultern berührten. Die Insassen waren im Gespräch und achteten nicht auf den Verkehr. Das war ihre Chance. Beetz rannte die wenigen Meter und hechtete an die Beifahrertür, riss sie auf und blickte in das Gesicht der Frau. Lidschatten. Teures Parfüm. Ein schreiender Mund.

»Hilfe! Polizei! Überfall!«

Der Fahrer sprang aus dem Auto. Beetz sah ihn nicht. Er nahm sie in den Würgegriff. Sie röchelte und konnte sich nicht befreien. Menschen blieben stehen und begafften die Situation.

»Bitte, ich wollte Ihnen nichts tun. Ich möchte nur mit Frau Karataeva persönlich sprechen. Vertrauen Sie mir, bitte, Herr Doktor Luger!«

Der Griff lockerte sich, und sie drehte sich, um in das Gesicht des Anwalts zu sehen. Gegeltes Haar. Jeans und Hawaii-Hemd. Kein Schlips und kein Ring am Finger. Beetz hatte den falschen Wagen gestoppt.

»Sind denn in dieser Stadt alle bekloppt?«

33

»Hier ist er gestorben.«

»Ich weiß.«

»Sie wissen mehr.«

Kohlund stand mit der Witwe Frank Stuchliks in einem Krankenzimmer. Er konnte nicht sagen, ob es dasselbe war, in dem Stuchlik gestorben war. Aber das war nicht von Belang. Die Witwe stand vor einem Bett, und ihre Augen füllten sich mit Tränen. Ihre Hände zitterten, sie drückte sich ihren Kleinen eng an die Brust. Vor dem Fenster zogen Wolken vorbei. Es würde regnen. Auf dem Gang huschten Schwestern. Manchmal zeigte ein neugieriger Patient sein Gesicht in der Tür.

Bettine Stuchlik wandte sich Kohlund zu. »Stellen Sie Ihre Fragen.«

Augen weit offen, blickte sie starr. Der Kleine schlief auf ihrer Schulter. Kohlund würde seine Fragen stellen. Jetzt würden sie ihm beantwortet werden, da war er sicher. Die Zeit ihres Schweigens war vorbei. Die Frau war mit den Nerven am Ende, konnte nicht mehr. Der Fall Stuchlik war bald geklärt. Aber Kohlund hatte kein gutes Gefühl.

»Stellen Sie Ihre Fragen.«

Nach dem Mittag hatte die Beetz ihn um eine dringende Unterredung gebeten. Kohlund war gerade aus der Kantine gekommen und hatte noch das künstliche Dessert auf seiner Zunge geschmeckt. Er hätte auf den Pudding verzichten sollen, hatte es aber wie immer nicht geschafft. Als er seinen Dienstraum betrat, stand Oberkommissarin Beetz bei seiner Sekretärin am Schreibtisch und diskutierte, eine Tasse Kaffee in der Hand. Sofort wandte die Beetz sich ihm zu und hielt ihm ein Blatt Papier entgegen.

»Den Fall *Time is Money* können wir als abgeschlossen betrachten und der Abteilung Wirtschaft übergeben. Sollen die sich mit den Zahlen und Konten und Finten des Doktor Bornschein amüsieren.«

»Glückwunsch, Kollegin.«

»Die Nachtschwester im Fall Stuchlik wurde gefunden. Hier ist ihre Aussage.«

Sie wedelte mit dem Papier. Manuela Hohmann suchte etwas in ihrem Schreibtisch und folgte dabei aufmerksam ihrem Gespräch.

»Serafina Karataeva weist jede Beteiligung am Mord zurück. Aber sie hat die Schlinge vom Hals des Toten entfernt, was zum Mordverdacht führte und uns die Probleme mit den doppelt existierenden Frauen ja erst bereitet hat.«

»Die Schwester hat die Schlinge entfernt?«

»Ja. Serafina Karataeva ist illegal aus der Ukraine in Deutschland eingereist und dem dubiosen Doktor Bornschein in die Falle gegangen. Sie musste alles versuchen, dass ihre falsche Identität gewahrt blieb. Sie ist in Panik geraten und hat die Drahtschlinge an sich genommen. Die Strangulationsmerkmale konnte sie nicht beseitigen, so rief uns der unnatürliche Tod des Frank Stuchlik auf den Plan. Und logischerweise stellten wir uns die Frage: Warum sollte eine Nachtschwester den Patienten ermorden?«

»Wer überhaupt? Der Mann war so gut wie tot.«

»Ja.«

»Wir stehen wieder am Anfang.« Kohlund hatte geseufzt. Es wurde ihm zu viel: Alexia mit ihrem Genörgel. Dr. Hackenberger mit seinen ständigen Nachfragen. Und jetzt tötete ihm die Beetz mit dem dubiosen Fall Stuchlik den letzten Nerv.

»Nein. Ich denke, wir sollten uns noch einmal mit der Ehefrau unterhalten«, sagte die Beetz und lächelte.

»Aber Frau Stuchlik hat doch mit dem Tod ihres Gatten gerechnet.«

»Genau. Vielleicht auch genau an diesem Tag. Ich bin sicher, sie hat von dem bevorstehenden Tod gewusst.«

»Sie hat für die Tatzeit ein Alibi. Die Station war verschlossen.« Darüber hatten sie tagelang diskutiert. Kohlund wollte nicht mehr.

»Sie hat es nicht selbst getan.«

»Aber, Frau Kollegin …« Kohlund merkte, dass er sich wie ein Großvater anhörte. Selbst die Hohmann blickte erstaunt zu ihm auf. »Frau Kollegin, Bettine Stuchlik kann die Tat nicht ausgeführt haben. Nur die Nachtschwester war auf Station. Und selbst getan haben kann es der Stuchlik nicht. Sie erinnern sich, wir haben alle diese Möglichkeiten besprochen.«

»Nein.«

Die Beetz ließ nicht ab von ihrer These. Kohlund interessierte nicht wirklich, worauf sie hinauswollte. Er sah Dr. Hackenberger hinter seinem Schreibtisch sitzen.

»Ich denke, wir sollten noch mal im privaten Umfeld ermitteln.«

Kohlund schlug mit der flachen Hand auf die Akte. »Aber das haben wir doch getan, werte Kollegin. Immer wieder haben wir darüber gesprochen und kein einziges Motiv gefunden. Das Erbe ist geregelt, das Testament hat keine seltsame Klausel, die einen Mord rechtfertigen könnte. Außerdem gab es keine Reichtümer, die eine solche Tat rechtfertigen könnten.«

Kohlund sah weder neue Fakten noch eine neue Motivlage, für ihn blieb der Tod des Frank Stuchlik bei aller Sinnlosigkeit rätselhaft. Die Beetz konnte keine neuen Ansätze gefunden haben. Sie hatten diskutiert und diskutiert, die absurdesten Theorien aufgestellt. Verwandte töten keinen Sterbenden, war Kohlund überzeugt, es sei denn, um ihm beim Sterben zu helfen. Immer wieder las und hörte er von solchen Fällen. Auch er hatte noch keine Patientenverfügung geschrieben. Aber er wusste nicht, ob er seine Frau, seine Kinder um den Gnadenschuss bitten könnte, ganz abgesehen davon, ob sie auch wirklich abdrücken würden, wenn es so weit war … Ja, Bettine Stuchlik hatte vom Todeswunsch ihres Gatten erzählt. Aber ihn herbeigeführt haben, das konnte sie nicht. Ausgeschlossen, im Sinne des Wortes. Kein Mensch konnte zur Nachtzeit auf die Station kommen. Lag dort der neue Ansatz der Beetz? Hatte die falsche Demand den Mörder gesehen?

»Ich denke, dieser Tod war ein Fall von Sterbehilfe.« Die Beetz stand wie zum Appell, blickte ihn aber nicht an. Die Hohmann setzte sich mit einem neuen Radiergummi in der Hand wieder aufrecht in ihren Stuhl.

»Sterbehilfe. Nach der Aussage der Serafina Karataeva«, wieder wedelte die Beetz mit dem Papier, »wird mir das immer deutlicher. Das Verhalten der Ehefrau, das Verhalten der Eltern.« Die Augen der Beetz fixierten ihn. »Alle waren just an jenem Tage bei Frank Stuchlik am Bett. Es kommt mir wie eine Verabschiedung vor. Eine Verabredung. Er hat von seinem Tod gewusst und sie alle noch einmal ins Krankenhaus bestellt. Ich bin mir sehr sicher.«

»Aber er konnte sich selbst die Schlinge nicht festziehen.« Kohlund atmete tief aus. Die Beetz und die Hohmann blickten ihn an.

»Ich habe im Spurensicherungsbericht nachgelesen, dass sich am Bettgestell Spuren fanden. Dort ist die Schlinge befestigt gewesen.«

»Ja, und dann?«

»Dann hat Frank Stuchlik den Kopf gehoben, und die Schlinge zog zu … Exitus. Aus. Der ersehnte Tod war endlich gekommen.«

»Ausgeschlossen, dazu reichten seine Kräfte nicht zu. Und selber erdrosseln kann man sich nicht. Hat Dr. Jaenicke in seinem Obduktionsbericht extra betont.«

»Trotzdem.« Die Beetz klang, als wäre sie beleidigt.

Auch darüber hatten sie diskutiert. Sicher, die Theorie hatte etwas für sich, und die Beetz tat, als wäre das wirklich die Lösung.

»Wenn Sie wollen, fahren Sie noch einmal ins *Neurophysiologische Zentrum.*« Kohlund gab sich geschlagen und ging in sein Zimmer, blieb stehen und fingerte auf seinem Tisch, ohne etwas zu suchen. Die Beetz war ihm gefolgt. Sie ließ nicht locker. Kohlund unterstützte sie, ohne dass er es eigentlich wollte. Aber vielleicht war es die Hoffnung, den Fall wirklich klären zu können. »Fragen Sie noch einmal den Arzt und Frau Stuchlik.«

»Ich habe bereits mit ihm gesprochen und Bettine Stuchlik ins *Neurophysiologische Zentrum* bestellt.«

»Und?«

»In anderthalb Stunden treffen wir uns. Sie muss ihre Kinder noch versorgen.«

Wenn die Beetz von etwas überzeugt war, dann handelte sie zielstrebig und überlegt. Kohlund war noch immer im Zweifel, ob er Hackenbergers Stellenangebot annehmen sollte. Die Beetz war zu jung und zu kurz bei der Truppe, um seinen Chefposten zu übernehmen. Aber er könnte ihren Namen in der Diskussion fallen lassen. Er könnte sie mit größeren Aufgaben betrauen. Sie hatte Thorst Schmitt in der Rangfolge seiner Sympathiewertung überholt. Aber für Schmitt sprachen seine Berufs- und Lebenserfahrung, obwohl Kohlund manches Mal zweifelte, ob der Kollege sie wirklich besaß. Aber diese Gedankenspiele waren überflüssig: Er würde sich nicht um den Posten des Kriminaldirektors bewerben. Zumal Konstantin Miersch nicht offiziell aus dem Amt geschieden war. Er scheue Verantwortung, sagte

Alexia. Allein aus diesem Grunde müsste er … Jetzt konzentrierte er sich auf die Beetz und den Mord an Frank Stuchlik.

Kohlund rief durch die geöffnete Tür: »Frau Hohmann, einen Kaffee!« Und zur Kollegin gewandt: »Sie auch einen?«

Die Beetz ging wortlos aus dem Zimmer und kam mit ihrer Tasse zurück, die sie bei der Hohmann auf dem Tisch hatte stehen lassen. Hinter ihr erschien Kohlunds Sekretärin mit einem Pott, den sie in spitzen Fingern hielt. Als er ihn anfasste, verbrannte sich Kohlund fast die Hand.

»Verdammte Scheiße!« Er blies sich auf die Fingerspitzen und entschuldigte sich für den Fluch. »Dann legen Sie mal Ihre Strategie fest«, sagte er.

Auch wenn es keine neuen Argumente gab, die Beetz sah einen Weg zur Lösung des Falles, indem sie die Ehefrau unter Druck setzte.

»Wenn die Schwester nichts weiß, weiß die Gattin mehr. Ich bin sicher.«

Und so war Kohlund mit ihr ins *Neurophysiologische Rehabilitationszentrum* gefahren. Jetzt standen sie zu viert vor einem Bett, indem sicherlich schon einmal jemand gestorben war. Kohlund war der Ansicht, dass in jedem Bett schon einmal gestorben worden war, zumindest in einem Krankenhaus. Bettine Stuchlik neben ihm atmete schwer. Der kleine Pascal auf ihrem Arm schnarchte. Bläschen bildeten sich an seinem Mund und zerplatzten. Frau Stuchliks Finger fuhren über das Bettgestell, als wollte sie ihren Mann streicheln, der nicht mehr darin lag.

»Sie wussten, dass Ihr Mann an diesem Tag sterben würde.«

»Er hatte es selbst so bestimmt, und es war gut so.«

Bettine Stuchlik liefen die Tränen übers Gesicht. Sie streichelte über den Rücken des kleinen Pascal. Der legte sein Köpfchen auf die andere Seite. Die Bläschen am Mund sahen wie Seifenblasen aus. Kohlund hatte gern die bunten Kuller in die Luft gepustet. Auch heute, wenn Kinder ein Seifenblasennäpfchen stehen ließen, griff er zu und blies sie in die Luft, nachdem er sicher war, dass es keiner bemerkte.

Kohlund zögerte, Bettine Stuchlik die nächste Frage zu stellen. Im Augenwinkel sah er die Beetz, die sich zu ihnen begeben wollte. Er winkte ihr zu, nicht näher zu kommen. Er wollte Bettine Stuchlik in ihren Erinnerungen nicht stören. Sie würde aussagen. Er musste ihr nur die richtigen Stichworte geben. Ein falsches Wort ließ sie vielleicht verstummen. In Beetz' Zügen meinte er Enttäuschung lesen zu können.

»Sie haben nach Möglichkeiten gesucht, ihm das Ende zu erleichtern?«

»Frank hat nach Möglichkeiten gesucht. Er wollte uns nicht belasten. Vor dem Gesetzbuch gilt Sterbehilfe als Mord.«

»Richter haben auch schon anders in solchen Fällen geurteilt.«

»Würden Sie sich darauf verlassen?« Bettine Stuchlik schaute ihm offen ins Gesicht. Er konnte ihrem Blick kaum standhalten und war froh, dass er noch nie eine solche Entscheidung hatte treffen müssen. Sicher mussten er und Alexia sich irgendwann dieser Frage stellen. Ihre Eltern wurden nicht jünger, und Opa ließ deutliche Zeichen einer Demenz erkennen. Wie es seinen Eltern ging, wusste Kohlund nicht.

»Auf welche Idee ist er gekommen?«

»Er wollte sich selbst erdrosseln. An Gift zu kommen, war uns leider unmöglich. Von Zyankali hört man immer im Fernsehen. Das verabreichen die Sterbeorganisationen in der Schweiz oder Holland.«

Kohlund wollte nicht daran denken, wie es sein mochte, wenn man auf die Giftkapsel biss. Die Sekunden vor dem selbst gewählten Tod stellte er sich grauenhaft vor, ob man vom Turm sprang, sich auf die Bahnschienen legte, ins Wasser ging oder den Gashahn aufdrehte. Was empfanden Selbstmörder? Was hatte Frank Stuchlik empfunden?

»Er kann sich die Schlinge nicht selbst zugezogen haben. Ihr Mann war zu schwach, und außerdem waren die Enden am Gestell des Bettes befestigt. Und die Nachtschwester bestreitet energisch, seinen Tod herbeigeführt zu haben. Ihre Aussage liegt uns vor.« Hätte er das Papier bei sich gehabt, hätte Kohlund jetzt ebenso damit gewedelt wie die Beetz vorhin in seinem Büro.

»Wenn sie es sagt ...«

»Frau Stuchlik, der Tod Ihres Mannes ist am frühen Morgen eingetreten. Es war kein Fremder hier auf Station. Oder lagen Sie unter dem Bett?«

Blöder Scherz. Bettine Stuchlik verzog keine Miene, sondern blickte auf den Bettbezug und die Kissen, als läge im Bett ein Mensch.

»Frank wollte uns ein Alibi geben. Damit wir nicht verdächtigt werden können. Er wollte seine Familie schützen.«

»Haben Sie es getan?«

Kohlund schaute aus dem Fenster, dann hin zur Tür. Kein Mensch war zu sehen. Die Beetz saß wahrscheinlich bei Schwester Monique und trank Kaffee.

»Ich hätte die Schlinge zugezogen, wenn Frank es gewollt hätte.«

Bettine Stuchlik wäre zur Mörderin geworden. Ihr Mann hatte das verhindert. Kohlund schluckte.

»Wenn Sie ihn leiden gesehen hätten ... Es war nicht mehr auszuhalten. Jeden Tag habe ich ihm den Tod gewünscht. Jede Stunde ... Aber das Ende wollte und wollte nicht kommen. Vor Schmerzen hat er sich gewunden. Das Morphium reichte nicht aus ...« Bettine Stuchlik weinte. Pascal auf ihrem Arm lächelte Kohlund an.

»Es war einfach nur schrecklich. Ich kann Ihnen nicht sagen, wie viele Nächte ich in mein Kissen geheult habe. Heimlich, damit es die Kinder nicht sehen. Noch mindestens dreißig Jahre habe ich mit ihm leben wollen. Und dann habe ich Frank nichts mehr als seinen Tod gewünscht. Komisch, nicht?«

Das war kein Scherz.

»Ich kann Sie verstehen.«

»Das können Sie nicht.«

In welchem Alter würde Kohlund seinen eigenen Tod akzeptieren? Wann war er fertig mit der Welt, so dass ihn das Leben nicht mehr interessierte? Nicht Alexia. Nicht die Kinder. Keine Großeltern. Freunde. *Wenn ein Mensch kurze Zeit lebt, sagt die Welt, dass er zu früh geht. Wenn ein Mensch lange Zeit lebt, sagt die Welt, es ist Zeit,* sangen die Puhdys. Er kannte die Strophen, fast ein Leben lang hatten sie ihn begleitet. Hier im Zimmer schienen sie eine neue Bedeutung zu haben.

Pascal krähte fröhlich. Er hatte seinen Schlaf beendet und wollte wohl spielen. Bettine Stuchlik hob ihn mit beiden Händen hoch über den Kopf, als könne er fliegen. Dann drückte sie sein Gesichtchen an ihren Mund und küsste und küsste. Dann verwischte sie die Tränen in ihrem Gesicht.

»Wenigstens hat Frank Pascals Geburt noch erlebt. Er freute sich sehr auf das Kind. Er war seine Hoffnung und sein Vermächtnis. Nicht war, mein Schatz, du bist Papas Liebstes gewesen.«

Und als hätte er sie verstanden, brabbelte Pascal eine Antwort. Bettine Stuchlik küsste ihn wieder. Kohlund war es peinlich, diese Intimitäten zu sehen. Die Wolken vor dem Fenster waren dunkler geworden.

»Wie alt ist er?«

»Neun Monate.«

Bettine Stuchlik setzte sich auf die weiß bezogene Matratze des Bettes. Sie öffnete ihre Bluse und begann zu stillen. Pascal war glücklich. Kohlund fragte sich noch immer, wie Frank Stuchlik sich selbst erwürgt haben könnte. Bettine Stuchlik musste ihm die Antwort noch geben. Er war sich sicher, dass Frank Stuchlik mit seiner Gattin darüber gesprochen hatte.

Das Bett quietschte nicht. Es war klinisch weiß und mit vielen Knöpfen versehen. Auf dem Nachttisch lagen die Fernbedienung fürs Fernsehen und eine Büroklammer.

»Es war ganz einfach. Wir haben den Draht mitgebracht, den er sich nach der Abendvisite ans Bettgestell gebunden hat. Und dann … dann …«

Bettine Stuchlik drückte an einem Schalter, und das Kopfende des Bettes kam langsam nach oben, bis es aufrecht stand. Der Bezug hatte sich nur wenig verzogen, schlug kleine Falten.

»Dann war es endlich vorbei.«

34

Beetz stand im Foyer der Zeitungsredaktion und wartete. Sie wollte Joseph überraschen. Sie las in der heutigen Zeitung über Energiekostensenkungen, Nachtflugverbot und *Gnadenlose Buhs vom entsetzten Publikum.* Sie schritt die lange Glasfront auf, ab, beschaute die verschiedenen Ständer mit Publikationen. Meist war es Werbung. Der Sicherheitsmann hinterm Pult des Empfangs hatte ihr bereits mehrmals seine Hilfe angeboten. Sie lehnte sie ab. Eine Überraschung mit Voranmeldung ist keine mehr.

Immer noch sah sie Bettine Stuchlik an ihr vorbeilaufen. Schwarz, aufrecht, erhobenen Hauptes. Die Witwe hatte sie keines Blickes gewürdigt. Der Kleine auf ihrem Arm hatte Beetz mit erstaunten Augen entgegengeblickt und gelacht. Kohlund war zu Monique und ihr ins Schwesternzimmer getreten und hatte genickt.

»Es ist vorbei.« Dann hatte er sich aus der Kaffeekanne bedient. »Beschissener Fall«, hatte er noch gesagt.

Beetz verstand die Motive aller handelnden Personen. Keiner trug Schuld. Es war weder ein Gewaltverbrechen noch ein Unfall, und trotzdem war Frank Stuchlik ein Fall für die Mordkommission zwei geworden. Weil Stuchlik nicht natürlich sterben konnte. Weil ihm die Hilfe gesetzlich verwehrt wurde. Stuchlik wollte seine Familie nicht in den geringsten Verdacht der Sterbehilfe bringen und ersann eine Todesmaschine im eigenen Bett. Ob seine Frau oder die Verwandten ihm die Schlinge um den Hals gelegt hatten, war letztlich egal. Stuchlik lebte, als sie sich von ihm verabschiedet hatten. Die Schwestern hatten ihn weiter behandelt und ihm Medikamente verabreicht. Beetz mochte sich nicht vorstellen, wie es wäre, wenn sie eines Tages Josephs Krankenzimmer verlassen müsste, in dem Wissen, ihn niemals wieder lebend zu sehen.

Aktive Sterbehilfe war in Deutschland ein Verbrechen. Aber Frank Stuchlik hatte seine Familie vor diesem Verdacht geschützt. Sie hatten eine Möglichkeit des Selbstmords gefunden. Keiner würde verurteilt werden. Frank Stuchlik war ein Fall für die Mordkommission geworden, weil eine Krankenschwester den Draht entfernt hatte. Sonst hätten sie den Fall schneller geklärt. Serafina Karataeva hatte um ihren eigenen Job gebangt, den sie unter falschem Namen angenommen hatte. Beetz sah diesen geschniegelten Dr. Bornschein vor sich am Tisch sitzen und grinsen. Mit Freuden würde sie ihre Aussagen vor Gericht machen. Bornschein wollte sie hinter Gittern sehen und sie würde alles tun, ihn genau dahin zu bringen. Für Jahre. Für mehrere Jahre. Beetz waren die Urteile in solchen Betrugsfällen oft zu lasch. Die Angeklagten hatten meist genügend Rücklagen, um den teuersten Anwalt zu bezahlen, außerdem schienen ihr die Strafmaße unangemessen. Dr. Bornschein hatte die Not und Verzweiflung seiner Klienten gnadenlos ausgenutzt. Nach Merghentins ersten Recherchen hatte er weit unter Tarif und Vertrag mit den Firmen seine Löhne gezahlt. Die Karataeva, die Schwitters und ihre Kolleginnen hatten kaum eine Chance zum Protest oder nur unter Strafe des Verlusts ihres Arbeitsplatzes und möglicher strafrechtlicher Verfolgung. Beetz konnte die Frauen verstehen. Ihnen helfen konnte sie nicht.

Beetz musste sich mit Rechtsanwalt Dr. Luger in Verbindung setzen. Er sollte ihr den Kontakt zu seiner Klientin ermöglichen. Dr. Luger musste das nicht. Aber sie würde alles daransetzen, mit Serafina Karataeva persönlich zu sprechen. Im Prozess gegen *Time is Money* sollte die Ukrainerin Zeugin der Anklage sein. Beetz konnte sich nicht vorstellen, dass der Staatsanwalt auf sie verzichtete. Es würde einen Deal geben, da war sich Beetz sicher. Einen Deal zum beiderseitigen Vorteil. Sie hoffte, dass sich Serafina Karataeva und ihr Anwalt der Macht bewusst waren, die sie besaßen.

Beetz blickte zur Uhr. Mein Gott, durfte dieser Mann kein Privatleben haben? Sie blätterte in einem klassischen Thriller zum Sonderpreis.

»Wenn Se lesen, missen Se goofen!«

Beetz stellte den Roman zurück ins Regal. Sie griff zum Handy und wählte. »Joseph?«

»Ja, meine Liebe? Hast du Sehnsucht nach mir?«

Joseph konnte nicht wissen, wie nah er ihren Gedanken kam.

»Ach, ich ruf nur so …«

Sie musste mit jemandem sprechen. Sie musste mit Joseph sprechen. Der Fall Stuchlik war geklärt, sie brauchte eine Schulter, an der sie ihre Seele ausschütten konnte. Joseph hatte solch eine Schulter. Beetz lehnte oft an ihr und fühlte sich wohl.

»Joseph, weißt du, ich habe mir vorgestellt, wir verbringen mal den Abend für uns. Gehen tanzen oder ins Kino oder gut essen oder was dir sonst einfällt. Ich brauch dich …«

»Fall abgeschlossen?«

»Mehr oder weniger. Dieser dubiosen Firma *Time is Money* ist das Wirtschaftdezernat auf der Spur. Wir sind da draußen. Mit dem Mord im Krankenhaus hatte die nichts zu tun. Es war auch kein Mord.«

»Was war es denn dann? Ist für mich vielleicht eine Schlagzeile drin?«

Beetz hatte diese Frage erwartet, Joseph stellte sie immer. Und immer antwortete sie strikt mit Nein. Aber diesmal? Sie könnte Bettine Stuchlik fragen, ob sie über den Tod ihres Mannes und sein Leiden berichten wollte. Sterbehilfe war ein Thema. Der Tod war keines.

»Er hat es selber getan.«

»Der Ermordete?«

»Ja. Es war kein Mord. Es war Selbstmord. Der Kranke wollte sich nicht mehr quälen, angeschlossen an Apparate und Schläuche, mit Schmerzen, die nie mehr aufhören würden. Er wollte nicht leben, nur sterben.«

»Lieber Alzheimer als Krebs!«

Beetz war nicht zum Scherzen. Sie hatte das ausgezehrte Gesicht des Toten gesehen, wie ein Häftling im KZ. Die eingefallenen Wangen, die tiefliegenden Augen, die Falten der Haut waren kein Schlankheitswahn, das war der Tod. Der jedoch hatte Frank Stuchlik nicht gnädig in seine Arme genommen. Stuchlik hatte Qualen gelitten, die Beetz sich nicht vorstellen mochte.

»Vielleicht kannst du doch drüber berichten. Wär wichtig.«

»Berichten? Über Selbstmord? Dann muss er schon vom Weisheitszahn springen oder vor einen Zug im Hauptbahnhof. Ein Selbstmord ist nicht spektakulär. Daran sind unsere Leser nicht interessiert.«

»Glaubst du?«

»Weiß ich. Guck dir doch die Hartz-IV-Berichterstattung an! Auf jedem Kanal, in jedem Blatt. Soziales Elend aller Orten. Ich kann nicht auch noch die Zeitung nur mit den Bildern und Berichten zuknallen. Unsere Leser wollen was Heiteres und auch mal Lachen. Selbstmord, nee, Fränze, Selbstmord kann keine Auflage bringen. Glaub's mir, das ist der mediale Tod.«

Joseph lachte über seinen eigenen Scherz. Beetz klang es wie Hohn. Sie sah die Witwe vor sich, sie sah die Kinder, sie sah den Toten im Bett. »Aber das Leid und der Mut, sich selbst umzubringen. Die Familie, die seinen Tod akzeptiert hat …«

»Kind, das ist keine Schlagzeile wert.«

»Und Sterbehilfe?«

»Ist auch kein Thema, da gibt es genug Dokus drüber. Und wenn es dich betrifft, die Organisationen kannst du übers Internet finden. Die haben auch Stützpunkte in Deutschland. Anruf genügt.«

»Gut zu wissen.«

»Fränze?«

Da hatte wohl Joseph ihre sarkastischen Zwischentöne gehört. Jetzt klang er freundschaftlicher, so wie sie ihn kannte, so wie sie ihn mochte, nicht mehr aufgesetzt lustig, wie er wohl glaubte, dass Reporter zu sein hatten.

»Ich brauche dich, Joseph. Komm, gehen wir aus. Irgendwohin. Egal. Ich will bei dir sein. Mehr nicht.«

»Schatz, weißt du, wo ich bin?«

»Nicht im Büro?«

»Nein. Ich stehe im Tunnel der U-Bahn, Helm aufm Kopf,

Mikro in der Hand. Mehrseitige Reportage. Vielleicht wird das mein Durchbruch!«

»Als Gerichtsreporter?«

»Nein, für ein überregionales Magazin. Mit Fotograf und Terminen von Tiefensee bis Bauleitung. Große Nummer, sage ich dir. Sensationell!«

Joseph konnte ihre Enttäuschung nicht sehen, doch ihre Stimme war kühl. »Wann bist du frei?«

»Du, ich weiß nicht, das kann länger dauern. Drück mir die Daumen. Ich muss jetzt Schluss machen, sei mir nicht böse.«

Das Gespräch war beendet. Beetz stand sinnlos im Foyer des Redaktionshauses. Der Sicherheitsbeamte lächelte dümmlich. Sie lief mit energischen Schritten zum Ausgang. Das *Flower-Power* war um die Ecke. Geöffnet bis *open end.* Sie hatte Lust, sich zu besaufen.

35

Miersch genoss die letzten Sonnenstrahlen. Am kleinen Teich fütterten eine dünne Mutti und ihr dickes Kind die Schwäne. Majestätisch reckten die ihre Hälse, als wäre es eine Gnade von ihnen, die Brotstücke auch zu verschlingen. Das dicke Kind klatschte in die Hände und lachte glücklich.

Miersch hatte Gunda die Akte überlassen mit dem Hinweis auf Diskretion und, sie solle sie schnell lesen. Er rechnete damit, dass die Popps die Akte heimlich kopierten. Es war ihm egal, auch wenn die Einsicht im Archiv selbst für Betroffene schwierig gewesen wäre. Seiner Meinung nach hatten Anne und Gunda und Rosel das Recht, zu erfahren, was mit Hans-Joachim und Sebastian geschehen war. Sicher, Rosel wollte die Tatsachen noch immer nicht akzeptieren. *Nichts wissen Sie! Nichts!*

Gunda hatte nicht an seinen Worten gezweifelt. Sie akzeptierte die Täterschaft von Onkel und Großvater. Auch Anne würde sich der Wahrheit stellen, die Miersch herausgefunden hatte. Er bedauerte, jetzt keinen Grund mehr zu haben, im Gasthaus *Zu den alten Eichen* zu nächtigen. Es wäre ihm lieber gewesen, noch einen Vorwand zu haben. Auch wenn Anne von seiner Zuneigung nichts wissen wollte oder nichts wusste, er wäre gern noch ein bisschen um sie und hier geblieben. Aber auch ohne triftigen Grund würde er seinen Aufenthalt einfach noch um ein paar Tage verlängern. Er hatte Hartmut Queißer gefragt, ob er nicht auch einmal raus aus der Stadt wollte. Er würde ihm das Zimmer in Machern auch gern bezahlen. Miersch hatte Gefallen am alten Kripochef Leipzigs gefunden. Und vielleicht konnte Queißer ihm die Volkspolizei und die DDR nahebringen, zumindest verständlicher machen, so dass er die Schwarte der *Geschichte der deutschen Volkspolizei* entsorgen könnte, denn gebracht hatte sie ihm rein gar nichts.

Das dicke Kind hatte sich zu nah ans Wasser und an die Schwäne gewagt. Die Mutti zerrte es mit wilden Schreien zurück. Die Vögel schwammen ans andere Ufer. Die Frau hatte ihre Hand erhoben und drohte. Das Kind fing an zu heulen. Wind bewegte die Blätter der Bäume. Pappelflusen wehten herüber. Miersch war sich unsicher, ob es vielleicht doch eine Tante oder die Schwester der Kleinen war, die mit ihm hier am Teich stand. Die Frau benahm sich erstaunlich unreif im Umgang mit ihrem Kind.

Er hatte bei Gunda das Zimmer für Queißer gebucht. Anne ließ sich nicht blicken, stand auch nicht mehr am Herd, als er sie dort suchte. Nur Rosel hörte er ständig. Die Alte lief durchs Haus, als würde sie ihre Wahrheit in einer der Ecken dort suchen. Miersch vertraute darauf, dass Gunda sie schließlich von den Tatsachen überzeugen konnte. Auch Rosel würde irgendwann begreifen, begreifen müssen. Hoffentlich ließ ihre Demenz das noch zu.

Miersch lief den Weg langsam zurück und ließ sich an einem Imbiss einen Kaffee in einen Plastenapf füllen. Das Café gegenüber schien ihm zu nobel, und er würde wie auf einem Präsentierteller am Fenster sitzen. Er wollte nicht wie ein Tourist wirken und fragte sich, ob das Heimatgefühl war.

Der Kaffee schmeckte wie ein dritter Aufguss. Den Rest der Brühe schüttete Miersch an den Stamm einer Linde. Er überlegte, ob er Anne Blumen mitbringen sollte. Aber er wollte nicht aufdringlich erscheinen und konnte sich nicht vorstellen, dass er ihr erst seine Sympathie gestehen musste. Ein bisschen kam er sich vor wie ein Pennäler. Da hatte er anonyme Briefe geschrieben. Seine angebetete Renate hatte ihn sofort als Verfasser erkannt, und alle Weiber an der Schule hatten über ihn gelacht. Monate hatte dieser Spießrutenlauf gedauert.

Jetzt fühlte sich Miersch ehrlich befreit. Er hatte mit seiner offiziellen Demission auch den Antrag auf vorzeitigen Ruhestand eingereicht. Hackenberger hatte nicht diskutiert, sondern den Antrag schweigend zur Kenntnis genommen. Wahrscheinlich hatte er bereits die Fäden gezogen, wer seinen Posten besetzen sollte. Kohlund hatte er in die engere Wahl gezogen, mutmaßte Miersch. Doch die behördlichen Leitungen würden seine Abdankung widerspruchslos genehmigen. Was nützte ein Direktor, der seinen Job nicht mehr ausüben wollte? Ja, er präferierte Kohlund als seinen Nachfolger. Der aber zierte sich wie ein sprödes Mädchen. Dabei wirkte er auf Sitzungen und Konferenzen, selbst vor der Presse stets so taff. Aber was interessierten ihn die Probleme, mit denen Hackenberger oder der Stadtdezernent sich plagen mussten. Er war draußen und er würde es bleiben. *Mörder, Monster, Menschenschlächter* würde ihm niemand mehr hinterherschreien.

An einem Kiosk kaufte sich Miersch einen Wanderroutenführer der Gegend. Vielleicht konnte er Queißer überzeugen, mit ihm morgen auf Tour zu gehen. Er würde heute den nächsten Tag planen oder er würde Queißer Vorschläge machen lassen, vielleicht aber lagen sie beide nach durchzechter Nacht auch den ganzen Tag im Bett, und Anne würde das Mittagessen persönlich servieren. Er musste bei dieser Vorstellung lächeln.

Die Häuser der Kleinstadt waren meist restauriert und hergerichtet, wie sie selbst direkt nach dem Bau nie ausgesehen haben konnten. Zu schön fast war der Anblick dieser Bürger- und Bauernhäuser. Aber Machern setzte auch auf seine touristische

Erschließung und präsentierte sich allseits in schmeichelnden Worten. Das machte jeder, der verkaufen wollte, selbst er als Direktor hatte es getan. Vielleicht setzte er sich doch noch in ein Café und trank einen Mokka. Er wollte nicht den ganzen Tag in der Gaststube *Zu den alten Eichen* sitzen.

»Danke.«

Ihre Stimme, wirklich, es war ihre Stimme. Miersch sah sich um. Anne lief hinter ihm, sie trug schwere Taschen in beiden Händen. Er sah auf Milch, Äpfel und Butter in Packpapier. Sie kaufte wohl nah auf einem Hof direkt beim Bauern.

»Wofür danken Sie mir?« Miersch wusste es genau, aber er wollte Zeit schinden.

»Dass Sie uns die Augen geöffnet haben. Sie haben für uns die Wahrheit herausgefunden. Selbst hätten wir das so nicht tun können.« Anne stellte die Taschen vor sich hin auf den Fußweg.

Miersch würde sie ihr beim Weitergehen tragen. »Ihre Mutter glaubt nicht, was ich berichtet habe.«

»Ach, meine Mutter … Ich weiß nicht, ob sie überhaupt verstanden hat, worum es geht. Seit Jahren wird ihr Geist immer schwächer. Sie erkennt keine Zusammenhänge, verwechselt die Zeiten … manchmal denke ich, sie lebt in einem Film, den sie selbst dreht.«

»Alt werden ist kein Segen, sagte meine Oma vom Dorf. Die wurde fast hundert.«

»Ob ich so lang leben will, weiß ich noch nicht.« Anne lächelte und griff nach den Taschen.

Miersch überlegte kurz, ob er sie zu einem Kaffee oder Wein einladen sollte. Aber Wirtinnen bevorzugten die eigene Küche. Nahm er zumindest an. »Gestatten Sie?«

Er fasste den Henkel der Tasche und berührte dabei ihre Hand. Sie entzog sie ihm nicht. Vielleicht meinte Anne, sie sollten die Tasche zusammen tragen.

»Ich übernehme.«

»Sehr freundlich, aber das müssen Sie nicht.«

»Ich möchte es aber.«

Anne lächelte und blickte zum Himmel. Miersch nahm die zweite Tasche in die linke Hand. Dann liefen sie wie ein älteres Paar langsam nach Hause.

»Seltsames Gefühl, wenn man seine Familiengeschichte umschreiben muss. Bislang war mein Bruder für mich der Held gewesen, jetzt ist er das Monster. Es fällt mir nicht leicht, das zu akzeptieren.«

»Niemand drängt Sie.«

»Das ist keine Entscheidung, die ich selbst treffen kann. Es sind die Fakten.«

»Trotzdem bleibt Sebastian Ihr Bruder.«

»Ja.«

Sie liefen langsam und wortlos durch die dörflichen Straßen. Miersch konnte die Gesichter hinter den Gardinen nicht sehen, wusste aber, dass sie beobachtet wurden. Am Gasthaus führte ihn Anne zum Hintereingang über den Hof. Da stand die Scheune, in der die Leichen gefunden worden waren. Jetzt endlich hatte die Geschichte ihr Ende gefunden. Ohne Miersch wäre sie Geheimnis geblieben. Es war ihm, als hätte die Ungewissheit auch auf ihm gelastet. Er fühlte sich frei und trauerte der Vergangenheit nicht nach.

In den Privaträumen roch es nach Schuhcreme und frischem Kuchen. Auch hier im hinteren Flur hingen Bilder und standen Nippes herum. Miersch sah Fotografien, die Anne, Sebastian und Hajo Popp zeigten. Glücklich schauten sie in die Kamera. Der Sohn streckte die Zunge heraus. Wahrscheinlich hatte Rosel ihre Familie fotografiert.

»Sebastian war ihr Liebling. Vielleicht besser, wenn Mutter die Wahrheit nicht mehr begreift.«

»Was Wahrheit? Was Mutter?«

Sie erschraken durch die lauten Schreie.

Rosel stand in einer der Türen. Die Arme in die Hüfte gestemmt. Die Schürze war offen und zeigte sie in Schlüpfer und BH. Miersch betrachtete weiter die Fotografien. Von Rosel waren keine dabei. Nur ihre Kinder, ihr Mann. Aus der Stube der Alten drang das künstliche Lachen der Sitcoms.

»Einen Kaffee und ein Stückchen Kuchen?«

Auch Anne war die Situation peinlich. Sie schaute zur geschlossenen Tür, als könnte sie dort Spinnweben entdecken. Miersch nickte. Anne ging forsch voran zum Gastraum.

Rosel schrie ihnen nach: »Nichts wisst ihr. Nichts! Hajo ist kein Mörder! Nie gewesen. Ihr könnt erzählen, was ihr wollt. Hajo war es nicht. Hajo ist kein Mörder!« Dann fing sie plötzlich an zu weinen und verschwand wieder in ihrer Stube.

»Vielleicht hätten wir ihr die Wahrheit nicht sagen sollen«, meinte Anne.

»Sie wird damit leben. Mit der anderen hat sie sich auch arrangiert.«

Im Gastraum setzte er sich an den Tisch, der ihm mittlerweile Stammplatz geworden war. Gunda brachte den Kuchen und drei Teller dazu.

»Von Oma. Hat sie heute früh noch gebacken.«

Anne stand am Automaten für den Kaffee. »Zucker? Milch?«

»Ohne.«

Dann saßen sie drei wie in einer Familie und genossen die Ruhe. In kaum einer Stunde würde Anne wieder hinter der Theke stehen müssen. Gunda würde in der Küche verschwinden. Matze von der Feuerwehr würde sich auf seinen Barhocker setzen und mit Anne flirten. Vielleicht kamen auch andere Gäste. Das Leben ging seinen Lauf.

Da flog erneut eine Tür auf. Diesmal stand Rosel in Kleid und mit einem Koffer vor ihnen. Sie streckte Miersch ihre Hände entgegen. Um die Augen sah er die Spuren der Tränen.

»Hajo ist kein Mörder. Verhaften Sie mich.«

Rosel meinte es ernst. Sie stand starr. Kein Muskel regte sich in ihrem Gesicht. Nur ihre Hände zitterten vor seinen Augen. Er müsste nur die Handschellen um sie schließen. Anne und Gunda starrten sie ungläubig an.

Miersch legte den Löffel auf den Teller zurück. »Warum sollte ich Sie verhaften?«

»Weil ich meinen Sohn umgebracht habe. Verstehen Sie? Ich!«

Anne hatte sich als Erste gefasst. Sie nahm ihre Mutter bei der Schulter und zwang sie auf einen Stuhl. Dabei blickte sie Miersch entschuldigend an. Er würde ihr auch in Zukunft alles verzeihen.

»War ein bissel viel, Mutsch. Willste auch ein Stück Kuchen? Lecker. Der ist dir gelungen.«

»Nichts wisst ihr. Nichts! Hajo ist kein Mörder! Ich habe ihn in der Scheune gefunden. Sebastian hatte den Hajo in die Forken gestürzt.«

Anne sah erst ihre Mutter, dann Miersch an. Gunda blickte auf ihre Fingerspitzen, die sie gegeneinander presste und dann wieder löste.

»Mein eigener Sohn hat seinen Vater getötet, weil Hajo wusste, dass Sebastian alle die Mädchen umgebracht hat. Ja …« Rosel sah herausfordernd nacheinander in alle ihre Gesichter und zwang sie, ihrem Blick zu begegnen. »Ja, ich habe all die Jahre gewusst, dass Sebastian der Augensammler war. Aber warum sollte ich mich selber belasten? Sie waren tot. Hinter Gitter habe ich nicht gewollt. Wer hätte sich um das Gasthaus und die Anne gekümmert? Der Gerechtigkeit war Genüge getan.«

Rosel stand wieder auf, ging um den Tisch und blieb vor Miersch stehen. Die Hände nach vorn, so dass die Handschellen passten. »Ich habe Sebastian getötet. Verhaften Sie mich!«

Wenn Miersch es sich recht überlegte, dann konnten die Tatsachen auch so gedeutet werden. Laut Queißer hatte sich Sebastian nicht selbst erhängt. Wenn der Sohn den Vater getötet hatte, brachte vielleicht die Mutter den Sohn um. Auch so passten die Indizien zusammen. Diese Erklärung schien Miersch sogar logischer. Vielleicht sprach Rosel die endgültige Wahrheit.

»Mutti, was erzählst du da? Du bist keine Mörderin.«

Rosel sah zu Anne und tätschelte ihre Hand, die neben dem Kuchenteller auf dem Tisch lag. »Doch, mein Kind, doch. Ich kam in die Scheune, als Hajo Sebastian zur Rede gestellt hat. Sie stritten. Sebastian war außer sich vor Wut. Er hat geschrien und ist auf seinen Vater losgegangen. Die Mistgabel in der Hand. Hajo wich ihm aus und trat ins Leere. Er ist von der Tenne in den

Wender fürs Heu gefallen. Hajo hat nicht mehr lange geschrien, dann war es vorbei. Sebastian hat oben gestanden, die Gabel in der Hand. Er hat ausgesehen wie ein Sieger nach der Schlacht. Dann hat er geweint und ist er mir um den Hals gefallen. *Ich hab's tun müssen, Mutti,* hat er gesagt. *Ich hab's tun müssen, sonst hätte mich Vater verraten.* Ich hab längst geahnt, dass Sebastian die Mädchen getötet haben musste. Eine Mutter, du weißt …« Sie blickte zu Anne, die sie ungläubig anstarrte. »Mein Sohn – ein Mörder! Jetzt hatte er seinen Vater auch noch umgebracht. Meinen Hajo … Ich habe ihn sehr geliebt. Und dann hab ich Sebastian gestreichelt, ihm gut zugeredet und meine Hände um seinen Hals gelegt. Ich hab zugedrückt, und es hat geknackt, wie wenn man einen Hühnerknochen zerbeißt. Sebastian hat mich noch angeschaut und gar nichts begriffen. Erst ganz zum Schluss hat er verstanden. Vielleicht war er mir dankbar.«

Rosel rutschte der Kopf auf die Brust. Sie weinte. Anne hatte Angst oder keinen Mut, ihre Hand länger unter der ihrer Mutter ruhen zu lassen. Sie zog sie zurück. Gunda stand auf und nahm Rosel in ihre Arme. Miersch nahm die Gabel und nahm noch einmal vom Kuchen. Er schmeckte so lecker wie Rosels Marmeladen.

»Es ist vorbei, Omi, es ist alles vorbei.«

Die Alte stand aufrecht, weinte, ihre Hände verkrampften sich im Tischtuch.

»Die Vergangenheit ist nicht tot. Sie ist nicht einmal vorbei … Ich musste es sagen. Jetzt endlich hab ich's sagen können. Seit Jahren habe ich diesen Augenblick herbeigesehnt. Man kann mit Lügen nicht sterben. Gut, dass Sie gekommen sind.«

Rosel nickte Miersch dankbar zu. Anne verschwand in ihrer Küche. Miersch legte die Gabel beiseite, griff nach Rosels Hand und streichelte sie. Der Fall war gelöst: Er saß der Mörderin gegenüber. Sie hatte Jahre mit ihrer Schuld gelebt und gelitten. Jetzt hatte sie alles gesagt. Das genügte.

»In der Akte steht eine andere Wahrheit, und die ist gültig. Wie es wirklich gewesen ist, wissen nur wir vier. Das genügt. Oder? Bitte setzen Sie sich, Frau Popp.«

Rosel nahm Platz, sie saß schweigsam und auf der äußersten Kante des Stuhles. Aus der Küche hörte Miersch Töpfe klappern und Wasser laufen. Er trank seinen Kaffee und aß ein zweites Stück Kuchen. Bald würde das Restaurant öffnen. Queißer würde erscheinen. Sie würden gut essen und richtig trinken. Miersch fühlte sich fast schon zu Hause, ging zur Theke und zapfte das erste Bier dieses Abends.

36

Kohlund hatte niemanden mehr gefragt. Er hatte geschwiegen, wenn das Thema angesprochen wurde. Die Entscheidung konnte allein von ihm getroffen werden.

Das Angebot Dr. Hackenbergers ehrte ihn, doch er scheute die Verantwortung. Er sah Konstantin Miersch auf Pressekonferenzen vor zehn Kameras und zwanzig Mikrofonen sitzen. Er hörte ihn nach Worten suchen. Die Nachfragen der Journalisten zielten nicht allein auf die Arbeit der Leipziger Polizei, sie bohrten auch im Privaten.

Diesen Stress wollte sich Kohlund nicht antun. Mehrmals hatte er sich von Manuela Hohmann aus Pressegesprächen rufen lassen. Oft war er erst gar nicht erschienen. Er sonnte sich nicht im Licht der Öffentlichkeit. Als Kriminaldirektor gehörten solche Auftritte zum Job. Kohlund wollte die Arbeit tun, für die er bezahlt wurde.

Alexias Ablehnung hatte ihn schwanken und neu über die Postenübernahme nachdenken lassen. Aber sie ließ ihn auch zweifeln. Kohlund war nicht der Mensch, der sich gern produzierte. Als Kriminaldirektor war er für alle Ermittlungen im Präsidium verantwortlich. Heute noch war er dankbar, dass er nicht in den spektakulären Leipziger Mordfällen der letzten Zeit Mitja und Michelle ermitteln musste. Er war froh, dass in der Geiselnahme des sogenannten Discokrieges nicht er, sondern Agnes Schabowski die Verantwortung getragen hatte. Miersch hatte sie offiziell übernehmen müssen, qua seiner Stellung. Und jetzt sollte Kohlund sich auf diesen Stuhl setzen? Er erinnerte sich mit Abscheu an die übergroßen Schlagzeilen, mit denen Miersch gemeint war, von Mörder bis zum Monster war alles zu lesen.

Nein! Er würde Dr. Hackenberger heute noch um einen Termin bitten. Doch Kohlund zögerte, sofort zum Hörer zu greifen. Er fühlte sich schuldig, anderen die Verantwortung zu überlassen. Vielleicht könnte er als Kriminaldirektor die Interessen seiner Kollegen besser vertreten. Er wusste nicht weiter. Die schlechten Gefühle blieben.

Er drückte den Knopf der Wechselsprechanlage. »Frau Hohmann, einen Kaffee!«

»Wasser kocht schon.«

Vielleicht konnte seine Sekretärin die Situation richtig einschätzen. Manchmal hatte er den Eindruck, dass Manuela Hohmann mehr durchschaute, als sie ihn merken ließ. Kohlund wischte sich den Schweiß von der Stirn und bat um Aufschub, den ihm keiner gewähren würde. Er allein sagte Ja oder Nein.

Beim Öffnen entglitt Manuela Hohmann die Bürotür und krachte gegen die Wand. Es war auf der weißen Tapete bereits ein schwarzer Fleck sichtbar. Im Putz glaubte Kohlund eine Delle zu erkennen. Die Hohmann lächelte entschuldigend und stellte Tasse und Thermoskanne auf den Tisch. Er schob die Akten beiseite. Sie verschwand ohne ein Wort und schloss leise die Tür hinter sich.

Kohlund wusste nicht, wie viele Minuten seine Gedanken Kreuzwege gelaufen waren, als das Telefon klingelte. Er griff mit einem unguten Gefühl zum Hörer. Ein neuer Tod. Neue Tragödien. Neue Täter, weitere Opfer.

»Lars?«

Queißer. Kohlund konnte sich nicht vorstellen, was sein alter Kollege von ihm wollte. Wenn er ihm schon wieder den Posten des Kriminaldirektors antragen wollte, würde Kohlund schreien. Er brauchte keine Ratschläge, so gut sie gemeint waren. Sie hatten alles beredet. Endlos. Dafür und dagegen. Er hatte es satt und vertrug kein Wort mehr zum Posten und dessen Übernahme.

»Lars?«

»Ja.«

Er gab sich als kurz angebunden, und einem aufmerksamen Hörer hätte sich jedes langatmige Gespräch verboten. Aber Queißer sprach weiter. Gut gelaunt, angetrunken. Er kam sich wohl besonders witzig vor. Kohlund schluckte und schätzte den schwarzen Fleck neben der Tür: fünf mal zwei Zentimeter, mindestens aber vier mal einen Zentimeter breit. *Ach, Scheiße!*

»Lars, wir sitzen hier gemütlich beisammen und würden uns freuen, wenn du zu unserer Runde dazustoßen möchtest.«

»Kaum möglich. Die Arbeit, du weißt …«

»Keiner kann immer nur an den Job denken. Los komm, wir würden uns freuen.«

»Wer wir?«

»Konstantin, ich, Anne, Matze. Gunda kommt auch noch.«

Kohlund sagten die Namen nichts, und Queißer tat, als sei er seit Jahren mit ihnen befreundet. Anne, Matze, Gunda und Konstantin … Miersch. Mein Gott, der Alte saß mit dem Bayer an einem Tisch in der Kneipe! Kohlund hatte diese Liaison bereits in Queißers Stube gewundert. Jetzt waren sie offensichtlich unzertrennlich. Kein gutes Zeichen.

»Über den Posten des Kriminaldirektors musst du mit mir nicht mehr reden.«

»Wollen wir gar nicht.«

Queißer sprach bereits im Plural. Kohlund fasste es nicht.

»Ich glaube, *Zu den alten Eichen* wird eine meiner Lieblingskneipen werden. Die Preise erträglich, die Küche ausgezeichnet. Musste probieren. Eine Kartoffelsuppe, du leckst dir die Finger … Mutzbraten, Quarkkeulchen …«

»Wie lange campierst du denn in dem Restaurant? Eine Woche?«

»Zwei Tage. Die blanke Erholung, und gar nicht weit weg.«

»Wo stehen denn *die Alten Eichen?*«

»In Machern. Gleich Hauptstraße links. Vor dem Schloss.«

»Meinst du wirklich, ich fahre dreißig Kilometer, um gut zu essen?«

»Nimmste auch ein Zimmer. Du schläfst wie bei Muttern. Ruhe und Geborgenheit, Stille.«

»Klingt wie im Grab.«

»Los, Mann, Lars, komm vorbei, wir warten auf dich.«

Queißer kicherte wie ein Mädchen beim ersten Rendezvous. Kohlund knallte den Hörer auf die Gabel und nahm ihn gleich wieder ab. Er drückte die Nummer. Jetzt oder nie. Annegret Pohlenz meldete sich, er hörte ihrer Stimme das Übergewicht an.

»Ich bitte um einen Termin beim Chef.«

»Wird schwierig. Miersch hat gekündigt, wir werden die Stelle offiziell ausschreiben müssen.«

»Das ist gut. Dann muss ich mich auf diesen Job nicht bewerben.«

»Wie Sie wollen, Herr Hauptkommissar. Thorst Schmitt hat gerade seine Bewerbungsunterlagen eingereicht.«

»Thorst Schmitt?«

»Ja. Seine Chancen stehen nicht schlecht, meint der Chef … Und wenn Sie sich zurückziehen, dann stehen sie sogar gut.«

Kohlund schmiss den Pott Kaffee gegen die Wand. Der dunkle Fleck wurde größer und verlief sich zum Boden. Die Spuren sahen aus wie die Stäbe eines Zellenfensters.